Die Reise der Isabel Godin

Peru, im Jahre 1742. Bei einer Corrida während der Fiesta de San Juan verliebt sich die 13-jährige Isabel de Grandmaison in einen Fremden, den Franzosen Jean Godin, der sich in Südamerika auf einer Forschungsreise aufhält. Trotz der Bedenken ihres Vaters wird Isabel seine Frau. Nach wenigen Jahren des Glücks verlässt Godin seine junge Frau, angeblich um in Frankreich eine Erbschaftsangelegenheit zu regeln und auf dem Reiseweg dorthin sich seinen Forschungen widmen zu können. Für Isabel beginnt eine lange Zeit des Wartens. Godin gilt lange als verschollen, da trifft nach fast zwanzig Jahren überraschend die ersehnte Nachricht ein, dass Godin lebt und nach ihr schickt. Isabel ist überglücklich und macht sich in Begleitung ihrer beiden Brüder und mit großem Gefolge auf den Weg, um vom peruanischen Riobamba aus den südamerikanischen Kontinent bis zur Mündung des Amazonas zu überqueren. Für ihre Liebe nimmt sie große Strapazen auf sich, doch dann gestaltet sich das Wiedersehen mit ihrem Mann ganz anders, als sie es sich ausgemalt hat.

In Südamerika verehrt man Isabel Godin wie eine Heldin, und ihre Lebensgeschichte wird von Generation zu Generation weitererzählt.

Peter Baumann, geboren 1939, war Chefredakteur der Kulturzeitschrift ›Berliner Leben‹ und verantwortlicher Redakteur beim ›Tagesspiegel‹, bevor er sich 1974 als Buch- und Filmautor selbständig machte. Es folgten Auslandsaufenthalte und Drehreisen vor allem nach Nord-, Mittel- und Südamerika für das ZDF und den WDR. Er hat über 30 Sachbücher, darunter ›Terra X‹, sowie den Roman ›Der Herr des Regenbogens‹ veröffentlicht.

Unsere Adresse im Internet: www.fischer-tb.de

Für Olga

Prolog

Isabel Godin war eine Berühmtheit in Belém do Pará, der brasilianischen Stadt an der Mündung des Amazonas, wo sie im Hause des Kapitäns Mario de Rebello nach ihrer langen Irrfahrt zur Ruhe gekommen war. Sie war die erste Frau in der Geschichte des südamerikanischen Halbkontinents, die die Eisfelder der Anden und dann den Amazonas-Urwald durchquert hatte. Niemand, erzählte man sich überall, sogar in Paris, London, Madrid und Lissabon, hat aus Liebe zu einem Mann mehr gewagt als Isabel. Wie eine Inka-Prinzessin war sie im Jahre 1769 mit kostbarem Hausrat, körbeweise Schmuck und großem Gefolge, Zofen, Dienern und Trägern, von der Hazienda ihres Vaters, Don Pedro de Grandmaison, bei Riobamba im spanischen Vizekönigreich Peru aufgebrochen. Sie folgte dem plötzlichen Ruf ihres seit zwanzig Jahren verschollenen Mannes.

Wenn Isabel Godin später auf ihre lange und beschwerliche Reise angesprochen wurde, verschloß sie ihre Lippen fest. Sie beantwortete auch einen Brief des Forschers Charles-Marie de La Condamine nicht, dem in Paris Gerüchte über Selbstmorde unter ihren Leidensgefährten zu Ohren gekommen waren sowie der Vorwurf eines gewissen Dr. Jabot, sie habe ihre Schutzbefohlenen im Stich gelassen. Der große La Condamine aber, der während der Äquator-

Expedition der Académie des Sciences oft Gast auf der Hazienda ihres Vaters gewesen war, sollte unbedingt eine Antwort erhalten, schon deshalb, weil er mit seiner weltweiten Anerkennung als Forscher Isabels Ehre verteidigen konnte. So jedenfalls entschied Kapitän Rebello, auf dessen Schiff »Victoria« Isabel endlich, langsam genesend, ihr Ziel erreichte. Er setzte sich hin und schrieb nieder, was ihm Isabel in den langen Monaten der gemeinsamen Fahrt den Amazonas hinunter bis zur Mündung anvertraut und was er selbst mit ihr gemeinsam erlebt hatte.

Erstes Kapitel

Isabel de Grandmaison war dreizehn, als sie beschloß zu heiraten. Sie hatte sich verliebt, so plötzlich und vehement, wie der Cotopaxi seine Fumarolen in den Himmel schießt. Ihr Vater, Don Pedro, hatte ihrem Willen nichts entgegenzusetzen, obwohl er das Unglück kommen sah. Denn Isabel war das Abbild seiner jungen Frau, die nun schon lange in der Familiengruft in der Kapelle der Hazienda lag und der er auch keinen Wunsch hatte abschlagen können.

Die alljährliche Fiesta de San Juan war eine alte Tradition in Riobamba, der Provinzhauptstadt im fruchtbaren Hochtal der Anden, in der Don Pedro de Grandmaison hohes Ansehen genoß und das Amt des Corregidors, des Richters, gewissenhaft und gerecht ausübte. Auch an jenem Sommertag des Jahres 1742, als Isabels Schicksal seinen Lauf nahm, säumten die Indios bereits in dichten Trauben die Arena, in der das blutige Spektakel der Corrida stattfinden sollte, als Don Pedro in der goldbetreßten Uniform eines ehemaligen Generals die Tribüne betrat. Diesmal war er nicht nur begleitet von seiner Tochter, seinen beiden Söhnen und ein paar Honoratioren der Stadt mit ihren Frauen, sondern auch von einigen vornehm aussehenden Fremden, die sich in einer unbekannten, wohlklingenden Sprache unterhielten.

In Isabels Ohren allerdings klang sie wie vertraute Musik. Sie konnte sich keine Sprache auf der ganzen Welt vorstellen, die so melodiös und betörend war und die sie so sehr liebte wie die französische. Die Grandmaisons stammten aus einer alten französischen Familie. Und obwohl Don Pedro seit seiner Geburt in dieser Region des spanischen Vizekönigreichs Peru lebte und ihm von seiner Herkunft nur der Name und die überlieferte Sprache geblieben war, ließ er seine sprachbegabte Tochter früh von einem französischen Hauslehrer unterrichten, so daß sie sich beide des Französischen wie einer Art Geheimsprache bedienen konnten. So erschien es jedenfalls gelegentlich Isabels Brüdern, die nur die spanische Landessprache beherrschten. Manchmal mußte Isabel lachen, wenn die drei mißtrauisch zu enträtseln suchten, was sich hinter der unverständlichen Zwiesprache zwischen Vater und Tochter verbergen könnte.

Und so war es denn zunächst auch der Charme des Französischen, der Isabel für das Forscherteam einnahm, das Don Pedro ihr als seine Gäste vorgestellt hatte. Bis zu dem Augenblick, als sich Jean Godin de Odonais vor ihr verbeugte. Er war ein schöner Mann, schön von jener edlen, feingliedrigen Art, wie sie ihr noch nie begegnet war. Er war nicht mehr ganz jung, vielleicht dreißig, aber nicht Isabel, sondern ihr Vater führte später den Altersunterschied von siebzehn Jahren als Argument gegen eine Ehe an, die er aus ungewissen Ahnungen zu verhindern suchte. Vergeblich, wie sich zeigen wird. Denn die erste, ganz frühe Liebe ist ja bekanntlich unbedenklicher als alles, was später kommt, und beharrlicher. Sie fragt nicht nach dem Alter der Geliebten, nicht nach dem Woher und Wohin und Wer bist du. Als die dreizehnjährige Isabel, des großen Don Pedros einzige Tochter, Jean Godin zum ersten Mal auf der Tribüne über der staubigen Arena in die strahlend blauen Augen blickte, wußte sie bereits einen Herzschlag lang: Ihn werde ich heiraten.

War es Zufall, daß sich die beiden von unterschiedlichen Welten kommenden Menschen hier und zu diesem Zeitpunkt begegneten? Wem Isabels Geschichte später zu Ohren kam, würde sagen, es muß Schicksal gewesen sein.

Vor gut sechseinhalb Jahren erhielt die französische Forschergruppe um Charles-Marie de La Condamine von König Philipp V. im fernen Madrid die Erlaubnis, in seinem unermeßlichen Vizekönigreich einem wissenschaftlichen Projekt der Pariser Académie des Sciences nachzugehen. Das Ergebnis könnte von weltbewegender Bedeutung sein, argumentierten die Forscher am spanischen Hof.

König Philipp V. war eitel wie alle unumschränkten Herrscher, wollte teilhaben am wissenschaftlichen Ruhm der Franzosen und auch am möglichen praktischen Nutzen. Und so erlaubte er der Expedition die Reise in den Teil seiner Kolonie, durch den der Äquator lief. Denn der Auftrag der Pariser Académie war die Vermessung der Bogenlänge eines Breitengrades an dieser Stelle mit dem Ziel, die Gestalt der Erde endgültig festzulegen. Damit sollte das Netz der Längen- und Breitengrade genau kartographiert werden, was für die Navigation aller Seefahrervölker, zu denen auch Spanien gehörte, von unschätzbarer Bedeutung war.

Es war eine schwierige, entbehrungsreiche Arbeit. Die Wissenschaftler waren den Strapazen dieses fremden Landes mit seinen klimatischen und geographischen Extremen ausgesetzt. Sie schleppten die schweren Meßgeräte von Punkt zu Punkt, registrierten Daten, zeichneten Karten, erforschten zusätzlich die Flora und die Fauna und kämpften gegen Krankheiten, Heimweh und Depressionen. Vor allem Charles-Marie de La Condamine litt unter großer Niedergeschlagenheit. Er fühlte sich für den hohen Preis verantwortlich, den seine Gruppe im Dienst der Wissenschaft bezahlen mußte.

Couplet, das jüngste Mitglied der Expedition, starb an Malaria, der Arzt, Dr. Jean Seniérgues, wurde ermordet, als er Liebeshändel zwischen zwei verfeindeten Familien schlichten wollte. Der Botaniker Jacques Jussieu verfiel in Schwermut, als er feststellen mußte, daß seine kostbare Pflanzensammlung verdorben war.

Auch die feindselige Stimmung, die in Quito herrschte, der Hauptstadt der Audiencia de Quito, wie dieser Teil des Vizekönigreichs hieß, wurde immer bedrohlicher. Sie seien Wünschelrutengänger, die den verlorenen Schatz des Inka-Generals Rurniñahui aufspüren wollten, argwöhnten Regierungsbeamte und verdächtigten sie auch als Spione der mit Spanien im Krieg befindlichen Engländer, für die sie Karten anfertigten. Da war es fast ein Glück, daß sich nicht auch noch die Inquisition für sie interessierte. Schließlich waren wissenschaftliche Ideen, wie der Dichter Cervantes sarkastisch festgestellt hatte, in den Augen der Kirchenmänner »Hirngespinste, die den Menschen ins Kohlebecken führten«.

Einen Prozeß, wenn auch nicht vor der Inquisition, hatte La Condamine ohnehin zu bestreiten. So mußte er sich bis zum Gerichtstermin im Herbst eine Begründung dafür einfallen lassen, warum er zwei Ziegelpyramiden zur Erinnerung an seine wissenschaftliche Mission errichten und mit den Lilien Frankreichs schmücken ließ und nicht, wie es sich gehörte, mit dem Wappen des spanischen Königs.

La Condamine fürchtete die Richter in Quito nicht. Er hatte noch in fast jedem Streit die Oberhand behalten, warum nicht auch in diesem? Aber, warnte der junge Forscher Pedro Maldonado, einer der wenigen Einheimischen, mit dem La Condamine eine herzliche Freundschaft verband, anders als in Paris sei in Quito eine scharfe Zunge nicht gefragt, sondern geschickte Taktik, die den patriotischen Gefühlen der Richter schmeichele.

»Du mußt also aufpassen, daß dein hitziges Temperament dir keinen bösen Streich spielt«, riet Maldonado. »Komm auf meine Hazienda bei Riobamba. Ein paar Wochen der Abgeschiedenheit werden deinen angegriffenen Nerven guttun. Und wenn du dich erholt hast, gehst du zurück in die Hauptstadt und gewinnst deinen Prozeß.«

Maldonados Einladung galt natürlich nicht nur La Condamine, sondern der ganzen, ziemlich erschöpften Forschergruppe, zu der auch Jean Godin gehörte.

Jean Godin de Odonais brauchte die Erholung allerdings nicht so nötig wie die anderen, im Gegenteil, die Ruhe auf dem Landsitz zerrte bald an seinen Nerven. Um so freudiger stimmte er zu, als Maldonado einen Besuch in Riobamba vorschlug, wo man am 24. Juni die Fiesta de San Juan feierte.

Als die Franzosen nach Riobamba kamen, war ihr Besuch das größte gesellschaftliche Ereignis seit dem sehr kurzen Aufenthalt des Vizekönigs vor vielen Jahren. Und so war es eine Ehre für Don Pedro de Grandmaison, den Nachbarn Maldonados, sie auf seine Tribüne über der zur Arena umgestalteten Plaza de Armas einzuladen, wo sie dem Gestank, den die einfachen Leute verbreiteten, enthoben waren.

Doch schon bald wünschte Don Pedro sich, er hätte mehr Zurückhaltung an den Tag gelegt. Er hatte seine Tochter Isabel zwischen die französischen Gäste gesetzt, weil sie ihnen in ihrer Sprache das Stierkampf-Ritual erklären konnte, und das war ein Fehler gewesen. Denn von dem Augenblick an, als die Corrida mit einem mißglückten Trompetenstoß begann und vier Reiter einen mageren Stier auf die Plaza zerrten, mußte er zusehen, wie Jean Godin die schüchterne Glut der Leidenschaft im Herzen seines geliebten Kindes entfachte. Don Pedro hatte einen Blick dafür, denn er war selbst ein großer Verführer gewesen, als er so alt wie der Franzose war.

In der Behelfsarena stemmte sich der Stier plötzlich so heftig gegen die Lassos, daß eines der Pferde stürzte. Im nächsten Augenblick jedoch waren zwei, drei Lassowerfer zur Stelle, warfen ihm Schlingen um Hörner und Beine und rissen ihn zu Boden. Als er keuchend im Staub lag, steckten sie ihm dicke, kugelförmige Lederpolster auf die langen Hörner.

Eine solche Form des Stierkampfes war den Franzosen neu, und als Isabel ihre entgeisterten Gesichter sah, erklärte sie ihnen den Zweck der Kugeln. »Die Futterale«, sagte sie, »sollen verhindern, daß sich Torreros und Pferde verletzen. Bei unserem Stierkampf geht es nicht um Leben und Tod, sondern um das Amüsement aller Beteiligten.«

»Der Stier sieht das sicher anders«, bemerkte Godin respektlos, den das Geschehen dort unten eigentlich herzlich wenig interessierte. Godin hatte nur Augen für Isabel. Sie war zwar für seinen Geschmack nicht groß genug gewachsen, doch ihre Figur war makellos. Ihr kostbares, blauseidenes Kleid betonte ihre schlanke Taille und ließ die sanften Rundungen ihrer Schultern und den Brustansatz frei, ohne mehr von ihrem Busen zu zeigen, wie das eigentlich Mode war. Was ihn jedoch am meisten entzückte, war ihr frisches, intelligentes Gesicht mit den auffallend goldbraunen Augen unter den dunklen Brauen, dem feinen, hellen Teint, der hübschen Nase und dem vollen Mund, der ihn in diesem Augenblick herzlich anlächelte. »Da haben sie wohl recht«, erwiderte Isabel. »Den Stier hat keiner gefragt.«

In der Arena wurde der Stier mit raschen Schnitten von seinen Fesseln befreit. Er sprang auf die Beine und brüllte seinen auseinanderstiebenden Peinigern einen wilden Protest hinterher. Die Leute am Rande der Plaza überschütteten ihn daraufhin mit Hohn und Spott und schwenkten rote Tücher.

Zu den Freuden der Fiesta gehörten riesige Tröge mit Chicha, einem Maisbier, das die Menge schnell betrunken und harmlose Burschen zu Draufgängern machte. Bald schon sprangen sie zu Dutzenden über die Bretterwand, die die Arena begrenzte, und drangen auf den Stier ein, schlugen nach ihn mit Peitschen, Knüppeln und flachen Machetenklingen. Mehrere Reiter sprengten über den Platz und hakten ihm bunte Banderillas in den Nacken. Einer dieser Reiter war so betrunken, daß er dem Stier vor die Hufe fiel. Um das gereizte Tier von ihm abzulenken, bewarfen es ein paar Kerle mit Steinen, brennenden Strohfackeln und Feuerwerkskörpern.

»Die Knallkörper hat mein Vater gestiftet!« rief Isabel den Franzosen zu. »Verstehen Sie mich?« Godin nickte heftig, als sei er allein gemeint. Er beugte sich zu Isabel hinüber und sagte lachend: »Ohne den Krach der Knallkörper ihres Vaters wäre der Stier vielleicht schon eingeschlafen.«

Das war eine ziemlich freche Bemerkung, aber Isabel gefiel sie. Und wie angenehm war Monsieur Godins Stimme! Sie war melodisch, und ihr Klang und die Worte gefielen Isabel. Ein Mann mit solcher Bildung, dachte sie, hat bestimmt auch einen glorreichen Stammbaum, der dem meiner Familie ebenbürtig ist. Sie erwiderte auf seine Bemerkung zwar nichts, schenkte Godin aber ein bezauberndes Lächeln.

Don Pedros Feuerwerkskörper bescherten der Corrida einen Höhepunkt, der nicht geplant war. Als mehrere der sogenannten Kämpfer versuchten, dem Stier ein paar Knallfrösche an den Schwanz zu binden, warf er sich plötzlich herum und verfolgte sie konsequent bis zu einer niedrigen Bretterwand.

Mühelos riß er die Barriere um und preschte in die dahinterliegende Arkade mit den Ständen der Chicha-, Schnaps- und Zuckerwarenhändler. Das Geschrei, Geschepper und Gepolter war ohrenbetäubend.

Don Pedro sprang auf, um besser sehen zu können, und als die Leute ihn dort oben im vollen Glanz seiner Uniform erblickten, warfen sie ihre Hüte hoch und brüllten: »Es lebe der General!« Don Pedro bedankte sich mit huldvollem Winken. Was hätte er auch sonst tun sollen? Für die Menschen hier, dachte er, bin ich eben noch immer der General, obwohl ich die Uniform nur noch trage, weil sie mir gefällt.

Auch Jean Godin war von Don Pedro beeindruckt. Sein Rang hier war nicht zu übersehen. Wenn der Franzose seinen Flirt mit Isabel bis zu diesem Augenblick vielleicht mehr als ein Spiel betrachtet hatte, so sah er das Mädchen nun in einem anderen Licht. Er war daran gewöhnt, daß Frauen ihm schöne Augen machten. Die meisten ließen ihn jedoch kalt. Isabel dagegen war von ganz anderer Klasse als die Halbindianerinnen, mit denen er sich in Quito vergnügt hatte. Sie mußte man ernst nehmen.

»Mademoiselle de Grandmaison«, wandte er sich Isabel zu, als man den Stier wieder zurück in die Arena zerrte, »wann wird die arme Kreatur denn endlich getötet?« Seine Stimme klang mitleidsvoll, in Wahrheit aber suchte Godin das Gespräch mit Isabel.

»Der Stier«, antwortete sie freundlich, »wird nach Möglichkeit nicht getötet. Er wird, wenn er nicht allzu sehr verletzt ist, nach dem Kampf wieder auf die Weide getrieben. Erholt er sich, muß er bei der nächsten Fiesta wieder in die Arena.«

Isabel lachte, als sie Godins entgeistertes Gesicht sah, und in ihrem Lachen war ein lockender Klang. Don Pedro zuckte zusammen. Ihm war, als höre er das verliebte Lachen seiner verstorbenen Frau. Auch auf Godin verfehlte es seine Wirkung nicht. Ich muß sie wiedersehen, dachte er erregt, koste es, was es wolle.

Der Stierkampf ging in dem Augenblick zu Ende, als der blutüberströmte Stier in die Knie brach und in dieser Stellung reglos verharrte. Seine Peiniger ließen von ihm ab und blickten zur Tribüne hinauf. Don Pedro senkte daraufhin den Daumen und schenkte das Tier, das nicht mehr zu retten war, den Kämpfern. Weil sich unter ihnen keiner hervorgetan hatte, gab es auch keinen Espada, der berechtigt gewesen wäre, kunstvoll den Degen in den Nacken des Tieres zu stoßen. Einige der Männer warfen das todmüde Tier einfach um und schnitten ihm die Kehle durch.

Don Pedro stand auf und verließ mit seinen Gästen eilig die Tribüne, denn das blutige Schauspiel, das nun in der Arena folgte, war ihm peinlich. Nicht nur die Franzosen, auch seine Tochter wollte er vor diesem Anblick bewahren. Es begann damit, daß einige betrunkene Burschen den Kopf des Stieres abtrennten und ihn, durch das Rund der Arena laufend, der Menge zeigten. Andere versetzten dem Kadaver Fußtritte oder tränkten ihre Tücher mit seinem Blut und schwenkten sie wie Fahnen im Triumph durch die Luft. Schließlich säbelten sie das Fleisch von den Knochen des Tieres und nahmen es mit nach Hause.

Der Tag, dachte Godin, war ein Gewinn. An den Stierkampf dachte er auf dem Heimritt zu Maldonados Hazienda nur mit Abscheu. Er war kein Schauspiel der Tapferkeit und Eleganz gewesen, sondern eine primitive Metzelei, bei der sich die Lust am Töten öffentlich austobte, vielleicht als Ausgleich für das harte, freudlose Leben, mit dem sich die Menschen hier im Alltag herumquälten. Aber ohne diese Corrida hätte er Isabel de Grandmaison wohl nicht kennengelernt.

Zu einem Wiedersehen mit ihr aber wäre es vielleicht nicht gekommen, hätte Don Pedro die Forschergruppe nicht beim Abschied zu einem Besuch seiner Hazienda eingeladen und damit auch Godin. »Sie sind mir dafür verantwortlich, daß die Herren bald zu uns kommen«, hatte Don Pedro zu dem jungen Maldonado gesagt und dabei scherzhaft mit dem Finger gedroht. Damit erfüllte er unfreiwillig auch Isabels sehnlichsten Wunsch, aber er tat es nicht ihretwegen, sondern weil er als Caballero nicht anders konnte.

Nicht lange nach der Fiesta traf Maldonado mit seinen Gästen auf der Hazienda der Grandmaisons ein. Don Pedro war mit dem Verlauf dieses Besuchs zunächst zufrieden, zumal der brillante Charles-Marie de La Condamine sehr unterhaltsam war. Isabel verhielt sich freundlich, aber zurückhaltend gegenüber Godin, wie Don Pedro erleichtert feststellte, so daß er den Eindruck hatte, ihre Verliebtheit, die sie auf der Tribüne so offen gezeigt hatte, sei vorüber. Doch sollte er sich täuschen. Als Godin sich am Nachmittag verabschiedete, sagte Isabel impulsiv zu ihm: »Oh, Monsieur Godin, Sie müssen mir bald einmal von Frankreich erzählen, wo unsere Vorfahren lebten. Ich bin sicher, meine ganze Familie interessiert sich dafür. Nicht wahr, Vater?«

Don Pedro verschlug es die Sprache. Er konnte nur noch nicken. Isabel war glücklich über ihren Coup.

Ein schwarzer Tag! dachte Don Pedro wütend, als er in seinem Arbeitszimmer endlich allein war. Hastig und ohne Genuß stürzte er ein Glas Xeres hinunter. All die Jahre hatte er nun dafür gesorgt, daß Isabel mit der rauhen Außenwelt, zu der er auch die Männer zählte, nicht allzu sehr in Berührung kam, und plötzlich war alle väterliche Umsicht vergebens. Er lehnte Godin ab, nicht nur, weil er den Altersunterschied von siebzehn Jahren als beängstigend empfand, sondern vor allem, weil er Godins Motiven mißtraute. Dafür gab es kaum konkrete Anhaltspunkte. Don Pedro hatte so ein unbestimmtes Gefühl. Daß auch Eifersucht bei seiner

Ablehnung Godins eine Rolle spielte, gab Don Pedro unumwunden zu. Darum wollte er auch nicht voreilig sein und eingreifen, sondern er beschloß, erst einmal abzuwarten.

Godin kam jede Woche einmal von Maldonados naher Hazienda herübergeritten und erzählte der wißbegierigen Isabel von Frankreich, soviel sie hören wollte. Als den beiden der Gesprächsstoff auszugehen drohte, schlug Godin vor, daß Isabel ihn in der Sprache der Hochland-Indios, dem Quechua, unterrichten sollte.

Als Isabel die neuerliche Verabredung ihrem Vater gegenüber beiläufig erwähnte, fragte er verstimmt: »Ist denn das nötig? Monsieur Godin könnte doch bei einem Indio auf Maldonados Hazienda Unterricht nehmen.«

Isabel sah ihren Vater ohne Verlegenheit an. »Das ist schon wahr«, bekannte sie. »Aber ich habe Freude an unseren Unterhaltungen, die wir auf Französisch führen. Mit wem sonst außer dir hätte ich noch Gelegenheit dazu?«

Diesem Argument hatte Don Pedro nicht viel entgegenzusetzen. Er ahnte zwar, daß französische Konversation nur ein Grund für Isabels Treffen mit Jean Godin war, und er hätte sie verbieten können. Aber ein solcher Schritt war ihm zuwider. Er dachte nicht einmal daran, eine Anstandsperson zwischen die beiden zu setzen, wie das im Lande durchaus üblich war. »Bueno«, sagte er nur knapp. »Aber paß auf dich auf.« Isabel sah seinen besorgten Blick und streichelte beruhigend seinen Arm. Mein armer Vater weiß nichts von den Stürmen in einem Frauenherzen, dachte sie, die Dreizehnjährige, altklug.

Ein Aufpasser hätte im übrigen Luchsaugen besitzen müssen, um die ersten kleinen Berührungsabenteuer von

Jean und Isabel überhaupt zu bemerken. Eine Schiefertafel, auf die Isabel Quechua-Vokabeln schrieb, bot ihnen die Möglichkeit dazu. Wenn Isabel den Gast auf ihrem Lieblingsplatz, einer Bank unter einem uralten Avocado-Baum, unterrichtete, saßen sie dicht beisammen. Gab sie ihm ein Wort zu lesen, das sie frisch notiert hatte, hielt sie ihm die Tafel hin. Godin nahm sie ihr ab und strich dabei manchmal und unabsichtlich über ihren Handrücken. Gelegentlich, wenn sie die Tafel zurücknehmen wollte, hielt er ihr Handgelenk auch einen Augenblick fest, als brauche er mehr Zeit, sich die Vokabel einzuprägen.

Diese leisen Signale alarmierten Isabels Gefühle, was natürlich in Godins Absicht lag. Mehr aber tat er nicht. Das schöne Kind ist so voller Sinnlichkeit, dachte er, da kann ich ihm ruhig die Initiative überlassen.

Godin kannte die Frauen gut. Wenn sie verliebt waren, dann ließen sie sich etwas einfallen. Isabel war da keine Ausnahme. Eines Tages kam sie, wie er vorausgesehen hatte, auf eine neue Idee. Sie schrieb in Quechua Worte wie Streicheln, Freude, Liebe und Blume auf die Tafel, dann Gefahr, Küssen, Strafe und Gebet. Während Godin diese Vokabeln lernte, würden seine Gedanken, so hoffte sie, auf die Liebe gelenkt.

Godin verstand das Spiel und steigerte es noch, indem er ähnliche, noch verfänglichere Wortfolgen in Französisch aufschrieb und nach ihrer Entsprechung in Quechua fragte. Dabei streichelte er manchmal ihren Unterarm, so daß eine Gänsehaut darüberhuschte. Isabel war dann froh, wenn der Unterricht zu Ende ging, denn sie war ein paarmal nahe daran, ihre Beherrschung zu verlieren. In ihrem Zimmer warf sie sich aufs Bett und überließ sich ihren Gefühlen. Sie blickte dabei besorgt zum Bild Marias, der Schmerzensmutter. Doch deren Augen ruhten unverändert mild auf Isabel, und sie beruhigte sich mit dem Gedanken, daß die Allwissende die Natur der Menschen kannte und Verständnis für sie hatte.

Es gehörte zu den Eigentümlichkeiten dieser Liebe, wenn es denn auf Godins Seite überhaupt richtige Liebe war, daß die beiden mit dem Austausch verschlüsselter Botschaften und verstohlener Zärtlichkeiten bis zu dem Augenblick fortfuhren, als er sie bat, seine Frau zu werden. Auch in diesem Moment redete er nur von der gemeinsamen Zukunft und nicht von Liebe und Leidenschaft. Isabel in ihrer Unerfahrenheit gab sich damit zufrieden, obwohl ihre Seele nach süßen Worten hungerte. Ihr Verzicht darauf war, wie sich später zeigen sollte, ein Fehler, Isabel ersparte Godin damit, sich Gedanken über die Echtheit seiner Gefühle zu ihr zu machen. Vielleicht wäre sonst ans Licht gekommen, daß er sie nur als ein Juwel in einer kostbaren Fassung betrachtete. Die kostbare Fassung war in seinen Augen die Hazienda der Grandmaisons, und an beides, das Mädchen und diese phantastische Besitzung, gewöhnte Godin sich immer mehr.

Don Pedro und seine drei Söhne hatten die Gebäude nach dem Vorbild der Alhambra des maurischen Königs Boabdil erbaut, mit Arabesken und Ornamenten, mit Säulen und Arkaden, mit prächtigen Innenhöfen und kunstvoll angelegten Gärten. Da sie nicht genug Bilder von dem Herrschersitz in Granada besaßen und auch nur einige grobe Planskizzen, die ein Freund aus Spanien mitgebracht hatte, gelang das Werk natürlich nur unvollständig. Von den schmückenden Details kamen die glasierten Azulejos, die blauen Kacheln, den Vorbildern noch am nächsten. Mit den sogenannten Arabesken, dem verschlungenen, aus vergoldetem Stuck bestehenden Wandschmuck waren die Indio-Handwerker überfordert. Diese gerieten ihnen also mehr oder weniger inkaisch, weshalb der Beiname »Alhambra Andina« die Bauten der Grandmaisons am treffendsten charakterisierte. Die Hazienda war, wie Don Pedro bei der Einweihung der Gebäude gesagt hatte, »der gelungene Versuch, eine friedliche, kultivierte Innenwelt gegen die rauhe Außenwelt abzuschirmen und alles Schöne und Verletzliche hinter ihren Mauern zu hegen und zu pflegen«.

In diesem Sommer aber mußte er erkennen, daß er seine geliebte Isabel, das schönste und verletzlichste Wesen in seinen Augen, nicht zu schützen vermochte, nicht jedenfalls vor der Eroberung durch einen Mann, den sie kaum kannte. Diese Erfahrung mußte er eines Morgens machen, als Isabel in seinem Arbeitszimmer erschien und ihm eröffnete, sie wolle Jean Godin heiraten, und dies so schnell wie möglich. Godin war nicht auf der Hazienda. Er wußte nicht einmal etwas von Isabels Vorhaben. Er hielt sich an den Rat seines Gastgebers Maldonado, der, wie er glaubte, die Menschen hier und vor allem die Grandmaisons kannte. »Die Señorita«, hatte Maldonado geraten, als Godin ihm seine Heiratspläne anvertraute, »muß dich so sehr wollen, daß sie selbst mit ihrem Vater redet.« Maldonado mochte Godin nicht vor den Kopf stoßen, doch er hielt dessen Heiratspläne für absurd und wollte ihm eine direkte Abfuhr durch Isabels Vater ersparen. Don Pedro, dachte er, wird mit seiner Tochter ein ernstes Wort reden, und dann erledigt sich die Geschichte von selbst.

Aber er täuschte sich. Gewiß, einen Augenblick spielte Don Pedro an diesem denkwürdigen Morgen mit dem Gedanken, Isabel für einige Zeit in den entlegensten Teil seiner Latifundien zu schicken, wie das andere Väter taten, deren Pläne von ihren Töchtern durchkreuzt zu werden drohten. Sein Problem aber war, daß er Isabel allzusehr liebte und sie dies wußte. Er machte allerdings den Versuch, ihr Godin auszureden: »Monsieur Godin ist siebzehn Jahre älter als du. Stört dich das denn nicht?«

»Nicht im geringsten!« antwortete Isabel. »Er ist neben dir der einzige Mann, der mir gefällt, und du bist ja noch viel älter als er.«

»Ich bin ja auch dein Vater!« rief Don Pedro entrüstet, aber auch ziemlich geschmeichelt.

»Eben«, lachte sie. »darum kann ich dich nicht heiraten.«

Diesen Worten hatte er nichts entgegenzusetzen. Um seine endgültige Antwort noch hinauszuzögern, sagte er: »Warte doch einfach noch ein oder zwei Jahre.«

»Das Warten«, versetzte sie, »verringert doch den Altersunterschied nicht.«

Das war logisch, mußte Don Pedro zugeben. Er schwieg eine Weile. Dann sagte er: »Eigentlich hätte ich Monsieur Godin an deiner Stelle erwartet. Liebt er dich eigentlich so sehr wie du ihn?«

»Ich glaube, ja.«

Gewißheit, stellte Don Pedro fest, scheint sie also nicht zu haben. Er sagte jedoch nichts, sondern entließ Isabel mit dem Versprechen, über ihr Anliegen nachzudenken. »Aber erst dann«, sagte er ein wenig barsch, »wenn ich Monsieur auf den Zahn gefühlt habe.«

Bald darauf kam es zu einer Unterredung zwischen Pedro de Grandmaison und Jean Godin. Aber die Initiative dazu ging von Isabels Vater aus, der Godin durch einen Boten auf die Hazienda bestellte.

»Monsieur Godin«, kam Don Pedro in seinem Arbeitszimmer gleich zur Sache, »Es ist mir nicht entgangen, daß meine Tochter Sie liebt. Erwidern Sie eigentlich ihre Gefühle?« Grandmaison beugte sich vor und sah dem Chevalier in die Augen, als wollte er auf den Grund seiner Seele sehen.

Dieser zuckte mit keiner Wimper und antwortete förmlich:

»Ich möchte Isabel heiraten, wenn Sie, Don Pedro, dazu Ihre Zustimmung geben.«

Don Pedro legte seine Zigarre weg und sagte streng: »Würde das etwa bedeuten, sie müßte mit Ihnen nach Frankreich gehen, sobald Ihre Verpflichtungen hier erfüllt sind?«

»Ich würde tun, was in Ihren Augen das Beste für Isabel ist«, antwortete Godin. Und Don Pedro mußte nicht lange nachdenken. Er wollte retten, was zu retten war. »Meine Tochter«, entschied er, »ist noch ein Kind, viel zu jung, um von ihrer Familie und ihrer Heimat Abschied nehmen zu können. Sie würde sich in der Fremde vor Heimweh verzehren. Wenn ich dieser Heirat zustimme, dann nur unter der Bedingung, daß Isabel und Sie auf der Hazienda bleiben.«

»Heißt das, Sie geben uns Ihren Segen, wenn ich hierbleibe?« fragte Godin sichtlich erregt.

»Ja«, antwortete Don Pedro und versagte es sich hinzuzufügen: »Mit schwerem Herzen!« Doch legte sich die Last düsterer Vorahnungen auf seine Seele.

Zweites Kapitel

Der Mann versteht Eindruck zu machen, mußte Antonio de Grandmaison, Isabels jüngster Bruder, im stillen zugeben, als er Godin bei der Brautsuche begleitete, wie sie Tradition in angesehenen Familien war. Er hatte ihm für diesen Tag eine lachsfarbene Silberbrokatweste, samtene dunkelgrüne Kniehosen, seidene Strümpfe und Schnallenschuhe geliehen. Die festliche Tracht saß Godin wie angegossen, und er bewegte sich darin so elegant, wie es sich für einen Edelmann gehörte. Ob Godin in Frankreich wohlhabend war, wie er behauptete, konnte Antonio von hier aus nicht feststellen. Doch hatten seine behutsamen Recherchen unter einigen Mitgliedern der Expedition ergeben, daß er weder mit Juden noch Konvertiten verwandt war, seine Familie also die Gebote der Limpia sangria, der Reinhaltung des Blutes, beachtet hatte. Das zumindest war beruhigend.

Jean Godin hielt den Brauch der Brautsuche für veraltet und albern, zumal er dabei auch noch ein Tablett mit Kuchen tragen mußte, der für Isabels Hochzeitspatinnen bestimmt war. Aber er fügte sich. Schließlich war er ja am Ziel seiner Wünsche. Jetzt war er Antonio dankbar, daß er ihn gleich zu dem Flügel der Hazienda geführt hatte, wo Isabel wartete, so daß er seinen Kopf nicht in jedes Zimmer des riesigen Gebäudekomplexes stecken mußt. Er vermutete

Isabel im entlegensten Zimmer und ging zielstrebig zum Ende des langen Flures. Er klopfte an die Tür, aber niemand antwortete. Er sah Antonio fragend an. Dieser nickte, und Godin öffnete die Tür.

Isabel war in diesem Zimmer. Sie saß auf einem Sofa, flankiert von den zwei Patinnen, Frauen, die Godin nicht kannte. Einige Schritte vor den Frauen hatte Don Pedro auf einem schlichten Stuhl Platz genommen, wie ein Wächter, der über Isabels Sicherheit wachte. Als Godin eintrat, stand er auf und stellte sich schützend vor seine Tochter. »Möge Gott sie alle segnen«, sagte Godin etwas mechanisch und bot den Patinnen den Kuchen an, von dem sie mit beinahe abweisenden Mienen aßen. Nun nahm er Isabels Hand. Hastig tat er das, als brauche er ihren Halt in dieser für ihn unbehaglichen Situation. Er hatte das Gefühl, als ginge er in eine Prüfung, deren Ausgang ungewiß war. Doch aus Isabels schönen goldbraunen Augen sprach eine solch überwältigende Ermutigung, daß sich seine Sorgen schnell verflüchtigten.

»Don Pedro«, sagte er mit fester Stimme, »ich bitte Sie um die Hand Ihrer Tochter, der mein Herz gehört.« Isabels Vater sah ihn durchdringend an, und noch einmal fühlte Godin sich unsicher. Isabel spürte die Spannung im Raum. Sie war sich darüber klar, daß ihr Vater ihre Wahl für wenig glücklich hielt, und sie kannte ihn so gut, daß sie ihm trotz seiner gefaßten Miene ansah, wie sehr er litt. Sie schenkte ihm ein kleines, mitfühlendes Lächeln und sagte behutsam: »Lieber Vater, es ist nun Zeit, Ihre Obhut, unter der ich glücklich war, zu verlassen.«

Don Pedro antwortete fast tonlos: »Geh mit meinem

Segen!« Er fügte noch hinzu: »Meine Obhut verläßt du wohl, aber niemals meine väterliche Sorge.«

Nach der Zwiesprache zwischen Vater und Tochter erhob sich Isabel und dankte den beiden Patinnen mit einer Umarmung. Als Don Pedro dann, wie es Brauch war, seinen Schwiegersohn umarmte, flüstert er beinahe bittend: »Jean, sie ist das Liebste, was ich habe ...« Er unterbrach sich und sagte nur noch: »Ist schon gut.«

Am Nachmittag legten Jean und Isabel vor José Gaillardo, dem Priester der Hazienda, das Eheversprechen ab. Die Braut trug für den festlichen Anlaß eine schwarze Mantilla aus Spitze, die zwar ihr Haar bedeckte, das Gesicht aber freiließ, und wer ihr junges, vor Erregung glühendes Antlitz sehen konnte, der wußte im selben Augenblick, daß Isabel ihre unsterbliche Liebe erobert hatte.

Die Kapelle war bis auf den letzten Platz gefüllt mit Familienangehörigen und Hochzeitsgästen, von denen nicht wenige auf der Tribüne in Riobamba Zeugen der ersten Begegnung von Jean und Isabel gewesen waren. Auch wenn viele von ihnen diese Entscheidung nach einer so kurzen Zeit der Annäherung für überstürzt hielten, empfanden sie doch größte Sympathie für das Paar. Die meisten Frauen vergossen Tränen der Rührung, als Jean seiner Braut den Ehering auf den Ringfinger der linken Hand streifte. Während der anschließenden Messe erbat Pater José Gaillardo mit bewegenden Worten Gottes Segen und das Glück vieler Kinder. Nicht ohne Grund, wie Isabels engste Verwandte meinten, fügte er hinzu, Gott möge Jean und Isabel, die aus so verschiedenen Welten stammten, immer das rechte Verständnis füreinander finden lassen, so daß ihre Liebe Bestand habe.

Isabel ahnte, daß Don Pedro bei dieser Predigt seine Hand im Spiel gehabt hatte. Jean aber war nicht so aufmerksam. Er empfand nichts als Freude über seine hübsche, blutjunge Braut und war stolz darauf, endlich einmal Mittelpunkt zu sein, eine Rolle, die ihm als Meßkettenträger nie zuteil geworden war. Heute aber waren Charles-Marie de La Condamine und Pierre Bouguer, der zweite Mann der wissenschaftlichen Mission, seine Paten, bei einer Hochzeit, die ihn, Jean, zum Mitglied einer der ersten Familien der Audiencia de Quito machen würde. Und die Familie Grandmaison sorgte bei diesem Fest dafür, daß kein Zweifel an ihrem Rang in diesem Lande aufkam.

Als das Brautpaar sich unter dem Geläut der Glocken auf der Freitreppe vor der Kapelle zeigte, donnerten ihm die Hochrufe einer gut fünfhundertköpfigen Menge entgegen. Eine Kanone, die jahrzehntelang geschwiegen hatte, böllerte, daß die Scheiben klirrten. Musketensalven knatterten, und zum Himmel stieg ein verfrühtes Feuerwerk, denn es war ja schließlich taghell.

Don Pedro Manuel de Grandmaison y Bruno hatte vier Tafeln von imposanten Ausmaßen aufstellen lassen, denn zum Bankett waren über hundert Personen geladen, Verwandte, Freunde und Standespersonen sowie alle Mitglieder der wissenschaftlichen Mission, die zum Teil unter schwierigsten Bedingungen aus dem weiten Bereich der Audiencia angereist waren. Die Familien der kleinen Pächter der Grandmaisons, ferner Knechte und Sklaven feierten mit schmetternden Blechklängen, Flöten und Trommeln an den Mauern, die die Häuser und Gärten der Hazienda umschlossen. Dort drehten sich Lämmer am Spieß, Kartoffeln und Mais rösteten in großen Eisenpfannen, und bunte Getränke lockten in riesigen Krügen, gekühlt mit Gletschereis vom Chimborazo. Darüber hinaus gab es Chicha und Zuckerrohrschnaps, von dem man bis zur Bewußtlosigkeit trinken konnte.

Ein Nachbar der Grandmaisons aber war der Feier ferngeblieben. Es war der alte Andi, den der heißblütige Antonio mit der Peitsche traktiert hatte, nachdem er den Grandmaisons zweimal den Ernteanteil als Pacht für sein Stück Land verweigert hatte. Diese Schläge konnte der alte Quechua den Grandmaisons nicht verzeihen, denn sie waren zutiefst ungerecht gewesen. Das bißchen Mais, das der schwere Hagel damals nicht vernichtet hatte, reichte für ihn selbst und seine Familie kaum zum Überleben. Konnte Don Pedro, der sich selbst für gerecht hielt, das denn nicht sehen?

Aber Don Pedro wußte nichts von Andis stillem Protest, wie ihm auch Antonios Handeln, das er nicht geduldet hätte, entgangen war. Es hätte ihn allerdings kaum beunruhigt, hätte er erfahren, daß der Alte auf Rache sann und bei einem mächtigen Brujo, einem Zauberer, einen Fluch gegen die Grandmaisons bestellt hatte. Denn von Zauberei hielt er nichts.

Don Pedro wollte nicht, daß Isabel, seine kleine Madonna, unter den Augen und dem Beifall aller Gäste in die Brautkammer aufbrechen sollte. Er empfand diesen Weg als Opfergang, und der Gedanke bereitete ihm Pein, daß irgend jemand in diesem Augenblick ähnliche Gedanken hegte wie er selbst. Er ließ daher unmittelbar vor Mitternacht das große Feuerwerk inszenieren, das die Gäste nach draußen lockte und alle Aufmerksamkeit auf sich zog. Für die beiden Paten

Isabels und Jeans waren die in den Nachthimmel aufsteigenden Raketen dann das verabredete Aufbruchssignal. La Condamine und Bouguer geleiteten das Paar unauffällig zur Brautkammer, die in einem fernen Flügel des Hauses hergerichtet worden war, wohin der Lärm der ausgelassenen Gesellschaft nur leise drang.

Die beiden Patinnen verabschiedeten sich von Isabel mit Wangenküssen und nickten Jean freundlich zu. Pierre Bouguer, dem sein Zynismus selbst noch in einem solch feierlichen Augenblick heilig war, klopfte Godin auf die Schulter und flüsterte grinsend: »Machen Sie's ja gut. Der Ruf der französischen Liebeskunst steht auf dem Spiel.«

Isabel war die unerquickliche Szene nicht entgangen, und als sie endlich allein mit Jean war, sah sie, wie irritiert und nervös er war. Gern hätte sie ihn in diesem Augenblick in den Arm genommen und seine Mißstimmung hinweggeküßt. Aber eine innere Stimme warnte sie, Jean jetzt auf gar keinen Fall zu berühren, sondern zu warten, bis er sich beruhigt hatte. Sie ging zum Fenster, schaute hinaus in die sternenklare Nacht, die von den Gesängen und Klängen des Festes erfüllt war, und wartete auf ihn. Endlich kam er herüber und umfaßte sie. Er löste den Brautschleier, strich ihr Haar im Nacken zur Seite und küßte sie zärtlich. Dann zog er sie hinüber zu dem mit Blütenblättern geschmückten Bett, deren betörende Düfte ihre Sinne einhüllten, aber auch ihre Leidenschaft weckten, der sie sich gelöst und glücklich überließen.

Es waren unangenehme Pflichten, die Jean schon eine Woche nach seiner Hochzeit mit den anderen Mitgliedern der französischen wissenschaftlichen Mission nach Quito riefen. Sie mußten sich vor Gericht in jenem Prozeß verantworten, der als sogenannter Pyramidenprozeß in aller Munde war und die patriotisch gesonnenen Gemüter erregte. Godin sollte wie seine Kollegen nur vernommen werden. Wortführer der Franzosen war Charles-Marie de La Condamine.

So hochfahrend und scharfzüngig La Condamine seinen Standpunkt meistens verfocht, so diplomatisch verhielt er sich nun – ganz wie ihm sein Freund Maldonado geraten hatte. Schmeichelnd führte er in der Schlußverhandlung an, die Lilien, die er auf den beiden Ziegelpyramiden zum Gedenken an die Mission habe einfügen lassen, zierten das Wappen der Bourbonen. Die beiden Königsfamilien Spaniens und Frankreichs seien doch Zweige ein und desselben Hauses. Deshalb schmückten die Lilien ja auch einige Kirchenportale in Quito. Er habe sich also von der Idee der Gemeinsamkeiten leiten lassen, davon, daß die beiden Denkmäler nördlich und südlich des Äquators an die Zusammenarbeit beider Königshäuser erinnern sollten.

Mit dieser Erklärung beeindruckte er die Richter. Sie ließen die Anklage nicht nur in dieser Angelegenheit fallen, sondern sprachen die Franzosen auch von dem Verdacht der Spionage für England sowie der heimlichen Schatzsuche frei. Unbehelligt konnte La Condamine nun das Schlußkapitel der Expedition aufschlagen.

Jean Godin hätte er dazu eigentlich nicht gebraucht. »Du solltest nach Riobamba zurückkehren«, riet er ihm. »So unmittelbar nach der Hochzeit darfst du deine reizende Frau nicht allein lassen. Genieße die Flitterwochen mit ihr.« Godin aber, der den elf Jahre älteren La Condamine gren zenlos bewunderte, wollte an dessen Seite bleiben. »Für die Ehe«, antwortete er lachend, »habe ich noch unendlich viel Zeit, sobald du Amerika verlassen haben wirst. Jetzt möchte ich dir helfen, wo ich kann.«

La Condamine dachte nach. Die Zeit des Meßkettenschleppens war vorbei, und für mathematische Arbeiten war Jean nicht geschult, vielleicht auch nicht intelligent genug. Aber gut, dachte er, seine Gesellschaft ist mir weitaus angenehmer als die des harschen Bouguer. Und vielleicht finde ich noch eine Aufgabe für ihn. »Also bleib«, entschied er. »Ich möchte aber von Isabel später keine Vorwürfe hören.«

Godin schickte einen Boten zur Hazienda und ließ sich bei seiner Frau mit dringenden Pflichten, die er gegenüber der wissenschaftlichen Mission habe, entschuldigen.

Einige Tage nach dem Prozeß begleitete er La Condamine zu den Padres der Societas Jesus, die nahe der Plaza Mayor gerade eine prächtige Kirche errichteten. Padre Maldonado, der Bruder seines Freundes und Forschungskollegen Pedro Maldonado, hatte Charles-Marie an der Rokokofassade der Kathedrale eine Inschrift erlaubt, die daran erinnern sollte, daß die Franzosen dort einen Vermessungspunkt festgelegt hatten. Den genauen Platz für die Tafel wollte La Condamine nun gern aussuchen.

»Meinen Respekt«, bedankte er sich bei Maldonado, mit dem er sich vor der Kirche traf. »Ihr Jesuiten seid weitaus fortschrittlicher als die katholische Kirche, die doch mit fast jeder naturwissenschaftlichen Erkenntnis hadert.« Maldonado lächelte nachsichtig. »Sie sollten uns Jesuiten besser kennen, Charles-Marie. In unseren Reihen haben wir viele ernsthafte Forscher. Sobald Ihre Tafel hängt, besuchen wir einmal unser wissenschaftliches Geheimarchiv. Es ist so geheim, daß es auch von uns nur wenige gesehen haben. Die Inquisition darf es niemals zu Gesicht bekommen. Was ich Ihnen und Monsieur Godin dort zeigen werde, wird Sie in Erstaunen versetzen.«

Die meisten der Schriften, die Maldonado ihnen einige Tage später in einer lichtarmen Klosterkammer vorlegte, interessierten La Condamine herzlich wenig. Sie waren das Werk von Dilettanten und zudem noch unansehnlich, weil der Schimmel an ihnen fraß. Aber seine Geduld wurde dann doch belohnt, als der Pater ihm eine Karte des »Flusses der Amazonen« mit zahlreichen Nebenflüssen, mit Missionsstationen und Indiodörfern zeigte. Sie war das Werk eines Paters namens Samuel Fritz und der erste, recht gelungen erscheinende Versuch, das gewaltige Stromgebiet kartographisch zu erfassen. La Condamine zeigte sich begeistert. »Phantastisch, ganz phantastisch«, sagt er zu Maldonado.

»Bruder Samuel«, erklärte Maldonado stolz, »hat zwanzig Jahre im Amazonas-Gebiet gearbeitet und ständig Tagebuch geführt.«

»Darf ich das Tagebuch ebenfalls sehen?« bat La Condamine.

Maldonado legte ein eng beschriebenes Buch, das neben dem Text auch viele Zeichnungen enthielt, auf den Tisch, und La Condamine erkannte schon beim ersten Blättern, wie wertvoll die Informationen darin für ihn sein würden, stäche er nicht wie ursprünglich geplant von Cartagena aus nach Frankreich in See, sondern von Cayenne aus. Dazu müßte er zuvor mit einer Piroge den Amazonas hinabfahren und könnte seine Arbeit in Südamerika mit einer genauen

Karte des großen Stromes krönen. Er erkannte natürlich sofort, daß der Pater bei der Erstellung seiner Karte nicht mit geodätischen, also präzisen Instrumenten gearbeitet hatte.

La Condamine mußte seine Erregung unterdrücken, als er sagte: »Pater, ist es allzu vermessen, Sie um eine Kopie der Karte zu bitten?«

Maldonado, der La Condamines Absichten ahnte, schüttelte den Kopf. »Vermessen ist es nicht. Aber wenn Sie das unternehmen, was ich vermute, dann könnte dieses Abenteuer für Sie gefährlich werden. Gefährlich wäre nicht nur die Reise. Denken Sie daran, Portugal und Spanien haben überhaupt kein Interesse daran, daß England und Frankreich geographische Kenntnisse über ihre Kolonien erhalten. Eine Karte des Amazonas-Gebietes öffnete diesen Mächten Tür und Tor.«

»Sie diente unserem Wissen von der Welt, in der wir alle leben«, antwortete La Condamine mit Nachdruck.

»Das denke ich auch. Aber sagen Sie das mal unserem König! Sie haben doch im übrigen gerade einen Prozeß hinter sich, der Ihnen die ganze Engherzigkeit seiner Verwaltung vor Augen führte.«

»Also sagen Sie nein zu meiner Bitte?«

»Warum sollte ich. Meinen Segen haben Sie! Aber Sie müssen eine Bedingung erfüllen. Erzählen Sie keinem Menschen, daß Sie bei irgendeinem Ihrer Vorhaben die Karte der Jesuiten als Grundlage benutzen. Wir sind den Majestäten Portugals und Spaniens sowie den Kirchenfürsten ohnehin schon ein Dorn im Auge.«

La Condamine erhielt auch die Erlaubnis, Informationen aus Bruder Samuels Buch abzuschreiben, die sich für eigene

Nachforschungen anboten. »Allerdings müssen Sie sich Ihre Notizen hier im Archiv machen«, verlangte Maldonado. »Unsere Schriften dürfen das Kloster nicht verlassen.«

»In Ordnung«, nickte La Condamine lächelnd. Er wandte sich unter Aufbietung beträchtlichen Charmes Jean Godin zu. »Ich möchte dich bitten, Pater Samuels Tagebuch mit mir durchzusehen und dann ein paar Stellen für mich abzuschreiben.«

»Das kann doch ein paar Wochen dauern«, protestierte Godin schwach. »Läßt sich denn dafür kein beruflicher Schreiber finden? Wie wäre es außerdem mit Kapitän Verguin? Der ist doch daran gewöhnt, ein Logbuch zu führen.«

»Jean«, sagte La Condamine mit Verschwörerstimme, »die Angelegenheit muß geheim bleiben. Nur du und ich dürfen darüber Bescheid wissen. Außerdem solltest du nicht vergessen, daß du dich um die Erforschung des Amazonas-Gebietes verdient machst, wenn du mir auf diese Weise hilfst.«

Godin war geschmeichelt und fügte sich.

La Condamine kannte den Ehrgeiz seines Meßkettenträgers, aber er kannte ihn doch nicht gut genug. Fast jeden Morgen ging Godin nun zu den Jesuiten, zuerst ein paar Tage zur Orientierung gemeinsam mit La Condamine, später allein. Und während er Bruder Samuels Amazonas-Tagebuch las, wurde in seinem Kopf die Idee übermächtig, es seinem Freund eines Tages gleichzutun und selbst den Amazonas zu erforschen. Wenn die Zeit einmal reif wäre, nach Frankreich zurückzukehren, wollte er wie sein Vorbild nicht die bekanntere Route über Bogotá, Cartagena und Panama gehen, sondern den Amazonas hinab nach Cayenne fahren und dabei den Strom erkunden. Er hatte jetzt natürlich keine klare Vorstellung davon, welchen wissenschaftlichen Themen er dabei seine Zeit widmen würde. Aber es könnte gewiß ein aufregendes Thema sein. Vorsorglich kopierte er auch für sich die Karte des Paters Samuel Fritz und notierte sich Namen und Lage aller Jesuitenmissionen am großen Strom und was er sonst noch aus des Paters Tagebuch für wichtig hielt.

Bis er La Condamine die gewünschte Abschrift überreichen konnte, vergingen mehrere Wochen. Als seine Rückkehr zur Hazienda bevorstand, schlug er La Condamine vor, mit ihm zu reisen und einige Zeit sein Gast zu sein. »Du könntest meiner Familie bei der Gelegenheit die Bedeutung meiner Arbeit für dich erläutern«, sagte er hoffnungsvoll.

»Ah, machst du dir nun doch Gedanken Isabels wegen?« lachte La Condamine.

»Ein wenig schon«, nickte Godin, doch Isabel machte ihm kaum Sorgen. Er würde ihre Leidenschaft wecken und sie mit seiner Zärtlichkeit ihre Enttäuschung vergessen lassen. In dieser Hinsicht fühlte er sich Charles-Marie, der im Ruf stand, ein großer Liebhaber zu sein, durchaus ebenbürtig. Er fürchtete nur Don Pedro und dessen Söhne. Sie nahmen ihm die Vernachlässigung Isabels sicher übel und würden ihm das zu spüren geben. Einige Worte La Condamines konnten helfen, die Atmosphäre zu bereinigen, und darum war er froh, daß der Freund zusagte und mit ihm kam.

Entgegen seinen Befürchtungen aber stellte ihm auf der Hazienda niemand Fragen, schon gar nicht Isabel, die keinen Augenblick daran gezweifelt hatte, daß er durch dringende Pflichten in Quito aufgehalten worden war. Wodurch denn sonst? Es war unvorstellbar für sie, daß er aus anderen

Gründen auf das Glück ihrer jungen Liebe verzichtete. La Condamine war im übrigen klug genug, Jean mit keinem Wort zu entschuldigen. Er erwähnte in einer der vielen Unterhaltungen bei Tisch einmal nur beiläufig, daß sie im Kloster der Jesuiten auf einen Wissensschatz gestoßen seien, den sie gemeinsam an Ort und Stelle hätten heben müssen.

La Condamine blieb längere Zeit auf der Hazienda, deren Bequemlichkeiten nach all den Jahren in ungemütlichen Camps und unvorstellbar schmutzigen Herbergen er genoß. Vor allem aber schätzte er die Gesellschaft Isabels, deren Wissensdurst ihn fast ebenso entzückte wie ihr Liebreiz. Was war dieser Jean doch für ein Narr, daß er nicht jede Stunde mit ihr verbrachte! Entweder, mutmaßte La Condamine, war er ohne tiefe Gefühle oder er litt unter einer gewissen Schwäche im Bett. Auch jetzt ließ er sie allzu oft allein.

Doch in Liebesdingen täuschte er sich bei seinem Meßkettenträger. Jean war im Bett umsichtig, ausdauernd und phantasievoll. Nur war die Liebe für ihn eben keine neue, überwältigende Erfahrung mehr wie für Isabel. Er glaubte auch, daß seine Gefühle für sie aufrichtig wären. Doch spürte er instinktiv, daß sie ihn tiefer liebte als er sie. Ähnlich war es ihm auch mit seinen Beziehungen zu anderen Frauen ergangen, und eine warnende Stimme in seinem Innern hatte ihn lange Zeit vor dem Heiraten bewahrt. Die Frage, warum Isabel die Ausnahme war, hatte er sich durchaus ehrlich beantwortet. Daß sie jung, schön, temperamentvoll, gebildet und intelligent war, zählte dabei gewiß, hatte aber nicht allein den Ausschlag gegeben. Von großer Bedeutung war auch die Tatsache, daß sie zu einer der ersten und reichsten Familien der Audiencia gehörte.

Die Godins waren ja nur kleine Edelleute, deren Landgut bei Saint Armand-Gontron südlich von Paris nicht genug Geld abwarf, die Familie zu ernähren und das Herrenhaus vor dem langsamen Verfall zu bewahren. Nach seiner Rückkehr nach Frankreich hätte er also kaum ein Leben jenes gehobenen Stils führen können, wie er ihn für angemessen hielt. Mit Hilfe Isabels aber konnte er das ändern. Nein, mit dieser Heirat hatte er nichts falsch gemacht. Sie war, wenn er es genau betrachtete, der größte Erfolg seines Lebens.

Für immer und ewig auf der Hazienda bleiben aber wollte er nicht, nicht in der Nähe zweier aktiver Vulkane und nicht unter den argwöhnischen Augen Don Pedros. So war er froh, daß Charles-Marie eines Abends, als man sich nach Tisch auf die Veranda setzte, um zu rauchen, von den Vorzügen Frankreichs erzählte. Seine Schilderung der kunstvollen Gärten von Versailles, der märchenhaften Schlösser an der Loire, der prächtigen Straßen und geschäftigen Gassen von Paris, wo man überall eine andere Art des Denkens zu spüren bekam, war eine bessere Werbung für seine späteren Ziele, als er selbst sie hätte betreiben können.

Don Pedro schmunzelte über den Feuereifer, mit dem La Condamine sich gegen die Bevormundung der Gesellschaft durch überalterte Traditionen und kirchliche Autorität wandte. »Gut, daß mein Sohn, Padre José, nicht bei uns ist«, sagte er. »Er wagt nichts zu denken, was unsere heilige Kirche nicht für ihn vorgedacht hat, und würde jetzt sicher heftig opponieren.« Dann wandte er sich seiner Tochter zu: »Aber meine Isabel müßte eigentlich Feuer und Flamme für die Ideen der Aufklärung sein, nicht wahr?«

Isabel nickte. »Es wäre mir ein Vergnügen, einige der

neuen Bücher zu lesen, von denen ich gehört habe. In Spanisch gibt es solche Werke jedenfalls nicht. Bei uns wird noch ernsthaft darüber diskutiert, ob die Glocken im Himmel aus Metall seien oder flüssig wie der leichteste Wein. Und die Gelehrten streiten, ob die Engel fähig seien, menschliche Wesen durch die Luft zu befördern.«

Don Pedro hatte wieder einmal Freude an seiner Tochter, auch wenn er im Gegensatz zu ihr mehr an traditionellen Werten hing. Mit einem skeptischen Lächeln auf den Lippen sagte er: »Neue Ideen, brillant geschrieben, haben ihre bestechende Wirkung eher auf junge Leute. Die Frage ist, ob diese Ideen dem Leben standhalten. Aber«, ergänzte er in verbindlichem Ton, »Sie, Charles-Marie, haben mich sehr beeindruckt. Und Sie haben mein Interesse für Frankreich geweckt, das Land meiner Väter.«

»Wollen Sie dann nicht bald einmal nach Frankreich kommen? Sie wissen, daß Sie herzlich eingeladen sind.«

Der Augenblick kann günstiger nicht sein, dachte Godin, der sich bislang zurückgehalten hatte. »Ich denke«, sagte er mit Nachdruck, »es ist an mir, meinen Schwiegervater einzuladen.«

»Natürlich, Jean. Aber dann erlaube mir wenigstens die Rolle des Cicerone.«

»Wann immer du willst«, stimmte Godin erfreut zu. Er wußte, wie sehr Isabel und vor allem Don Pedro La Condamine schätzten und wie sehr dessen Engagement seinen eigenen Plänen förderlich war. Er hätte das Gespräch über Frankreich gern noch eine Weile fortgesetzt. Aber ein plötzlicher kalter Wind, der von den Schneegipfeln kam, löste die Runde vorzeitig auf.

La Condamine entdeckte schnell, daß Isabel nicht nur ein großes Talent für Sprachen besaß, sondern auch für genaue Naturbeobachtungen. Ihr Interesse für Fauna und Flora zeigte sich in den verschiedenen Gärten der Hazienda, wo sie eine kleine Menagerie mit Vögeln, Reptilien und Kleinsäugern unterhielt. Außerdem hatte sie eine glückliche Hand in der schwierigen Haltung von Orchideen. La Condamine war von den geheimnisvollen Pflanzen so fasziniert, daß er sich zu jeder, die gerade in Blüte stand, an Ort und Stelle Skizzen und Notizen machte.

Isabel fand diese Bemühungen unzulänglich. »Charles-Marie«, fragte sie ihn mit der samtweichen Stimme, die auf ihre Gesprächspartner auch dann noch wie ein Streicheln wirkte, wenn sie diese kritisierte, »was bezwecken Sie eigentlich mit diesen Aufzeichnungen?«

La Condamine zeigte sich erstaunt. »Warum möchten Sie das wissen? Gefällt Ihnen an meiner Arbeit irgend etwas nicht?«

»Das ist es nicht«, antwortete Isabel. »Aber Sie können augenblicklich nur einen winzigen Ausschnitt vom Leben dieser Pflanzen beobachten, so daß Sie ihnen einfach nicht gerecht werden.«

»So«, sagte La Condamine nur.

»Ja, schauen Sie«, bekräftigte Isabel. »Allein in diesen Gärten blühen mindestens fünfzig verschiedene Orchideen, manche mehrere Wochen, andere nur wenige Stunden. Es gibt Blüten, die sehen aus wie ein menschliches Antlitz mit Augen, Mund und Nase. Andere sind gestaltet wie die Insekten, von denen sie besucht werden. Und es scheint, als paarten sie sich mit ihnen.«

Das hatte La Condamine noch nie gehört. »Tiere, die sich mit Pflanzen paaren? Sind Sie sicher?«

»So sieht es jedenfalls aus«, nickte Isabel.

La Condamine hatte eine Idee. »Was halten Sie davon, wenn ich Ihnen zeige, auf welche Merkmale Sie beim Zeichnen von Pflanzen und den Notizen über sie achten müssen? Wäre das nichts für Sie? Ich würde außerdem meinen Botaniker bitten, Ihnen das Herbarisieren zu zeigen. Dann könnten Sie mir die Ausbeute nach Frankreich mitgeben, und später könnten wir auch miteinander korrespondieren. Ich verspreche Ihnen, einige der von Ihnen beschriebenen Pflanzen werden Ihren Namen tragen. Würde Sie diese Idee reizen?«

Isabel war begeistert. »Ich finde Ihre Idee großartig. Wann wollen wir anfangen?«

»Am besten gleich morgen. Denn lange kann ich nicht mehr auf der Hazienda bleiben.«

Sie verabredeten sich zu einem gemeinsamen Frühstück im Herrenhaus, danach wollte La Condamine mit Isabels Unterweisung beginnen.

Als Isabel Jean voller Freude von ihren Plänen erzählte, zeigte er darüber seinen Unmut und meinte abschätzig: »Charles-Marie versucht aber auch jeden Menschen in seine Dienste einzuspannen.«

Isabel war empört. »Was soll das heißen?« fragte sie ungewollt scharf.

»Ach, nichts. Ich mußte halt gerade daran denken, wie viele Neger an der Küste und Indios auf dem Paramo er aufgefordert hat, ihm und unserem Botaniker Pflanzen, Tiere, Artefakte und Steine ins Zelt zu bringen.«

Das war trotz Godins beschwichtigenden Tonfalls erst recht eine Gemeinheit. Isabel schnappte nach Luft. Über sich selbst erschrocken, fügte er schnell hinzu: »Deine Arbeit ist natürlich sehr viel anspruchsvoller als die der Neger.«

»Das meine ich aber auch«, sagte Isabel, die nicht nur über seine Taktlosigkeit verstimmt war. Sie hatte das Gefühl, daß Jean eifersüchtig auf ihre Verabredung mit La Condamine sei. Und dieser Eindruck verstärkte sich noch, als er sichtlich bemüht, sich zu beherrschen, sagte: »Wenn du mit deiner Aufgabe allein nicht fertig werden solltest, helfe ich dir natürlich gern.«

Obwohl ihr auch die Art nicht gefiel, in der er sich anbot, meinte sie doch versöhnlich: »Danke, mein Liebling. Wenn ich Rat und Hilfe brauche, werde ich dich ganz gewiß darum bitten.«

Sie sprachen nie wieder über die Angelegenheit. Isabel brauchte Jeans Hilfe auch nicht. Sie lernte schnell, Pflanzen nach Blüten, Blattformen und anderen Merkmalen zu unterscheiden, zu beschreiben und zu zeichnen, so daß La Condamine mit ihr sehr zufrieden war.

»Wissenschaft mit einem Schuß Poesie« lobte er den ersten kleinen Aufsatz, den er schon nach einer Woche zu lesen bekam.

Zu dieser Zeit trafen auch Joseph de Jussieu, Kapitän Verguin, der Gerätespezialist Hugot, die Mathematiker Pierre Bouguer und Louis Godin, ein Verwandter Jean Godins, sowie Pedro Maldonado auf der Hazienda ein. Don Pedro hatte La Condamine für das Treffen in gewohnter Gastfreundschaft sein Haus zur Verfügung gestellt und sogar die Boten ausgesandt, um die Männer zusammenzurufen.

Joseph de Jussieu, der Isabel im Herbarisieren unterweisen sollte, blieb zu ihrem Leidwesen jedoch nur wenige Tage und war noch immer in so schlechter nervlicher Verfassung, daß er ihre Pflanzen nicht einmal ansah. Isabel durfte sich lediglich ein paar seiner ungeduldig vorgebrachten Ratschläge notieren.

Die anderen Expeditionsteilnehmer blieben länger. Es war das letzte Mal, daß sie an einem Ort vereint waren. La Condamine bekam endlich einmal keinen Streit mit dem notorisch zänkischen und überheblichen Dr. Bouguer, auch nicht, als er ihm und den anderen seine Pläne »für den letzten Forschungsakt«, wie er das nannte, entwickelte. Dies lag wohl daran, daß seine Pläne nicht nur sehr schlüssig waren, sondern mit deren Erfüllung auch die Heimkehr nach Frankreich bevorstand. Außerdem trug die Umgebung zum Frieden bei, denn es fehlte auf der Hazienda der Grandmaisons weder an weichen Betten, noch an delikatem Wein und gutem Essen.

La Condamines Programm sah vor, daß er selbst im März des folgenden Jahres in der Paramo-Region von Yarqui, nahe der Stadt Cuenca, sein Fernrohr auf denselben Stern einstellen würde wie Bouguer mit Hilfe Verguins dreihundertzwanzig Kilometer nördlich, und zwar dort genau auf den Äquator. Man würde einander durch Boten die abschließenden astronomischen Beobachtungen mitteilen und diese miteinander vergleichen. Entsprachen die Kontrollwerte den terrestrischen Messungen, war die Arbeit getan.

Daraufhin sollten Bouguer und Verguin auf dem Camino Real von Quito nach Bogotá reisen, von dort auf dem Rio Magdalena weiter per Boot zum Hafen Cartagena fahren, dann über See nach Panama, ferner die Landenge überqueren und in Puerto Colón die lange Schiffsreise nach Frankreich antreten. La Condamine wiederum wollte sich von Yarqui über die Kordilleren zur Mission Las Lagunas am Rio Marañon begeben. Für diese unerschlossene und gefährliche Route rechnete er mit einer Reisedauer von sechs Monaten. In Las Lagunas wollte er sich mit Pedro Maldonado treffen und gemeinsam mit ihm in einer Piroge den Amazonas hinabfahren.

Nach dieser letzten Konferenz gab Don Pedro den Franzosen ein opulentes Abschiedsessen, und zu Jeans geheimer Freude stellte er ihnen wieder Fragen über Frankreich. Dabei sprach er erstmals davon, mit seiner Familie das Land seiner Vorfahren besuchen zu wollen. Die Aussicht auf ein Wiedersehen in Frankreich erleichterte allen am nächsten Morgen den Abschied. Niemand ahnte, welche Tragödie den Grandmaisons bevorstehen sollte, als sie eines Tages wirklich aufbrachen. Das war allerdings zwanzig Jahre später und aus einem Grund, der nur noch wenig mit ihren ursprünglichen Absichten gemeinsam hatte. Der Grund hieß Jean Godin. Don Pedro sollte recht bekommen mit seinem Mißtrauen gegen seinen Schwiegersohn. Sehr schnell erkannte er die unselige Mischung von Ruhmsucht und Pflichtvergessenheit, die Jeans Handeln bestimmte. Er hütete sich, mit Isabel darüber zu sprechen, deren Liebe zu Jean unerschütterlich war. Doch gab er die Hoffnung nicht auf, sie würde den Charakter ihres Mannes erkennen, bevor ein Unglück geschah.

Isabel war davon jedoch weit entfernt. Auch wenn sie öfters Grund bekam, sich über Jeans Eifersucht auf ihre Arbeit für Charles-Marie zu ärgern, zweifelte sie nicht an ihm. Sie sah ihn als leidenschaftlichen und begabten Mann der Wissenschaft. Im Gegensatz zu ihrem Vater hatte sie auch Verständnis dafür, daß er immer wieder einmal für mehrere Tage verschwand, um zu forschen, wie er sagte.

In Wahrheit aber streifte Godin oft nur ziellos umher. Don Pedro fand das durch vertraute Leute heraus, die er hinter ihm her schickte. Er ließ sich durch die spärlichen Aufzeichnungen über die Sitten und Gebräuche der Quechua oder die Spuren der Inka-Kultur nicht täuschen, die Jean heimbrachte und manchmal der Familie vortrug. Er verstand auch nicht, was der sonst von ihm sehr geschätzte Nachbar Pedro Maldonado an Jean fand.

Dieser schickte eines Tages einen Boten mit dem Vorschlag, Jean möge ihn auf seinem Landgut besuchen und ihm ein wenig bei den Vorbereitungen für die Expedition ins Amazonas-Gebiet helfen. Godin folgte der Einladung dankbar, hatte dann aber große Mühe, seinen Neid gegenüber Maldonado zu verbergen.

»Eines nicht allzu fernen Tages«, sagte er, als er Maldonado half, anhand der Aufzeichnungen, die von den Jesuiten stammten, die Route nach Las Lagunas auszuarbeiten, »werde auch ich diese Fahrt unternehmen.«

»Natürlich«, nickte Maldonado lachend. »Wir werden dir genügend Bereiche übriglassen, die du erforschen kannst. Aber jetzt sei erst mal ein tüchtiger Ehemann und sorge für Nachwuchs.«

Godin fühlte sich auf den Arm genommen und blickte verstimmt drein. Maldonado ärgerte sich in diesem Augenblick über sich selbst. Er versprach Godin daher, alle

Informationen, die er über seine Reiseroute zusammentragen konnte, nach Riobamba zu schicken, obwohl er nicht ernsthaft glaubte, daß Jean seine Reiseabsichten je verwirklichen würde.

Als Godin zur Hazienda zurückkehrte, lag dort ein Brief La Condamines für ihn.

»Lieber Jean«, hatte der Forscher geschrieben, »die Zeit für unsere abschließenden Berechnungen ist nahe. Komm bitte unverzüglich nach Cuenca. Du findest mich im Haus der Familie Quesada, unserem früheren Gastgeber. Grüße, Charles-Marie.«

Godin hatte wieder einen Reisegrund. »Ich werde gebraucht«, sagte er stolz zu Isabel und las ihr den Brief vor. »Außerdem«, sagte er feierlich, »muß ich dabei sein, wenn acht Jahre harter Arbeit ihren krönenden Abschluß finden. Ein Ereignis von historischer Bedeutung!«

»Das ist wohl wahr«, sagte Isabel. »Am liebsten würde ich mit dir reiten.« Sie machte eine Pause und fügte lächelnd hinzu: »Aber ich kann leider nicht, denn ich bin schwanger.«

»Liebling, das ist ja wunderbar!« rief Godin und nahm sie in die Arme. Er freute sich, wenn auch aus etwas anderen Beweggründen als Isabel. Ein Kind, dachte er, würde ihre Bindung weiter festigen. Außerdem würde sein Verhältnis zu Don Pedro besser werden, würde dieser erst einmal Großvater sein. Mit diesem Kind würde er erst richtig zur Familie gehören.

»Hast du die gute Nachricht schon deinem Vater erzählt?« fragte er.

Isabel schüttelte den Kopf. »Was denkst du? Du bist natürlich der erste, der sie erfährt.«

Godin küßte sie. »Ich werde so schnell wie möglich zurückkommen«, versprach er.

Isabel nahm seine Hand und streichelte sie. »Liebling, das wäre schön. Ich brauche dich doch jetzt ganz besonders.«

In der folgenden Nacht, der Nacht vor seinem Aufbruch, liebte Godin sie mit aller Leidenschaft. Er wollte jetzt mehr denn je, daß Isabel mit ihm glücklich und zufrieden war.

Dies war auch der Grund dafür, daß er nicht protestierte, als sie ihn bat, einen schweren Packen gepreßter Pflanzen für La Condamine mitzunehmen. Ich darf sie nicht enttäuschen, dachte er und überprüfte am nächsten Morgen unter ihren Augen sorgfältig die Gurte und Riemen, die die Pflanzenlast auf dem Pferd zusammenhielten. »Damit deine Schätze unbeschädigt ankommen«, erklärte er, umarmte und küßte sie zum Abschied und ritt winkend zum Tor hinaus.

Godin hatte wirklich die Absicht, nicht lange fortzubleiben. Doch machte er die Rechnung ohne das Wetter. Wochenlang saßen La Condamine und er in ihren Zelten, die sie in einer Mulde der Hochebene von Yarqui aufgeschlagen hatten, und warteten darauf, daß sich der dicke Paramo-Nebel endlich verziehen würde, der sie an ihrer Arbeit hinderte.

Jeans Aufenthalt zog sich so sehr in die Länge, daß Isabel eines Tages ihren schwarzen Diener Joaquin auf die Suche nach ihm schickte.

Godin konnte den Schwarzen nicht leiden. Auf der Hazienda nannten ihn einige spöttisch »Madames Schatten«, und obwohl der Mann sich einwandfrei benahm, hatte Godin stets das Gefühl, daß er zu Isabel eine Nähe gewonnen hatte, die unzulässig war. Ich glaube, sie vertraut ihm mehr als mir, dachte er wütend, ließ sich seinen Ärger jedoch nicht anmerken. Als Joaquin aber plötzlich im Lager von Yarqui auftauchte, verlor Godin die Beherrschung. »Was zum Teufel willst du hier? Spionierst du mir nach?« herrschte er ihn an. Er wußte, daß er sich mit seinem Zornesausbruch vor dem Schwarzen lächerlich machte, und wurde noch wütender. Joaquin ignorierte die Frage und antwortete betont freundlich: »Señora Godin macht sich Sorgen um Sie. Aber nun kann ich ihr ja versichern, daß Sie wohlauf sind.«

»Das bin ich«, sagte Godin kühl, fügte dann jedoch in versöhnlicherem Ton hinzu: »Du wirst hungrig und müde sein. Geh und laß dir von unserem Koch eine Mahlzeit richten. Er wird dir auch einen Platz anweisen, wo du dich ausruhen kannst. Morgen«, entließ er ihn, »meldest du dich vor dem Heimritt bei mir.«

Als Joaquin am nächsten Morgen sein Pferd sattelte, ging Godin sogar zu ihm und sagte: »Grüße deine Herrin herzlich von mir und auch von Monsieur La Condamine und berichte ihr, daß wir hier eine klare Nacht abwarten müssen, um mit unserem Fernrohr einen bestimmten Stern anvisieren zu können. Kurz, nachdem das geschehen ist, bin ich frei und werde von hier zu ihr aufbrechen.«

Joaquin war froh, daß Godin nun in besserer Stimmung war, und sagte mit einem kleinen Lächeln: »Ich wünsche Ihnen viel Glück!«

Als er aus dem Camp reiten wollte, kam La Condamine eilig aus seinem Zelt und rief: »Joaquin, einen Augenblick! Nimm einen Brief für Madame Godin mit.«

Joaquin hielt sein Pferd an und nahm den Brief entgegen. Godin, der in der Nähe stand, hörte La Condamine sagen:

»Richte Madame Godin bitte aus, daß ich von ihrer Arbeit begeistert bin.«

Das Lob für Isabel verdarb Godin die Laune. Dabei hätte er sich darüber freuen sollen. Doch er ärgerte sich so sehr, daß er sich in sein Zelt verkroch. Er blieb auch noch im Zelt, als sich der Nebel am späten Vormittag lichtete und endlich die Sonne schien.

Dem Sonnenuntergang folgte die ersehnte klare Nacht, in der La Condamine seine astronomischen Arbeiten durchführen konnte. Godin hätte dieses Ereignis vielleicht verpaßt, hätte La Condamine ihn nicht persönlich aus seinem Zelt geholt.

Eine Woche später wurde er dann Zeuge des Freudentaumels, mit dem Charles-Marie auf ein Schreiben Bouguers reagierte. Fieberhaft überflog La Condamine die Zahlen, die sein Kollege im Norden, nahe der Stadt Ibarra, zusammengestellt hatte, und verglich sie mit seinen eigenen. Dann sagte er strahlend zu Godin: »Jean, dieser Mann hat mich in all den Jahren enttäuscht. Ich hätte nie für möglich gehalten, daß er mir einmal Anlaß zu einer solchen Freude geben würde, wie ich sie in meinem ganzen Leben noch nicht empfunden habe. Ich könnte ihn umarmen.«

»Ich weiß, was du meinst«, sagte Godin nachdenklich.

La Condamine schüttelte den Kopf und sagte mit Nachdruck: »So ganz wohl nicht. Stell dir vor, der Kontrollwert, den wir jetzt auf astronomischem Wege errechnet haben, unterscheidet sich um nicht ganz siebzig Zentimeter von dem Wert, den wir durch unsere terrestrische Messung der Bogenlänge, also die Triangulation, gewonnen haben. Das nenne ich Präzision!«

Er boxte Godin freundschaftlich an die Brust. »Jean, ist das nicht phantastisch? Ich wünschte, wir hätten Wein, um diesen Triumph zu feiern!«

Als er Godins gequältes Lächeln sah, rief er: »Es ist unser Triumph, Jean. Du hast großen Anteil daran.«

Godin sah voraus, daß Charles-Marie in seinem Forschungsbericht nur seine untergeordnete Rolle erwähnen würde. Auf den Ziegelmonumenten zum Beispiel, die er hatte errichten lassen, fehlte der Name Jean Godin. Darum konnte er sich nicht so recht mit La Condamine freuen. »Mein Anteil an diesem Triumph«, sagte er trocken, »besteht hauptsächlich in der Schlepperei von Meßketten.«

La Condamine faßte ihn bei den Schultern und sagte herzlich: »Jeder einzelne Mann war bei dieser Mission wichtig. Und du, Jean, hast in all den entbehrungsreichen Jahren ein großartiges Beispiel an Ausdauer und Mut gegeben. Du hast ein Kapitel Wissenschaftsgeschichte mitgeschrieben.«

Godin fühlte, daß Charles-Maries Worte ehrlich gemeint waren, und seine Stimmung besserte sich. »Ich danke dir für deine freundschaftlichen Worte«, sagte er und setzte dann hoffnungsvoll hinzu: »Vielleicht können wir auch in Zukunft zusammenarbeiten, selbst wenn wir getrennte Wege gehen. Ich werde in ein paar Jahren ebenfalls den Amazonas hinabfahren, vielleicht sogar mit Isabel, um mit ihr dann von Cayenne aus nach Frankreich zu reisen. Wir werden unsere Beobachtungen notieren und sie dann in wissenschaftlichen Aufsätzen zusammentragen, um die du dann dein Werk ergänzen kannst.«

La Condamine sah ihn entsetzt an: »Jean«, sagte er scharf, »du darfst Isabel unter gar keinen Umständen der Amazonas-

Wildnis aussetzen. Du weißt doch, wie gefährlich dieses Gebiet ist. Wenn du deiner Frau eine solche Reise zumutest, wird es keine Zusammenarbeit mit mir geben. Du riskierst ihren Tod!«

Seine Schärfe tat ihm im nächsten Augenblick leid. Er zuckte ein wenig hilflos mit den Schultern und sagte: »Entschuldige, aber deine Isabel ist mir so sehr ans Herz gewachsen, daß mir der Gedanke, ihr könnte etwas zustoßen, unerträglich ist. Du wirst dir die Idee von Isabels Amazonas-Reise sicher aus dem Kopf schlagen. Es gibt einen weniger gefährlichen Weg nach Frankreich.«

»Natürlich«, sagte Godin und zwang sich zu einem Lächeln. Seine Verstimmung aber war so nachhaltig, daß er schon am nächsten Tag seine Sachen packte. »Habe Verständnis«, sagte er zu La Condamine, »ich mußte Isabel versprechen, sofort zurückzukommen, wenn unsere Arbeit hier beendet ist. Du brauchst mich doch nicht mehr, nicht wahr?«

La Condamine umarmte ihn zum Abschied. »Nein«, sagte er, »die Mission ist beendet, und du bist frei. Ich hoffe, ich werde dich, Isabel und Don Pedro in nicht allzu ferner Zeit in Frankreich sehen. Grüße deine ganze großartige Familie von mir.«

Godin versprach es. Sein Unmut verflog. La Condamine, dachte er, als er zum Lager hinausritt, hat in der Wissenschaft triumphiert. Ich aber habe in der Wissenschaft und auch in der Liebe triumphiert. Das zählt doch!

»Du hast ein Kapitel Wissenschaftsgeschichte mitgeschrieben!« Diese bewegenden Worte seines großen Freundes wirkten in Jean lange nach. Er wurde ruhiger, und zum

Erstaunen Don Pedros richtete sich sein Ehrgeiz nun auf die Hazienda. Er ließ sich bestimmte Aufgaben zuweisen, die er gewissenhaft erfüllte. Dann begann er unaufgefordert den gewaltigen Besitz zu vermessen und damit bei der Verwaltung in Quito abzusichern, was zuvor nur oberflächlich geschehen war. Seine Fähigkeiten auf diesem Feld waren auch bei Verkäufen, Verpachtungen und Zukäufen sehr gefragt.

Seiner schönen und temperamentvollen Isabel wurde Godin mehr und mehr ein aufmerksamer und liebevoller Ehemann. Don Pedro sah das zu seiner Freude an Isabels zufriedenem und beschwingtem Wesen. Außerdem wurde er binnen dreier Jahre dreimal Großvater, und das machte ihn besonders glücklich. Alles schien gut zu werden, hätten nicht zwei dicht aufeinander folgende Ereignisse in das Leben von Jean und Isabel eingegriffen und die für die Familie so erfreuliche Entwicklung jäh beendet.

Das erste Ereignis war im siebenten Jahr ihrer Ehe, im Jahre 1748, der Ausbruch des Cotopaxi. In diesem Jahr schleuderte der Vulkan unter ohrenbetäubendem Grollen und Poltern Katarakte von Feuer und Lava aus seinem Krater. Gewaltige Massen glühender Steine und heißer Asche stürzten auf seinen Eismantel, schmolzen große Flächen davon ab und verwandelten sie in Avenidas, in breite, reißende Schlammströme, die sich über das Land und die Bewohner am Fuße des Bergriesen ergossen. Latacunga, die kleine Stadt nördlich von Riobamba, erstickte unter der Flut, während im entfernter liegenden Quito die Erde noch so heftig in Bewegung geriet, daß mächtige Erdschollen von ihrem Ursprungsort fortwanderten, ohne daß die Häuser und Gassen darauf zerstört wurden.

Auf der Hazienda erlebte man nur ein schwächeres Beben sowie ein unheimliches Rauschen, das durch die Bäume fuhr und die Vögel in die schwüle Luft hinaufjagte. Der Sturm führte Glutwolken von Asche heran, die den Sonnenball giftig grün, den Himmel blutrot färbten und das Land, die Häuser, die Weiden, wo Schafe, Lamas, Maultiere, Pferde und Rinder grasten.

Ein paar Tage später, nachdem die Wellen des letzten Nachbebens verebbt waren, folgten die Bewohner schon dem Plan, den Don Pedro für solche Notfälle vorbereitet hatte. Sie fingen die Tiere wieder ein, die in Panik davongestürmt waren, sie beseitigten den Staub, der sich in einer dicken Schicht auf die Dächer, die Höfe und Gärten gelegt hatte und in alle Räume eingedrungen war. Jeder legte mit Hand an. Nur Jean stand nutzlos im Wege. Er litt unter Todesängsten. In seinen Augen waren die Hazienda, die Stadt Riobamba, alles Leben im Schatten der Vulkane Cotopaxi und Chimborazo dem Untergang geweiht. Es war nur eine Frage der Zeit. Er konnte nicht begreifen, daß die Grandmaisons dies nicht einsahen, nicht nach dieser Ankündigung des Jüngsten Gerichts.

Ich werde nicht zulassen, daß Isabel und meine Kinder hier sterben! schwor er sich, und auf einmal war sie wieder da, die Vision der Amazonas-Reise und eines Lebens im schönen Frankreich. Doch sprach er mit keinem Menschen darüber. Don Pedro würde solche Gedanken sogleich mit dem Ausbruch des Cotopaxi in Verbindung bringen, und sicher würde auch Isabel so denken, die gesehen hatte, wie er sich unter der Bettdecke verkrochen hatte, als der Ascheregen über dem Haus niederging.

In jener Zeit, in der er sich den Kopf zermarterte, wie er seine Absichten in die Tat umsetzen könnte, arbeitete das Schicksal ihm, wie er meinte, in die Hände. Eines Tages traf einer der seltenen Briefe La Condamines auf der Hazienda ein.

»Lieber Jean«, schrieb der Forscher, »ich habe erfahren, daß es Deinem Vater gesundheitlich sehr schlecht geht. Vermutlich wird er nicht mehr lange leben. Es ist sein größter Wunsch, Dich noch einmal zu sehen. Unser Freund, Kapitän Verguin, der in seiner Nähe wohnt und ihn gelegentlich besucht, hat mir dies berichtet. Du hast ja leider keinen Kontakt mehr zu Deinem Vater. Wäre jetzt nicht die Zeit gekommen, dies zu ändern? Wie steht es also um Eure Reisepläne? Wollten Don Pedro, Isabel und Du nicht schon immer Frankreich besuchen?«

Godin gestand sich ein, daß der Wunsch seines Vaters ihn kaum zu einer solchen Reise veranlassen würde. Dazu war ihr Verhältnis über lange Jahre allzu unerquicklich gewesen. Auch wäre, falls dieser sterben würde, keine bedeutende Erbschaft zu erwarten. Dennoch dankte er dem Himmel für La Condamines Brief. Er gab ihn Isabel zu lesen, vermied es aber, sogleich mit ihr über dessen Inhalt zu sprechen. »Ich muß ein paar Stunden allein sein«, sagte er nur und entschuldigte sich für den Nachmittag. Er ließ sich ein Pferd satteln und ritt zu den Weidegründen, die noch immer grau vom Vulkanstaub waren.

Ein Brief von Charles-Marie, überlegte er draußen, geht immer von Hand zu Hand. Es wird also nicht lange dauern, und die ganze Familie wird mit ihm vertraut sein und anerkennen, daß ich meinen Vater besuchen muß. Schließlich hat für Kreolen kaum etwas mehr Bedeutung als der letzte Wunsch eines Familienoberhauptes.

Godin kehrte erst zur Hazienda zurück, nachdem er seine nächsten Schritte gründlich überdacht hatte. Als er ins Haus kam, war es bereits dunkel und die Zeit für das Nachtessen gekommen, das die ganze Familie an der großen Tafel vereinte. Die Unterhaltung bei Tisch war allen möglichen Themen gewidmet, aber man mied das wichtigste Thema, den Brief La Condamines. Erst als Don Pedro die Tafel aufhob, bat er Jean, Isabel und seine Söhne in sein Arbeitszimmer. »Durch den Brief von Monsieur de La Condamine«, sagte er in seiner gewohnt direkten Weise, »ist eine Situation entstanden, die eine Zusammenkunft des Familienrats verlangt.«

Isabel schüttelte energisch den Kopf. »Nein«, sagte sie, »Jean und ich müssen uns erst einmal allein unterhalten.«

»Aber wir wollen euch doch mit unserem Rat zur Seite stehen«, erwiderte Don Pedro.

»Jetzt nicht«, unterbrach Isabel ihren Vater ungewollt schroff und stand auf. »Jean, würdest du mich begleiten?«

»Schön«, sagte Don Pedro sanft, »dann unterhalten wir uns später.« Er konnte sich vorstellen, wie seiner Tochter zumute war. Darum hielt er sich zurück, obwohl er das Gespräch mit Jean gern zum Besten für Isabel gesteuert hätte.

»Laß uns in den Salon gehen«, schlug Isabel vor, als sie mit Jean das alte Haus aus der Gründungszeit der Hazienda betrat, das sie zusammen mit Joaquin sowie den Zofen Eloise, Elvira und Rosa gleich nach der Hochzeit bezogen hatte.

Sie setzte sich selten in den Salon. Doch für diesen Abend hatte Isabel vorsorglich das Kaminfeuer anzünden lassen, und Joaquin erwartete sie, um nach ihren Wünschen zu fragen.

»Bring mir bitte einen Tee«, sagte Isabel freundlich, als sie sich beim Feuer niederließen.

Offenbar weiß der Schwarze schon wieder ganz genau, was vorgeht, dachte Jean, und ein prüfender Blick in dessen betretene Miene bestätigte ihm seinen Verdacht. »Wein«, sagte er barsch zu ihm, »bring eine Karaffe roten Wein!« Und ungewollt fügte er hinzu, »ich glaube, der Abend wird lang.«

Als Joaquin dann serviert hatte und sie allein waren, leerte Jean sein erstes Glas in einem Zug. Isabel sah, wie er um Worte rang. Schließlich sagte er, und das Reden schien ihm deutlich schwerzufallen: »Mein Vater ist, wie du gelesen hast, sehr krank. Ich glaube, wir müssen irgendwie entscheiden, was zu tun ist.«

»Hast du nicht schon für dich entschieden?« fragte sie.

»Ohne deinen Rat würde ich nichts entscheiden«, log er. »Aber wenn es, wie Charles-Marie schreibt, sein Wunsch ist, mich noch einmal zu sehen, sollte ich vielleicht zu ihm reisen.«

»Verspürst du denn nicht auch den Wunsch, ihn zu sehen?«

»Gewiß schon«, log Jean wieder. »In all den Jahren, in denen ich jetzt hier bin, habe ich viel an meinen Vater gedacht. Aber ich wußte nicht, daß er sehr krank ist, und dachte immer, die rechte Zeit, ihn zu besuchen, würde schon noch kommen. Vor allem wollte ich ja mit dir und deinem Vater nach Frankreich fahren, so wie wir das vor Jahren mit Charles-Marie besprochen hatten. Können wir die Reise jetzt nicht gemeinsam unternehmen?«

Isabel schüttelte den Kopf. Was dachte er sich? Sie hatten drei kleine Kinder, und ein viertes Kind würde in wenigen Monaten zur Welt kommen. Aber sie machte ihm wegen seines unsinnigen Vorschlags keinen Vorwurf. Die schwere Erkrankung seines Vaters läßt Jean keine Wahl, dachte sie. Er versucht ja nur, mir das schonend beizubringen. Sie wehrte sich noch gegen die schmerzliche Vorstellung einer langen Trennung. Darum machte sie einen schwachen Versuch, den Abschied hinauszuzögern. »Du weißt, wie gern ich mit dir reisen würde«, sagte sie sanft. »Aber ich kann nicht. Vielleicht kannst du jedoch warten, bis unser Kind zur Welt gekommen sein wird. Möchtest du es nicht sehen, bevor du fortgehst?«

»Das wünschte ich mir von ganzem Herzen«, sagte er vorsichtig. »Aber dann müßte ich auf die Hoffnung verzichten, meinen Vater vielleicht noch einmal zu sehen.«

Isabel sah ein, daß Jean recht hatte.

»Du willst also auf schnellstem Wege zu ihm fahren?« fragte sie gefaßt.

»Wenn es möglich ist, ja.«

»Hast du schon einen Plan?«

»Keinen Plan, aber wenn wir überlegen, wie ich am schnellsten nach Frankreich komme, dann bietet sich die Flußreise nach Belém an. Dort, an der Amazonas-Mündung, sollte ich ein Schiff nach Cayenne finden, wo ich an Bord eines französischen Seglers gehen kann, der mich ohne Umwege nach La Rochelle bringt.«

Sie wußten beide, daß die Amazonas-Route gefährlicher war als der Camino Real, und die Vorstellung, daß Jean allein durch die Wildnis ziehen würde, ängstigte Isabel. »Ohne einen vertrauten und zuverlässigen Mann an deiner Seite solltest du nicht reisen«, sagte sie. »Ich werde dir Joaquin mitgeben.«

Godin zuckte zusammen. Aber einen Herzschlag später hatte er sich schon wieder in der Hand. Er stand auf, ging zu ihr hinüber und küßte sie. Dann trat er vor den Kamin und sah eine Weile ins Feuer, als würde er über ihren Vorschlag nachdenken. Schließlich drehte er sich zu ihr um. »Ich weiß, was Joaquin dir bedeutet«, sagte er. »Auf ihn zu verzichten, ist wirklich ein Opfer, für das ich dir nicht genug danken kann. Aber Joaquin wäre eine Belastung für mich. Ich werde zu den Jesuiten gehen und mich bei Padre Maldonado erkundigen, ob nicht ein Missionar aus dem Amazonas-Gebiet, der sich gerade in Quito aufhält, nach Baños, Andoas oder Loreto geht. Mit solch einem Mann, der in der Wildnis erfahren ist, wäre mir besser geholfen.«

Isabel war über seine Kenntnisse überrascht. »Du hast ja doch schon alles geplant«, sagte sie.

»Nein, das nicht. Solche Überlegungen bieten sich einfach an, wenn man das Tagebuch des Paters Samuel Fritz kennt und Skizzen nach seiner Amazonas-Karte angefertigt hat.«

»Ach ja«, nickte Isabel. »Ich hatte vergessen, daß du für Charles-Marie daran gearbeitet hast.«

»Siehst du auch ein, daß ich besser ohne Joaquin reise?« fragte er schnell.

Isabel gab sich geschlagen. »Wenn du meinst, daß du mit einem der Padres besser fährst und Joaquin nicht brauchst, bleibt er hier.«

Sie saßen noch eine Weile am Feuer, und Jean versuchte Isabel davon zu überzeugen, daß er nicht länger als drei Jahre fortbleiben würde. Isabel war jedoch zu intelligent, um an seine Beteuerungen zu glauben. Sie sagte nichts, aber ihr trauriger Blick verriet, daß sie mit einer langen Trennung rechnete. Mein Gott, dachte Jean einen Augenblick lang, was bin ich doch für ein Narr, daß ich diese wunderbare Frau verlasse. Aber er hatte diesen Weg nun einmal beschritten. Es gab kein Zurück mehr.

Drei Wochen später ritt Jean Godin zum Tor hinaus. Die Familie hatte ihn glänzend ausgerüstet, und am Körper trug er ein Vermögen, von dem ein Mann viele Jahre leben konnte. Diese große Summe, die Isabel zum Teil ohne Wissen Don Pedros aufgebracht hatte, sagte ihrem beschämten Mann dann auch, wie sie die Dauer der Trennung in Wahrheit einschätzte.

Drittes Kapitel

Jean Godin sollte nicht zu Isabel zurückkehren, nicht nach drei Jahren, wie er versprochen, und nicht nach fünf Jahren, wie sie gehofft hatte. Es kamen auch kein Brief und keine Nachricht von ihm, so daß Isabel sich allmählich mit dem furchtbaren Gedanken vertraut machte, er sei im Amazonas-Gebiet verschollen oder tot. Dann aber, achtzehn Jahre nach seiner Abreise, hörte sie plötzlich von ihm.

Den Gedanken, Jean könne sie vergessen haben, hatte sie niemals zugelassen. Sie wurde böse, wenn ihr Vater oder ihre Brüder behutsam darauf zu sprechen kamen, wenn auch nur in der guten Absicht, ihren Kopf und ihr Herz für einen neuen Anfang zu befreien.

Einen neuen Anfang, wie immer dieser aussehen mochte, konnte es für sie gar nicht geben. Wie denn auch? Die Erinnerung an Jean war doch viel zu lebendig. Überall im Haus und in den Gärten spürte sie seine Nähe. Und dann war da ihre Tochter Carmen, die sie so sehr an Jean erinnerte.

Von ihren vier Kindern war Isabel nur Carmen geblieben, die im selben Sommer geboren wurde, in dem Jean die Hazienda verließ. Die anderen waren von der Malaire, der Malaria, hinweggerafft worden, die eine der Gottesgeißeln des Landes war. Carmen, die wie durch ein Wunder verschont geblieben war, hatte Jeans Augen, sein Gesicht, sein blondes

Haar, seinen hohen Wuchs und seine stolze Haltung. Aber da war noch vieles mehr, was sie mit ihrem Vater gemeinsam hatte. Das Mädchen war Isabels Lebensinhalt, und je älter es wurde, desto unzertrennlicher wurden Mutter und Tochter. Isabel fühlte sich trotz der langen Trennung von Jean also nicht einsam, nicht mit dieser wunderbaren Tochter, nicht im Schoß ihrer wunderbaren Familie.

Eines Tages aber, im Sommer 1767, kurz nach ihrem 18. Geburtstag, starb Carmen am Gelben Fieber. Ihr plötzlicher Tod versetzte Isabel in einen Zustand der Trauer und der Verzweiflung. Sie zog sich ganz von der Außenwelt zurück, auch von ihrem Vater, und verbrachte, in ihren Schmerz vergraben, Tag für Tag viele Stunden in der Familienkapelle an Carmens Sarg.

»Du wirst sterben, wenn du so weitermachst«, sagte Don Pedro, der immer wieder zu ihr ging und verzweifelt versuchte, sie dem Leben zurückzugewinnen. »Willst du deinem alten Vater das antun?« Isabel gab keine Antwort, nicht einmal ihm, den sie doch so sehr liebte.

Während dieser Zeit, in der Don Pedro größte Angst um seine Tochter litt, kehrte einer seiner Söhne, der Kapuzinerpater José, von einem Besuch seines Ordensklosters in Quito auf die Hazienda zurück und berichtete ihm unter vier Augen von einem hartnäckigen Gerücht, das Jean Godin betraf.

»Ein Missionar«, begann er, »der in Las Lagunas, am Rio Marañon, die Wilden bekehrt, hat in der Hauptstadt verbreitet, ein portugiesisches Schiff läge bei der Mission vor Anker und habe keine andere Aufgabe, als Señora Godin zu ihrem Mann zu bringen.«

»Bist du der Sache auf den Grund gegangen?« fragte Don Pedro aufs äußerste alarmiert. Diese Nachricht von Jean konnte Isabel zurück ins Leben holen, wenn sie stimmte. Sie konnte Isabel jedoch umbringen, wenn sie sich als falsch erwies.

»Verlaß dich darauf«, bekräftigte José, ich habe versucht, alles über die Geschichte zu erfahren. Ich habe doch selbst größtes Interesse an der Wahrheit. Schließlich ist Isabel meine geliebte Schwester.«

Don Pedro wußte, daß die beiden nicht so gut miteinander standen, was an Josés ständiger Einmischung in Dinge lag, die ihn nichts angingen. Aber der Vater versagte sich jeden Kommentar. José fuhr fort: »Leider konnte ich meinen Ordensbruder selbst nicht sprechen. Er war schon wieder abgereist. Aber einer der Padres berichtete mir, der Missionar habe sogar Briefe für Isabel vom Schiff mitgenommen. Leider seien sie unterwegs verlorengegangen.«

»Gibt es denn so was?« erboste sich Don Pedro. »Konnte dieser Trottel denn nicht besser aufpassen?«

»Vater, wie sprichst du denn von einem Priester?« entrüstete sich José.

»Ist aber doch wahr. Jetzt haben wir überhaupt nichts in der Hand.«

Die unterschiedlichsten Gedanken gingen durch Don Pedros Kopf. Achtzehn Jahre lang hatte er nichts von Jean gehört, und plötzlich tauchte dieses Gerücht über ihn auf. Warum, fragte er sich, schickt dieser Mensch einen Boten? Warum kommt er nicht selbst?

José unterbrach schließlich das Schweigen. »Was hast du vor, Vater?«

Don Pedro seufzte. »Ich weiß nicht, worauf ich mich mit dieser merkwürdigen Geschichte einlasse. Größte Skepsis ist auf jeden Fall angebracht. Aber es steckt auch ein Funken Hoffnung für Isabel darin.«

»Wirst du sie Isabel erzählen?«

Don Pedro erhob sich schwerfällig. »Ja«, sagte er. »Und bete zu Gott, daß dieses Schiff existiert!«

Er ging in das alte Haus, das er nur selten betreten hatte, seit seine Frau tot war, und fand Isabel in ihrem abgedunkelten Schlafzimmer angekleidet auf dem Bett liegen. Eloise, die älteste ihrer drei Zofen, und der Sklave Joaquin saßen neben der Tür und beobachteten sie, um ihr jeden Wunsch von den Augen abzulesen. Aber Isabel hatte keine Wünsche. Apathisch lag sie da und starrte zur Decke.

Don Pedro bedeutete den beiden hinauszugehen und zog sich einen Stuhl an Isabels Bett. Dann faßte er nach ihrer Hand und sagte: »Ich habe Nachricht von Jean!« Und als sei überhaupt kein Zweifel möglich, setzte er mit fester Stimme hinzu: »Er ist mit einem Schiff gekommen, das in der Nähe der Mission Las Lagunas auf dich wartet.«

Der Teufel soll mich holen, dachte er. Wenn man etwas mit soviel Gewißheit sagt, kommt es einer Lüge gleich. Aber als er spürte, wie sie seine Hand drückte, war er froh, daß er doch so weit gegangen war. Isabel drehte den Kopf zu ihm. Ihr Blick rührte Don Pedro, und so ging ihm der nächste Satz, der auch nicht ganz der Wahrheit entsprach, leicht über die Lippen. »Es gibt sogar einen Brief von Jean, der durch einen Boten, einen Kapuziner-Pater, von seinem Schiff mit nach Quito gebracht wurde. José läßt gerade nach diesem Brief suchen.«

Die maskenhafte Starre wich aus Isabels Gesicht. »Jean ist wieder zurück«, flüsterte sie immer wieder, und schließlich sagte sie: »Ich muß sofort zu ihm.«

»Das sollst du auch. Aber erst mußt du wieder zu Kräften kommen.«

»Das werde ich«, antwortete Isabel. Sie richtete sich auf und umarmte ihren Vater.

Don Pedro versprach gerührt, daß er inzwischen die nächsten Schritte überlegen würde. Dann küßte er Isabel auf die Stirn und ging unendlich erleichtert aus dem Zimmer.

Nur einige Tage später erschien Isabel zum Nachtessen, zu dem sich, wenn möglich, stets die ganze Familie Grandmaison versammelte. Sie wirkte zur Freude Don Pedros und ihrer Brüder ein wenig erholt und war mit Aufmerksamkeit gekleidet. Auch aß sie mit einigem Appetit. Don Pedro und Isabels Brüder sahen das mit großer Erleichterung. Doch während des allgemeinen Tischgesprächs blieb sie zu ihrem Befremden einsilbig. Offenbar kreist ihr ganzes Denken um Jean, dachte Don Pedro. Und so war es. Isabel wartete voller Ungeduld darauf, daß Don Pedro die Tafel aufhob und die versprochenen Wege aufzeigte, die sie so schnell wie möglich mit ihrem so lange vermißten Mann zusammenführen würden. Am liebsten wäre sie sogleich zu seinem Schiff aufgebrochen. Don Pedro kannte seine Tochter natürlich, und deshalb hatte er eine Strategie vorbereitet, mit der er Besonnenheit in ihr Handeln zu bringen hoffte. In seinen Augen war es empörend, daß Jean Isabel eine lebensgefährliche Reise über die Kordilleren zum Amazonas zumutete. Und da sein Brief verschwunden war, fehlte auch jede Begründung dazu. Selbst für ihn, den ehemaligen General, war eine solche Expedition die größte Herausforderung in seinem Leben! Er würde ein solches Unternehmen nur wagen, wenn dort unten, am Ende der Welt, wirklich ein Schiff auf Isabel wartete. Immerhin war er achtundsechzig Jahre alt, zu alt, um sich auf ein unsinniges Abenteuer einzulassen.

Zuerst aber mußte er Isabel in aller Deutlichkeit vor Augen führen, an welch entlegenem Ort das Schiff ankerte. Er legte mehrere Karten und Skizzen aneinander und fuhr mit dem Finger von Riobamba aus über die Pässe und die Hänge hinab ins Amazonas-Becken. »Dort«, er zeigte auf einen winzigen Punkt, »ist Las Lagunas. Dort mußt du hinreisen!«

Isabel erwiderte seinen Blick, aus dem ein fester Wille sprach. »Ich verstehe. Wann also reisen wir?«

Antonio meldete sich zu Wort. »Sobald die Zeit reif ist, Schwesterchen, werde ich mit dir dorthin gehen. Aber wir müssen zuerst einen Mann unseres Vertrauens nach Las Lagunas schicken. Er muß zu uns zurückkommen und uns bestätigen, daß das Schiff dort liegt und Jean an Bord ist. Außerdem muß er Aufzeichnungen über die Route mitbringen. Das ist besonders wichtig.«

»Mein Gott, Antonio«, protestierte Isabel, »das dauert ja eine Ewigkeit.«

»Willst du aufs Geratewohl zum Amazonas gehen und feststellen ...« erwiderte Antonio hitzig.

»Ruhig, Antonio«, fiel ihm Don Pedro ins Wort. »Isabel«, sagte er dann, »denke an Francisco Pizarro, den großen Eroberer Perus. Er soll folgendes gesagt haben: ›Auch wenn das Leben kurz ist, muß man sich für die bedeutenden Entscheidungen Zeit lassen.‹ Pizarro wartete zwei Jahre lang, bis er zu seinem Eroberungsmarsch gegen den Inka Atahualpa aufbrach.«

Isabel sah ein, daß sie gegen eine solche Phalanx der Vernunft nichts ausrichten konnte, auch wenn ihr Einlenken die Hoffnung auf ein baldiges Wiedersehen mit Jean zunichte machte. »Und was habt ihr vor?« fragte sie.

»Wir wollen natürlich keine Zeit verlieren und gleich jemanden auf die Reise schicken«, sagte Eugenio, der bisher geschwiegen hatte.

»Aber wer«, überlegte Antonio, »ist der beste Mann dafür?«

»Nur Joaquin«, sagte Isabel überzeugt. »Da muß ich nicht lange nachdenken.«

Die Wahl der Grandmaisons fiel auf Joaquin, den intelligenten Sklaven Isabels. Joaquin hatte für die Familie schon manche riskante Überlandfahrt gewagt und wäre auch Jeans Begleiter ins Amazonas-Gebiet gewesen. Er war vertrauenswürdig, und für Isabel ging er durch die Hölle.

Sehr viel weniger verlangte Isabel auch nicht von ihm, als sie ihn eine Woche später auf den langen Marsch nach Las Lagunas schickte. »Gott weiß«, sagte sie bewegt beim Abschied, »daß ich dir die Gefahren einer solchen Reise gern ersparen würde. Aber du bist der einzige Mann, dem ich eine solche Aufgabe zutraue.«

Joaquin wurde mit Karten, Waffen, Trägern, Pferden und Geld ausgerüstet, weitaus besser als die meisten Menschen, die vor ihm die vielleicht schwierigste Route im Vizekönigreich Peru hatten bereisen müssen. Und sicher gab es kaum jemanden, für den mehr Opferkerzen angezündet und mehr Gebete gesprochen wurden als für ihn. Dennoch kam es einem Wunder gleich, daß Joaquin fast auf den Tag zwei Jahre später, an einem Mainachmittag des Jahres 1769, unversehrt zur Hazienda zurückkehrte.

Er lenkte sein Pferd zum Haupthaus und ließ sich bei seiner Herrin melden. Isabel hätte ihn umarmen können, als er dann so plötzlich vor ihr stand, abgemagert und erschöpft, mit einem viele Wochen alten Bart. Aber das erlaubte ihre Rolle nicht. Sie schaute ihn nur voller Dankbarkeit an, und er erwiderte ihren Blick.

»Willkommen zu Hause«, sagte sie. »Du mußt müde und hungrig sein. Möchtest du essen und ausruhen, bevor du mir von deiner Reise berichtest?« »Der Schlaf muß warten«, lächelte Joaquin, »aber essen würde ich gern gleich.«

Sie gingen ins Eßzimmer, und Isabel ließ ihm an der großen Tafel eine kräftige Brühe mit Kartoffeln und Mais servieren. Während er aß, schickte Isabel Reiter aus, die ihren Vater und ihre Brüder von den Feldern, Weiden und Produktionsstätten der Hazienda ins Haus rufen sollten.«

Als erster stürmte Don Pedro ins Haus, und bevor Joaquin ihn sah, hörte er dessen tiefen Bariton schon in der Halle dröhnen: »Wo ist mein Joaquin? Wo ist dieser Teufelskerl?«

Sekunden später ging die Tür auf, und der Alte stand im Zimmer. Mit ein paar eiligen Schritten war er bei Joaquin, der aufsprang, um Don Pedro respektvoll zu begrüßen. Doch dieser nahm ihn in die Arme und drückte ihn, alle Konventionen vergessend, an seine Brust. Dann schob er ihn ein Stück von sich weg. »Wir freuen uns, daß du gesund zurückgekehrt bist.«

Joaquin sagte nichts. Der Gefühlsausbruch Don Pedros machte ihn verlegen. Ein paar Augenblicke später betraten

Antonio, José und Eugenio den Raum, und alle, bis auf José, der ihm nur freundlich zunickte, drückten Joaquin die Hand.

Padre José wollte jetzt gleich zur Sache kommen. »Nun«, sagte er, »was kannst du uns berichten?« Isabel aber schüttelte energisch seinen Kopf. »Laß Joaquin erst einmal weiteressen. Zwei Jahre haben wir auf seine Rückkehr gewartet. Da kommt es auf ein paar Minuten auch nicht mehr an.«

Sie setzten sich zu ihm an den Tisch und warteten, bis Joaquin seinen Teller zur Seite schob.

Es waren eigentlich nur zwei Fragen, die den Grandmaisons auf der Seele brannten: »Erstens, wartet bei Las Lagunas ein Schiff auf Isabel? Zweitens, ist Jean Godin an Bord?« Joaquin wußte das und sagte unaufgefordert: »Es wartet ein Schiff bei Las Lagunas. Es ist eine Galeote mit Namen ›Victoria‹. Die Mannschaft besteht aus dreißig Mazombes, die ziemlich verwildert aussehen. Aber der Kapitän, ein Mann namens Mario de Rebello, scheint sie unter Kontrolle zu haben. Ich glaube, daß er ein sehr zuverlässiger Mensch ist.«

»Wie kommst du darauf?« wunderte sich Don Pedro.

»Wäre er es nicht, würde er nicht seit drei Jahren auf die Herrin warten.«

Drei Jahre sind eine Ewigkeit«, sagte Isabel. »Ist die Gefahr nicht groß, daß er ablegt, bevor wir Las Lagunas erreichen?«

Machen Sie sich keine Sorgen, Herrin. Rebello wartet dort unten auf Befehl des Königs von Portugal und kann nicht fort, ohne seinen Auftrag erfüllt zu haben.«

»Auf Befehl des Königs von Portugal?« Don Pedro traute seinen Ohren nicht. »Weshalb schickt der König meiner Tochter ein Schiff?«

»Soviel ich weiß, hat der König damit einem Gesuch Señor Godins stattgegeben«, antwortete Joaquin.

»Einem Gesuch meines Mannes? Also ist er an Bord?« fragte Isabel, und ihre Stimme zitterte leicht. Sie hielt die Spannung einfach nicht mehr aus und verstand überhaupt nicht, weshalb sich die Männer mit Nebenfragen abgaben, bevor nicht die wichtigste Frage beantwortet war.

Joaquin sah sie traurig an und antwortete leise: »Nein, Herrin. Ihr Gatte ist krank. Er mußte in Französisch-Guayana bleiben. Aber sobald Sie dort eintreffen, möchte er mit Ihnen nach Frankreich reisen.«

Auf einmal war das Wiedersehen mit Jean für Isabel in noch weitere Ferne gerückt, als sie angenommen hatte. Aber sie ließ sich ihre Enttäuschung nicht anmerken, sondern brachte tapfer ein kleines Lächeln zustande. »Erzähl uns, von wem du diese Nachricht hast.«

Joaquin berichtete, daß an Bord der »Victoria« ein gewisser Señor Tristan d'Oreasaval sei, ein Vertrauter Señor Godins, der ihm diese Information weitergegeben habe. »Den Brief, den er von Señor Godin erhalten hatte, hat er allerdings vor meiner Ankunft einem Missionar anvertraut, der ihn mit nach Quito nehmen wollte.«

»Leider haben wir diesen Brief nie erhalten. Wir wissen also nicht, warum Jean anstatt in Frankreich in Französisch-Guayana ist. Und wären wir den Gerüchten über das Schiff nicht nachgegangen, wer weiß, ob nicht alle Mühe des Königs von Portugal umsonst gewesen wäre«, sagte Don Pedro mit leiser Ironie in der Stimme. Dann fügte er ernst hinzu: »Wir verdanken dir sehr viel, Joaquin.«

Der Augenblick war gekommen, ein Versprechen einzulösen, das Isabel Don Pedro bei Joaquins Aufbruch nach Amazonien abgenommen hatte. Sie nahm Joaquins Rechte in ihre beiden Hände und sah dabei ihren Vater an. Don Pedro schloß zum Zeichen seines Einverständnisses kurz die Augen, und Isabel sagte feierlich: »Vater und ich haben beschlossen, daß du zum Dank für den großen Dienst, den du uns erwiesen hast, von nun an ein freier Mann sein sollst. Die Urkunde ist schon unterschrieben. Du kannst gehen, wohin du willst.«

In Joaquin stieg eine Angst auf, wie er sie noch nie in seinem Leben empfunden hatte. Er starrte auf die Tischplatte, damit man ihm seine Gefühle nicht von den Augen ablesen konnte. Fünfunddreißig Jahre war er nun bei den Grandmaisons. Seit der Zeit, als Sklavenjäger auf ihrer Jagd nach Schwarzen das versteckte Dorf seiner Eltern am Rio Esmeraldas aufgespürt, Vater und Mutter, seine Brüder und ihn dort mit anderen Familien zusammen gefangen hatten, kannte er nichts anderes als die Hazienda. Der Traum von einem freien Leben war für ihn, den damals Fünfzehnjährigen, nur kurz gewesen. Daß die Grandmaisons jeden seiner Schritte bestimmten, nachdem Don Pedro ihn auf dem Sklavenmarkt in Guayaquil gekauft hatte, war ihm zur Gewohnheit geworden. Jetzt war Joaquin fast fünfzig Jahre alt. Was also sollte er mit einem Leben als freier Mann anfangen?

»Du siehst nicht gerade glücklich aus«, bemerkte Isabel. Joaquin hob den Blick. »Ich muß bei Ihnen bleiben«, sagte er fast tonlos und fügte dann schüchtern hinzu: »Ich bin doch auch der einzige, der den Weg zum Schiff kennt.«

Isabel drückte seine Hand. »Auch ich wünsche mir, daß du bei uns bleibst«, sagte sie warm. »Aber als ein freier

Mann!« Er ahnt ja nicht, dachte sie dabei, wie unentbehrlich er mir geworden ist.

Am nächsten Tag schon machte Joaquin von seiner neuen Freiheit Gebrauch und warnte Isabel und ihren Vater offen vor der geplanten Reise nach Las Lagunas, die er für selbstmörderisch hielt. Das Gespräch fand statt, als Don Pedro ihn am Nachmittag in sein Arbeitszimmer rufen ließ, wo er mit seiner Tochter über einer Amazonas-Karte saß und sich Notizen machte.

»Ich habe mich entschlossen, meiner Tochter voranzureisen«, unterbreitete Don Pedro ihm seinen Plan. »Auf dem Weg zur ›Victoria‹ werde ich Depots anlegen, für die Strecken, die zu Pferde nicht passierbar sind, ich werde eine Sänfte bauen lassen, Kanus bereitstellen sowie Träger und Flußpiloten anheuern. Von dir, mein Freund, aber muß ich zuvor genau wissen, in welchem Zustand die Wege sind, wie die Flußläufe beschaffen sind, was uns in den Missionsdörfern erwartet und vieles mehr.

Joaquin sah, daß Don Pedro voller Tatendrang war. Seinen »Freund« hatte er ihn genannt. Gut, dachte er, ich werde von Freund zu Freund mit ihm reden und versuchen, ihm sein Vorhaben auszureden und damit auch Doña Isabel. Beide wissen offenbar gar nichts von den Gefahren der Cimarona, der Wildnis, nichts von verschütteten Wegen, undurchdringlichem Urwald, Strudeln und Stromschnellen, Hunger, Kälte, Nässe, Hitze, Angst und Einsamkeit, die dem Reisenden ständige Begleiter sind.

Die Erlebnisse seiner zwei lange Jahre währenden, gefahrvollen Expedition standen Joaquin vor Augen, als er beschwörend sagte: »Ich habe gebetet, daß die heilige Jungfrau mir die Kraft geben möge, Doña Isabel von Ihrem Plan abzubringen.«

»Du kannst dir doch denken«, sagte Isabel, »daß ich die Gefahren einer solchen Reise nur zu gern meiden würde. Aber ich sehe keine andere Möglichkeit, endlich meinen Mann wiederzusehen.«

Auch Don Pedro wußte sehr wohl, wie ernst Joaquins Bedenken zu nehmen waren, und insgeheim verwünschte er seinen Schwiegersohn. Warum war Jean nicht nach Cartagena oder Havanna gesegelt? Dann hätte Isabel auf dem Camino Real reisen können, an dem Tambos und kleine Ortschaften lagen, in denen man übernachten konnte. Auch war die Seereise von Colón in Panama nach Cayenne sicher weniger gefährlich als eine Fahrt auf dem Amazonas.

Äußern durfte Don Pedro solche Kritik natürlich nicht. Und genausowenig durfte er auf Joaquins Warnung eingehen und Isabel von dem Unternehmen abraten. Das hätte sie nur unnötigerweise geängstigt und dabei nichts genützt. Auch ihm machte das bevorstehende Unternehmen Angst. Aber er wahrte den Schein großer Zuversicht, als er zu Joaquin sagte: »Doña Isabel wird die Galeote unversehrt erreichen, wenn wir nur jeden Schritt auf der von dir erkundeten Route sorgfältig planen.«

Joaquin unternahm noch einen Versuch, Isabel und Don Pedro umzustimmen: »Ein paar Tagesreisen unterhalb des Ortes Baños muß man sich dem Rio Pastaza anvertrauen. Und von dieser Stelle an bis hinab zum Rio Marañon läßt sich kaum noch etwas planen. Der Fluß bohrt sich durch Gebirgsschluchten, die so tief sind, daß man den Himmel nicht mehr sehen kann. Aus den Hängen an beiden Seiten stürzen

Wasserfälle, unter denen die Kanus hindurchfahren müssen, und wenn man Pech hat oder ein paar ungeschickte Paddelschläge macht, gerät das Boot in die Wassermassen, schlägt in Sekunden voll und sinkt. Selbst die besten Piloten können in der schnellen Strömung oft kaum Kurs halten. Der Pastaza verzweigt sich manchmal, man gerät in ein Labyrinth von Flußarmen, in dem man leicht die Orientierung verliert.«

Bis zu diesem Moment hatte Joaquin ziemlich ruhig gesprochen. Seine Stimme bekam aber einen dramatischen Unterton, als er von den Yameos, den Zaporos und den Jivaros berichtete, von feindseligen Indios, deren Wälder der Pastaza durchfloß. »Mein einsames Boot«, sagte er, »glitt an den dunklen Wänden des Urwaldes entlang, und über dem Fluß, auf den Steilufern, standen Jivaro-Krieger und schleuderten ihre Lanzen nach mir. Sie verfolgten mich, so daß ich mich nicht traute, in ihrem Gebiet ein Lager aufzuschlagen, sondern auch nachts paddelte. Dabei ängstigten sie mich mit dem ewigen Dong-Dong ihrer Signaltrommeln.«

Isabel wurde ungeduldig mit ihm. »Du hast, wie ich sehe, das Abenteuer überlebt«, schnitt sie ihm das Wort ab. »Wenn Gott will, werden auch wir die Reise überstehen.«

Joaquin warf Don Pedro einen hilfesuchenden Blick zu. Doch dieser legte seine Stirn in Falten.

In seinen Adern floß das Blut von Konquistadoren, und diese Herkunft bestimmte, wenn es erforderlich war, noch immer seine Haltung und seine Wege. Pizarro, der Eroberer, war ungefähr so alt gewesen wie Don Pedro jetzt, als er damals die Grenzen besiegte, die die menschliche Natur dem gewöhnlichen Sterblichen setzt, und dem Herrscher Atahualpa im Jahre 1532 das Inka-Imperium entriß. Warum sollte er, ein Grandmaison, nun nicht Amazonien durchqueren? Für Isabel würde er ohnehin bis ans Ende der Welt gehen, und wenn Gott wollte, auch wieder zurück.

So dachte an diesem Maitag des Jahres 1769 Don Pedro Manuel de Grandmaison y Bruno, und genauso unbeugsam war seine Tochter Isabel. Sie mochte zwar blutige Helden wie Pizarro nicht, aber auch sie besaß das Herz einer Konquistadorin.

Sie haben einfach nicht die Phantasie, sich die Gefahren der Cimarona vorzustellen, dachte Joaquin, als er die Entschlossenheit der beiden sah. Schweren Herzens holte er seine Notizen und Skizzen herbei und begann gemeinsam mit Doña Isabel und Don Pedro den ersten Reiseabschnitt, die Route von Riobamba nach Baños, zu planen.

Viertes Kapitel

Als Isabel sich von ihrer Zofe Eloise für den letzten Nachmittag ankleiden ließ, an dem sie dem Maler Ignacio Legarda für ein Porträt sitzen sollte, wurde ihr auf einmal schmerzlich bewußt, daß es bald nur noch dieses Bild sein würde, das in ihrem Vaterhaus an sie erinnerte. Eugenio, ihr ältester Bruder, hatte es bei dem Maler in Auftrag gegeben.

Für die Sitzung mit Legarda ließ Isabel sich noch einmal das mit Schleifen geschmückte Festkleid aus Brokat anlegen. Als Eloise gegangen war, streifte sie sich selbst die breite, perlengeschmückte Silberspange, die Jean ihr zur Hochzeit geschenkt hatte, über den ellenbogenlangen, schwarzen Seidenhandschuh an ihrem linken Arm, steckte eine Gemme an den tiefen Brustausschnitt und legte sich den rosengeschmückten Seidenschal um die bloßen Schultern. Dann nahm sie den Fächer vom Ankleidetisch und blickte prüfend in den Spiegel. Ich werde Jean gefallen, dachte sie zuversichtlich. Nur ein paar winzige silberne Spitzen schimmerten in ihrem dunklen Haar, und um Mund und Augen mußte sie etwas Puder auflegen, um ein paar Fältchen zu mildern. Sonst aber hatten ihr die Jahre nichts anhaben können.

Dies stellte auch der Maler Ignacio Legarda fest, der seine Staffelei vor einer Säule auf der Veranda des Haupthauses aufgestellt hatte.

Er war der Sohn und zugleich Meisterschüler des großen Benardo Legarda, der in der Umgebung der Audiencia de Quito schon viele Jahre ausschließlich mit der Ausschmückung der größten Kirchen betraut war, denn er hatte die begnadete Idee, Skulpturen und Gemälden der Heiligen die Gesichter wohlhabender und einflußreicher Bürger und Priester zu geben. Ignacio Legarda durfte die vom Vater begonnenen Werke zu Ende führen, wirklich große Aufträge für eigene Arbeiten aber erhielt er kaum. Er nahm also mit den bescheidenen Kirchen und mit Hausaltären vorlieb, oder er malte, wie jetzt bei den Grandmaisons, Porträts von Angehörigen der wohlhabenden Schicht.

Isabel begrüßte ihn freundlich und ließ ihm von Joaquin, der sie begleitete, ein Tablett mit Gebäck und Erfrischungen bringen. Dann setzte sie sich und erlaubte dem Maler geduldig, die Haltung ihres Kopfes zu korrigieren.

Das Porträt stand kurz vor der Vollendung, und Legarda bedauerte das, denn er genoß diese Arbeit. Sein Talent, die Vorzüge der Frauen, die er malte, besonders hervorzuheben, war angesichts der Schönheit Señora Godins kaum gefordert. Sie hat, dachte er, nichts von der männlichen Strenge, die man bei Damen ihres Alters so häufig findet, auch keinen Anflug von Oberlippenbart. Ihre Gesichtszüge sind weich und liebreizend, und aus ihren Augen spricht eine leise Melancholie. Es scheint mir, als lebe sie kaum im Hier und Jetzt, sondern im Reich der Erinnerungen. Ob es mir wohl gelingen wird, diesen Eindruck im Bild wiederzugeben?

Der einfühlsame Maler ahnte nicht, wie nahe er mit seiner Vermutung der Wahrheit kam. Isabels Liebe zehrte von Erinnerungen.

Auch während dieser Sitzung wurde sie wieder von intensiven Tagträumen überwältigt. Vor ihrem inneren Auge erschienen die Bilder von einem Nachmittag vor vielen Jahren, an dem Jean Eloise geschickt hatte, um sie aus dem Garten ins Schlafzimmer zu rufen. Er habe Fieber, ließ er ihr durch die Zofe ausrichten, und Isabel möge ihm etwas Kühles mitbringen. Als Isabel zu ihm in das dämmrige Zimmer kam, sah sie, daß er gar nicht krank war. Jean lag nackt auf dem Bett und verlangte, sie möge sich ausziehen und auf ihn legen, damit ihm, wie er sagte, ihre kühle Haut Linderung verschaffe.

»Ich denke, meine Haut wird nicht lange kühl bleiben«, sagte sie, tat aber nur zu gern, was Jean wünschte. Eine Weile lagen sie so da. Dabei spürte sie, wie seine Erregung zunahm, wie sich die kleine Senke zwischen ihren geschlossenen Schenkeln mit seiner Männlichkeit zu füllen begann. »Soll ich ein bißchen Raum geben?« flüsterte sie.

»Warte, meine Schöne«, raunte er ihr lächelnd zu. »Halt nur noch einen Augenblick still.« Eine Weile betrachtete er ihr Gesicht, strich ihr die dunklen Haare aus der Stirn und küßte sie voller Zärtlichkeit. Da begann sie eine Melodie zu summen.

»Welchen Psalm singst du denn heute?« lachte er leise. »Auch Gott und die Heiligen werden dich nicht von deiner Lust erlösen. Das kann nur ich.« Und dann zog er sie an sich und liebkoste sie auf solch leidenschaftliche Weise, daß es kein Entrinnen gab.

Isabel zitterte ein wenig, und Legarda fragte besorgt, ob ihr die Luft zu kalt sei. »Nein«, lächelte sie, »mir ist eher zu heiß. Sind wir nicht bald mit dem Bild fertig?«

Legarda nickte. »Sie sind schon frei. Nun kann ich allein weiterarbeiten.«

»Es ist ein Meisterwerk«, sagte Isabel nach einem letzten Blick auf das Bild. »Ich danke Ihnen für die Liebe und Sorgfalt, die Sie für das Porträt aufgewendet haben.« Sie verabschiedete sich herzlich von Legarda und zog sich zurück.

Nachdem Eloise sie umgekleidet hatte, unternahm sie einen Spaziergang durch die Gärten der Hazienda, und wie so oft setzte sie sich schließlich unter den uralten, mächtigen Avocado-Baum. Es war ein selten schöner Sonnentag. Der Garten duftete würzig, und die Luft war erfüllt vom Klang schwirrender Kolibriflügel. Seit ihrer frühesten Kindheit war sie von den winzigen Vögeln fasziniert, die vor den Blüten in der Luft stehend ihren Nektar aus den Kelchen tranken. Sie erinnerte sich, daß ihre Mutter oft geklagt hatte, sie würde sich mehr für Schmetterlingspuppen interessieren als für die Puppen in ihrem Kinderzimmer. Manchmal hatte es auch Krach gegeben, weil sich Schmetterlinge, Eidechsen und Frösche, die Isabel ins Haus gebracht hatte, selbständig machten, in irgendeinem Versteck verendeten und erst beim Großreinemachen entdeckt wurden, wenn sie bereits mumifiziert waren. Das war meist dann geschehen, wenn ihre Mutter aus irgendeinem Grund mit den Nerven am Ende gewesen war. »Isabel, du bringst mich noch ins Grab«, hatte sie dann geklagt und Don Pedro gebeten, ein Machtwort zu sprechen. Don Pedro hatte sie beruhigend in die Arme genommen und gesagt, sie sähe aus wie das blühende Leben und sei vom Grabe weit entfernt. Doch Doña Matilda war allzu jung gestorben, bei der Geburt ihres fünften Kindes, das die Mutter nur um wenige Tage überlebt hatte.

Immerhin hatte er Isabel ermahnt. Er hatte streng bemerkt, daß wildlebende Tiere nicht ins Haus gehörten, die überlebenden Exemplare ihrer kleinen Menagerie eingesammelt und sie in die Freiheit entlassen. Isabels Tränen über den Verlust ihrer Pfleglinge hatte er dann jedoch schnell zu trocknen gewußt, weil er sogleich mit ihr unter den Avocado-Baum gegangen war und ihr eine Geschichte erzählt hatte. Isabel hatte gespürt, daß er sie damit ablenken wollte, sich aber doch willig den wunderhübschen Schöpfungen seiner Phantasie überlassen. Diesen Baum werde ich vermissen, dachte sie traurig, als sie einige Zeit später aufstand, um sich zum Abendessen umzukleiden.

Die Sonne stand schon schräg und durchleuchtete ein paar großblütige Orchideen. Ein schönes Bild, dachte Isabel. Dann stellte sie fest, daß ihr Nachmittagskleid mit knallgelbem Blütenstaub befleckt war, den sie bei ihrem Spaziergang von irgendwelchen Blumen abgestreift hatte. Aber das kümmerte sie nicht, denn dort, wo sie hingehen würde, war ein solches Kleid überflüssig.

Die Reise nach Amazonien rückte allmählich näher. Ihr Vater, der Anfang Juli aufgebrochen war, hatte durch einen Boten einen Brief überbringen lassen, den er in der Mission Canelos am Fuße der Ostkordillere aufgesetzt hatte. Es war ein ermutigender Brief. Don Pedro war danach gesund und guter Dinge. Er hatte genau den Weg skizziert, den er bis zu diesem Ort gegangen war, und auch die Depots, die er unterwegs angelegt hatte. In Verlegenheit aber brachte er Isabel mit seinem Rat, ihr Gepäck einzuschränken und die Zahl ihrer Reisebegleiter zu begrenzen. Der Zufall hatte nämlich vor ein paar Tagen zwei Franzosen in ihr Haus geführt, die sich ihrer Expedition anschließen wollten. Sie hatten vor, ebenfalls den Amazonas hinab nach Belém do Pará oder Cayenne zu fahren und von dort weiter nach Frankreich zu segeln. Diese beiden Reisenden, ein gewisser Dr. Jabot und sein Diener Pierre, hatten nach ihren Bekundungen viel von der Welt gesehen. Sie waren schließlich in Guayaquil an Land gegangen und von dort den langen und beschwerlichen Weg hinauf nach Riobamba gekommen. Irgendwie erinnerten sie Isabel ein wenig an Don Quijote und Sancho Pansa aus der Erzählung von Cervantes. Jabot war groß und hager bis auf eine kleine Wölbung unter den Rippen. In seinem schmalen Gesicht mit den großen blauen Augen und dem grauen Oberlippenbart war ein melancholischer Zug. Jabots Diener dagegen war klein, hatte ein fleischiges Gesicht mit einer abgeflachten Nase und dunkle, verhangene Augen, deren Blick nicht gerade Sympathie weckte.

Was also sprach für die beiden Franzosen? Für die beiden Männer sprach erst einmal Isabels mitfühlendes Herz. Wie so oft, konnte sie sich kaum einer Bitte verschließen. Praktisch erschien ihr außerdem, daß Dr. Jabot Arzt war, auch wenn ihr lebenserfahrener Bruder Eugenio beträchtliche Zweifel an der Behauptung des Franzosen hatte.

Als Isabel sich umgezogen hatte und zum Speisezimmer ging, wartete Eugenio in der Halle auf sie, um sie zu warnen. »Schwesterchen«, riet er eindringlich, »nimm die beiden Kerle nicht mit. Ich habe mir erlaubt, heimlich Jabots sogenannten Medizinkasten zu öffnen, und habe nur einen Klistierball, ein paar Fläschchen mit undefinierbarem Inhalt und ein paar kleine Messer darin gefunden. Wenn seine ganze Kunst darin besteht, Leute zur Ader zu lassen, brauchst du den nicht. Jeder Zauberer der Quechua-Indios hat mehr zu bieten.«

»Eugenio«, entrüstete sich Isabel, »hast du wirklich in seinen Sachen herumspioniert? Monsieur Jabot ist unser Gast, vergiß das nicht!«

»Hab ich«, sagte Eugenio ohne die Spur eines schlechten Gewissens. »Aber nur zu deinem Besten. Im übrigen scheint mir der Kerl nicht nur ein Schwindler zu sein, sondern auch ein Tagedieb, der schon am Morgen reichlich dem Wein zuspricht. Und sein Diener taugt auch nicht viel mehr. Er geht jeder körperlichen Anstrengung aus dem Wege und benutzt unsere Leute, um Jabot gegenüber seine Verpflichtungen zu erfüllen.«

»Du weißt doch«, erwiderte Isabel, »daß die Höhenlage, in der wir leben, allen Fremden zu schaffen macht. Dr. Jabot und sein Diener müssen sich ihr erst einmal anpassen. Wein und körperliche Ruhe helfen ihnen vielleicht dabei.«

»Das mag stimmen. Trotzdem bin ich mißtrauisch. Versprich mir, daß du auf der Hut bist. Leute wie diese Franzosen können dein ganzes Unternehmen in Gefahr bringen. Antonio ist auch meiner Meinung.«

»Versprochen«, sagte Isabel, aber Eugenio sah ihr besorgt nach. Ich fürchte, dachte er, sie läßt sich täuschen.

Eugenio de Grandmaison kannte seine Schwester. Er sollte recht behalten. Jabot, der bald herausgefunden hatte, wie sehr sich Isabel für französische Kultur interessierte, lenkte das Gespräch bei Tisch geschickt auf Frankreich. Er zeichnete mit seiner nuancenreichen Sprache zauberhafte Bilder französischer Landschaften, Städte und Schlösser nach, und als er auf die Blumenwiesen der Provence bei Grasse zu sprechen kam, die für die Parfümherstellung von Bedeutung waren, da verbreitete sich plötzlich ein betörender Duft im Raum. Er hatte unbemerkt ein paar Tröpfchen französischen Parfüms auf seine Serviette geträufelt und diese neben seinen Dessertteller gelegt. Isabel war fasziniert.

In einem Augenblick, der ihm günstig erschien, holte Dr. Jabot dann ein hübsches, türkisblaues Fläschchen aus seiner Rocktasche und stellte es vor Isabel auf den Tisch. »Madame Godin«, sagte er wohlberechnet, »es ist bald Weihnachten, und da ich annehme, daß wir dann irgendwo in der Wildnis sein werden, möchte ich Ihnen lieber schon jetzt dieses kleine Geschenk machen. Es soll sie auf ihrem schwierigen Weg zum fernen Frankreich an den Duft dieses herrlichen Landes erinnern.«

»Zur Hölle mit dem Kerl«, flüsterte Antonio Eugenio zu, als er sah, wie Jabots kleine Geste und seine Schilderungen auf Isabel wirkten. Lange hatte er sie nicht mehr so strahlend und fröhlich gesehen wie an diesem Abend. Der Franzose versprach noch, seine, wie er das nannte, »Vorbereitungen auf das schöne Frankreich« während der ganzen Reise fortzusetzen. Aber er brauchte gar nichts mehr zu sagen. Er hatte Isabel schon für sich eingenommen.

»Ich werde Ihrer Bitte entsprechen und Sie mitnehmen!« sagte sie feierlich, bevor die Tafel aufgehoben wurde.

Diese Franzosen sind doch die geborenen Verführer, dachte Eugenio verärgert und warf Jabot einen finsteren Blick zu. Da entwirft dieser Kerl Bilder von duftenden Lavendelfeldern, bunten Blumenwiesen und anmutigen Städten, läßt die sanften Wellen des Mittelmeeres auf weiße Strände rauschen, betört Isabels Verstand mit Parfüm, und schon bekommt er die Zusage für diese Reise. Irgendwie erinnert der Mann mich an Godin. Der vermochte sogar in einer Dreizehnjährigen, die noch gar nichts von der Liebe wußte, die Glut der Leidenschaft zu entfachen.

Eugenio bangte um seine Schwester, und am liebsten hätte er sie durch die Wildnis begleitet. Er kannte Antonios heftiges Temperament und Josés Hilflosigkeit. Sie waren keine idealen Begleiter für Isabel. Aber was sollte er machen? Einer mußte hierbleiben, und Don Pedro hatte ihm die Führung der Hazienda übertragen.

Was er jedoch von hier aus für seine Schwester tun konnte, das tat er. Er verkaufte Isabels Besitzanteile an verschiedenen Grundstücken, verkaufte viele Möbel, Teppiche, Bilder, Porzellan, Kleider und vieles mehr. Aber für manche Dinge fanden sich nicht gleich Käufer, denn die Zahl der wohlhabenden Familien in der Provinz war begrenzt. »Ich bewahre alles, was wir nicht verkaufen können, für dich auf«, sagte er schließlich mit einem schwachen Lächeln. »Vielleicht kommst du ja doch eines Tages zurück.« Isabel erwiderte nichts. Sie wandte sich ab, bevor ihr die Tränen kamen.

Ein großes Problem war die Wahl eines geeigneten Führers. Joaquin allein reichte nicht, er kannte den Weg nicht so gut wie die Indios oder jener Kapuziner-Pater, der Don Pedro begleitet hatte, da er zufällig selbst zu seiner Mission im Amazonas-Gebiet unterwegs war. Eugenio riet seiner Schwester, zu einem Indio mit Namen Cumbayo zu gehen, den er von früheren Überlandreisen her als zuverlässigen Mann kannte. Isabel hatte besonders gute Kontakte zu den Indios, weil sie Quechua sprechen konnte. Deshalb wollte sie auch selbst mit Cumbayo verhandeln, der in einem Dorf am

Rio Guano wohnte, ein paar Stunden von der Hazienda entfernt. Dieser Indio war, wie Isabel von verschiedenen Leuten erfuhr, mit seinen beiden Söhnen mehrere Male zu den Sascha Runa, den Waldmenschen, jenseits des Tungurahua-Vulkans gereist, einem Zweig des Quechua-Volkes, der sich vor den Inkas in die Wälder zurückgezogen hatte. Die drei Cumbayos hatten bei den Sascha Runa einen berühmten Zauberer besucht, der ihnen Zugang zu verschiedenen Hilfsgeistern und Heilpflanzen des Urwaldes verschaffte. Von ihm hatten sie unter anderem ein Mittel bekommen, eine Rinde, mit deren Wirkstoffen man Fieber bekämpfen konnte. Isabel wollte einen Vorrat davon kaufen, vor allem aber einen der Cumbayos als Führer gewinnen. Sie brach also eines Tages zu diesem Dorf am Rio Guano auf. Und ihr Bruder, Pater José, der um ihr Seelenheil fürchtete, ritt unaufgefordert mit.

Fünftes Kapitel

Guano war eine Ansammlung runder, mit Paramo-Gras gedeckter Huasipongos, fensterloser Lehmhütten hinter kakteenbewehrten Erdwällen, die die Bauern zum Schutz ihrer Lamas und Schafe gegen die nächtlichen Raubzüge des Pumas errichtet hatten. Cumbayos Hütte war größer als die anderen Behausungen, und sie besaß sogar ein Fenster aus Glas. Ein ungeheurer Luxus, dachte José, als er diese Errungenschaft Cumbayos sah. Quacksalber verdienen doch überall an der Gutgläubigkeit der Menschen.

José war entschieden dagegen, daß Isabel, wie sie ihm unterwegs anvertraut hatte, sich von dem Heiden die Zukunft deuten lassen wollte. »Geh lieber zu Padre Hernán in Riobamba«, hatte er gesagt, »und laß dich in seine Gebete einschließen.«

»Die Quechua-Götter können ruhig auch was für mich tun«, hatte sie fröhlich geantwortet. »Und warum soll ich mir mit ein paar Eiern, ein paar Pesos und ein paar Kerzen nicht ihre Hilfe sichern? Im übrigen kann Padre Hernán nicht die Zukunft deuten.«

Wer zu diesem Curandero, zum Heiler, wollte, mußte sich im Vorhof seines Hauses in Geduld fassen. Dort saßen am frühen Abend, als Isabel und José von ihren Pferden stiegen, bereits zehn Patienten und warteten auf ihre Sprechstunde.

Keiner der Indios wagte zu protestieren, als die beiden Weißen an ihnen vorbei ins Haus gingen.

Isabel und José betraten einen kahlen, dunklen Raum, in dem mehrere Männer und Frauen auf niedrigen Pritschen lagen, offenbar in einem Trancezustand, in den sie der magische Trank des Zauberers versetzt hatte. Auf dem festgestampften Lehmboden kurvten buntscheckige Meerschweinchen herum, und süßer Fleischduft, den einige ihrer am Spieß bratenden Artgenossen verbreiteten, hing in der Luft.

An der Feuerstelle erhob sich schweigend eine junge Frau und huschte durch einen Vorhang in den benachbarten Raum, der Cumbayos Behandlungszimmer war, wie Isabel vermutete. Im nächsten Augenblick trat ein Indio heraus, der sein Gesicht verbarg. Offenbar hatte der Curandero seine Behandlung Isabels wegen vorzeitig abgebrochen.

Die junge Frau hielt für die beiden Besucher den Vorhang auf, aber Isabel bat den verärgerten José zu warten und ging allein zu dem Zauberer. Cumbayo saß hinter einer Art Altar, auf dem ein Totenschädel, große Meeresmuscheln, polierte Steine, Gefäße mit verschiedenen Flüssigkeiten und Tonfiguren mit einem großen Kruzifix koexistierten. Kerzenschein tanzte über das fleischige Gesicht des Brujos und erhellte spärlich einen Ausschnitt des kargen Raumes. Cumbayo stand auf und begrüßte Isabel ehrerbietig, nicht aber unterwürfig. Er wußte, wer seine Besucherin war, schließlich verdankte er ihr und ihrer Familie die Duldung seiner Heilbehandlungen auf der Hazienda.

Isabel erwiderte seinen Gruß auf Quechua und blieb auch danach bei der Cumbayo vertrauten Sprache. Der Curandero schenkte ihr aus einer Flötenflasche buttermilchsaure Chicha ein. Dabei drang aus dem bauchigen Gefäß ein leises Stöhnen, das Isabel erschreckte. Nie zuvor hatte sie eine solche Tonflasche gesehen. Das Gefäß besaß die Form einer buckligen menschlichen Gestalt, die mit Warzen und Narben bedeckt war. Cumbayo erklärte feierlich: »Das heilige Gefäß kommt aus der Tiefe der Zeit. Es war schon in Gebrauch, lange bevor der Inka Huayna Capac dieses Land eroberte.«

»Weshalb ist das Gefäß für dich heilig?«

»Als mein Großvater mich in die magischen Geheimnisse einweihte, gab er mir diese Tonflasche mit dem Versprechen, sie würde die Krankheiten meiner Patienten auf sich nehmen, wenn ich sie daraus trinken ließe.«

Cumbayo beeindruckte Isabel. In ihren Augen war der Quechua kein billiger Quacksalber. Sie kannte ihn als einen Heilkundigen, der schon vielen Menschen auf der Hazienda geholfen hatte. Sie trank ihre Chicha tapfer aus und kam danach auf ihr Anliegen zu sprechen. »Könntest du dir vorstellen, zwei Dutzend Ziegen zu besitzen, die deine Familie mit Milch und Käse versorgen?«

»Was muß ich dafür tun?« fragte Cumbayo ohne Umschweife und unterdrückte dabei seine Erregung. Der Besitz einer Ziege war schon ein großer Reichtum.

»Ich benötige dich als Führer.«

»Und wohin soll die Reise gehen?«

»Nach Baños«, antwortete Isabel, »und dann weiter nach Canelos.«

»Heilige Muttergottes«, entfuhr es dem Zauberer. »Das ist ja am Ende der Welt.«

Er hat, weiß Gott, recht, dachte Isabel. Und als hätte der Zauberer ihre Gedanken erraten, sagte er: »Als Führer auf dieser endlosen Reise könnte ich zwar zwei Dutzend Ziegen gewinnen, meine Familie jedoch leicht ihren Ernährer verlieren. Ich bin als junger Mann nach Canelos gereist. Heute würde ich mir das nicht mehr zutrauen.«

Eine Weile schwiegen die beiden. Dann entschloß sich Isabel, ein großzügigeres Angebot zu machen.

»Deine Bedenken kann ich verstehen«, sagte sie. »Ich denke, der Mann, der mich über die Berge führt, sollte besser bezahlt werden. Ich belohne ihn mit drei Dutzend Ziegen. Vielleicht würde ein anderer das Wagnis unternehmen. Gewinnst du einen tüchtigen Führer für mich, erhältst du selbst dafür sechs Ziegen.«

Cumbayo traute seinen Ohren nicht. »Sie wollen selbst nach Canelos?« fragte er ungläubig.

»Bis dahin und noch weiter nach Las Lagunas«, antwortete Isabel und fuhr fort: »Deshalb sollst du mir auch voraussagen, ob die Reise glücklich enden wird.«

Isabel holte, während sie sprach, drei Eier, mehrere Kerzen und eine Rolle Tabak aus ihrer Umhängetasche und legte diese Dinge vor Cumbayo auf den Altar.

Es überraschte den Brujo nicht, daß Isabel wußte, was ein Mann seines Berufs an Hilfsmitteln für die Zukunftsdeutung benötigte, und daß sie, eine Christin, sich ihm anvertraute. Zu seinen Klienten, die heimlich bei Nacht und Nebel kamen, gehörten Hazienda-Besitzer, Soldaten und Kolonialbeamte aus dem fernen Quito und sogar ein Franziskaner-Pater. Als müsse er Isabel vor ihrem Christengott entschuldigen, sagte er: »Ja, manchmal, wenn wir den rechten Weg verlassen und Hilfe bei den Geistern suchen, muß Gott uns verzeihen. Falten Sie bitte Ihre Hände, Señora!«

Der Brujo, der Zauberer, nahm Isabels Hände zwischen seine von der Feldarbeit verhärteten Pranken und betete: »Herr, gib mir die Kraft, daß ich die Geister rufen und mit ihrer Hilfe sehen kann, was diese Frau zu sehen wünscht.«

Nach einer kurzen Pause öffnete Cumbayo die Augen, gab Isabels Hände frei und sagte: »Wir werden eine Antwort erhalten. Aber jetzt ist die Zeit des Heilens, nicht die Zeit der Träume, auf die ich mich gründlich vorbereiten muß. Sie sollten in einer Woche wiederkommen, wenn ich für alle, die mit meiner Hilfe Visionen suchen, den Ayahuasca-Tee braue. In dieser Nacht werden Sie auch erfahren, ob ich einen meiner Söhne für Ihre Reise gewinnen konnte.«

Isabel war eine praktische Frau. Sie bat Cumbayo nun, da sie schon einmal hier war, etwas gegen ihre Gelenkschmerzen zu unternehmen. Gelenkschmerzen waren ein Leiden, gegen das ein Wissender, ein Yachag taitag, einige Mittel kannte, und Cumbayo war froh, daß er helfen konnte. Er forderte sie auf, ihren Oberkörper bis zu den Hüften zu entblößen. Isabel staunte über sich selbst, daß sie ohne Zögern ihren Poncho von den Schultern streifte. Cumbayo ordnete seine Gefäße auf dem Altar. Dann klemmte er ein Meerschweinchen, das gerade an ihm vorbeieilen wollte, zwischen seinen Füßen fest, bückte sich danach und setzte es auf den Altar. Bevor er mit der Heilbehandlung begann, betrachtete er die schlanke Gestalt seiner Patientin, ihre helle Haut und ihre hübschen kleinen Brüste mit den rosafarbenen Beeren eingehend, gab seinen Augen jedoch den Ausdruck professioneller Kühlheit. Isabel fühlte sich dennoch unwohl unter seinen Blicken, ahnte sie doch, daß sich der an braune und tiefbraune Körper gewohnte Medizinmann an ihrem Anblick weidete.

Aber sie hatte wenig Zeit, sich über ihre Situation Gedanken zu machen. Cumbayo füllte sich den Mund mit Zuckerrohrschnaps und spieh ihr einen Sprühregen davon ins Gesicht, einen zweiten gleich darauf über Brust und Bauch. Der strenge Alkoholgeruch nahm ihr den Atem, und sie war nahe daran, sich zu übergeben.

Cumbayo ließ ihr einen Augenblick Zeit, sich zu erholen. Dann kam er um den Tisch herum zu ihr. Mit einem Bündel großer, raschelnder Blätter schlug er ihr sanft ins Gesicht und kräftiger auf die Brüste, den Bauch und die Beine. Dann drehte er seine Patientin um und wiederholte die Prozedur von den Schultern den Rücken hinab. Dabei ließ er einen kleinen melodiösen Singsang hören, den er durch ein offenes Pfeifen unterbrach, das an das Sausen des Windes erinnerte. Isabel wußte von verschiedenen Erzählungen ihres Vaters, daß der Zauberer auf diese Weise die Hilfsgeister ins Haus rief.

Als Cumbayo ihr die zweite Alkoholdusche über den Oberkörper sprühte, breitete sich auf Isabels Haut eine wohltuende Wärme aus, die sich noch steigerte, nachdem der Curandero mit seinen Blättern kräftig Brust und Rücken bearbeitet hatte. Isabel gab keinen Laut von sich, obwohl sie am liebsten vor Wohlbehagen geseufzt und gestöhnt hätte.

Cumbayo legte die Blätter weg, setzte sich zu ihr auf die Bank und faßte sie bei den Schultern. Er strich mit den Händen erst an den Außenseiten ihrer Arme entlang und dann mit leisem Druck von den Oberarmen bis zu den Fingerspitzen hinab, um den Supay, den bösen Peiniger, aus den Gelenken zu treiben. Geschickt griff er schließlich nach dem vor Angst pfeifenden Meerschweinchen, und während er mit einer Hand noch ihren linken Arm massierte, erwürgte er das Tier.

Isabel tat das Meerschweinchen leid, aber das Opfer gehörte zum Heilungsprozeß, den die Indios Limpia de Cuy, Reinigung durch das Meerschweinchen, nannten.

Der Brujo ließ Isabels Arm los, legte das tote Tier auf den Rücken, tastete das Fell ab und zerriß plötzlich mit seinen Fingernägeln die Bauchdecke. Er fuhr suchend in den Eingeweiden umher, und auf einmal hielt er inne. Seine Miene erhellte sich. Triumphierend holte er eine grießartige Kugel aus dem Bauch hervor und zeigte sie Isabel. »Das ist der Supay, der Sie gequält hat!« erklärte er. Dann stand er auf, um eine Holzschachtel zu holen, in die er den Plagegeist einschloß. »Sie sollten sich vor einem Hechicero, einem Hexer, vorsehen, der in Ihrer Nähe wohnt«, warnte er. »Er hat Ihnen die Krankheit geschickt. Ich könnte ihn für Sie finden.«

»Laß nur«, sagte Isabel, »ich werde nicht mehr lange auf der Hazienda wohnen. Schicke ihm den Supay zurück, damit er weiß, daß er entdeckt ist.«

Nachdem Isabel sich ihren Poncho wieder angezogen hatte, gab Cumbayo ihr noch einen Beutel mit getrockneten Pflanzen, aus deren Blättern und Stengeln sie sich zur weiteren Reinigung ihres Körpers täglich einen Tee kochen sollte, bis sie sich ganz wohl fühlen würde. Zum Abschied vereinbarte sie mit Cumbayo einen Tag in der folgenden Woche, an dem sie erfahren würde, ob er einen Führer für sie hatte und wie ihre Reise verlaufen würde.

Kaum war sie mit José vom Hof geritten, machte der Pater seiner Schwester bittere Vorwürfe über ihre Sitzung bei dem Brujo, die er »eine widerliche und ketzerische Religionsvermischung« nannte. »Paß bloß auf«, schrie er sie wütend an, »daß dich die Inquisition nicht in die Finger bekommt, bevor du nach Amazonien reist. Ihre Augen und Ohren sind überall, auch in Riobamba.«

»Weil du gerade von Fingern redest«, lachte Isabel bitter, »wußtest du, daß eine spanische Herzogin einen Finger des heiligen Isidor zermahlen und für ihren Mann in ein Klistier mischen ließ, um dessen Gesundheit wiederherzustellen? Was sagt die Inquisition denn dazu?«

José war um eine Antwort verlegen und ignorierte die Frage. Statt dessen sagte er: »Wenn du in Lima den Palast der Inquisition gesehen hättest, wärest du kaum so sorglos.«

»Ich weiß«, gab sie zurück. »In Lima hat die Inquisition schon mehr als hunderttausend Menschen in einem nur kurzen Zeitraum hochnotpeinlich befragt, verurteilt und ausgeplündert. Viele der Unglücklichen wurden als vom Teufel besessen verbrannt. Aber dafür wurden ihre Seelen errettet. Ist das denn nichts?«

»Du jedenfalls bist nicht zu retten!« sagte José und hüllte sich verärgert in Schweigen, bis sie auf der Hazienda angekommen waren.

Isabel wußte natürlich, daß Josés Sorgen um sie berechtigt waren. In den licht- und luftlosen Kerkern der Inquisition schmachteten Hunderte von Menschen für geringere Vergehen als den Besuch eines Brujos. Verdächtig war oft schon, wer krauses Haar, eine niedrige Stirn, tiefliegende Augen und große Ohren hatte oder einfach nur ein Vermögen besaß, auf das die Kirche versessen war. Nur die Indios blieben vor der Inquisition verschont. Sie durften zwar katholisch getauft werden, nachdem Papst Alexander VI. entdeckt hatte, daß in ihrem Körper eine Seele wohnt, aber man bestrafte sie für Glaubensverfehlungen nicht. Der Nachfolger Alexanders auf dem Heiligen Stuhl meinte nämlich, Indios seien so dumm, daß man sie für ihr Handeln nicht zur Verantwortung ziehen könne. Irgendwie ist das auch raffiniert, befand Isabel. Die Kirche weiß genau, daß die Indios nie von ihren alten Göttern lassen würden, darum stellt sie sie einfach als hirnlose Menschen dar.

Trotz der Auseinandersetzung mit ihrem Bruder ritt Isabel eine Woche später wieder nach Guano. Als sie, diesmal in Begleitung Joaquins, durch die Einfriedung von Cumbayos Anwesen ritt, zog sie sich jedoch die Kapuze über den Kopf, um von den Leuten im Hof nicht erkannt zu werden.

Die Szene in Cumbayos Behandlungszimmer war verändert. Der Zauberer hatte an diesem Abend den größten Teil des Altars mit Keramikschalen vollgestellt, in denen Isabel das Gebräu aus der Ayahuasca-Liane vermutete. Cumbayo schwebte bereits zwischen Tag und Traum. In seinen Augen waren die übergroßen Pupillen ausgefranst und das Weiß des Augapfels gelblich getrübt. Auch die schwere Unterlippe des Indios hing weit herab, während in seinen Mundwinkeln Speichel klebte. Sein Anblick machte Isabel Angst. Aber jetzt gab es kein Zurück mehr. Cumbayo murmelte nur einen kurzen Gruß und begann sogleich mit der Arbeit. Er nahm eine der flachen Schalen an die Lippen, blies über den Trank und beschrieb danach mit dem Gefäß einen Halbkreis über dem Altar. Dabei rief er die Namen im Raum anwesender

Hilfsgeister auf. »Laßt mich sehen«, rief er, »und laßt diese Frau sehen!«

Er führte die Schale an die Lippen, trank einen kleinen Schluck von der braunen Flüssigkeit und reichte Isabel das Gefäß. Sie kämpfte mit aller Kraft ihren Widerwillen nieder und nahm einen Schluck von dem gallebitteren Getränk. Im nächsten Augenblick meldete ihr Magen Protest an, wollte sich umstülpen, sich von dem widerlichen Tee befreien, und es dauerte eine ganze Weile, bis er sich beruhigt hatte.

Isabel tränten die Augen. Speichel schoß ihr wie aus Fontänen in den Mund. Cumbayo reichte ihr eine Schale mit Wasser und forderte sie auf, damit zu gurgeln. »Schlucken Sie das Wasser nicht herunter«, warnte er, »sonst stören Sie die Arbeit der Geister. Spucken Sie es aus. Spüren Sie die Unruhe in Ihrem Körper? Das sind die Hilfsgeister, die ich gerufen habe.«

Isabel aber spürte nur weiterhin ein furchtbares Rumoren in ihrem Bauch. Sie antwortete Cumbayo mit einem Rülpser, den sie einfach nicht unterdrücken konnte. Der Brujo aber war solche Reaktionen gewöhnt und machte ein zufriedenes Gesicht. Er forderte Isabel auf, noch einmal von seinem Ayahuasca-Gebräu zu trinken. Und wieder beschwor er danach mit einem Singsang die Hilfsgeister.

Isabel versank nun in einen rauschhaften Zustand. Sie bemerkte nicht mehr, wie Shimbo, einer der Söhne Cumbayos, den Raum betrat, sie von ihrer Pritsche aufhob und in eine benachbarte Schlafkammer trug. Ein anderer Platz verbot sich von selbst. Keiner der Quechuas, die im Vorraum warteten, durfte die weiße Frau in diesem Zustand sehen. Der Indio legte Isabel auf das Bett, in dem schon eine Schar blutrünstiger Wanzen wartete, streckte ihre Beine aus und deckte sie mit ihrem Kapuzenmantel zu. »Folge dem Kondor!« flüsterte er der Träumenden dabei ins Ohr.

Isabel vernahm das Rauschen mächtiger Schwingen und ein Knistern und Knacken auf dem Dach über ihr. Zu ihrem Erstaunen stand sie mühelos auf und ging vor die Tür. Sie sah, wie ein mächtiger Kondor auf dem Dach Luft unter seine Schwingen pumpte und sich erhob. Seine Schwingen entfachten einen Windstoß, der Isabel von den Füßen hob. Der mächtige Vogel flog eine Schleife und schlug dann die Richtung zum Schneegipfel des Tungurahua ein. Isabel folgte ihm. Als sie den Vulkan erreichten, trafen die ersten Sonnenstrahlen auf dessen Eispanzer und ließen ihn aufgleißen. Eine Lichtflut blendete Isabel und zwang sie, die Augen zu schließen. Dann schob sich ein Schatten über das Licht. Der Kondor tauchte auf der sonnenabgewandten Seite des Berges die steilen Hänge hinab zu den Windungen eines reißenden Flusses. Je weiter Isabel ihm den Flußlauf entlang folgte, desto weiter traten die Felswände an seinen beiden Ufern zurück. Nicht mehr schroffes Gestein, sondern dampfende Wälder säumten sie nun.

Wärme umhüllte Isabels Körper. Sie schwebte so dicht über dem Wasser, daß sie auf umgestürzten Baumstämmen vor den Sandbänken Schildkröten dösen sah. Hier lagen auch haushohe Felsblöcke im Strombett. Auf zwei dieser Monolithen hatten mehrere Bäume in tiefen, erdgefüllten Spalten Halt gefunden. Sie waren groß und uralt und griffen mit ihren Ästen ineinander. Rotblühende Bromelienkelche ritten überall auf den Astgabeln. Als Isabel gerade begonnen hatte, sich an diesen Bildern zu erfreuen, sah sie plötzlich ein

Kanu, das unmittelbar hinter den Felsen gekentert war. Sie sah Gepäckstücke davonschwimmen und Menschen, die verzweifelt mit den aufgebrachten Wellen kämpften. Eine Frau rief gellend um Hilfe. Isabel war diese Stimme vertraut. Es war ihre eigene Stimme.

Ein erlösender Lidschlag beendete die Schreckensvision. Isabel blickte in das besorgte Gesicht von Joaquin, der sie wachgerüttelt hatte.

An diesem Abend erfuhr sie nicht mehr, ob Cumbayo sich um einen Wegführer bemüht hatte, denn er schlief seinen Rausch aus. Einige Tage später aber stand dessen Sohn Shimbo in der Eingangshalle des Herrenhauses und verlangte sie zu sprechen. Joaquin, der von einem der Hausdiener herbeigerufen wurde, fragte den Sohn des Zauberers, ob er der Patronin etwas ausrichten könne. Sie halte gerade Siesta. Doch Shimbo ließ sich nicht abweisen. »Sag deiner Herrin, wir müßten über ihren Traum sprechen.«

Joaquin sah die Willensstärke in den dunklen Augen des Indios und ging.

Als Isabel und Shimbo sich einen Augenblick später gegenübersaßen, kam der Quechua ohne Umschweife zur Sache, was sonst nicht Quechua-Art ist. »Señora«, sagte er eindringlich, »mein Vater rät Ihnen, die geplante Reise nicht zu unternehmen. Nicht jetzt. Er hat in einem Traum gesehen, wie eine mächtige Wasserschlange das Kanu, in dem Sie und Ihre Brüder saßen, zum Kentern brachte. Ein böses Zeichen! Mein Vater glaubt, daß Sie von einem Hexer bedroht werden. Er braucht Zeit, um dessen Zauber zu besiegen.«

Isabel war beunruhigt. Ihr Traum hatte schon nichts Gutes bedeutet. Aber wer war es, der den bösen Zauber gegen sie veranlaßt hatte? Sie hatte doch niemandem etwas getan. Sie hätte mit ihren Brüdern sprechen können, aber sie wollte niemanden beunruhigen. Und wie konnte sie Cumbayos Rat folgen? Die »Victoria« wartete doch bei Las Lagunas, und ihr Vater war schon auf dem Weg dorthin.

Beklommen, aber dennoch entschieden, antwortete sie Shimbo: »Richte deinem Vater meinen Dank aus. Sag ihm, daß ich seinen Rat leider nicht befolgen kann, so gern ich möchte. Mein Vater ist bereits unterwegs. Aber laß mich wissen: Wirst du oder wird einer deiner Brüder mich nach Amazonien führen?«

Shimbo antwortete ihr mit einem Selbstbewußtsein, das für einen Quechua, dessen Volk Jahrhunderte der Unterdrückung erlitten hatte, ganz ungewöhnlich war: »Mein Vater wird nicht mit Ihnen gehen, und auch mir ist mein Leben zu teuer, Patronin. Deshalb würde ich lieber in Guano bleiben. Wenn Sie es aber wünschen, werde ich Sie führen. Ich werde zur Ortschaft Baños, die ich kenne, mit Ihnen gehen. Aber nicht weiter. Ich werde auch kein Kanu besteigen, weil Sie Vaters Warnung vor der Wasserboa in den Wind schlagen. Ich will nicht sterben.«

»Einverstanden«, sagte Isabel schnell. »Bis nach Baños und nicht weiter.« Insgeheim hoffte sie, daß Shimbo Cumbayo sich später doch noch günstiger entscheiden würde.

Sechstes Kapitel

Tag des Aufbruchs sollte der 10. Oktober 1769 sein. Isabels Vorbereitungen waren beinahe abgeschlossen. Träger und Maultiertreiber, die die Grandmaisons angeheuert hatten, kampierten bereits vor dem Haupttor der Hazienda.

Die Reisegesellschaft bestand nun aus Isabel, ihrem Bruder Antonio, ihrem Neffen Luis, Joaquin, den Zofen Eloise, Rosa und Elvira sowie Jabot und seinem Diener. Gegen den Rat Eugenios hatte Antonio sich entschlossen, seinen Sohn Luis mitzunehmen, der eigentlich viel zu jung für eine solch anstrengende Reise war. Aber Antonio wollte dem Jungen Spanien zeigen und ihn dann dort auf eine der bekannten Verwaltungsschulen schicken. Jean Antoine, seinen jüngsten Sohn, bei dessen Geburt seine Frau gestorben war, ließ er in der Obhut Eugenios.

Die Teilnahme Josés an der Reise stand immer noch nicht fest. Isabel hoffte insgeheim, daß er zu Hause bliebe und nicht nach Rom ginge, wo er, wie er sagte, »den Ring des Fischers küssen wolle«. Er würde sicher für alle eine Belastung sein.

In diesen letzten Tagen vor der Abreise war jeder intensiv damit beschäftigt, von Verwandten und Freunden, aber auch den Toten, Abschied zu nehmen. Isabel fuhr zuerst mit der Kutsche nach Riobamba und bestellte in der Kirche dort Gebete bei Pater Hernán für das Gelingen des Unternehmens sowie, im Falle eines Scheiterns, eine Totenmesse. Dann bat sie Pater Hernán, täglich eine Kerze vor der Statue Santiagos, des Schutzheiligen der Konquista und aller mutigen Menschen, anzuzünden, fünfzig große Kerzen also für die nach Schätzung Joaquins bis Las Lagunas benötigten fünfzig Tage. Schließlich überreichte sie dem Pater einen Beutel voll Silbermünzen und eine Liste mit den Namen ihr besonders naher Menschen, für die er regelmäßig Fürsprache halten sollte. Dazu gehörten vor allem Jean und ihr Vater, aber auch Joaquin.

Am Abend vor dem Aufbruch besuchte Isabel die Kapelle mit den Grabstätten der Familie. Sie betete zuerst an den Sarkophagen ihrer drei Kinder, die schon vor vielen Jahren an Malaria verstorben waren, und dann zuletzt am Sarg ihrer Tochter Carmen. Dort wurde sie von den Bildern der Erinnerung überwältigt, diese waren so frisch wie die Blumen, die sie heute wie sonst an jedem Tag in die Vasen stellte. Sie mußte daran denken, mit welcher Mühelosigkeit Carmen gelernt hatte, die Laute zu spielen oder mit Ölfarben Landschaften zu malen. Isabel hatte für sie die besten Hauslehrer eingestellt, die sie finden konnte. Jean sollte einmal stolz auf das Wissen und Können seiner Tochter sein, wenn er sie eines Tages seinen Verwandten und Freunden vorstellen würde, in Saint Armand-Gontrond, wo er zu Hause war.

»Welch ein Unglück«, flüsterte Isabel unter Tränen, »daß dein Vater fortging, bevor du zur Welt kamst. Er wird nie erfahren, was für ein wunderbares Kind du warst.«

Isabel küßte zärtlich die kühle Steinplatte, unter der ihre Tochter lag, und stand auf. Dabei warf sie einen Blick auf den Gekreuzigten über dem Altar und sagte zornig: »Wie konntest du mir alle meine Kinder nehmen? Es ist eine solche Verschwendung!«

Als Isabel aus der Kapelle heraustrat, verbannte sie ihren Schmerz. Sie wollte mit der Vergangenheit abschließen, auch mit dem Leben auf der Hazienda. Darum hatte sie ihren Verwandten und Freunden auch für immer Lebewohl gesagt. Ich muß, hatte sie sich vorgenommen, eine Rückkehr ausschließen und das neue Leben in Frankreich wirklich wollen. Würde ich ständig an die Heimat denken, fühlte ich mich dort niemals zu Hause.

In der folgenden Nacht, als alle schon schliefen, ging sie noch einmal durch die stillen Räume der Hazienda, berührte liebgewordene Gegenstände, ordnete aus alter Gewohnheit die Blumen, die von den indianischen Gärtnern immer etwas lieblos in die prachtvollen Vasen gestellt wurden, und setzte sich schließlich in das Arbeitszimmer ihres Vaters, wo noch immer der Duft seines Tabaks hing, obwohl er doch schon längere Zeit fort war. Sie betrachtete die Porträts der Grandmaisons an den Wänden, die seit der Eroberung dieses Landesteils durch Benalcázar Anno 1534 die Geschichte der Audiencia de Quito mitgestaltet hatten. Und jetzt, dachte sie voller Zuversicht, werde ich die erste Frau sein, die den Amazonas erreicht und dann auf dem großen Strom den Kontinent durchquert, ganz wie einst Francisco de Orellana auf der Suche nach Eldorado. Erst nach Mitternacht ging sie zu Bett.

Sie war froh, daß Eloise sie schon kurz vor Sonnenaufgang weckte, denn sie hatte schlecht geträumt. Die Zofe goß warmes Wasser in die kleine Porzellanschüssel, und Isabel wusch sich schnell das Gesicht. Dann zog sie ihre knielangen, nach Indio-Art geschneiderten Männerhosen an, eine Bluse, einen dicken Poncho aus Lamawolle, Kniestrümpfe und Reitstiefel. Schließlich nahm sie den breitkrempigen Strohhut vom Haken und ging, ohne sich noch einmal umzudrehen, aus dem Schlafzimmer, in dem sie so viele Jahre einsam gewesen war.

So schnell und ganz ohne Hilfe war sie morgens noch nie fertig gewesen. Sie hatte aber auch kein Mieder nötig, keine Schminke, keinen Puder und keine Perücke.

In Gedanken hatte sie diese Dinge schon lange abgestreift. Ich muß mich kleiden wie ein Mann, hatte sie sich vorgenommen, damit ich mich da draußen in der Cimarona, in der Wildnis, frei bewegen kann.

Ihr Bruder Antonio freute sich, als er Isabel in dieser Kleidung aus dem Haus treten sah. »Richtig so, Schwesterchen!« rief er begeistert. José, der neben ihm stand, aber war entrüstet. »In den Hosen sieht man ja die Form deiner Beine und deines Hinterteils!« zürnte er. »Das ist gegen das Gesetz des Königs, wonach Frauen keine Männerkleidung tragen dürfen.«

»Dann verstoße ich eben gegen das Gesetz«, gab sie selbstbewußt zurück. »Meine Zofen habe ich ebenfalls dazu angestiftet, damit du Bescheid weißt, wenn sie gleich erscheinen werden. Sollen wir denn in üppigen Kleidern, die die Brust einschnüren, die unwegsame Wildnis durchqueren? Auf einer solchen Reise«, fügte sie hinzu, »müssen wir uns von den Fesseln der Konvention befreien.«

Damit ließ sie den verdutzten José stehen. Ihre Auffassung über die Fesseln der Konvention bezog sich allerdings nur auf den Weg, nicht das Ziel. In Frankreich wollte sie dann wieder eine Frau sein, die sich in der besten Gesellschaft sehen lassen konnte. Aus diesem Grund mußten die meisten der einunddreißig Träger die »unmöglichsten Dinge schleppen«, wie Antonio fand. »Obwohl Vater dir zu leichtem Marschgepäck geraten hat, nimmst du deinen halben Haushalt mit«, hatte er geschimpft. Isabel aber hatte sich durchgesetzt. Sie ließ einen mit Schildpatt gerahmten großen Frisierspiegel verpacken, ein Lacktischchen und ein Schränkchen aus China, vier kostbare Stühle aus Rußland, mehrere Heiligenbilder, eine Spanische Wand, Tafelsilber, Stoffe, Kleider, Schuhe, goldene Schnallen und neue Perücken, die nach dem Vorbild des dreifach geschweiften Kometen gearbeitet waren, der vor einigen Monaten am Nachthimmel aufgetaucht war und das Land in helle Aufregung versetzt hatte. Insgeheim aber bangte Isabel, daß sie in dem eleganten Frankreich doch ein wenig ländlich wirken könnte. Nur die Qualität ihres Schmucks war über jeden Zweifel erhaben. Das wußte sie. Sie besaß Smaragde, fast so groß wie Taubeneier, mit Edelsteinen besetzte Armspangen und Broschen aus Gold, erlesene Perlenketten und mehrere Dutzend schöner Ringe.

Obwohl es noch dunkel war, hatten die Arrieros, die Maultiertreiber, bereits ihre Tiere beladen, und die Träger standen marschbereit neben ihren Lasten. Antonio versuchte einen letzten Appell an Isabels Vernunft. »Laß doch wenigstens die Möbel hier!« drängte er. Aber Isabel stellte sich taub. »Ein Glück«, gab er sich geschlagen, »daß du nicht auch noch deine Krinolinen mit in den Urwald nimmst.« Isabel malte sich aus, wie sie in einem ausladenden Kleid durch den Wald spazierte, dabei mal die linke, mal die rechte Hüfte ausschwingend. Bei dieser Vorstellung mußte sie lachen und steckte mit ihrer Heiterkeit auch den mürrisch dreinblickenden Bruder an, als sie ihm davon erzählte.

Schließlich kam dann der Augenblick, den sie am meisten gefürchtet hatte, nämlich die vor dem Tor versammelten Verwandten und Freunde ein letztes Mal zu umarmen. Auf dem Weg zu Eugenio, den sie von ihren drei Brüdern am meisten liebte, wurden ihr die Füße schwer. Als sie dann vor ihm stand, sah sie zu ihrer Verwunderung, daß er Reisekleidung trug. Er lächelte sie an und sagte: »Wir verlegen unseren Abschied in die Berge, wo uns nicht all diese Leute hier zusehen können, wenn wir weinen. Ich habe mich entschlossen, noch zwei oder drei Tage mitzureiten, damit ich sehe, wie du zurechtkommst.«

Isabel umarmte ihn. »Ich weiß gar nicht, wie ich dir danken soll«, sagte sie mit belegter Stimme.

Endlich saß Isabel im Sattel. Tief atmete sie die kühle Morgenluft ein, die von den Bergen herabwehte. Der Wind des großen Abenteuers, dachte sie und war auf einmal freudig erregt. Und es war Isabel und nicht Eugenio oder Antonio, die ihre Hand zum Zeichen des Aufbruchs hob und allen ein kraftvolles »Adelante!« zurief.

Einige Männer in ihrer Nähe antworteten mit »Viva, Doña Isabel!«, und ihr Ruf fand sein Echo in der ganzen Kolonne.

Siebtes Kapitel

Die Prozession, die unter dem verblassenden Andenmond in das Hochtal von Riobamba hinauszog, bot einen seltsamen Anblick. Jedenfalls hatten die Indios, die in den am Weg liegenden Feldern arbeiteten, nie etwas Ähnliches gesehen. An der Spitze der Kolonne ritt der Quechua Shimbo Cumbayo, der den Weg nach Amazonien kannte. Ihm folgten die Grandmaisons, unter denen Isabel in ihrer Männerkleidung und der grobschlächtige Pater José in seiner braunen Kutte auffielen. Die Zofen Elvira, Eloise und Rosa, die ihrer Herrin unterwegs zu Diensten sein sollten, machten eher den Eindruck, als hätten sie Hilfe nötig. Sie saßen entgegen Isabels Rat in Frauenkleidern auf ihren Maultieren und hatten Mühe, sich im Sattel zu halten. Auch die beiden Franzosen waren nur leidliche Reiter, und das überraschte Isabel. Schließlich hatten sich die beiden doch als Weltreisende ausgegeben. Daß sie die verschiedenen Länder zu Fuß durchmessen hatten, war ja wohl kaum denkbar.

Den einunddreißig Huasipungueros, Landarbeiter, die sich als Träger verdingt hatten, war trotz ihrer Bürden das Tempo der Maultiere zu gemächlich, denn sie waren einen leichten Trab gewohnt. Viele dieser Männer kauten Blattkugeln des Coca-Strauchs, deren Saft sie gegenüber Durst, Hunger und Kälte abstumpfte und die Lasten scheinbar leichter machte. Auch die Grandmaisons hatten sich einige Beutel von dem, wie José es nannte, »Teufelszeug« mitgenommen, dazu Kalk und Asche, die den Wirkstoff Llypta freisetzten und den Blättern ihren unangenehmen Geschmack nahmen. Nur für den Notfall, hatten sie sich gelobt, glaubten aber, daß dieser niemals eintreten würde.

Den Huasipungueros folgten die Arrieros, die die Packtiere führten mit den Vorräten an Nahrung, Wein und Brandy und anderen Lasten, die für die Schultern der Indios zu schwer waren. Auf den schwierigen Gebirgspfaden waren die trittsicheren Maultiere besser geeignete Lasttiere als Pferde. Sie ließen sich auch nicht so leicht aus der Ruhe bringen wie diese. Dafür aber gebärdeten sie sich oft launisch und störrisch und waren nur von erfahrenen Arrieros zu bändigen.

Den Indios bot das Unternehmen, auch wenn es ihnen gefahrvoll erschien, doch eine willkommene Abwechslung vom täglichen Einerlei der Feldarbeit und der Warmichakui, der unauflöslichen ehelichen Gemeinschaft. Außerdem hatte man ihnen fürstliche Entlohnung versprochen.

An eine Fürstin fühlten sich einige Quechua auch erinnert, wenn sie Isabel in königlicher Haltung im Sattel sitzen sahen. Als einer unter ihnen sie aber gegenüber seinem Nebenmann mit einer Inka-Prinzessin verglich, winkte dieser verächtlich ab. »Was weißt du in deiner armseligen Phantasie von der Pracht, mit der sich eine Inka-Prinzessin umgab«, erwiderte er. »Sie hatte über hundert Dienerinnen, auch auf Reisen, und wurde in einer goldenen Sänfte getragen.« Genaues wußte freilich auch er nicht, denn das Wissen über das Reich der Sonnenkönige hatten die Spanier fast ausgelöscht. Aber ein wenig von einer Prinzessin hat Doña Isabel vielleicht doch, gab er insgeheim zu. Oder vielleicht sollte man sie lieber eine Heilige nennen, dachte er. Aber, verwarf er den Gedanken wieder, eine Heilige in Hosen würde dem Herrgott wohl kaum gefallen.

»Der Chimborazo thront mit seinem Gipfel über dem Land wie St. Peter über den Dächern Roms«, begeisterte sich Pater José, dessen Reiseziel das Zentrum der katholischen, der wahren Christenheit war, am Anblick des gewaltigen Berges. Er hatte sich Isabels Expedition in letzter Minute angeschlossen. Im Auftrage seiner Bruderschaft wollte er dem Heiligen Vater von den Fortschritten der Kapuziner im Gebiet der Audiencia und in Amazonien berichten, nachdem die Missionen dort von den aus der Kolonie verwiesenen Jesuiten übernommen worden waren. Isabel nickte ihrem Bruder freundlich zu, weil ihr seine ungewohnt poetische Bemerkung gefiel.

Eigentlich hatte Isabel José nicht mitnehmen wollen. Er war nämlich vollkommen unpraktisch veranlagt, außerdem besserwisserisch und so moralinsauer in seinen Ansichten, daß sie ständig Streit mit ihm bekam. Wer so wenig zur Liebe begabt ist wie José, dachte sie, braucht die Moral als besten Freund. José hat wirklich gut daran getan, sein Leben dem Herrn zu widmen, bei Frauen hätte er sich nur Niederlagen eingehandelt. Seine Augen sind so feurig wie die eines Fisches, und wenn er spricht, hat er ständig einen Frosch im Hals. »Dein Bruder José«, hatte Don Pedro einmal aus irgendeiner Verärgerung heraus zu ihr gesagt, »sieht weder mir noch deiner Mutter ähnlich. Ich weiß überhaupt nicht, von welchem unserer Vorfahren der Kerl sein Aussehen und seinen Charakter hat.«

Isabel schüttelte die boshaften Gedanken ab. Der Tag ist viel zu schön, um sich in Niedertracht zu üben, dachte sie und leistete ihrem Bruder insgeheim Abbitte.

Mit dem Chimborazo im Rücken ritten sie der Ostkordillere zu, über der aus dem Krater des fernen Sangay eine vom Dunkelblau bis zum Kupferbraun changierende Eruptionssäule wohl dreißigtausend Pariser Fuß hoch in den Himmel ragte. Bevor der Wind sie verwehen konnte, wurde sie vom »Dämon des Feuers und der Asche«, wie die Indios den Vulkan nannten, immer wieder erneuert.

Wo dieser Berg sich aus dem Urwald erhebt, dort müssen wir hin, dachte Isabel und schauderte zusammen. Aber der Berg war ja noch weit weg. Und hier war die Welt noch zivilisiert und wohlgeordnet, denn sie gehörte den Grandmaisons. Länger als einen halben Tag ritten sie an den Mais- und Kartoffelfeldern sowie den Weiden der Hazienda entlang, bis sie den Camino Real, den Königsweg erreichten, der Cuzco in Peru mit Quito verband. Die Inka hatten ihn bauen lassen, die Spanier nutzten ihn jetzt als Transport- und Handelsweg.

Isabel bedauerte, daß sie dieser bequemen Straße nicht folgen konnten, sondern darüber hinwegreiten mußten, bis zum Rio Chambo, der irgendwo mit dem Rio Patate zusammenfließen und den Pastaza bilden würde, den Fluß, der sie zu ihrem Schiff tragen sollte.

Sie durchquerten zunächst das fruchtbare Tal eines eiligen Bachlaufs, der Rio Guano genannt wurde, weil sein milchiges Wasser an aufgelösten Vogelkot erinnerte, an Guano. In der sattgrünen Talmulde sah man Hunderte von Lamas, Schafen und Rindern grasen. Quechua-Frauen, die aus winzigen Teichen, aus Himmelsaugen, Wasser schöpften oder an ihnen Wäsche wuschen und trockneten, hielten in ihrer Arbeit inne und starrten zu der Kolonne hinüber. Wir müssen ein Anblick wie aus einer anderen Welt für sie sein, dachte Isabel.

Die Grandmaisons hätten ihre Freude an dem Ritt durch das paradiesische Tal haben können, hätten sich darin nicht überall trügerische kleine Sümpfe gebildet. Die Maultiere besaßen einen ausgeprägten Instinkt für Gefahren dieser Art und trugen Reiter und Lasten meist sicher hindurch. Auch diese Kolonne hatte das Guano-Tal schon beinahe passiert, ohne Schaden zu nehmen, als plötzlich ein in der Nähe weidender, halbwilder Stier eine Attacke beschloß. Sein Angriffsziel war der rote Rock der Zofe Rosa. Die Männer an der Spitze des Zuges sahen voraus, was geschehen würde, wenn der Stier bis zu Rosa gelangte, und formierten schnell einen Schutzring um sie. Dann aber war das schwarze Ungetüm heran und riß im ersten Ansturm Antonios Maultier von den Beinen. Antonio konnte gerade noch abspringen, geriet jedoch zwischen die auskeilenden Mulis und erhielt, ehe er sich in Sicherheit bringen konnte, einen bösen Tritt.

Rosas Maultier brach aus der Kolonne aus und sprang mit einem rettenden Satz in den Sumpf, der an den Weg heranreichte. Dort verharrte es wie angewurzelt. Zu ihrer eigenen Überraschung war Rosa im Sattel geblieben, und nun schlang sie ihre Arme um den Hals des Tieres, zog die Beine an und weinte. Zunächst kümmerte sich niemand um sie, denn der aufgebrachte Stier beanspruchte noch alle Aufmerksamkeit für sich. Er stand nur ein paar Sprünge weit von der Kolonne entfernt und scharrte unschlüssig im Staub.

Sein Zögern gab Eugenio Zeit, seine Flinte aus dem Gepäck zu ziehen und zu laden. Der Schuß, aus nächster Nähe abgefeuert, tötete den Stier. Knall und Flammenzunge aber versetzten die in der Nähe stehenden Maultiere in Panik. Sie sprangen wild umher. Einige machten einen Katzenbuckel und warfen ihre Lasten ab.

Es dauerte eine gute Stunde, bis die Arrieros sie eingefangen und unter Aufbietung all ihrer Überredungskünste wieder bepackt hatten.

Rosas Reittier war inzwischen bis an den Bauch eingesunken. Gewöhnlich aber trug die dicke Pflanzendecke des Sumpfes das Gewicht eines Menschen, und das Mädchen hätte nur absitzen müssen, um zu Fuß auf sicheren Grund zurückzukehren. Es weigerte sich jedoch hartnäckig, seinen Sattel zu verlassen, so sehr man ihm auch gut zuredete. Joaquin mußte daher zu ihm waten, es aus dem Sattel ziehen und aus dem Sumpf tragen. Das von seiner Last befreite Maultier, das sich bis dahin nicht gerührt hatte, wurde anschließend mit einem langen Seil herausgezogen.

Von Rosa aber wollte es nichts mehr wissen. Es bockte, sobald sich das Mädchen näherte. Schließlich wußte einer der Arrieros Rat. Er nahm seinen Sombrero ab und zog ihn dem Maultier über Ohren und Augen. Dieser Trick half. Das verdutzte Tier hielt still, und Joaquin konnte Rosa in den Sattel heben.

Isabel war über Rosas Zimperlichkeit zunächst belustigt wie die meisten Zuschauer. Dann aber wurde sie nachdenklich. Vielleicht war es keine gute Idee, sie und die beiden anderen Zofen mit auf die Expedition zu nehmen, dachte sie. Sie sollen mir unterwegs das Leben erleichtern. Es könnte aber doch der Tag kommen, an dem eher ich mich mit ihnen abplagen muß. Weit kam die Kolonne nicht mehr an diesem Tag, sie erreichte den Paß am Fuß des Igualata-Vulkans. Als sie den schmalen Pfad in die Schlucht des Rio Chambo hinabritt, staunte Isabel über den scharfen Kontrast der Landschaft diesseits und jenseits des Flusses. Obwohl das Gebiet noch zur Hazienda gehörte, war sie in ihrem ganzen Leben noch nicht hier gewesen. Auf der anderen Seite des Flusses breiteten sich fruchtbare Felder und saftige Wiesen an den Faldas, den Berglehnen, aus, und hier, auf ihrer Seite, wo vulkanische Kräfte einen Wald aus hoch aufragenden Basaltsäulen geschaffen hatten, ritt man durch eine Steppe, in der verstaubte Aufsitzerpflanzen mit ihren Blattsternen den dürren Sträuchern den Sprühregen streitig machten, der hier ganz selten fiel.

Die Grandmaisons hätten gern noch den Rio Chambo überquert, um in einer einladenden Wiese auf dem jenseitigen Ufer ihr erstes Lager aufzuschlagen, wurden aber durch eine altersschwache Hängebrücke aufgehalten, die das sechzig bis siebzig Fuß breite Bett des schäumenden Flusses überspannte. Die Brücke bestand schon seit den Tagen der Inka-Herrschaft. Sie wurde ständig genutzt, aber nur selten ausgebessert. Ihre Seile schienen noch einigermaßen fest zu sein. Im Boden fehlten jedoch ein paar Bohlen.

»Können wir nicht überhaupt auf dieser Seite des Flusses bleiben?« fragte Isabel Joaquin, als sie die klaffenden Lücken sah. Doch dieser schüttelte bedauernd den Kopf. »Auf dem rechten Ufer führt der Weg zu einem Einschnitt am Fuße des Tungurahua-Vulkans. Nur durch dieses Tal erreichen wir den Rio Pastaza.«

Die Männer wollten die fehlenden Planken sofort ersetzen. Sie konnten jedoch weit und breit kein geeignetes Holz finden und mußten daher ein chinesisches Tischchen und einen kleinen Schrank zersägen, wozu Isabel schweren Herzens ihre Zustimmung gab. Über den Reparaturarbeiten an der Brücke wurde es Abend. Antonio und Joaquin beeilten sich, das Frauenzelt zu errichten, denn sobald die Sonne unterging, würde es empfindlich kalt werden.

Das Zelt hatte die mobile Unterkunft des Forschers La Condamine zum Vorbild. Isabels Vater hatte dieses Zelt einmal vor Jahren gesehen, als er La Condamines Lager besuchte, und die Nachschöpfung aus der Erinnerung heraus anfertigen lassen. So richtig gelungen aber war sie nicht, denn als Isabel und ihre Zofen endlich unter dem Leinendach saßen, waren sie zwar gegen den kräftigen Nordostwind, der sich erhoben hatte, einigermaßen geschützt, der aufgewirbelte Tuffstaub aber drang durch alle Ritzen ein.

Joaquin versuchte, es den Frauen dennoch so angenehm wie möglich zu machen. Er entzündete in einem Steinring, den er in der Mitte des Zeltes angelegt hatte, ein aromatisches Feuer, das von den Wurzelstöcken des Chuquisagua-Strauches genährt wurde. Für die Schlafstätten brachte er mitgeführtes Stroh herein, anschließend Decken und Kissen, Wasch- und Nachtgeschirr. Eine Stunde später servierte er den Frauen eine Art Eintopf aus Süßkartoffeln, Hühnerfleisch und Maisbrühe, den er schwungvoll »Sopa a la criolla« nannte. Ein Glück, daß ich diese treue Seele um mich habe, dachte Isabel, als sie die köstliche Suppe aß.

Die Zofen waren schon lange bei den Grandmaisons. Dennoch war es Isabel nun peinlich, hinter einer Spanischen

Wand ihren natürlichen Bedürfnissen nachgehen zu müssen. Dort war sie zwar vor Blicken geschützt, Geräusche aber wurden nicht gedämpft. Merde, dachte sie, aber es ist nicht zu ändern. Sie war froh, als sie sich endlich, notdürftig gewaschen, unter ihrer warmen Decke ausstrecken konnte. Eine Weile noch lauschte sie Antonios Lautenspiel, den Stimmen im Lager, dem Wind und dem Knistern des Feuers. Dann schlief sie, vom ersten Reisetag erschöpft, ein.

Als sie am nächsten Morgen vor das Zelt trat, sprühte ihr ein von kaltem Wind getriebener Regen, der für das Anden-Hochland typische Paramito, ins Gesicht und ließ sie zusammenschauern. Aber wie so manches Mal spornten Unannehmlichkeiten sie erst recht an. Sie lief geradewegs zur Hängebrücke, die leicht im Wind schaukelte. Auf der Brücke machte sie zuerst ein paar tastende Schritte, dann aber ging sie, sich mit den Händen am Seilgeländer absichernd, tapfer weiter. »Wunderbar«, sagte Eugenio stolz, als er sie am anderen Ufer in die Arme nahm. »Du bist über die Brücke gegangen, als machtest du das jeden Tag.«

Auf dem rechten Ufer stieg der Weg steil an und führte zur sogenannten Terrasse von Penipe, auf der die Hütten einer winzigen Indio-Siedlung schimmerten. In Gedanken war Isabel schon dort, so nahe erschien ihr das Dorf.

Aber ihre Geduld wurde auf eine harte Probe gestellt. Es dauerte über eine Stunde, bis die ganze Kolonne den Fluß überquert hatte, und auch der Weg nach Penipe kostete unendlich viel Zeit, denn die Maultiere setzten ihre Hufe äußerst bedächtig zwischen die scharfkantigen Steine, die den Boden dicht bedeckten. Isabel taten die Träger leid, die in dürftigen Alpargatas, in Bastsandalen, laufen mußten.

Jedermann litt unter dem feinen Tuffstaub. Die Feuchtigkeit, die den grauen Staub am frühen Morgen noch gebunden hatte, war unter der Sonne schnell verdunstet. Und nun wurde er in Wolken zwischen den Hecken aus Agaven und Kakteen, die den Weg säumten, hindurchgefegt wie durch einen Kamin. Er dörrte die Schleimhäute aus und brannte in den Augen wie Säure.

Isabel war froh, als sie am Nachmittag endlich in Penipe ankamen, einer Ansammlung ockerfarbener und weißgekalkter Hütten inmitten graugrüner Felder. Von dort aus konnte man weit in das Tal hineinsehen, das der Rio Chambo in die Landschaft geschnitten hatte. Am Horizont ragte drohend der Tungurahua in die Wolken. José bekreuzigte sich bei seinem Anblick, und wer in seiner Nähe war, tat es ihm automatisch nach, zumal in diesem Augenblick die Erde bebte. Es war eines dieser vielen leichten Beben, die kaum beachtet wurden. Nicht einmal die Geier konnte es von einem stinkenden Maultierkadaver am Ortsrand aufscheuchen. Auf den ängstlichen Pater aber wirkte es doch wie ein böses Omen.

Penipe war die letzte Siedlung vor der Ortschaft Baños. Die Bergbauern, die sie bewohnten, hielten sich scheu abseits, als die Kolonne einzog. Da Shimbo Cumbayo wußte, welche Schwierigkeiten und Strapazen den Grandmaisons noch bevorstanden, schlug er vor, diesen Tag im Dorf zu beschließen, obwohl man noch ein paar Stunden hätte reiten können. Die Grandmaisons stimmten ihm dankbar zu, denn bis auf Antonio und Eugenio war die Reisegesellschaft lange Ritte nicht gewöhnt.

Die Frauen bezogen diesmal einen leerstehenden Tambo,

eine Schutzhütte, die Joaquin zuvor ausgemistet hatte. Dort wuschen und salbten sie sich gegenseitig die wundgerittene Haut am Po und zwischen den Schenkeln.

Joaquin hatte ihnen den Tambo als Raststätte empfohlen, weil er ihn für einen besseren Schutz gegen Wind und Regen hielt als das Zelt. Leichtfertig aber war seine Versicherung, sie sei frei von Ungeziefer. In Wahrheit war sie voller Flöhe und Wanzen. Eine offenbar lange Hungerperiode hatte diese so blutrünstig gemacht, daß sie sofort zum Angriff übergingen, als die Frauen sich zum Schlafen niederlegten. Isabel verspürte sogleich ein heftiges Brennen und Jucken, ebenso erging es den Zofen. Alles, was sie bis dahin in ihrem Leben an Flohattacken erlitten hatten, erschien ihnen harmlos im Vergleich zu dieser Heimsuchung, und in dem trüben Schein der Kerzen war den Blutsaugern kaum beizukommen. Die peinigenden Bisse ließen die Frauen die ganze Nacht nicht zur Ruhe kommen. Auch wurden sie durch Ratten geängstigt, die in der Dunkelheit umherhuschten. Die kühnsten der Nager wagten sich sogar bis an den Rand des Kerzenscheins und machten dort neugierig Männchen.

Als es endlich Zeit zum Aufstehen wurde, war Isabel von bleierner Müdigkeit und ständigem Jucken so überreizt, daß sie zu ihrer eigenen Überraschung auch die alte Eloise anschrie, weil sie ihr fürs Ankleiden nicht schnell genug zur Verfügung stand. Und als der ahnungslose Joaquin dann fröhlich grüßend mit dem Frühstück in die Hütte kam, hatte sie nur einen vernichtenden Blick für ihn übrig.

Achtes Kapitel

Nach dieser Albtraum-Nacht stand Isabel am nächsten Morgen der Abschied von Eugenio bevor. Bedrückt setzte sie sich neben ihn ans Feuer und sah stumm zu, wie er sein Frühstück verzehrte. Als er seinen letzten Bissen mit Tee heruntergespült hatte, stand er mit einem Ruck auf. Er zog Isabel zu sich empor, nahm ihr Gesicht in beide Hände und sah ihr eine kleine Ewigkeit lang in die Augen. »Ich werde dein Bild in meinem Herzen bewahren, so lange ich lebe«, sagte er ruhig und fügte leise hinzu: »Denn wiedersehen werden wir uns wohl erst in einem anderen Leben.«

Isabel legte ihren Kopf an seine Brust und weinte. Eugenio strich ihr über das Haar und hielt so lange still, bis sie sich faßte und von ihm löste.

Bei seinen Brüdern dagegen hatte er es eilig. Er klopfte Antonio und José heftig den Rücken und sagte so laut, daß die Umstehenden es hören konnten: »Paßt mir ja auf meine kleine Schwester auf, sonst soll euch der Teufel holen!« Dann kletterte er auf sein Maultier und ritt, ohne sich noch einmal umzudrehen, in Richtung Riobamba davon.

Der Weg zum Paß hinauf war teuflisch schwierig und zwang der Kolonne ein Schneckentempo auf. Nach einiger Zeit rotierten schwarze Wolkenspiralen die Vulkanhänge hinab und legten sich über den breiten Trog des Chambo-

Tales. Schneeregen, der von einem bissigen Ostwind gepeitscht wurde, hüllte die Reisenden ein. Er kühlte die Reiter so stark aus, daß sie im Sattel steif und starr wurden und kaum die Zügel zu halten vermochten. Nur den Trägern schien das Wetter nichts auszumachen, wenn ihr gleichmütiger Gesichtsausdruck nicht trog.

Kurz vor Mittag aber brach, wie so oft in den Anden, die Sonne durch, und die Grandmaisons konnten aufatmen. Auch hatte der Wind den Wolkenkranz um den Tungurahua aufgerissen, dessen Gipfel einen herrlichen Anblick bot.

Nach einer Weile verließ die Kolonne den gefährlichen Talhang und kletterte eine Schuttwüste hinauf, in der Polsterpflanzen, lederblättrige Sträucher und verkrüppelte Bäume ein karges Dasein führten. Diese Pflanzen schienen hier die einzigen Lebewesen zu sein, wollte man zwei Kondore nicht rechnen, die sich über den Reisenden immer höher in den Himmel schraubten.

Antonio schätzte, daß der Paßrücken, den sie am Nachmittag erreichen, fast fünfzehntausend Fuß hoch lag. Daß sie offenbar an der höchsten Stelle angelangt waren, konnten sie an den vielen Apachetas ablesen, die dort von Indios errichtet worden waren. Apachetas waren kunstlose kleine Altäre, Steinhaufen, unter denen Bergwanderer auf dem Paß den Berggöttern Coca-Blätter, Kugeln aus Quinoa-Asche, Chicha-Bier und Schnaps opferten, damit diese sie auf ihrem gefährlichen Weg vor Unglück schützten. Vielleicht waren die Indios, die hier Opfer dargebracht haben, Vaters Begleiter gewesen, dachte Isabel. Sie wurde aus ihren Gedanken aufgeschreckt, als Antonio plötzlich ausrief: »Es lebe Isabel, die unter allen Frauen auf dieser Welt am höchsten im Gebirge aufgestiegen ist!« José, Luis, Joaquin und die beiden Franzosen stimmten in die Vivarufe ein. Die Mädchen aber blieben stumm, weil es ihnen schlechtging und sie sich ärgerten, daß Antonio sie nicht ebenfalls hochleben ließ. Auch die Indios schwiegen, denn sie verstanden nicht, worum es ging. Isabel winkte mißmutig ab. Wie den übrigen machte auch ihr die Höhe schwer zu schaffen. Ihr Atem ging rasselnd, die Glieder wurden ihr schwer wie Blei, und der Magen revoltierte. Auch den anderen Weißen erging es nicht besser. Reumütig dachte sie daran, wie sie sich früher über die Chapetones, die Kotzer von der Küste, lustig gemacht hatte, die sich in Riobamba mit solchen Problemen herumplagten.

Selbst die Indios litten hier unter der Soroche, der Höhenkrankheit, die um so schlimmer wurde, je länger die Kolonne auf dem breiten Paßrücken dahinzog. Jedermann schnappte mit offenem Mund nach Luft, dabei trockneten die Schleimhäute aus, und die scharfe, kalte Luft reizte die Bronchien.

Die Reisenden waren froh, als sich der Weg endlich abwärts neigte. Vor Einbruch der Dunkelheit erreichten sie noch eine anderthalbtausend Fuß tiefer gelegene Stelle, die Don Pedro als Depot markiert hatte. »Eben dort, wo man zum ersten Mal den von Norden kommenden Rio Patate sehen kann, der sich mit dem Chambo-Fluß zum Rio Pastaza vereinigt, liegt das Depot«, hatte er geschrieben.

Die Grandmaisons fanden das Depot schnell. Es enthielt Nahrung und einige Flaschen Wein, Vorräte, von denen sie eigentlich selbst genügend mitführten. Aber so war Don Pedro eben, immer großzügig auf das Wohl seiner Kinder bedacht.

Außerdem war da noch ein ermutigender Brief von ihm. »Meine lieben Kinder«, las ihn Antonio später am Lagerfeuer vor, »ihr seid nun auf der Ostabdachung der Kordillere angekommen, und das solltet ihr feiern. Haltet mit dem Zuckerrohrschnaps, den ihr auf meinen Rat hin hoffentlich reichlich mitgenommen habt, die Arrieros und die Träger bei Laune und sorgt auch dafür, daß unser José, falls er auf der Reise dabei sein sollte, nicht gänzlich austrocknet.«

Antonio ließ den Brief sinken und grinste José ironisch an. »Ein liebendes Vaterherz!« sagte dieser gequält. »Ich will aber doch ein Gläschen mit euch trinken, um kein Spielverderber zu sein.«

Als Antonio ihm das Glas randvoll füllte, grinste er noch breiter. Von wegen Spielverderber, dachte er, man braucht sich nur die gesprungenen Äderchen auf seinen Wangen und seiner Nase anzuschauen. Die kommen bestimmt nicht vom scharfen Wind.

Wie Don Pedro geraten hatte, verteilte Antonio »Mallorca«, einen derben Zuckerrohrschnaps, unter die Indios. Auch die Grandmaisons und die Franzosen sprachen dem Alkohol tüchtig zu, um ihr Unwohlsein zu betäuben und auch ein wenig die Furcht vor den Ungewißheiten der kommenden Tage, obwohl das niemand zugab. Vor dem Essen ließen sie sich von Joaquin einen »fuertecito para abrir la bocca« einschenken, einen Appetitanreger. Nach der Suppe gab es einen »fuertecito para asentar la sopa«, einen Verdauungsschnaps, dem noch einige Gläser Rotwein folgten, auch im Interesse der Gesundheit natürlich.

Ehe sich die Dunkelheit über das Land legte, hatte Joaquin das Frauenzelt aufgebaut. Als Isabel und die Mädchen sich darin schlafen legten, fürchteten sie erneute Angriffe von Flöhen und Wanzen, aber sie schliefen unbehelligt ein. Das Ungeziefer hatte die Höhenwanderung nicht überlebt.

Ihr Schlaf war so fest, daß sie der Sturm nicht aufweckte, der in der Nacht vom Paß herunterfegte und so heftig an der Verankerung des Zeltes rüttelte, daß es über ihnen zusammengebrochen wäre, hätte der stets wachsame Joaquin nicht eingegriffen. Er hatte beim Trinken die meisten Runden ausgelassen und hörte darum als einziger das bedrohliche Knattern der Zeltwände. Unter Aufbietung all seiner Kräfte spannte er die lose gewordenen Stricke des Zeltes neu. Es ist ein Fehler, dachte er dabei, in den Bergen Zelte mit hohen Steilwänden zu benutzen. Hier braucht man niedrige und schräge Dächer, die sich in die Landschaft hineinducken und dem Wind keinen Widerstand bieten. Aber diese Erkenntnis half jetzt nicht weiter.

Joaquin legte sich nach getaner Arbeit nicht mehr schlafen. Er setzte sich ans Feuer und wachte bis zum Morgen über den Schlaf Isabels und der Zofen.

Neuntes Kapitel

Auf dem Weg nach Baños gelangte die Expedition am nächsten Tag in die Zone des Nebels. Die grauweißen Nebelwolken, die unterhalb des Pfades über den dunklen Bergschluchten waberten, ängstigten Isabel. Joaquin sah ihr beklommenes Gesicht und sagte mit Zuversicht in der Stimme: »Schon bald werden sie in den heißen Quellen von Baños baden!« Isabel lächelte ihn dankbar an.

Der kaum erkennbare Trampelpfad wand sich erst durch eine schroffe, nackte Bergszenerie. Dann führte er in die ersten Ausläufer des Nebelwaldes. Hier waren es nur ein paar dünne Stämmchen, die sich über den Weg beugten. Mit ihren langen, wehenden Bartflechten erschienen sie Isabel wie uralte Patriarchen. Einige waren mit Bromelien, Orchideen und Moosen so dicht besetzt, daß man befürchten mußte, ein plötzlicher Windstoß könnte ihre altersschwachen, knotigen Äste brechen.

Ständige Nässe hatte den braunroten Boden in einen Morast verwandelt. Die Spur in der Mitte des Weges war so stark ausgetreten, daß sich an den Seiten Lehmwände gebildet hatten. Isabel, die keine schlechte Reiterin war, achtete auf ihre Vordermänner, und sobald sie sah, daß diese ihre Beine anzogen, weil die Wände eng wurden, tat sie es ihnen nach, um nicht eingeklemmt zu werden. Sie war sogar noch so umsichtig, den hinter ihr reitenden Zofen eine Warnung zuzurufen.

Immer dichter trat die Vegetation nun zusammen, und schließlich lief der Pfad in einen schwarzen Pflanzentunnel hinein. Jeder Baum, jeder Stein war hier mit wassergesättigten Moosen, mit Flechten, Algen und Pilzen bedeckt und glitschig. Shimbo riet den Grandmaisons und ihrer Gefolgschaft, die Tiere zu führen, weil Äste, die unversehens aus dem Nebel hervorstachen, einen Reiter leicht verletzen konnten.

An manchen Stellen gurgelten kleine Bäche quer über den Weg oder hatten tiefe Rinnen ausgefurcht, über die trügerische Brücken aus Baumstämmen führten. Die Indios und auch die Mulis balancierten mit ihren schweren Lasten geschickt hinüber. Die Weißen mit ihren hart besohlten Schuhen aber konnten leicht ausgleiten und stürzen. Sie mußten sich daher zum geheimen Vergnügen der Indios auf die Knie niederlassen und auf allen vieren hinüberkriechen.

An Bambus, der sich zum Glück recht selten in ihren Weg stellte, hieben sich die Männer die Klingen ihrer Macheten stumpf, und es dauerte oft eine Ewigkeit, bis man an solchen Stellen weiterkam. Dagegen waren die Äste der meisten Bäume saftig und aus weichem Holz, das schnell durchhauen war. Dabei fielen oft Bromelien herunter, aus denen verwirrte kleine Frösche kletterten. Isabel war von den herrlich bunten Farben der Winzlinge so entzückt, daß sie einen von ihnen auf die Hand nehmen wollte. Aber Shimbo, der zufällig sah, wie sie sich nach dem Frosch bückte, kam ihr zuvor und trat ihn tot.

»Warum machst du das?« fuhr Isabel ihn an.

Der Quechua sah sie nachsichtig lächelnd an. »Señora, dieser kleine Frosch sondert ein Gift ab, das so stark ist, daß die Jäger ihre Pfeilspitzen damit überziehen. Solche Pfeile töten, wenn sie die Haut eines Tieres auch nur ritzen.«

»Du meinst, das Gift stammt wirklich von diesem kleinen Frosch?«

»Von diesem und anderen«, sagte Cumbayo ernst. »Berühren Sie im Urwald bitte nichts, was Sie nicht kennen. Sie könnten sonst ganz schnell sterben.«

Isabel nickte beschämt.

Zehntes Kapitel

Endlich öffnete sich die Landschaft zu einem breiten Tal, auf dessen Grund die Dächer des Ortes Baños schimmerten. Je weiter sie nun den Talhang hinabzogen, desto mehr wurde den Reisenden jeder Atemzug zum Genuß, denn die Luft wurde wärmer und reicher an Sauerstoff.

Es dauerte auch nicht mehr lange, bis sie die Lichtung erreichten. Die meisten ihrer grasbedeckten Lehmziegel-Häuser waren von kleinen Gemüsegärten umgeben und lagen weit verstreut. Aber es gab auch einen Ortskern mit einer Plaza und einer kleinen Kirche.

Vor dieser Kirche wurden die erschöpften Grandmaisons von einem Kapuziner-Pater empfangen, der sich mit dem Namen Ambrosius vorstellte. Er hatte die Gemeinde von den im Jahre 1767 aus der Kolonie verwiesenen Jesuiten übernommen. Der junge Priester überragte die dichtgedrängte Schar neugieriger Mischlinge und Indios, die zu Isabels Freude einen Dialekt des ihr vertrauten Quechua sprachen. Pater Ambrosius führte die Expeditionsteilnehmer zu einem kleinen Seitenaltar in der Kirche, über dem das von qualmenden Kerzen bis zur Unkenntlichkeit verschwärzte Bild des heiligen Santiago hing. Dort sprach er mit ihnen ein Dankgebet und befahl sie für ihren weiteren Weg unter seinen Schutz.

Unterdessen amüsierten sich die beiden Franzosen in der Kirche laut über den »schauderhaften Geschmack«, der Malern und Herrgottschnitzern bei der Ausgestaltung des Gotteshauses die Hand geführt hat. Isabel schämte sich für sie und war froh, daß sie sich in Französisch ausließen, das Ambrosius, wie sie hoffte, nicht verstand. Auch sie konnte den süßlichen Bildstock über dem Hauptaltar nicht leiden, und noch weniger mochte sie die bluttriefenden Darstellungen von Heimsuchungen durch Vulkanausbrüche. Aber sie respektierte die naiven Arbeiten der einfachen Menschen, auch wenn sie deren Geschmack nicht teilte.

Irgendwie aber beschäftigte sie der Inhalt der Bilder. So schwere Schuld, dachte sie, können Menschen doch gar nicht auf sich geladen haben, daß Gott sie immer wieder mit Feuer und Schlammfluten bestraft. Ihr Fehler ist vermutlich, so nahe am Kessel der Hölle zu leben und darauf zu vertrauen, Gott werde verhindern, daß er überkocht. Aber gefährlich, sagte sie sich, leben ja nicht nur die Leute in Baños, sondern eigentlich alle Menschen in der Audiencia de Quito, die Armen und die Reichen, die Gerechten und die Sünder, denn dieses Land wird von Vulkanen beherrscht.

Draußen vor der Kirche konnte Isabel dann die Narbe sehen, die sogenannten Avenidas, die die Schlammfluten am Hang des Tungurahua hinterlassen hatte. Sie entstehen, wenn glühende Lava bei einem Ausbruch auf den Eismantel des Berggipfels trifft und ihn abschmilzt. Isabel konnte sich vorstellen, wie die Schlammwalze sich in die enge Talschlucht ergoß, dort immer höher anstieg, schließlich aus der Enge herausschoß und mit ungeheurer Gewalt die Häuser von Baños mit sich fortriß.

Aber der Ort hatte, wie Isabel von Pater Ambrosius erfuhr, auch seine Vorzüge. »Haben Sie die vielen Krücken gesehen, die neben dem Eingang der Kirche an der Wand hängen?« fragte er, als er die Grandmaisons zum Essen in sein Haus führte. »Sie stammen von all den gelähmten und gebrechlichen Menschen, die durch das Baden in unseren wundertätigen Quellen geheilt wurden. Und bevor Sie weiterreisen«, empfahl er, »sollten auch Sie hier baden.«

Isabel versprach ihm das. Sie wollte ohnehin ein paar Tage in Baños ausruhen.

Es war schon dunkel, als Ambrosius sie zu der zur Kirche gehörenden kleinen Finca brachte, in der die Grandmaisons übernachten sollten. Vor dem bescheidenen Haus brannten schon die Kochfeuer. Joaquin hatte im Hof davor wohlweislich das Frauenzelt errichtet, denn die Räume im Haus waren ein Tummelplatz für allerlei Ungeziefer. Auch der Hof war ein von schwarzen Schweinen bewohnter Morast. Joaquin mußte den Platz gründlich reinigen, ehe er das Zelt aufstellen konnte. Auch danach stank es noch immer. Durch die Beschwerlichkeiten der Reise aber waren Isabel und die Mädchen schon recht abgehärtet und bezogen ihre Behausung, ohne zu klagen. Dennoch mußte Isabel sich fast übergeben, als sie später sah, wie die beiden Franzosen eines der schwarzen Schweine schlachteten. Wie kann man ein Tier essen, das sich von Unrat ernährt? fragte sie sich fassungslos. Sie sah angewidert und zugleich fasziniert zu, wie die beiden Männer das Tier ausräumten, ihm die Borsten absengten und dann einen Knüppel durch Maul und After trieben, um es schließlich über niedrig gehaltenen Flammen in zwei gegabelte Äste zu hängen. Isabel taten die unendlich mageren

Hunde leid, die ums Feuer strichen, den Braten rochen, aber nichts davon bekamen. Sie rief den beiden »Mangeurs du lard«, den Schweinefleischessern, zu, sie sollten den Hunden wenigstens die Essensreste hinwerfen. Jabot und Pierre nickten zustimmend, überließen die Abfälle dann aber den Trägern, die sich zuvor schon die Innereien abgeholt hatten.

Später, in der Nacht, als die meisten Menschen im Lager schon schliefen, trat Isabel noch einmal vors Zelt. Sie lauschte den Zikaden und dem feinen Geläute der Frösche in den nahen Bäumen. Sie hörte schwergewichtige Käfer in der Dunkelheit brummen und sah, wie sie ein nahes Feuer anflogen, sich daran die Flügel versengten, abstürzten und in den Flammen verzischten.

Aus der Dunkelheit löste sich eine vertraute Gestalt. »Kann ich noch etwas für Sie tun, Señora?« fragte Joaquin leise.

»Danke, ich brauche nichts«, antworte Isabel freundlich. Sie empfand die unaufdringliche Nähe Joaquins als wohltuend. »Was denkst du«, fragte sie ihn, »werden die Indios vielleicht doch weiter bis Canelos mit uns gehen?«

Joaquin hob die Schultern. »Ich habe kaum Kontakt zu ihnen. Aber ich fühle, daß Cumbayo sie nicht bei der Stange halten kann, auch nicht will, zumal Señor Antonio ihnen schon ihren Lohn ausbezahlt hat.«

»Wir werden Mühe haben, neue Leute zu finden«, sagte Isabel. »Vielleicht gibt es Männer hier, die ein paar Monate zuvor mit Ihrem Vater gereist sind und nun auch gern mit uns gehen«, hoffte Joaquin.

»Schön wäre es«, sagte Isabel und wünschte ihm eine gute Nacht.

Joaquin hatte die Stimmung unter den Trägern und Arrieros richtig eingeschätzt. Am nächsten Morgen bepackten die Maultiertreiber ihre Tiere für die Rückkehr ins Hochland und zogen ab. Die meisten Träger waren schon fort oder schliefen irgendwo in Baños ihren Rausch aus, wo sie einen Teil ihres Lohnes in Zuckerrohrschnaps umgesetzt hatten. Auch Shimbo Cumbayo ließ sich nicht dazu bewegen, den Grandmaisons weiterhin als Führer zur Verfügung zu stehen. »Denken Sie an die Warnung meines Vaters«, sagte er lakonisch, als Isabels Brüder ihn baten, bei der Expedition zu bleiben.

»Die Warnungen deines Vaters beruhen auf reinem Aberglauben«, schnaubte José wütend und setzte hinzu, »wir alle sind in Gottes Hand.« Cumbayo ignorierte ihn.

»Gefährlicher, als die Reise bisher war, kann sie doch wohl kaum mehr werden«, warf Antonio ein.

Die Hochland-Indios der Audiencia senkten meistens, wenn sie mit Weißen sprachen, den Blick, so als wären sie sich ständig einer Schuld bewußt. Cumbayo aber sah Antonio direkt in die Augen, als er sagte: »Ich fürchte, der Tod wird von nun an Ihr Begleiter sein.«

Antonio fühlte instinktiv, daß Cumbayo sich Sorgen um ihn und seine Geschwister machte, aber er wollte nicht zugeben, daß ihn dessen Warnung ängstigte. »Ich danke dir für deinen Rat«, sagte er schließlich, »aber wir müssen weiterreisen. Wir haben keine Wahl.« Zum Zeichen, daß er ihn respektierte, gab er Cumbayo zum Abschied die Hand.

Auch in Baños hatte Don Pedro für seine Kinder natürlich einen Brief hinterlegt. Darin schrieb er, daß er bei einem Tischler eine Sänfte für Isabel in Auftrag gegeben habe. Als

Antonio zu ihm ging, stellte sich heraus, daß der Mann mit seiner Arbeit noch nicht einmal begonnen hatte.

»Der Kerl sagte mir ins Gesicht, er habe nicht geglaubt, daß wir jemals bis Baños kommen würden«, berichtete er Isabel, als er unverrichteter Dinge zur Finca zurückkehrte.

»Vaters Geld aber hat er genommen«, schimpfte sie.

»Das habe ich ihm auch vorgehalten«, nickte Antonio. »Ich habe ihm drei Tage Zeit gelassen, die Sänfte zu bauen, und ihm einen Riesenärger versprochen, wenn er den Auftrag nicht erfüllen sollte.« Drei Tage, schätzten die Grandmaisons, würden sie auch benötigen, um einen Führer und einige Träger für die Strecke zur Mission Canelos zu finden.

Während sich Antonio und José mit Hilfe des Paters dieser Aufgabe widmeten, spazierte Isabel zum sogenannten Cunuyacu, wie die Indios jenes Bad nannten, dem der Ort seinen spanischen Namen Baños verdankte. Es war eine Thermalquelle, die in ein System von Rinnen und Rohren gefaßt sowie in mehrere, von der Natur vorgeformte und von Menschenhand vollendete Steinbecken geleitet wurde.

Als Isabel das einladende Bad sah, wäre sie am liebsten gleich in das dampfende, gelbliche Wasser gestiegen. Aber das Becken war voll besetzt. Ältere Menschen, nach Männlein und Weiblein getrennt, saßen bekleidet im Wasser oder wateten darin umher. Auf diese Weise ersäufen sie schon mal ihre Flöhe, dachte Isabel, und sind einen Teil ihrer Plagen los. Ambrosius' Haushälterin, die Isabel begleitete, erklärte voller Stolz: »Vor ein paar Jahren haben die Leute hier noch nackt gebadet. Jetzt beachten sie wenigstens die Gebote der christlichen Gesittung und tragen Badekleider. Ist das nicht ein Fortschritt?«

Isabel nickte zustimmend, dachte sich aber ihren Teil. Wenigstens war Ambrosius nicht ganz so »fortschrittlich« wie seinerzeit die katholischen Könige Ferdinand und Isabella, die nach der Eroberung von Cordoba sogleich dreihundert von den Mauren gebaute öffentliche Bäder schließen ließen.

»Kann ich das Bad zwei Stunden vor Sonnenuntergang für mich und meine Zofen haben?« fragte sie ihre Begleiterin. Pater Ambrosius bestimmte zwar nicht über das Bad, seine Haushälterin traute ihm jedoch genügend Einfluß auf den Alcalden, den Bürgermeister, zu, so daß sie Isabel die gewünschte Zeit zusagte.

Ein paar Stunden später stiegen Isabel und die Zofen ebenfalls bekleidet ins Bad, um die Gefühle der Haushälterin Ambrosius' nicht zu verletzen. Als die Frau dann aber verschwunden war, zog Isabel das Badekleid aus und legte es an den Beckenrand. »Los«, sagte sie zu den Mädchen, »runter mit den Kleidern. Das Wasser ist so trüb, daß euch niemand etwas abgucken kann.«

Rosa und Elvira folgten Isabels Beispiel nur zu gern. Eloise aber, die Nacktheit für unanständig hielt, überhörte die Aufforderung. Sie tauchte sogar noch tiefer ins Bad ein, und dabei pumpte ihr das Wasser das Kleid auf. »So aufgeblasen wie heute habe ich dich selten erlebt«, lachte Isabel und spottete so lange weiter, bis die alte Zofe zornig aus dem Bad stieg.

Isabel watete im Becken umher, bis sie müde wurde. Dann suchte sie sich eine flache Stelle, streckte die Beine aus und legte den Kopf weit zurück auf den Beckenrand, so daß sie eine steile Felswand hinaufsehen konnte, von der ein Wasserfall herabstürzte. Unmittelbar neben dem Badebecken traf das Wasser auf einen Felsblock und explodierte zu einem schillernden Sprühnebel.

Im mittleren Bereich, wo der Wasserfall herabstürzte, war die Felswand nackt. An ihren Säumen jedoch gediehen herrliche Farne, Bromelien und Orchideen. Sie wurden ständig von winzigen Tröpfchen benetzt, die im Sonnenlicht flirrten und glitzerten. Jetzt, in den Abendstunden, durchleuchteten die schräg einfallenden Sonnenstrahlen das zarte Grün der Blätter und setzten auch den roten Blütenregen großer Erdorchideen in Flammen. Unablässig schossen schillernde Kolibris davor auf und ab und tauchten in der Luft »stehend« ihre Schnäbel in die nektarhaltigen Blütenkelche.

Isabel formte ihre Hände zu einer Schale, schöpfte das warme Wasser hinein und ließ es über ihre Brust rinnen. Sie massierte ihre schlanken Arme und Beine und genoß dabei das wunderbare Bild des Raudalito, wie man die kleinen Wasserfälle nannte. Wer, fragte sie sich, mag wohl vor mir hier gebadet haben? Inka-Feldherren vielleicht auf ihrem Kriegszug gegen die Völker des Waldes? Francisco de Orellana und Gonzalo Pizarro auf ihrem Weg nach Eldorado? Vielleicht mein Vater? Aber Jean ganz gewiß nicht. Er ist einen anderen Weg nach Amazonien gegangen.

Isabel sehnte sich in diesem Augenblick nach ihm. Aber sie dachte auch beklommen an den Tag, an dem sie ihn wiedersehen würde. »Bestimmt hat er eine Geliebte«, flüsterte sie. »Alle Männer, deren Frauen in die Jahre kommen, nehmen sich eine Geliebte. Und was bleibt dann von seiner Zärtlichkeit für mich?« Er wird, dachte sie traurig, das junge, schöne Mädchen erwarten, das ich einmal war, und das bin ich leider nicht mehr.

Die wohltuende Wärme verdrängte allmählich ihre trüben Gedanken, und Isabel überließ sich eine Weile einem erholsamen Dämmerzustand, aus dem Rosa sie erst weckte, als es Zeit zur Rückkehr in die Finca war.

Am nächsten Morgen fanden sich dort nur wenige Männer ein, die sich als Träger verdingen wollten. Der Pater, der mit ihnen gekommen war, sah die Enttäuschung in den Gesichtern der Grandmaisons und sagte bedauernd: »Es ist sehr schwer, genügend Leute für die Expedition zu finden. Die Indios hassen die Strecke nach Canelos.«

Immerhin war ein Mann unter den Trägern, den Pater Ambrosius für einen zuverlässigen Wegführer hielt. Er wirkte auf Isabel und ihre Brüder offen und sympathisch. Mit Handschlag besiegelten sie die Übereinkunft, daß Nicolas, so hieß der Mann, die Expedition nach Canelos führen sollte. Nicolas zögerte, als auch Isabel ihm die Hand bot. Er machte ein verlegenes Gesicht und nahm nur ihre Fingerspitzen. Joaquin gefiel Isabels freundliche Geste nicht. Eine weiße Dame von ihrem Rang, dachte er, sollte einem Indio nicht die Hand reichen. Doch so war Doña Isabel nun mal, warmherzig, aber auch allzu impulsiv.

Ein paar Indios aus der Sierra, die ihr ganzes Geld verschwendet hatten, schlossen sich der Expedition im Laufe des Tages noch an. So bestand die Schar schließlich aus einunddreißig Trägern. Der Palankin für Isabel wurde fertig, so daß die Grandmaisons ihren Aufbruch für den nächsten Tag festsetzen konnten. Ihr letzter Tag in Baños war ein Sonntag. Isabel ging mit den Mädchen und ihrem Neffen nach der Messe auf den Markt, der auf der Plaza vor der Kirche abgehalten wurde. Sie wollte Früchte und Gemüse einkaufen.

Erfreut stellte sie fest, daß die Auswahl hier in Baños, wo sich zwei Klimazonen berührten, reicher war als in Riobamba, wohin Mangos und Chirimoyas selten und oft schon halb verdorben gelangten. Hier prangten in Körben, offenen Säcken und Holztrögen alle möglichen tropischen Früchte, darüber hinaus Kartoffeln, Mais, Kürbisse, Bataten, Kohl, Lauch, Zuckerrohr, Maniok und Zwiebeln.

In einer Ecke des Marktes, in der Isabel und ihre Begleitung die üblen Gerüche von halb verdorbenem Fleisch in die Nase stiegen, wurden Schweineköpfe, Eingeweide, Schweine-, Rind- und Schaffleisch feilgeboten. Hinter Fleischbergen hockende Frauen fochten mit ihren Blattwedeln einen aussichtslosen Kampf gegen die Fliegen. Isabel aber ließ sich von Fäulnis und Insekten nicht schrecken, sondern kaufte für die Expedition mit Bedacht Früchte, Gemüse, Fleisch, Eier sowie eine Anzahl lebender Hühner und Enten ein, die mit zusammengebundenen Beinen im Staub lagen. Dabei kauerte sie sich wie eine Bäuerin vor die Händler, begutachtete und befühlte alle Vegetabilien ausgiebig, die sie nach gelassenem Feilschen schließlich kaufte. Sie war eine begehrte Handelspartnerin auf diesem Markt, denn sie bezahlte mit Münzen, während die Indios und Cholos aus der Umgebung Ware gegen Ware tauschten.

Die Anstrengung des Handelns machte Isabel hungrig, und da es fast Mittag war, lud sie ihre Mädchen und Luis zum Essen ein. Die Garküche am Rande der Plaza war so umlagert, daß sie sich an einen der großen Kessel herankämpfen mußten, zumal viele der Männer und Frauen so betrunken waren, daß sie die feine Dame nicht bemerkten, der sie im Wege standen. Es war eine Art Ursuppe, die »Mutter aller Suppen«, die da über dem Feuer brodelte. In der gelben, fetten Brühe schwammen in groben Stücken Schweineohren, Schwänze, Knochen, Eingeweide, Mägen, Lebern, Nieren, Hühnerbeine, dann ganze Pfefferschoten, Maiskolben, Kartoffeln und Maniok. Eine füllige Köchin schöpfte für Isabel mit einem riesigen Holzlöffel so ziemlich die volle Auswahl in eine große Schale. Nur durch gutes Zureden erhielt Isabel noch ein paar leere Schalen, in die sie für die Mädchen und Luis das Essen verteilen konnte. Normalerweise ließ man hier eine einzige Schale von Mund zu Mund wandern, fischte sich die Beilagen mit der Hand heraus und wischte sich die fettigen Finger an ein paar Blättern ab oder einfach an den Kleidern. Eine ziemliche Schweinerei, dachte Isabel, aber sie macht mir Spaß.

Nach dem Essen spendierte sie sich und den anderen ein paar Becher Fruchtsaft, eine Portion braunen Melassezucker und gezuckertes Maismehl als Nachtisch. Als Verdauungshilfe kippten sie, einschließlich Luis, einen Zuckerrohrschnaps herunter.

Das feurige Getränk machte Isabel unternehmungslustig. Sie schickte die Mädchen mit den Lebensmitteln zurück ins Lager und besuchte mit Luis einen Hahnenkampf. Zu diesem Zeitpunkt war die vornehme Dame, die wie ein Händler feilschte und wie ein Bauer trank, schon in aller Munde. Nun wollte sie sich auch noch an einem Hahnenkampf ergötzen. Wann hatte Baños so etwas jemals erlebt?

Isabel hatte noch nie einem Hahnenkampf zugesehen und fürchtete, sich und den Jungen mit dem blutrünstigen Spektakel zu überfordern. Aber ihre Neugier siegte. Die Wetter machten ihr bereitwillig Platz. Der Nachbar zu Isabels Linken, ein Cholo, bot ihr sogleich einen Caneloso doble an, ein Getränk, in dem Zuckerrohrschnaps mit Zimt, Zucker und etwas Wasser vermischt war. Sie zögerte nicht, das Glas zu nehmen und einen kräftigen Schluck daraus zu trinken. Der Mann schenkte nach und hielt Luis das Glas hin. »Für den Caballero!« sagte er. Isabel wußte nicht so recht, ob sie zulassen sollte, daß der Junge noch einen Schnaps trank.

Aber Luis hatte das Glas schon in der Hand und nahm ihr die Entscheidung ab. Als er beim Trinken keine Miene verzog, nickte der Spender anerkennend, und Isabel war stolz auf ihren Neffen. Auf dieser Reise, dachte sie, muß er in jeder Hinsicht seinen Mann stehen. Da werde ich ihm doch einen Schnaps nicht verbieten.

Isabel hatte auf der bisherigen Reise ständig Angst um ihn ausgestanden, mehr vielleicht als Antonio, der die Expedition als eine gute, harte Schule für seinen Jungen betrachtete. Isabel aber war bei dem Marsch durch den Nebelwald klar geworden, daß sie der Wildnis ausgeliefert waren. Außerdem ging ihr immer wieder Cumbayos eindringliche Warnung durch den Kopf.

Bei diesem Gedanken legte sie impulsiv ihren Arm um Luis. Aber als Kind wollte Luis in diesem Augenblick nicht behandelt werden. Er versteifte sich ein wenig und vermied es, seine Tante wie sonst bei einer solchen Geste liebevoll anzusehen. Isabel verstand und zog ihren Arm zurück.

Als der Kampfrichter die Glocke schwang, legte sich der Lärm in der Runde. Auf einem der niedrigen Tische wurden ihm die beiden Hähne der Conclinantes, der Gegenspieler, präsentiert, die sich nach langen Wortgefechten endlich darauf geeinigt hatten, daß ihre Tiere miteinander kämpfen sollten. Diese Hähne waren nach Einschätzung des Richters chancengleich, weil sie etwa die gleiche Statur, die gleiche Corpulencia, besaßen. Es waren zwei gut trainierte »Gladiatoren«, der eine mit weizenfarbenem, der andere mit rostbraunem Gefieder. Am Hals, an der Brust und der Unterseite waren die Tiere nackt. »Wären die Tiere dort befiedert, könnte man die Wunden nicht sehen und behandeln, die sie sich gegenseitig schlagen«, erfuhr Isabel von ihrem Nachbarn.

»Und warum«, fragte sie ihn, »sieht die Haut an diesen Stellen so rot aus?«

»Die Hähne werden einmal in der Woche zuerst mit Limonensaft und dann mit Alkohol eingerieben. Diese Behandlung verursacht die feuerrote Färbung.«

»Haben Sie denn auch Kampfhähne?«

»Si claro«, antwortete der Mann. »Aber sie sind noch nicht reif für die Arena. Ich muß sie noch gut füttern und gründlich trainieren, damit sie ausdauernd kämpfen.«

Während sie sich unterhielten, befestigte der Kampfrichter an den abgeschnittenen Sporen der beiden Hähne die scharfen kleinen Dolche aus Schildpatt. Isabel machte Luis auf die Dolche aufmerksam und sagte: »Kannst du dir vorstellen, wie gefährlich diese Waffen an den muskelbepackten Beinen der Hähne sind?«

Luis nickte fast unmerklich. Natürlich war ihm das klar.

Jetzt begann das sogenannte Reizspiel, mit dem die Wut der beiden Tiere angestachelt wurde. Die Besitzer der ersten beiden Kämpfer hielten ihre Tiere dabei an Brust und Beinen umfaßt und mit ausgestreckten Armen so nahe gegeneinander, daß sie ein paar kräftige Schnabelhiebe austauschen konnten. Das heizte unter den Wettern die Stimmung an.

Auch Luis wurde davon erfaßt. »Ich wette auf den hellen Hahn!« schrie er. »Setzt du auf den braunen?«

»Dafür ist es jetzt zu spät«, erwiderte Isabel. »Alle Wetten wurden schon abgegeben.«

»Aber du kannst doch mit mir wetten«, beharrte Luis.

»Also gut«, ließ Isabel sich auf das Spiel ein. »Ich setze einen Peso auf den Braunen.«

»Soviel Geld habe ich nicht«, sagte Luis etwas kleinlaut. »Aber du kannst mein Amulett haben, wenn du gewinnst.«

»Bueno«, sagte Isabel und wunderte sich ein wenig, daß der Junge sich von dem Amulett mit dem Bildnis seiner Mutter trennen wollte. »Willst du mir das wirklich geben?« fragte sie.

»Ich werde ja nicht verlieren«, antwortete er schnell, um seine Verlegenheit zu überspielen, und fügte, ohne Isabel anzuschauen, hinzu: »Außerdem dürftest nur du es gewinnen, weil ich dich liebe.«

In der Arena wurde der Kampf freigegeben, und die Hähne flogen aufeinander zu. Ihren blitzschnellen Dolchstößen und Schnabelhieben konnte das menschliche Auge kaum folgen. Als sie nach dem ersten Waffengang auseinanderstoben, bluteten beide Tiere schon an Brust und Hals. Der Rostbraune sank krächzend auf die Fersen nieder, und der Weizenfarbene stand mit stolz gerecktem Hals da.

»Schau nur«, schrie Luis, »dein Hahn ist schon ganz benommen.«

»Freu dich nicht zu früh«, gab Isabel zurück. »Noch hat er nicht verloren.«

Der Weizenfarbene sprang plötzlich zu dem geschwächten Gegner hin, zögerte aber, auf dessen bloßliegenden Nacken einzuhacken.

»Nun mach schon!« schrie Luis und ballte die Fäuste. »Erledige den Kerl.«

In diesem Augenblick aber schoß der Rostfarbene überraschend hoch und stieß dem scheinbaren Sieger beide Dolche in die Brust. Das war das Ende.

»Ein kurzes Schauspiel«, dachte Isabel, und es macht kein Vergnügen, dabei zuzusehen.

Der enttäuschte Luis nahm stumm sein Amulett vom Hals und überreichte es ihr.

»Willst du es denn nicht doch lieber behalten?« fragte sie.

»Nein«, antwortete er tapfer. »Ich freue mich sogar, daß du es bekommst. Ich bin nur auf diesen dummen Hahn böse. Hat den Sieg schon sicher und läßt sich doch noch übertölpeln. Er hat den Tod verdient.«

Während der weizenfarbene Hahn im Staub verblutete, wandten sich die Wetter schon den nächsten Conclinantes zu. Isabel und Luis aber hatten die Lust am Hahnenkampf verloren. Noch einmal würde ich solch eine Arena nicht besuchen, dachte Isabel. Doch hatte der Nachmittag auch sein Gutes. Er hat mir Luis noch näher gebracht.

Elftes Kapitel

In der Frühdämmerung begann am nächsten Morgen der Marsch in die Tierra caliente, das »Heiße Land«. Das Gebiet trug noch andere Namen, und sie alle spiegelten die Phantasien und Sehnsüchte der Menschen wider, die sich dort hineingewagt hatten. Die Namen lauteten Amazonia, Land der Amazonen, Eldorado, Goldland, Canela, Zimtland. Die Fluten des unermeßlichen Amazonas-Flußgefieders und die Selva virgen, der »Jungfräuliche Wald«, beherrschten diese Landschaft. Die Völker, die darin wohnten, lebten in vollkommener Anpassung an die Natur, die für sie unkontrollierbar war. Die sonst so eroberungssüchtigen Weißen, Spanier und Portugiesen, hatten sich nur an einigen Flußufern und den Rändern des Waldes festgesetzt. Durchquert aber hatten das Gebiet nur wenige Abenteurer wie Orellana, Pizarro, Aguirre und ein paar andere. Diese Konquistadoren aber waren froh gewesen, wenn sie mit ihren dezimierten Mannschaften wieder hinausfanden. Folglich gab es auch nur ungenaue, meist übertriebene Skizzen und Berichte über Amazonien. Wer sich darauf hätte verlassen wollen, wäre verloren gewesen.

Auch die Karte, die den Grandmaisons zur Orientierung diente, war ungenau. Es war eine Kopie jener Karte, die der Jesuiten-Pater Samuel Fritz achtzig Jahre vor ihrer Reise angefertigt hatte und die auch La Condamine und Jean Godin genutzt hatten. Darin hatten die nachfolgenden Amtsbrüder des Jesuiten-Paters zwar viele Ergänzungen eingetragen wie Missionsstationen, winzige Siedlungen und die Gebiete verschiedener Indio-Stämme. Doch beschränkten sich ihre Eintragungen auf den Saum der Anden und das Flußgebiet bis Las Lagunas. Isabel und ihre Brüder waren dennoch froh darüber, auch wenn sie wußten, daß sie trotz dieser Informationen immer auf ihre jeweiligen Wegführer angewiesen sein würden, so wie jetzt auf Nicolas.

Pater Ambrosius begleitete sie bis zum Ortsausgang und segnete dort die an ihm vorbeiziehenden Expeditionsteilnehmer mit Weihwasser und dem Kreuzzeichen.

Der Pfad war zu Beginn noch gut begehbar, verband er doch eine ganze Reihe kleiner Fincas miteinander. Nach den ersten Meilen aber gab er den Grandmaisons schon einen Vorgeschmack von kommenden Gefahren. Das war eine Stelle, wo sich der wild schäumende Rio Pastaza durch hartes Andesit-Gestein gebohrt hatte. Eine geländerlose Brücke, die aus glitschigen, zusammengebundenen Baumstämmen bestand, führte hinüber. Isabel mußte aus ihrem Palankin aussteigen und sich wie ihre Zofen von einem Indio im Huckepack über die beklemmend tiefe Schlucht tragen lassen. Sie riskierte keinen Blick auf die tobenden Wassermassen, sondern schloß die Augen fest, bis sie die andere Seite erreicht hatte und wieder in ihrer Sänfte saß.

Zunächst marschierte die Kolonne dann in südwestlicher Richtung, kletterte aus dem Baños-Tal heraus und folgte dem nach Süden abknickenden Bergpfad über der sich allmählich öffnenden Pastaza-Schlucht. Dabei kam sie nur langsam voran, denn immer wieder mußten die Indios auf den Pfad herabgestürzte Felsen oder Bäume aus dem Weg räumen.

Als die Sonne höher stand, begannen die Wälder an den Steilhängen in allen Grünschattierungen zu leuchten. Isabel konnte kaum fassen, daß die üppige Vegetation an den beinahe senkrecht abfallenden Kordilleren-Wänden überhaupt Halt fand. An manchen Stellen wurde der Wald von weißen Wasserfällen durchschnitten, die aus großer Höhe herabstürzten, manchmal ein Stück lang dem Blick entzogen, um dann noch kraftvoller und in einem schönen Bogen weiter unten aus dem Wald hervorzuschießen. Die Schlucht, in die sie sich schließlich warfen, war so tief, daß der Aufprall des Wassers kaum zu hören war.

Isabel hätte sich in ihrem Palankin bequem zurücklehnen und durch die geöffneten Vorhänge herrliche Naturbilder genießen können, wäre da nicht jene unangenehme feuchte Hitze gewesen, die ihre Kleidung durchdrang und auf der Haut einen Film aus Schweiß und Nässe bildete. Isabel hätte sich am liebsten ausgezogen und immer wieder mit einem Handtuch abgerieben.

Ihren Mädchen erging es noch schlechter. Sie mußten mit ihren Schenkeln die nackten, erhitzten Hüften ihrer Träger umklammern, was nicht nur schweißtreibend, sondern auch noch äußerst peinlich war.

Die erste Rast in der Tierra caliente war nur kurz, denn Nicolas mahnte zum Weitermarsch, als dunkle Wolken über den Waldkamm des jenseitigen Hanges quollen. »Wir müssen eine schützende Stelle finden«, erklärte er den Grandmaisons.

Bald nach ihrem Aufbruch begann es heftig zu regnen. Rinnsale, die aus den Felsen über den Weg liefen, wurden zu Sturzbächen. Isabel hörte Steine vor und hinter sich auf den Weg poltern, und schließlich kam es ihr vor, als sei ihr Weg ein Wasserlauf.

»Es ist wie in einem bösen Traum«, keuchte Antonio, der neben ihrem Palankin durch den schmatzenden Brei stapfte.

»Aber es ist kein Traum«, gab Isabel mit Panik in der Stimme zurück. »Ein Erdrutsch kann uns alle umbringen.«

»Ist die schützende Stelle noch weit?« schrie Antonio in Richtung des Wegführers, der nur ein paar Schritte vor ihm ging und den er doch nicht sehen konnte.

»Muy cerca!« kam Nicolas' lakonische Antwort durch den Regenvorhang, »sehr nahe«.

Tatsächlich aber mußten sie sich eine halbe Stunde mühsam durch den Schlamm kämpfen, bis sie eine Felswand erreichten, die sich über die ganze Breite des Wege lehnte. Darunter war es einigermaßen trocken. Aber der unablässig herniederrauschende Regen hatte die Luft so stark abgekühlt, daß es empfindlich kalt geworden war.

Die Reisenden waren so erschöpft, daß sie sogar auf eine warme Mahlzeit verzichteten, sondern sich mit ein paar Bananen, mit gefriergetrockneten Kartoffeln und Dörrfleisch begnügten. Nicolas und Joaquin brachten es fertig, ein Feuer anzuzünden, an dem sie ihre Sachen trocknen und sich wärmen konnten.

Isabel zog sich gleich nach dem Essen in ihren Palankin zurück, schloß die Vorhänge, streckte sich aus und fand schnell in den Schlaf.

Als sie am nächsten Morgen aufwachte, regnete es nicht

mehr. Sie hörte Antonios befehlsgewohnte Stimme: »Packt zusammen. Wir wollen los. Adelante, adelante!«

»Warum hat er es so eilig?« fragte sie Joaquin, der ihr das Frühstück brachte.

»Weil Nicolas meint, daß es am Nachmittag wieder regnen werde«, antwortete Joaquin und fügte bedauernd hinzu: »Vermutlich an jedem Nachmittag in den nächsten Tagen. Das ist für diese Gegend typisch.«

Isabel zweifelte nicht daran, daß die Vorhersage des Wegführers stimmte, und beeilte sich mit dem Frühstück und einer »Katzenwäsche«, wie sie es nannte, wenn sie sich in einer kleinen Schüssel nur Hände und Gesicht wusch.

Die Pica wand sich in engen Schleifen zu Tal. Isabels Sänftenträger glitten auf dem nassen Boden manchmal aus, und einmal warfen sie beinahe den Palankin um. Isabel beschloß daher, auszusteigen und ein Stück zu laufen.

Sie waren etwa zwei Stunden unterwegs, als sie sich einer Barriere aus über den Weg gestürzten Bäumen und Geröll gegenübersahen.

»Carajo«, brüllte Antonio erbittert, »das hat uns noch gefehlt!« Zur Beseitigung des Hindernisses legte er selbst tüchtig mit Hand an. Sogar José nahm eine Schaufel. Die beiden Franzosen aber setzten sich auf eine Transportkiste und schauten zu, wie die anderen sich abrackerten. Das war Antonio dann doch zuviel. Er warf ihnen zornig zwei Macheten vor die Füße. »Los, mithelfen, ihr faulen Hunde!« schrie er sie an. »Wenn ihr meint, Schwierigkeiten gingen euch nichts an, dann haut ab!«

Er wartete nicht ab, bis die beiden aufgestanden waren, sondern stürzte sich wieder in die Arbeit. Als die beiden an ihr vorbeigingen, sagte Jabot laut genug, daß Isabel ihn hören konnte: »So ein ungehobelter Kerl. Sieht er nicht, daß ich für solche Arbeit nicht gemacht bin?«

Sie unterdrückte ein Lachen.

Zu ihrer Überraschung handhabten Jabot und Pierre die Macheten dann doch recht kraftvoll und trugen dazu bei, daß der Weg bald geräumt war.

Als die Träger ihre Lasten wieder aufnahmen, ließ Isabel an ihrer Stelle die alte Eloise in die Sänfte klettern. Sie selbst wollte noch eine Weile laufen, zumal am Wegrand immer wieder prächtige Orchideen standen, die sie interessierten. Sie erinnerte sich, wie La Condamine einmal vor vielen Jahren zu ihr sagte: »Von allen Pflanzen auf der Welt sind Orchideen die schönsten, aber auch geheimnisvollsten.«

Er hätte hinzufügen können, die erotischsten, dachte Isabel, als sie eine besonders attraktive Blüte pflückte. Aber solche Anspielungen versagt sich ein Kavalier natürlich. Die drei Kelchblätter der Orchidee, die beiden Kronblätter und die breite Lippe wirkten wie lackiert und waren an den äußeren Rändern von tiefbrauner, zur Mitte hin hellbrauner Farbe. Im Zentrum der Blüte, das von einem gelben Band begrenzt war, leuchtete ein weißes »Gesicht« mit weinroten »Augen« und einer feinbehaarten Öffnung. Isabel steckte die Kuppe ihres kleinen Fingers hinein und tupfte zärtlich die Feuchte ab, die darin schimmerte.

»Wenn das nicht erotisch ist, was dann?« flüsterte sie und schob ihre Lippen auf den Finger, um den Nektar abzulecken. »Nur zu gern wüßte ich, für welchen Besucher aus der Insektenwelt du dich so schön geschmückt hast und welche Rolle er bei deiner Hochzeit mit einer anderen Orchidee spielt«, sagte sie leise zu dem schönen Blumengesicht. Dann steckte sie sich die Blüte ins Haar.

Gegen Mittag standen die Grandmaisons ziemlich ratlos vor einem neuen Hindernis, einer halb zerstörten Hängebrücke, an deren herabbaumelnden Seilen die aufgebrachten Wellen eines kleinen Flusses zerrten. »Wir hätten früher aufbrechen sollen«, lamentierte Jabot. »Vielleicht war die Brücke gestern noch intakt.«

»Es ist müßig, darüber zu diskutieren«, schnitt Antonio ihm das Wort ab. »Denken Sie lieber mit darüber nach, wie wir an das andere Ufer kommen.«

Aber nicht nur der Franzose war mit dieser Frage überfordert. Auch die Grandmaisons hätten wohl lange am Fluß gesessen und hin und her überlegt, wäre Nicolas nicht mit einem brauchbaren Vorschlag gekommen. »Patron«, sagte er zu Antonio, »ich störe nur ungern. Aber wir müssen dort hinüber, bevor der Regen wieder einsetzt, und ich denke, wir könnten es schaffen.«

»Kerl, warum bist du nicht schon früher zu mir gekommen«, fuhr Antonio ihn an, »läßt uns hier grübeln und grübeln. Nun schieß endlich los!«

»Wir müssen«, riet Nicolas, den arroganten Ton Grandmaisons ignorierend, »alle uns zur Verfügung stehenden Seile zu einem langen, festen Tau verbinden und dieses über das Wasser spannen, eine Länge hinüber und eine Länge herüber. Entlang dieser Seilbahn können wir uns über den Fluß wagen. Schwere Lasten können wir außerdem an das Tau hängen.«

»Du willst die Frauen der reißenden Strömung aussetzen?« schaltete José sich ein.

»Padre«, erwiderte er, »das Wasser ist nur knietief. An ein paar Stellen reicht es vielleicht bis zur Hüfte.«

»Das mag stimmen«, gab José zurück, »aber wenn eine der Frauen den Halt verliert und das gespannte Seil losläßt, trägt die schnelle Strömung sie fort, und sie ertrinkt.«

»Wir könnten«, schlug Joaquin vor, »jeweils eine Frau mit einem kräftigen Mann durch eine Sicherungsleine verbinden.«

»Das ist ein guter Vorschlag«, lobte Antonio. »Und du mit deinem langen Rock«, grinste er seinen Bruder an, »kannst dich ja wie die Frauen an einen Indio binden.«

»Bueno, an die Arbeit!« sagte Nicolas und stand auf.

Er und die Träger brauchten nur eine Stunde für das Spannen der Seile. Genauso lange mußte Isabel, die selbst Angst vor dem Fluß hatte, ihren Mädchen aber auch gut zureden, bis sie bereit waren, sich an einen der Träger binden zu lassen und hinüberzuwaten.

Nicolas überquerte den Fluß als erster und prüfte dabei noch einmal, ob sein Werk zuverlässig und belastbar war. Er untersuchte die Knoten und hängte sich immer wieder in die Seile. Am anderen Ufer angekommen, winkte er ermunternd.

Mit einem besorgten Blick zum Himmel trieb Antonio die Lastenträger zur Eile an. Jeden Augenblick konnte es zu regnen beginnen, und dann dauerte es nicht lange, bis der Fluß anschwoll.

Die Flußüberquerung glückte. Alle Träger erreichten das andere Ufer, und auch das Hab und Gut der Grandmaisons blieb trocken. Mit einer einladenden Handbewegung sagte Antonio: »Die Reihe ist nun an Ihnen, meine Damen!«

Er ging voran. Isabel, mit Joaquin durch ein Seil verbunden, folgte ihm. Dann kamen die drei Zofen im Schlepptau kräftiger Indios. Den Schluß bildeten die beiden Franzosen und José, der seine Soutane hochgebunden hatte.

Isabel durchwatete das erste Drittel des Flusses ohne Probleme. Als sie aber die Mitte erreichte, wo eilige Wellen schäumend über die Steine sprangen, zerrte die Strömung so kräftig an ihren Beinen, daß sie sich nicht mehr weiterwagte. »Joaquin«, rief sie voller Angst, »hilf mir!« Aber ehe er bei ihr war, glitt sie auf den Steinen aus. Sie konnte sich an dem gespannten Tau festhalten. Doch die Wellen hoben sie hoch und hielten sie wie spielerisch in der Waagerechten. Dabei rissen sie heftig an ihren Armen. In Isabels Ohren brauste betäubend das Wasser. Nur ein paar Sekunden noch, und sie hätte die Leine loslassen müssen. Doch im nächsten Augenblick war Joaquin bei ihr, umfaßte sie, zog sie von der gefährlichen Stelle fort und stellte sie im seichten, ruhigen Wasser wieder auf ihre Füße. Den Ansturm der Wellen hatte er dabei kaum bemerkt, sondern glücklich die kleine Weile genossen, die er Isabel in den Armen hielt.

Isabel dagegen zitterte vor Angst und Erschöpfung. Als sie hilflos an dem Tau hing, hatte sie sich dem Tode nahe gefühlt. Sie kämpfte mit den Tränen. Aber Joaquin ließ nicht zu, daß sie weinte. »Fassen Sie sich, Señora«, sagte er energisch. »Sie haben es doch geschafft.« Isabel nickte stumm. Mit einem kleinen, tapferen Lächeln nahm sie seine Hand und ließ sie nicht mehr los, bis sie festen Boden unter den Füßen hatte.

Die Indios hinter ihr, die das Drama mitangesehen hatten, ließen sich auf das Risiko, daß die Zofen von der Strömung umgerissen werden könnten, gar nicht erst ein. Sie luden sich die Frauen wie sonst auf den Rücken und trugen sie durch den Fluß. Als letzter watete José an der Leine eines besonders kräftigen Mannes ans Ufer und setzte sich mit der Absicht, eine Zeitlang auszuruhen. Aber Antonio duldete keine Rast. Mit Nicolas hatte er inzwischen die Kartenskizze seines Vaters studiert, wonach dieser eine günstige Übernachtungsstelle nicht weit entfernt in einer Höhle eingezeichnet hatte. »Los, steh auf, José«, sagte er ungeduldig. »Nur etwa zwei Leguas von hier wartet eine trockene Höhle und – da bin ich sicher – einer von Vaters guten Tropfen als Belohnung.«

Diese guten Aussichten belebten José. »Ich nehme dich beim Wort«, grollte er und erhob sich schwerfällig.

Der Regen holte sie auch an diesem Nachmittag noch ein. Dennoch waren sie besser dran als am Vortage, denn sie marschierten mit der Gewißheit, daß sie ihre Kleider an einem kräftigen Feuer trocknen würden.

»Meine lieben Kinder«, begrüßte Don Pedro die Grandmaisons in seinem Brief, den er in der bezeichneten Höhle für sie hinterlegt hatte, »ich umarme Euch und freue mich, daß Ihr schon so weit gekommen seid. Stoßt auf den Tag an, an dem wir uns wiedersehen werden. Er ist nicht mehr fern, denn die Kanus, die ich für Euch in Canelos bauen lassen will, werden Euch schnell zu mir tragen. In Liebe, Euer Vater.«

Wie Antonio versprochen hatte, hatte Don Pedro einige Flaschen Rotwein für sie deponiert. Ach, Vater, dachte Isabel, als sie später an ihrem Becher nippte, wenn du wüßtest, wie verzagt ich heute bin. Ich habe Angst vor dem weiteren Weg. Jetzt ist mir erst richtig bewußt, daß du, daß wir alle unser Leben einsetzen, damit ich Jean wiedersehe. Was verlange ich eigentlich von dir und meinen Brüdern?

Als sie ausgetrunken hatte, zog sie sich zurück. Der Wein hatte sie ein wenig beruhigt und ihr die Glieder schwer gemacht. Sie schlief in ihrer Sänfte bald fest ein. So sah und hörte sie nichts von der blutigen Jagd, zu der die Indios in dieser Nacht noch aufbrachen.

Nicolas wußte, daß in einer benachbarten Felskammer eine große Kolonie Fettschwalme wohnte. Guacharos, Schreivögel, wurden sie genannt. In diese Höhle drang er unter Fackelschein mit seinen Männern ein, gefolgt von Antonio und den neugierigen Franzosen. In der Höhle lagen von früheren Jagden grob zusammengebundene Leitern bereit, die sie gegen die Höhlenwände lehnten, um an die höher gelegenen Nester der Vögel zu gelangen. Als sie zu den Nestern hinaufkletterten, flogen die Guacharos unter ohrenbetäubendem Protest auf und flatterten zum Höhlenausgang. Dort hatten sich mehrere Männer mit Stangen aufgestellt und schlugen nach ihnen. Binnen kurzer Zeit krochen zahlreiche Guacharos verletzt zwischen ihren Beinen umher oder lagen erschlagen auf dem Boden. Die Indios sammelten sie auf und warfen sie in bereitgestellte Flechtkörbe. Nach einer Stunde war die blutige Ernte beendet.

Viele Guacharos lebten noch immer, als sie später zum Braten auf Spieße gesteckt und über das Feuer gehalten wurden. Die Grandmaisons und die Franzosen hielten beim Essen mit den Indios kräftig mit, und Antonio revanchierte sich bei ihnen mit ein paar Runden Zuckerrohrschnaps.

Später erzählte Nicolas den Grandmaisons, daß er im Monat Mai mit einer Mannschaft zur Höhle zurückkehren werde. Dann würden die Turmnester aus Kot, Palmkernen und Lehm voll mit Jungvögeln sein. »Die Jungvögel sind doppelt so schwer wie die Elternvögel«, erklärte er. »Sie werden ständig mit ölhaltigen Palmfrüchten gefüttert, und da sie sich kaum bewegen, setzen sie viel Fett an. Wir holen uns die Fettbäuche aus den Nestern und beißen ihnen einfach das Genick durch. Ihr Fleisch schmeckt viel zarter als das, welches wir heute gegessen haben. Und das Fett, das die Jungen in ihrem Körper angesammelt haben, ist flüssig, so daß man es ablassen und in Kerzenformen gießen kann.«

Antonio bekam von der Geschichte nur die Hälfte mit, denn er war schon ziemlich betrunken. Anders als Isabel fühlte er sich an diesem Tag besonders wohl. Er hatte Gefahren gemeistert und Schwierigkeiten überwunden, und nun genoß er das wilde Leben inmitten dieser Indios. Er prostete Nicolas zu: »Auf dich und deine Männer und darauf, daß wir Grandmaisons alles überwinden, was uns auf dem Weg zu unserem Ziel noch aufhalten könnte.«

Der Wegführer leerte seinen Becher und sagte knapp: »Möge Gott Ihnen Ihre Zuversicht erhalten.« Er wußte, wie sehr ein Mann in dieser Gegend auf Gottes Hilfe angewiesen war.

Zwölftes Kapitel

Zwei Tage später hatte die Expedition den Rand des Amazonas-Beckens erreicht. Vom eigentlichen Tiefland wurde sie noch durch eine niedrige, bewaldete Bergkette getrennt. Doch öffnete sich die Landschaft immer mehr und gewährte den Reisenden weite Ausblicke. Der Rio Pastaza floß jetzt nahe der lehmigen, beinahe rotfarbenen Pica dahin, zunächst durch Arkaden aus ineinandergreifenden Baumkronen und ein Flechtwerk aus Lianen und Flechten, bald aber breiter und breiter in die Landschaft ausgreifend und in seinem Bett viele kleine Inseln umspülend.

»Das ist ja ein wahres Fluß-Labyrinth«, sagte Isabel besorgt zu Antonio, der neben ihrer Sänfte ging.

»Keine Angst, Schwesterchen«, versuchte Antonio sie zu beruhigen, obwohl ihm der Fluß ebenfalls Furcht einflößte. »Vater hat für den Strom Piloten ausgesucht, die sich auskennen.«

Isabel zeigte ihm ein zuversichtliches Lächeln. Die Missionsstation Canelos lag, wie sie hoffte, nur noch einen Reisetag weit entfernt. Und dort würde man weitersehen. Sie malte sich aus, wie freundlich der Empfang in Canelos sein würde. Bei Kerzenschein würde sie gut essen, mit gebildeten Missionaren interessante Gespräche führen, und schlafen würde sie nach einem gründlichen Bad in einem richtigen

Bett. Erst, nachdem sie sich richtig erholt haben würde, würde sie es sich in einem Kanu bequem machen und den Pastaza hinab nach Las Lagunas paddeln lassen.

In der folgenden Nacht ließen die Grandmaisons ein kräftiges Feuer lodern. Sogar ein bißchen Rauch war gut, denn er schützte sie vor den Attacken der Moskitos. Wie ihre Brüder legte sich Isabel in eine Hängematte, die Joaquin in der Nähe des Feuers aufgespannt hatte. Bis Isabel eingeschlafen war, hielt er die Luft über ihr mit einem Blattfächer in Bewegung. Dann erst legte auch er sich schlafen.

Bislang hatten die Reisenden unter Moskitos wenig zu leiden gehabt, da sie hochgelegenes Gebiet durchwandert hatten. Dafür waren es hier nun gleich besonders unangenehme Insekten, die sich auf sie stürzten. Sie verfügten über eine Substanz, die das schnelle Gerinnen des Blutes verhinderte und es in feinen Fäden aus der Einstichwunde ihrer Opfer fließen ließ. Die Grandmaisons hatten daher keinen Blick für die schönen weißen Wolkentürme über den Wäldern, deren Ränder von der aufsteigenden Sonne vergoldet wurden, und auch nicht für den blütenweißen Vulkankegel des Sangay, der sich im Süden aus dem grünen Wipfelmeer erhob. In aller Hast packten sie zusammen und flohen.

Isabel hatte sich den Urwald ganz anders vorgestellt, nämlich widerhallend vom Lärm der Affen und Papageien und erfüllt vom buntesten Tierleben. Dagegen herrschte hier eine fast beängstigende Stille, und an den Seiten des schnurschmalen Pfades war die Welt wie verriegelt durch eine dichte Pflanzenwirrnis. Sie gab bald auf, nach Tieren zu spähen, die sie dem kleinen Luis, der mit ihr in der Sänfte sitzen durfte, hätte zeigen können. »Warte nur, bis wir auf dem Fluß dahingleiten werden, dann wirst du sicher Papageien und Affen an seinen Ufern zu sehen bekommen«, tröstete sie ihn.

Bestärkt wurde sie in ihrer Zuversicht, als sie zur Mittagsrast das Ufer eines dem Pastaza zueilenden Flüßchens betraten und eine Großfamilie von Capybaras, Wasserschweinen, überraschten. Zwar räumten die Tiere blitzschnell den Sand und tauchten weg, ließen aber einen ganzen Teppich herrlicher Falter zurück, die sich an den Salzen im Urin der riesigen Nager labten.

Isabel setzte sich einen Augenblick abseits ihrer Gruppe auf einen entwurzelten Baumstamm und sah dem Treiben der Schmetterlinge zu. Kein Künstler, dachte sie fasziniert, könnte ein solch faszinierendes Zusammenspiel der Farben schaffen, wie es der Schöpfer auf den Flügeln dieser Falter arrangiert hat. Einige Falter waren mit milden Pastelltönen geschmückt. Andere machten durch Schleppen an den Flügelenden auf sich aufmerksam, die viermal länger als ihr Körper waren. Es gab Falter, die so klein und zart waren, daß ihnen der leiseste Lufthauch zu schaffen machte. Das Rot auf ihren Flügeln war mit gleißendem Goldstaub durchmischt. Besonders häufig waren Schmetterlinge mit grün- und blauschillernden Flammenzungen auf den dunklen Samtflächen ihrer Flügel.

Als Isabel sich an den Schmetterlingen satt gesehen hatte und sich zu ihren Brüdern und Luis zum Essen ans Feuer setzen wollte, kam plötzlich ein Schmetterlingspaar über den Fluß gesegelt, das an Größe und Pracht alle anderen Falter übertraf. Diese beiden Falter waren beinahe so groß wie Singvögel, und ihre Flügel schimmerten in einem Blau, wie Isabel es reiner und tiefer nie zuvor gesehen hatte. Nur kurz kreiste das Paar über den dicht besetzten Uferstellen. Nach einem vergeblichen Landeversuch zwischen all den anderen Schmetterlingen flog es zurück und schraubte sich auf der anderen Seite des Flusses zum Wipfel eines riesigen Blütenbaumes hinauf. Vielleicht, träumte Isabel, halten die beiden dort oben Hochzeit im Meer gelber Blüten.

»Schwesterchen«, drang Antonios Stimme in Isabels schönen Tagtraum ein, »Zeit zum Essen und zum baldigen Aufbruch, wenn wir bis zum Abend in Canelos sein wollen.« Eine verlockende Vorstellung, dachte Isabel und erhob sich. Die Falter wirbelten in einer Wolke einen Augenblick hoch, und setzten sich wieder.

Die Kolonne marschierte vier Stunden angestrengt weiter. Dann teilte sich der Weg in mehrere Trampelpfade, die die Nähe eines Dorfes verrieten, das nur Canelos sein konnte.

Antonio eilte der Kolonne ungeduldig voraus, direkt gefolgt von Nicolas, der ihn nicht allein gehen lassen wollte.

Sie erreichten den Rand einer Pflanzung. Hohe Bananenstauden verstellten ihnen jedoch den Blick auf die dahinterliegende Siedlung. Doch sahen sie in dieser Richtung schwarzen Rauch in den Himmel steigen.

Nicolas formte seine Hände zu einem Schalltrichter und stieß ein langgedehntes »Uuhuu« aus. Als er keine Antwort erhielt, wiederholte er das Signal, blieb jedoch wieder ohne Echo. Achselzuckend sah er Antonio an. »Los, gehen wir!« sagte dieser.

Nach etwa zweihundert Schritten endete die Bananenpflanzung. Die angrenzenden Maniok-Büsche standen nur etwa hüfthoch, so daß die beiden Männer nun sehen konnten, von welcher Art Holz der Qualm genährt wurde. Er stieg aus dem Dach eines großen Gebäudes. Doch da war niemand, der das Feuer zu löschen versuchte. Von den übrigen Hütten lagen alle schon in Schutt und Asche, bis auf zwei, deren Dach eingestürzt, deren Seitenwände aber stehen geblieben waren.

Antonio rannte zu einer dieser Hütten und ging hinein in der Hoffnung, auf eine Menschenseele zu stoßen. Doch an den verkohlten Pfosten der Hütte sah er die Reste versengter Seile baumeln, die einmal Hängematten getragen hatten. Und darunter, auf dem Boden, lagen die verkohlten Leichen mehrerer Männer, Frauen und Kinder.

Das Schlimmste befürchtend, stürmte Antonio zum Fluß hinunter, wo die Kanus liegen sollten, die sein Vater hatte bauen lassen. Nicolas war schon dort. Er hatte das Ufer abgesucht, und als Antonio jetzt zu ihm stieß, schüttelte er nur stumm den Kopf.

Antonios Knie gaben nach, und er mußte sich auf einen Felsen setzen. Blicklos starrte er auf den Fluß. Er hatte Angst, seinen Geschwistern und seinem Sohn die schreckliche Nachricht mitzuteilen, daß es kein Boot geben würde, Angst vor ihren verzweifelten Fragen nach einem Ausweg.

Dreizehntes Kapitel

Alle bis auf Joaquin rieten Isabel zur Rückkehr nach Riobamba. Sie verkroch sich daraufhin in ihr Zelt, das Joaquin zwischen den Ruinen der Mission Canelos aufgestellt hatte und dessen dünne Wände sie wenigstens gegen fragende Blicke abschirmten. Sie wollte nichts sehen, mit niemandem sprechen, allein mit ihrer Verzweiflung ringen und ihrem Zorn.

Vor allem Josés Vorwurf hatte sie getroffen. Weil sie nicht gleich zur Umkehr bereit gewesen war, hatte er getobt: »Bist du so egoistisch, hast du dich so verrannt in die Idee, deinen nichtsnutzigen Mann wiederzusehen, daß du die Todesängste deiner Schutzbefohlenen einfach nicht zur Kenntnis nimmst? Willst du die Verantwortung für ihren sicheren Tod auf deine Seele laden? Kann nicht einmal dein kleiner Neffe dein Herz erreichen?«

»Luis«, hatte sie noch antworten können, bevor ihr die Tränen kamen, die sie niemanden sehen lassen wollte, »hat seinen Vater, der für ihn entscheiden muß. Und du, lieber Bruder, bist wohl alt genug, für dich selbst zu entscheiden. Von mir aus könnt ihr gehen. Dann mache ich mich eben mit Joaquin allein auf den Weg.«

Dem Tag der bitteren Enttäuschung folgte eine endlose Nacht, in der Isabel kein Auge zu schließen vermochte. Als der Morgen graute, rang sie sich zu einem schmerzlichen Entschluß durch. José hatte wohl recht gehabt, als er von den Todesängsten ihrer Schutzbefohlenen sprach. Sie durfte niemandem ihren Willen aufzwingen und weiterziehen. Sie mußte umkehren. Noch scheute sie sich, nach draußen zu gehen und mit ihren Brüdern zu sprechen. Sie wartete daher, bis Joaquin ihr das Frühstück brachte.

»Höre«, sagte sie, und legte ihm einen Beutel Münzen in die Hand. »Du wirst bitte zu Nicolas gehen und ihm sagen, daß ich mich zur Rückkehr nach Baños entschlossen habe. Bezahle ihn und die Indios und sage ihm, daß sie uns und unser Gepäck nach Baños bringen sollen. Dort erhalten sie für ihre Dienste noch einmal Geld. Benachrichtige auch meine Brüder in diesem Sinne.«

Isabel gab ihrer Stimme Festigkeit. Joaquin sollte nicht spüren, wie unsicher sie in Wahrheit war. Er ließ sich jedoch nicht täuschen.

»Sie sollten nun etwas essen«, sagte er eindringlich. »Für den Rückmarsch werden Sie Kraft brauchen.« Er hätte ihr gern gesagt, wie sehr er sich um sie sorgte. Aber er traute sich nicht, ihr sein Mitgefühl zu zeigen.

»Geh nur«, sagte sie mit einem kleinen, traurigen Lächeln. »Wenn ich dich brauche, werde ich nach dir rufen. Und ich verspreche dir, daß ich etwas essen werde.«

In dem Augenblick, in dem Joaquin aus Isabels Zelt trat, brachte Antonio zwei Indios ins Dorf, auf die er bei einem Streifzug in die Umgebung der zerstörten Mission getroffen war.

Isabel in ihrem Zelt horchte auf, als sie plötzlich draußen fremde Stimmen vernahm. Im nächsten Augenblick stand

Antonio im Eingang. »Komm bitte mit«, sagte er energisch. »Ich muß die beiden befragen.«

Isabel setzte sich stumm neben José, der sie keines Blickes würdigte, und musterte die beiden Männer, die sich von anderen Indios durch äußere Anzeichen der Missionierung unterschieden. Man hatte ihnen die langen Haare abgeschnitten, und derbe Hosen sollten ihre Blöße bedecken. Sie hießen Pedro und Andreas und sprachen einen Quechua-Dialekt. Die beiden wirkten sehr verstört. Darum sprach Antonio, der das Quechua leidlich beherrschte, sehr sanft mit ihnen. Er wandte sich an den älter aussehenden Mann: »Pedro, sag mir, wo die Padres geblieben sind!«

Pedro machte eine unbestimmte Geste mit der Hand. »Irgendwo da draußen.«

»Genauer!« verlangte Antonio.

»Sie sind vielleicht den Fluß hinaufgegangen, nach Baños«, antwortete Pedro widerwillig, und man sah ihm deutlich an, daß er etwas zu verbergen hatte.

»Das kann nicht stimmen«, sagte Antonio nun mit leiser Schärfe in der Stimme. »Wir wären ihnen sonst gewiß begegnet.«

»Dann sind sie vielleicht flußabwärts gefahren«, versuchte es Pedro mit einer neuen Idee.

Jetzt wurde Antonio ungeduldig: »Was meinst du«, fragte er nun ohne Umschweife, »sind sie vielleicht tot, ermordet von den Leuten, die die Mission angezündet haben?«

»Wer kann das sagen?« antwortete Pedro und machte ein undurchdringliches Gesicht. »Viele Menschen sind hier gestorben. Vielleicht auch die beiden Padres. Andreas und ich haben uns mit unseren Familien in den Wald zurückgezogen, als die unheimliche Krankheit im Dorf ausbrach. Sonst wären auch wir längst tot.«

»Was für eine Krankheit?« schaltete Isabel sich ein, die das Gespräch in die von ihr gewünschte Richtung lenken wollte.

»Die Padres haben die Krankheit Viruela genannt«, erklärte Pedro. »Nicht lange, nachdem ein weißer Patron mit seinem Gefolge in die Mission einzog, bekamen einige Leute Fieber, und auf ihrer Haut bildeten sich eitrige Pusteln. Nach wenigen Tagen schon hatte die Krankheit vom ganzen Körper Besitz ergriffen. Die Leute spuckten Blut, litten unter schwarzem Durchfall und starben unter großen Qualen. Die beiden Padres beteten Tag und Nacht zu Gott, aber die Krankheit breitete sich so schnell aus wie ein Waldbrand.«

In Isabel und ihren Brüdern stieg, während Pedro sprach, der furchtbare Gedanke auf, daß der »Patron«, der das Unglück über Canelos gebracht hatte, ihr Vater gewesen sein könnte.

Vorsichtig fragte Isabel: »Was wollte der Patron denn in Canelos?«

Pedro berichtete, daß der weiße Jéfe zwei vierzig Fuß lange Kanus in Auftrag gab, aber deren Fertigstellung nicht abwartete, sondern zu einem Abschiedsfest mit einigen Piloten und Paddlern aus der Mission Andoas weiterreiste.

Jetzt hatten die Grandmaisons Gewißheit, daß der »Patron« ihr Vater war, mit dessen Männern der Tod nach Canelos gekommen war. War ihr Vater bei der Auswahl seiner Leute zu nachlässig gewesen? Aber wann und wo endet Verantwortung? Wann nimmt uns das Schicksal den Lauf der Dinge aus der Hand? Betroffen hing jeder eine Weile seinen Gedanken nach.

»Als die Viruela um sich griff«, fuhr Pedro dann auf ein Zeichen Antonios fort, »suchte unser Schamane fieberhaft nach dem bösen Zauber, der die Krankheit ausgelöst hatte. Er fand in einem der Häuser, in dem die Leute des Patrons übernachtet hatten, ein paar Lumpen, die fürchterlich stanken und voller schwarzer Blutflecken waren. Er ließ die Lumpen sofort verbrennen, aber es war zu spät. Er ließ, ohne die Padres zu fragen, danach das Haus verbrennen, aber es war zu spät. Er ließ auch die Häuser mit den ersten Toten verbrennen. Aber es war zu spät. Immer mehr Dorfbewohner mußten sterben.«

Andreas hatte bis zu diesem Augenblick geschwiegen. Pedros Geschichte aber wühlte ihn so sehr auf, daß es nun aus ihm hervorbrach: »Der Curaca, der Häuptling unseres Dorfes, kämpfte dagegen, daß Trauer und Verzweiflung bei unseren Leuten in wilde Wut und Mordlust umschlugen. Aber er konnte den Wahnsinn nicht verhindern. Auf einmal wurden alte Rechnungen beglichen. Einer der Indios vom Volk der Shuaras, der in unserem Dorf lebte, gewann immer mehr Einfluß und sorgte schließlich dafür, daß sich der Zorn der Leute auch gegen die Missionen richtete. Sie nagelten zwei Kruzifixe zusammen, banden die beiden Padres lebend darauf und ließen sie flußabwärts schwimmen, damit die Missionsstationen am Pastaza erführen, daß unsere Götter über den Christengott gesiegt hatten. Danach zündeten die Leute das Dorf an und flohen in den Dschungel. Dort wurden sie wieder, wenn sie nicht noch starben, zu Waldmenschen, zu Sascha Runa.«

Die Grandmaisons hatten Andreas nicht ein einziges Mal unterbrochen. Als der Canelo verstummt war, sahen sie sich an, und Antonio sprach aus, was alle dachten: »Unsere Expedition steht unter einem ungünstigen Stern.« Isabel sagte: »Vielleicht hatten die Cumbayos doch recht, als sie uns vor der Reise warnten.«

José schlug sich mit seiner rechten Faust in die Hand und schrie: »Hör auf mit diesem Unsinn, Antonio! Daß wir diese beiden Männer gefunden haben, ist ein Fingerzeig Gottes.«

»Ein Fingerzeig in welche Richtung?« fragte Antonio eisig. »Sollen wir umkehren oder uns von diesen beiden Männern ein Kanu bauen lassen und Vater nach Las Lagunas folgen?«

Isabel wollte, da sich nun für die Weiterreise doch vielleicht eine Chance eröffnete, ein Kanu bauen lassen. »Vielleicht sollten wir abstimmen«, schlug sie vor. »Ich möchte weiter. José möchte umkehren. Antonio, wofür bist du?«

Antonio hatte viel von seinem früheren Schwung verloren. Zu tief saßen bei ihm die Enttäuschung über den Verlust der Kanus und die Erschütterung über das Mordgeschehen in der Mission. Er wollte Zeit gewinnen. »Laßt uns ruhig zuerst ein Kanu bauen und sehen, wie die beiden Indios, wenn sie die Aufgabe überhaupt übernehmen, diese meistern. Wenn das Boot stabil erscheint, riskieren wir die Flußfahrt mit diesen beiden Männern als Piloten. Wenn nicht, gehen wir mit Nicolas nach Baños zurück. So lange müssen wir ihn und seine Männer noch hierbehalten.«

»Einverstanden«, sagte Isabel. José, der noch auf Umkehr hoffen durfte, nickte zustimmend.

Die Grandmaisons wußten sehr wohl, daß sie in der Hand der beiden Canelos waren, wenn sie die Expedition fortsetzen wollten, und die beiden Canelos wußten das auch. Antonio machte ihnen daher ein großzügiges Angebot: »Wir möchten gern«, sagte er zu Pedro und Andreas, »daß ihr uns ein Kanu baut und mit uns nach Andoas fahrt. Dafür biete ich jedem von euch eine Büchse, Pulver und Blei, neue Macheten, Messer, Kochtöpfe, Scheren und Spiegel. Die Hälfte von allem bekommt ihr, sobald ihr mit dem Boot anfangt, die andere Hälfte, wenn wir am Ziel sind.«

Die beiden Indios nickten zustimmend und standen auf. »Wir werden einen passenden Baum für das Boot aussuchen«, sagte Pedro. Auch Antonio erhob sich und sagte: »Ein neuer, hoffnungsvoller Anfang!« Dabei lächelte er Isabel aufmunternd zu. Dann folgte er den Canelos zum Waldrand.

Die Canelos wählten einen gerade gewachsenen Stamm, der sich für ein geräumiges Kanu eignete. Sie kletterten bis in den Wipfel hinauf und schlugen in mühevoller Arbeit die weit ausgreifenden Äste ab, damit der Baum, wenn er gefällt wurde, sich nicht in den benachbarten Bäumen verfing und hängenblieb. Der Stamm wurde schließlich gefällt und mit Hilfe von Nicolas und seinen Männern zum Fluß hinuntergeschleppt, und zwar zu einem der Canos, der Trockenbetten, von dem es nur wenige Schritte zu einem wasserführenden Flußarm waren.

Als José sah, wie sicher die beiden Indios ihre Äxte schwangen und Brände zur Aushöhlung des Stammes einsetzten, schwanden seine Hoffnungen, es könnte doch noch eine Rückkehr nach Riobamba geben. Antonio aber, der inzwischen wieder Mut gefaßt hatte, freute sich mit Isabel. »Geborene Bootsbauer, die beiden«, sagte er zu ihr und nickte anerkennend.

Nach einer Woche hatten Pedro und Andreas aus dem Stamm ein schönes Kanu herausmodelliert und mit Auflagern von innen verstärkt. Am Bug und am Heck befanden sich Überhänge, auf denen die Steuerleute sitzen konnten. Unmittelbar vor der Heckplattform zimmerten sie ein Toldo auf, ein Blätterdach, das Isabel, den Mädchen und Luis Schutz vor Sonne und Regen gewähren sollte. Antonio war sehr zufrieden mit dem Werk der beiden Bootsbauer, verlangte aber von ihnen, daß sie an Backbord und Steuerbord zusätzlich Bretter anbrachten, um auf diese Weise noch mehr Platz für die Fracht zu gewinnen.

Das war zwar eine gute Idee, dennoch mußten die Grandmaisons sich von manchem Stück, das sie bis Canelos hatten schleppen lassen, nun trennen. Sie verschenkten die Sachen, die vor allem aus Hausrat bestanden, an die Träger. Für den ganzen Besitz hätten sie jene zwei Kanus benötigt, die ihr Vater hatte bauen lassen und die in der Katastrophe von Canelos verlorengegangen waren.

Isabel nahm diesen Verlust an Hab und Gut gern in Kauf. Für sie war die Hauptsache, daß sie weiterkamen. Ich habe ja noch meinen Schmuck, dachte sie. Freilich waren es nur die drei Finger breiten Holzwände dieses Kanus, die all ihr Gold, ihre Juwelen und Silbersachen von den gurgelnden Wassern des Rio Pastaza trennten. Wenn diese Wände auseinanderbrächen oder das Kanu umschlüge, ginge all ihr Reichtum in den Fluten unter. Die Vorstellung, auf diese Weise alles zu verlieren, bereitete ihr solche Sorgen, daß sie sich sogleich von Eloise ein paar feste Leinentaschen an ihren Gürtel nähen ließ, in die sie wenigstens einen Teil ihrer Wertsachen stecken konnte. »Du siehst aus wie eine Beutelratte«, lachte Antonio, folgte aber ihrem Beispiel.

Acht Tage nach ihrer Ankunft in dem zerstörten Dorf

konnte die Reise weitergehen. Nicolas und seine Träger brachten die Vorräte an Bord, die auf ein paar Säcke mit Mais, Bohnen, Maniok, Chuño und Charqui, auf etwas Zwieback sowie einen Rest an Brandy und Wein geschrumpft waren. Antonio hoffte, daß ihnen unterwegs Wildhühner und Goldhasen vor die Büchse kommen und reichlich Fische an den Haken gehen würden.

Die Grandmaisons bezahlten die Männer aus Baños und verabschiedeten sich von ihnen. Dann knieten sie neben José nieder und erflehten Gottes Segen für die gefährliche Flußreise. Die beiden Indios rieben sich inzwischen die fast nackten Körper mit einem roten Fettfarbstoff aus den Früchten des Achiote-Strauches ein, der, wie sie glaubten, sie unsichtbar gegen die Waldgeister machen würde.

Als José dies sah und auf seine Frage hin ihre Begründung hörte, empörte er sich: »Das ist doch unglaublich. Ich denke, ihr seid Christen?«

Die Indios starrten ihn verständnislos an, und ihr Blick verriet José, daß das Kreuz der Kirche keine Macht mehr über sie hatte.

Das Kanu wurde nun auf untergelegten dünnen Baumstämmen ins Wasser geschoben. Die Grandmaisons und Joaquin hoben Luis und die Frauen hinein und kletterten mit den beiden Franzosen auf die Bänke. Die Indios zogen den Einbaum noch ein Stück weiter und schwangen sich dann geschickt an Bord. Eine sanfte Strömung sog das Boot in die Mitte des Flußarmes, wo es allmählich Fahrt aufnahm.

José schaute noch einmal zurück zu den Ruinen der Mission. Der Urwald wird Canelos ganz schnell verschlungen haben, dachte er. Vielleicht hätte ich dortbleiben und das

Glaubenswerk meiner Brüder wieder aufnehmen sollen. Das würde dem Herrn vielleicht mehr gefallen als meine Reise zum Heiligen Vater. Aber was hilft es, ich bin für die entbehrungsreiche Missionarsarbeit nicht gemacht.

Isabel sah den fließenden Bewegungen der beiden Bootsführer zu. Sie flößten ihr Vertrauen ein.

»Ohne die beiden Indios wären wir wohl schon auf unserem traurigen Rückweg nach Baños«, sagte sie mehr zu sich selbst als zu dem kleinen Luis, der sich im Schatten des Toldos an sie kuschelte.

Vierzehntes Kapitel

Der Rio Pastaza zeichnete ein großzügiges Zopfmuster in die offene Tallandschaft. Er spielte mit den ungeheuren Sand- und Geröllmassen, die er aus den Anden herabgetragen hatte, baute Inseln auf und zerstörte andere. Und da dieser Prozeß nie endete, war es selbst für erfahrene Flußschiffer schwer, einen Weg in das Fahrwasser zu finden. Andreas lotete mit einer Stange beständig den Grund aus, so als handhabe er einen Wanderstab. Dennoch schrammte der Boden des Kanus immer wieder unter beängstigendem Knirschen über Sand und Steine.

Schließlich lief das Boot auf einmal doch in eine Untiefe. Die beiden Bootsführer sprangen sofort ins Wasser, gefolgt von Antonio, Joaquin und sogar José. Jabot und sein Diener aber blieben im Einbaum sitzen. Pedro wechselte ein paar laute Worte mit Andreas. Isabel, die verstand, was die beiden Männer sagten, herrschte daraufhin die Franzosen an: »Los, steigen Sie aus. Sonst wird sich das Boot nicht von der Stelle bewegen.« Beleidigt folgten die beiden ihrem Befehl und stiegen umständlich ins Wasser.

Die beiden Indios dirigierten das erleichterte und wieder aufschwimmende Kanu nun durch den seichten Fluß, bis das Wasser ihnen an die Hüften reichte. Sie bedeuteten den Weißen, wieder an Bord zu klettern, schoben das Boot aber noch eine Weile weiter, bis es in den Sog einer leichten Strömung geriet. Dann sprangen auch sie wieder an Bord.

Die Strömung wurde bald kräftiger. Ein Rauschen kam näher, und die Insassen des Kanus versteiften sich in banger Erwartung einer Stromschnelle. Aber es war nur eine Rinne, in die das Boot hineinschoß. Ein paarmal hörten die Passagiere Steine unter sich rumpeln, dann hatten Pedro und Andreas das Kanu sicher durch die Enge geschleust.

Isabel war heilfroh, daß die Canelos so tüchtige Steuerleute waren. Schlimm, dachte sie, wäre es, wenn meine Brüder und Joaquin das Boot navigieren müßten. Von den beiden Franzosen ganz zu schweigen. Sie sah jetzt ein, daß es ein Fehler gewesen war, sie mitzunehmen.

Die beiden Indios gaben sich gar nicht erst die Mühe, aus den weißen Männern eine Mannschaft zu formen. Als sie den Hauptstrom endlich erreicht hatten, ließ sich das Boot ohnehin so ruhig handhaben, daß sie auf deren Hilfe nicht angewiesen waren.

Isabel nahm den kleinen Luis fest in die Arme. »Laß uns mal sehen, ob wir Tiere entdecken können«, schlug sie dem Jungen vor, der bisher alle Schwierigkeiten in bewundernswerter Weise ertragen hatte. Sie fuhren jetzt nahe am Ufer entlang und entdeckten zwischen den Bäumen einen seltsamen Vogel, der schwarz und rabengroß war und einen leuchtend weißen Brustlatz hatte. Auffällig war auch sein überdimensionaler Schnabel. »Der gelbe Schnabel sieht aus wie ein krummer Dolch«, staunte Luis. »Was macht er wohl mit dem Riesending?«

»Fressen natürlich«, lachte Isabel. »Vielleicht durchbohrt er seine Opfer zuvor.« Dann aber sagte sie ernsthaft: »Aber laß dir nichts einreden. Ich weiß zufällig, daß der Schnabel federleicht ist und innen kleine Querbälkchen aufweist, die dem Vogel dazu dienen, Früchte zu zerdrücken. Er ernährt sich nur von Früchten und ihren Säften.«

Auf der weiteren Fahrt sahen sie auch rosafarbene Vögel, die im seichten Wasser an den Sandbänken umherwateten und fischten. »Sind sie nicht hübsch?« fragte Isabel.

»Das schon«, antwortete der Junge. »Aber ich würde lieber die großen bunten Papageien sehen.«

»Du bekommst schon noch welche zu sehen«, versprach Isabel. »Hab nur ein wenig Geduld.«

Eine Stunde vor Sonnenuntergang steuerten Pedro und Andreas eine Uferbank an, wo man an Land ging. Die Indios bauten mit flinken Händen ein Schutzdach für die Reisegesellschaft, sammelten Holz und entzündeten ein Feuer. Damit endeten ihre Pflichten. Nackt, wie Gott sie geschaffen hatte, nahmen sie anschließend ein fröhliches Bad. Isabel beneidete sie.

Bald nach dem Essen legte sich die Reisegesellschaft schlafen, denn der Tag war aufregend und anstrengend gewesen. Luis kroch zu Isabel unter die Decke und schmiegte sich an sie. Sie freute sich darüber und genoß die Wärme seines kleinen Körpers. Nach einer Weile rückten sie wieder auseinander, weil es zu warm wurde. In dem Jungen wirkten die Eindrücke der letzten Tage nach, so daß er nicht einschlafen konnte. Er suchte nach Isabels Hand.

»Darf ich dir noch eine Frage stellen, Tante?«

»Ja, aber schnell. Ich bin gleich eingeschlafen.«

»Sag mir«, flüsterte er, »glaubst du, daß ich die großen, bunten Papageien wirklich noch sehen werde?«

Es war das kleine Wort »noch« in seiner Frage, das Isabel wie ein Messer ins Herz schnitt. Mein Gott, dachte sie, der Junge fürchtet wohl, er könne sterben. Er muß in Canelos Todesängste gelitten haben, die ich in meiner Selbstsucht nicht bemerkt habe. Das ist nun das fünfte Mal, daß ich ein Kind in seiner Todesangst trösten muß. Meine eigenen vier Kinder habe ich begraben müssen. Dieses Kind darf nicht sterben, schon gar nicht durch meine Schuld!

Und obwohl sie nicht mehr allzuviel Vertrauen in die Kraft ihrer Gebete hatte, faltete sie ihre Hände fest über der kleinen Hand ihres Neffen und flüsterte: »Du und ich, dein Vater und Onkel José müssen alle ganz fest daran glauben, daß Gott uns sicher durch alle Gefahren geleiten wird, so wie er es bis jetzt getan hat. Laß uns still zu ihm beten, jetzt und an jedem Abend.«

Isabel wollte ihre Gedanken zu einem Gebet ordnen, aber es gelang ihr nicht. Neben ihr sprach Luis ganz leise sein kleines, auswendig gelerntes Gebet, und sie hörte bewegt, wie er sie darin einschloß.

Isabel hatte einen unruhigen, sehr leichten Schlaf, und er endete abrupt etwa gegen fünf Uhr morgens, als ein Rascheln beim Feuer sie weckte. Sie sah, wie Pedro und Andreas sich ihre Bambusköcher über die Schulter hängten, dünne Blasrohrpfeile hinter die Ohren klemmten und sich mit ihren Esgravatanas, ihren Blasrohren, in den Wald schlugen. Hoffentlich bringen sie einen fetten Truthahn mit, dachte sie und schloß beruhigt noch einmal die Augen.

Isabel hatte sich auf der Expedition an allerlei gewöhnt. Als Andreas und Pedro jedoch eine Stunde später mit einem Wollaffen, einem Chorongo, zurückkehrten, ihn ausweideten, auf einen Spieß steckten und dann im Feuer seine roten Haare absengten, drehte sich ihr der Magen um. Allzu menschenähnlich erschien ihr das Tier. Es hatte schöne braune Augen, ein glattes Gesicht mit einer Stülpnase und dicke schwarze Lippen. Wäre der lange Greifschwanz nicht gewesen, hätte man es für einen Zwerg halten können. Isabel sah entsetzt zu, wie unter der Hitze des Feuers die Augen des Affen hervorquollen und die feinausgebildeten Finger und Zehen sich krümmten.

Als das Tier gebraten war, stritten Pedro und Andreas miteinander, wer den Kopf zertrümmern und das Gehirn essen, die Augen auslutschen und die Zunge verspeisen durfte. Von den Grandmaisons und ihrer Begleitung wollte niemand auch nur einen Bissen probieren. So schnürten die beiden Indios schließlich die Reste ihrer Mahlzeit in große Blätter und nahmen sie als Proviant mit.

Der zweite Tag auf dem Rio Pastaza verlief beinahe störungsfrei. Nur einmal gelang es den beiden Bootsführern nicht, das Kanu aus dem Griff einer starken Strömung zu befreien. Es wurde unter die niedrigen, weit über das Ufer greifenden Äste einer Baumreihe gedrängt, die einigen Männern den Rücken zerschrammten und das Schutzdach beschädigten. Als das Kanu in das Astwerk krachte, stürzte ein Nest mit jungen Schopfhühnern ins Wasser und trieb unter den klagenden Rufen der darüber flatternden Altvögel davon. Der Anblick tat Isabel weh. Doch zu ihrer Freude spülte die Strömung das Nest weiter flußabwärts ans Ufer, und die beiden Jungen konnten sich mit den Krallen, die wie Haken an den Ellbogen ihrer Flügel saßen, an Land ziehen.

»Siehst du das, Tante?« rief Luis ganz aufgeregt.

»Natürlich!« lachte Isabel. »Ist es nicht phantastisch, wie unser Schöpfer diese Tiere ausgestattet hat?«

Sie war froh darüber, daß der Junge an den Dingen, die um ihn herum geschahen, so lebhaft Anteil nahm. Kinder vergessen schneller als wir Erwachsenen, dachte sie erleichtert und drückte ihren Neffen an sich.

Am Abend, im Lager, boten die beiden Canelos den Reisenden ein neues Beispiel ekelerregender Eßgewohnheiten. Sie rösteten eine Schale voll daumendicker Käferlarven, die sie aus dem Stamm einer Palme herausgepult hatten, und verzehrten sie mit Behagen.

Als sie ihnen freundlich etwas von ihrer Mahlzeit anboten, nahm Antonio tapfer eine der Larven. Er war dann von ihrem süßen, nußartigen Geschmack so angetan, daß er bedauerte, nicht eine ganze Handvoll davon genommen zu haben. Später ließ er sich vom Vorrat der beiden Indios einige lebende Larven geben und ging damit zum Flußufer, um zu angeln. Im Handumdrehen hatte er den ersten Fisch am Haken und nach einer Stunde zwei Dutzend Cichliden, deren Freßgier über ihre Vorsicht gesiegt hatte.

An diesem Abend ging Isabel mit dem guten Gefühl schlafen, daß die Dinge sich günstig entwickelten. Doch am nächsten Morgen rüttelte Antonio sie wach. »Die Indios sind weg!« sagte er gepreßt.

»Bestimmt sind sie wieder auf der Jagd«, murmelte Isabel schläfrig.

»Das glaube ich nicht«, schüttelte Antonio den Kopf. »Sie haben nicht nur ihre Blasrohre mitgenommen, sondern auch ihre Bündel.«

»Hast du nachgesehen, ob der Einbaum da ist?«

»Er liegt am Ufer.«

»Na siehst du. Wenn sie sich davongemacht hätten, wäre das Kanu doch auch fort. Wir sollten in Ruhe frühstücken und auf die beiden warten.«

»Gut«, nickte Antonio, aber seine Miene sagte Isabel, daß er Unheil ahnte.

Schweigend aßen sie ihr Frühstück. Dann packten sie langsam ihre Sachen ins Kanu. Währenddessen suchten ihre Augen ständig den Waldrand ab. Sie warteten eine Stunde, und schließlich war allen klar, daß die Indios sie im Stich gelassen hatten. Dennoch wollte Isabel die Hoffnung noch nicht aufgeben. Sie rief Joaquin zu sich. »Vielleicht«, sagte sie, »ist den beiden etwas zugestoßen. Ein Jagdunfall! Dann brauchen sie unsere Hilfe. Bitte, suche nach ihnen!«

Als Joaquin sein Gewehr nahm und dem Wald zustrebte, schlossen sich Antonio, José und sogar die beiden Franzosen unaufgefordert an. Die Suche nach den Indios erschien ihnen immer noch besser als das tatenlose Herumsitzen.

Isabel blieb mit den Mädchen und Luis am Ufer zurück. Sie mied die Blicke der anderen und kritzelte mit einem Stock wirre Kurven in den Sand. Es war der Stock, in den sie die Tage seit ihrem Aufbruch eingekerbt hatte. Am liebsten hätte sie jetzt damit nach dem Cricrio geworfen, einem Vogel, der in einem Baum über ihr saß und dessen lauter Pfiff wie Spott in ihren Ohren klang.

Nach einer Stunde vergeblichen Suchens kehrten die Männer aus dem Wald zurück. Antonio machte sich nun bittere Vorwürfe, daß er den Indios in Canelos die Hälfte ihres Lohnes gegeben hatte. Er schwieg jedoch, um seine Geschwister nicht in noch tiefere Verzweiflung zu stürzen.

Jabot, einer der beiden Franzosen, war weniger zurückhaltend. »Warum«, schimpfte er, »sind diese verdammten Indios nicht gleich abgehauen, nachdem sie in Canelos so fürstliche Geschenke erhalten haben? Dann säßen wir jetzt nicht tief im Urwald fest.«

Antonio hätte den Franzosen am liebsten mit dem Degen in den Fluß gejagt, aber er unterdrückte seinen Zorn und ignorierte den Mann. Den Grandmaisons war klar, daß sie nicht ewig hier am Ufer sitzen bleiben konnten. Aber keiner wollte einen Vorschlag machen. Isabel sah Antonio hilfesuchend an, doch ihr Bruder zuckte fast unmerklich mit den Schultern. Sie blickte zu José hinüber. Doch dieser widmete seine ganze Aufmerksamkeit einem Totenkopfäffchen, das er aus Canelos mitgenommen hatte. Mit den Franzosen konnte und wollte Isabel sich nicht einlassen. Blieb nur Joaquin, der ihren Blick ruhig erwiderte. Seine Augen sagten: Ich folge Ihnen bis ans Ende der Welt! So fragte sie ihn: »Würdest du dir zutrauen, das Kanu zu führen?«

Joaquin wiegte den Kopf: »Die beiden Indios hatten den Fluß im Blut«, sagte er. »Mir ist er fremd. Aber ich denke, wir haben keine andere Wahl, als weiterzufahren.«

Antonio, beschämt darüber, daß Joaquin mehr Mut zeigte als er selbst, gab sich einen Ruck. »Vielleicht«, sagte er, »finden wir flußabwärts ein Dorf und neue Bootsführer.«

»Das meine ich auch!« sagte Jabot unvermutet. »Noch sind wir nicht verloren. Schließlich sind wir ein paar kräftige Männer und haben ein tüchtiges Boot.«

Endlich kletterten sie in den Einbaum und stießen ab. Sie wurden für ihren Mut belohnt. Der Fluß zeigte sich an diesem Tag von seiner freundlichsten Seite. Er gab den Männern Zeit, Sicherheit im Paddeln und Steuern zu gewinnen, und erst am Abend prüfte er sie. Er spielte ziemlich unsanft mit dem Boot, drehte und schüttelte es, entließ es dann aber doch unbeschädigt ans Ufer.

Antonio und Joaquin, die beiden Steuerleute, beglückwünschten sich gegenseitig zu ihrer bestandenen Prüfung, und sogar die beiden Franzosen wurden in das allgemeine Schulterklopfen mit einbezogen. Eloise kochte eine köstliche Suppe aus frisch geangelten Fischen, und Antonio, der Verwalter des arg geschrumpften Weinvorrats, bereicherte mit einigen Bechern Rotwein, was er die Überlebensfeier nannte. Alle waren nun zuversichtlich, daß die Reise glücklich verlaufen werde. Nach einem Dankgebet, das José für sie sprach, legten sie sich zur Ruhe.

Als sie am nächsten Morgen den Einbaum beluden, bot sich Jabot an, mit seinem Diener Pierre die Steuerpaddel zu übernehmen. Den Grandmaisons verschlug es vor Überraschung die Sprache. Antonio nickte zustimmend, obwohl er kein gutes Gefühl bei Jabots Angebot hatte. Der Franzose bedauerte seinen Entschluß auch bald, denn nicht lange, nachdem sie das Boot ins Wasser geschoben hatten, erteilte ihnen der Fluß auch schon ein paar strenge Lektionen. Er legte Felsen, umgestürzte Bäume und Strudel in den Weg des Kanus und zwang den Männern einen fast aussichtslosen Kampf auf. Zum Glück kenterte das Boot nicht.

Nach der Mittagsrast übernahmen Antonio und Joaquin, die mehr Übung hatten, wieder die Ruder. Sie waren etwa eine Stunde unterwegs, da wurden sie von einer heftigen Bö eingeholt, die schwere Regenschleier heranführte. Binnen kurzem hüllte der Regen den Fluß vollständig ein. Er fand seinen Weg selbst durch das dichte Flechtwerk des Schutzdaches im Boot, und Isabel, die Zofen und Luis hatten bald keinen trockenen Faden mehr am Leib.

So plötzlich, wie der Regen gekommen war, versiegte er. Als der Blick der Reisenden wieder frei wurde, sahen sie zu ihrer Freude auf dem rechten Ufer ein Kanu liegen und darüber, auf dem Steilhang, ein großes Haus mit tief herabgezogenem Dach. »Gelobt sei Jesus Christus«, schrie José, und wie er schöpften auch die anderen aus diesem Anblick neue Zuversicht. Sie lärmten, lachten und weinten vor Freude, denn sie alle hatten nur einen Gedanken: In diesem Haus finden wir Männer, die uns sicher nach Andoas bringen werden. Nur Antonio war ein wenig skeptisch. »Ist es nicht merkwürdig«, sagte er zu Isabel, als sie den Hang hinaufstiegen, »daß unser Lärm dort niemanden aus dem Haus lockt?«

Isabel, die sich von der allgemeinen Euphorie hatte anstecken lassen, stutzte einen Augenblick. »Vielleicht hast du recht«, sagte sie. Dann aber schüttelte sie den Gedanken ab. »Daß wir das einzige Haus weit und breit gefunden haben, ist eine glückliche Fügung«, sagte sie. »Hätte der Regen länger gedauert, wären wir daran vorbeigefahren.«

Das Urwaldhaus war mit rauchverklebten Torquilia-Blättern gedeckt, sein Firstbalken mindestens 30 Fuß hoch, und die Wände aus gespaltenem Bambus wurden durch zusätzliche Palisaden gesichert. »Dieses solide Haus beherbergt bestimmt drei oder vier Familien«, stellte Antonio fest.

»Ja, aber wo sind die Leute?« gab Isabel zurück.« Entweder sind sie fortgezogen oder sie verstecken sich.«

Als sie vor den Palisaden standen, versuchte es Isabel mit ihren Quechua-Kenntnissen und rief: »Ist hier jemand?«

Eine dünne Stimme antwortete ihr, aber Isabel konnte die Worte nicht verstehen. Darum rief sie: »Wir sind friedliche Leute, die Hilfe brauchen und dafür gut bezahlen!«

Diesmal hatte sie mehr Glück, denn am Eingang des Hauses erschien eine schüchterne Frau. Isabel wechselte ein paar Worte mit ihr. Dann drehte sie sich zu den anderen um und sagte erleichtert: »Es sind Christen, die hier wohnen. Sie gehören zum Volk der Alamas.«

Ihre Erleichterung aber sollte nicht lange anhalten. Die Frau erklärte Isabel, daß ihre Söhne auf der Jagd seien und einige Tage fort bleiben würden. Nur sie selbst und ihr kranker Mann wohnten im Hause.

»Wir haben einen Medico bei uns«, sagte Isabel, »einen Curandero. Soll er den Kranken untersuchen?«

Die Frau machte eine einladende Geste.

Antonio klopfte Jabot auf die Schulter und schob ihn vor sich her ins Haus: »Machen Sie uns keine Schande, Herr Doktor!«

Der Kranke war auf seiner Pritsche kaum zu sehen, denn Licht fiel nur durch die im oberen Viertel des Hauses offenen Giebelseiten ein. »Tragen wir ihn hinaus!« verlangte Jabot.

Er hatte Glück, denn als er seine Fähigkeiten zum erstenmal auf dieser Reise unter Beweis stellen sollte, wurde er mit einer Krankheit konfrontiert, die ihm nicht unbekannt war. Der Alama hatte eine münzgroße Wunde am Schienbein, ein Loch, in das man den Zeigefinger hätte stecken können. Eine ähnliche Wunde hatte Jabot einmal bei einem Mann in Manta gesehen, einer Stadt an der Küste der Audiencia de Quito, und auf Befragen erfahren, wie der Curandero dort die Huequera, die »Lochkrankheit«, behandelte. Dieses Wissen konnte er jetzt nutzen.

»Holen Sie Limonen und Schnaps aus dem Boot!« befahl er Antonio.

Der grinste spöttisch, brachte aber die gewünschten Dinge.

Isabel ahnte, was dem Kranken bevorstand. »Glauben Sie wirklich, daß Ihre rabiate Kur dem Kranken helfen wird?« fragte sie Jabot eindringlich.

»Ja, wenn sie ihn nicht umbringt«, schnarrte der Franzose. »Am besten wäre es, Sie sagten ihm sofort, daß wir ihn als Bootsführer brauchen. Ich werde ihn nämlich gleich betrunken machen, damit er die Schmerzen erträgt, und dann können Sie nicht mehr mit ihm reden.«

Jabot richtete den Kranken auf, und Isabel versuchte sich ihm verständlich zu machen. Es dauerte eine Weile, bis ihre Worte den vor Schmerz und Furcht benommenen Mann erreichten. »Dieser Yachag taitag«, sagte sie und war überrascht, wie gut sie lügen konnte, »ist im Hochland berühmt für seine Heilkunst. Er kann dich von den bösen magischen Pfeilen in deinem Bein befreien. Du wirst große Schmerzen ertragen müssen. Aber du wirst dich mit jedem Tag besser fühlen. Willst du, daß der Medico dich behandelt?«

Der Kranke nickte mit geschlossenen Augen.

»Gut«, fuhr Isabel fort und beugte sich dabei ganz dicht an sein Ohr. »Dann höre jetzt genau zu. Dieser Arzt muß eiligst nach Andoas reisen, wo andere Kranke ihn dringend erwarten. Wenn er also weiter gegen die Pfeile in deinem Körper kämpfen soll, mußt du nach der Behandlung mit uns fahren. Hast du mich verstanden?«

Der Kranke antwortete mit schwacher Stimme: »Wenn er mich nicht heilt, werde ich sterben. Ich würde lieber hier bei meiner Frau bleiben. Aber ich habe keine andere Wahl.«

Isabel fühlte sich erbärmlich schlecht bei dem Gedanken, wie schamlos sie die Lage des kranken Indios ausnutzte. Ein gutes Gewissen allein aber, so dachte sie, bringt uns nicht weiter.

Inzwischen war Antonio mit dem Schnaps und den Limonen zurückgekehrt. Jabot, der offensichtlich seine Freude daran hatte, Antonio ein bißchen herumzukommandieren, schickte ihn nun um heißes Wasser zur Frau des Kranken. Dann begann er mit seiner Arbeit. Isabel ermahnte ihn noch einmal eindringlich. »Monsieur Jabot«, sagte sie, »Sie werden Ihr Bestes für diesen Mann tun, oder wir sind alle verloren.«

Ohne zu antworten, zwang der Franzose den Alama, einen halben Krug Zuckerrohrschnaps zu trinken. Er wartete eine Weile. Dann sagte er entschlossen zu Antonio: »So, jetzt kommt der entscheidende Augenblick. Drücken Sie den Mann fest aufs Lager.« Dann rief er Joaquin und Pierre herbei und befahl ihnen, das Bein des Kranken eisern festzuhalten. Er schob dem Indio ein Stück Holz zwischen die Zähne, band ihm ein Tuch um den Mund und verknotete es fest. Schließlich goß er das kochend heiße Wasser in die Wunde. Trotz des Alkohols schien der Patient den scharfen Schmerz zu empfinden. Er wollte schreien, sich aufbäumen, aber Jabots Vorkehrungen verhinderten das. Sekunden später versank er in Ohnmacht.

»Ist er tot?« rief Antonio entsetzt.

»Nein, nur bewußtlos, und das ist eine Gnade für ihn. Denn was jetzt folgt, ist auch nicht gerade angenehm. Jabot träufelte den Saft mehrerer Limonen in die verbrühte Wunde und verband sie.

»Warum haben Sie nicht auch noch drauf gepißt, Herr Doktor?« fragte Antonio sarkastisch.

»Tun Sie's doch, wenn Sie sich etwas davon versprechen«, parierte Jabot unwirsch.

Antonio wollte aufbrausen, aber Isabel faßte ihn beim Arm, und er beruhigte sich. »Jetzt müssen wir den Kranken ins Boot betten, bevor er zu Bewußtsein kommt«, verlangte der Franzose. Isabel nickte, von Jabots entschlossenem Handeln beeindruckt.

Als der Indio einige Zeit später aus seiner Ohnmacht erwachte, fand er sich im Kanu wieder. »Wenn wir genügend Distanz zwischen ihm und seiner Hütte haben, kann er sich's nicht mehr anders überlegen«, hatte Jabot gemeint. So hatten sie den Ohnmächtigen unter dem schwachen Protest seiner Frau ins Boot getragen und waren mit ihm den Fluß hinabgefahren. Am Abend zogen sie das Kanu auf den Sand, schlugen ein Lager auf und betteten den Kranken ans Feuer. Dieser war inzwischen bei Bewußtsein. Sie boten ihm etwas zu essen an, doch er lehnte ab. Nur trinken wollte er. Isabel verabreichte ihm einen Trunk mit zerstoßener Chinarinde gegen das Fieber und ließ ihn Coca-Blätter, vermischt mit Quinoa-Asche, kauen, die sein Schmerzempfinden abstumpften.

Jabots brutale Kur erwies sich wider Erwarten als äußerst wirksam. Schon zwei Tage später übernahm der Alama den Steuerplatz im Heck des Kanus. Er und Antonio lenkten nun das Boot. Die Stimmung an Bord war gut, fast ausgelassen, und als plötzlich zwei Flußdelphine zwitschernd neben dem

Kanu auftauchten, wurden sie freudig begrüßt. »Sie gelten als Freunde der Menschen«, rief Isabel. »Daß sie uns begleiten, ist ein gutes Zeichen!«

Jabot beugte sich weit über die Bordwand, um einem der Tiere den Kopf zu tätscheln. Dabei fiel ihm sein breitkrempiger Strohhut ins Wasser. »Fisch ihn heraus!« rief er dem Alama zu, der auf seiner Heckplattform den Hut heranschwimmen sah. Der Indio versuchte es, verlor dabei das Gleichgewicht und fiel in den Fluß.

Wären ein oder zwei Männer augenblicklich ins Wasser gesprungen, hätten sie ihn vielleicht retten können. Aber Antonio, Joaquin und die beiden Franzosen blieben starr vor Schreck auf ihren Plätzen sitzen und sahen zu, wie der unglückliche Alama mit seinen schwachen Kräften gegen das Ertrinken kämpfte.

»So helft ihm doch!« schrie Isabel, und erst jetzt sprangen Antonio und Joaquin auf. Aber der Fluß hatte ihren Steuermann schon verschlungen.

Es war, als wolle der Fluß den Tod des Indios rächen. Aufgebrachte Wellen warfen sich gegen das Boot, boxten es mehrere Stromschnellen hinunter, jagten es durch das Astwerk großer querliegender Bäume und schmetterten es schließlich gegen einen Felsblock, so daß es kenterte und seine Insassen ins Wasser warf.

In der Mitte des Flusses wären sie verloren gewesen. Doch in Ufernähe war das Wasser flach, so daß sie an Land waten konnten. Auch die meisten ihrer Bündel und Kisten konnten sie bergen, denn diese waren auf eine Sandbank getrieben, auf der auch das Kanu strandete, Antonio und Joaquin richteten es auf, schöpften es aus und zogen es ans Ufer.

Die Grandmaisons hätten die Fahrt fortsetzen können. Doch der Tod ihres Steuermannes und ihr eigenes Scheitern lähmten ihre Entschlußkraft. Isabel sprach aus, was alle dachten: »Heute«, sagte sie resigniert, »setze ich keinen Fuß mehr in dieses Boot.«

Die Männer errichteten ein Schutzdach, dessen einfache Konstruktion sie Pedro und Andreas abgeschaut hatten, und alle setzten sich darunter. Nur Antonio blieb stehen, griff nach seiner Büchse und durchstreifte die nahe Umgebung nach Wild. Er kam mit einem Truthahn zurück, den Eloise dann ziemlich lange im Kessel kochen mußte, weil er alt und zäh war. Daß dann kaum jemand mehr als ein, zwei Bissen zu essen vermochte, lag weniger an dem noch immer zähen Fleisch als an der verzweifelten Stimmung der Gruppe.

Jabot war es schließlich, der das bedrückte Schweigen brach und betont munter sagte: »Señor Antonio, spendieren Sie uns doch eine Runde Zuckerrohrschnaps. Der wird uns auf andere Gedanken bringen. Wir haben schließlich überlebt. Ist das denn gar nichts?«

Antonio war Jabot fast dankbar für den Vorschlag. Er füllte die Becher, die ihm hingehalten wurden, bis zum Rand. Auch Isabel suchte Betäubung im Alkohol und ließ sich reichlich einschenken. Doch ihre Verzweiflung blieb. »Ich bin schuld an all dem Unglück«, dachte sie bitter. »Ohne mich wären sie alle in Sicherheit. Und die arme Frau, die wir in ihrer Urwaldhütte zurückgelassen haben, wird ohne ihren Mann vielleicht sterben. Heilige Maria Mutter Gottes, wie soll ich die Verantwortung für all das Unglück nur tragen?«

Jabot schien ihre Selbstvorwürfe zu ahnen: »Ich habe einen Vorschlag, der für uns alle die Rettung bedeuten könnte!« sagte er bedeutungsvoll. Die Grandmaisons sahen ihn überrascht an. Von ihm hätten sie zuletzt erwartet, daß er sich Gedanken über das Schicksal der Gruppe machen würde.

»Wie wäre es«, begann der Doktor, »wenn Pierre und ich morgen mit dem Kanu aufbrechen würden? Andoas ist vielleicht nur fünf oder sechs Tage von hier entfernt. Zu zweit könnten wir uns leichter zur Mission durchschlagen als mit der ganzen Gruppe. Wenn alles gutgeht, sind wir in zwei Wochen wieder zurück, und zwar mit Flußlotsen, Paddlern, Booten und Proviant. Was meinen Sie?«

»Das klingt recht verlockend«, murmelte Isabel. Aber sie war nicht begeistert. Irgend etwas führt der Kerl im Schilde, dachte sie. Hilfsbereitschaft gehört nicht gerade zu seinen hervorstechenden Eigenschaften.

Sie blickte fragend zu Antonio und José hinüber. Beide aber waren vollkommen betrunken. »Ich muß Ihren Vorschlag mit meinen Brüdern besprechen«, sagte sie schließlich. »Aber das hat heute keinen Sinn mehr.«

»Das ist verständlich!« sagte Jabot knapp und setzte hinzu: »Aber ich denke, wir haben keine andere Wahl.«

Die Stelle, an der die Reisenden gestrandet waren, war für ein Lager denkbar ungünstig. Denn von früheren Überschwemmungen hatte sich ein rabenschwarzes Altwasser erhalten, eine Brutstätte für Insekten. Am Abend erhoben sich dort Wolken von Moskitos, Jejenes und winzigen Piumfliegen und fielen über die unverhoffte Beute her, Menschenhaut, die ein Meer von süßem Blut versprach.

Auch Joaquin war betrunken und versäumte seine Pflicht, die Hängematten mit den Moskitoschleiern aufzuspannen.

Von den Stichen und Bissen der Insekten gepeinigt und ernüchtert, sprang er jetzt auf, um das Versäumte nachzuholen. Doch ehe sich die Betrunkenen schließlich unter den Schleiern bergen konnten, waren sie von Stichen übersät.

Entsprechend gereizt war die Stimmung, als sich die Grandmaisons am nächsten Morgen zur Beratung von Jabots Vorschlag mit den Franzosen zusammensetzten.

Jabot ergriff erneut die Initiative. »Ehe an dieser Stelle Menschen vorbeikommen, könnten Monate vergehen«, begann er geschickt. »Mit der ganzen Gruppe an Bord ist unser Kanu, wie wir gesehen haben, zu schwer und schlecht zu manövrieren. Ich biete Ihnen daher nochmals an, Hilfe aus Andoas zu holen!«

»Warum wollen Sie das tun?« fragte Antonio brüsk. »Sie haben sich doch bisher nicht gerade durch Verantwortungsgefühl ausgezeichnet, und Erfahrung als Bootsführer haben Sie auch nicht.«

»Wir müssen ja auf Ihre Erfahrung nicht verzichten, Monsieur Antonio«, gab Jabot zurück. »Wollen Sie anstelle Pierres mit mir fahren?«

Das ist wirklich schlau gekontert, dachte Isabel, deren Mißtrauen gegen die Absichten des Franzosen ständig wuchs. Jabot weiß ganz genau, daß mein Bruder mich hier nicht zurücklassen würde und vor allem nicht Luis. Sie antwortete an Antonios Stelle: »Ich schlage vor, wir gönnen uns noch einen Tag lang Ruhe und fahren morgen alle miteinander weiter.«

Sie hatte jedoch nicht mit Josés Widerstand gerechnet. »Ich setze keinen Fuß mehr auf dieses Boot«, sagte der Pater tonlos und maß seine Schwester mit feindseligen Blicken.

»Sei doch froh«, setzte er hinzu, »daß Monsieur Jabot Hilfe holen will.«

Isabel versuchte José zu beruhigen. »Warte doch ab«, sagte sie ein wenig hilflos. »Wir finden bestimmt noch eine andere Lösung.«

José entgegnete heftig: »Das hoffe ich für dich und dein Seelenheil. Denn du hast uns mit deinem Egoismus in diese verzweifelte Lage gebracht.«

Antonio wies den Bruder mit scharfer Stimme zurecht: »Schweig, wenn du keinen brauchbaren Vorschlag hast!«

Eine Weile herrschte düsteres Schweigen. Jeder fürchtete, er könne mit einer unbedachten Bemerkung einen neuen Zornesausbruch auslösen.

Isabel starrte in ihren leeren Teebecher, während ihre Gedanken um die Frage kreisten, wie sie verhindern konnten, daß sich Jabot mit dem Kanu in Sicherheit bringen und sie ihrem Schicksal überlassen würde.

Wieder einmal war es Joaquin, der ihr zur Hilfe kam. Als er sich zu ihr hinunterbeugte, um ihr frischen Tee einzuschenken, raunte er ihr zu: »Lassen Sie mich mit Monsieur Jabot fahren.«

Isabel antwortete leise: »Aber was mache ich hier ohne dich?« Joaquin wäre nur zu gern in ihrer Nähe geblieben. Dennoch sagte er entschlossen: »Wir müssen tun, was in dieser Lage am besten ist.«

Isabel wußte, daß Joaquin recht hatte. Das Risiko, daß Jabot sie im Stich lassen könnte, war deutlich geringer, wenn Joaquin mit ihm fahren, als wenn er nur seinen Diener bei sich haben würde. »Monsieur Jabot«, entschied sie daher schweren Herzens, »wir werden Ihr Angebot annehmen. Sie werden die gefährliche Reise jedoch mit einem tüchtigen Begleiter meiner Wahl antreten, einem Mann, der im Gegensatz zu Pierre den Fluß schon einmal befahren hat. Das ist Joaquin.«

So überrascht Antonio und José von ihrem Entschluß auch sein mochten, sie reagierten kaum. Es schmerzte Isabel zu sehen, wie die beiden zusammengesunken am Feuer saßen und ihre Ankündigung mit einem Achselzucken quittierten. Jabot dagegen legte eine beneidenswerte Energie an den Tag. Er sprang auf. »Also gut, dann wollen wir keine Zeit verlieren«, rief er, und zu Joaquin gewandt setzte er im Befehlston hinzu: »Pack deine Sachen!«

Während Joaquin sein Bündel schnürte, bat Isabel ihn eindringlich, Jabot ständig im Auge zu behalten. Sie gab ihm einen Beutel Münzen und sagte: »Ich werde Jabot dieselbe Summe geben, damit er in Andoas Kanus und Mannschaften bezahlen kann. Tut er es nicht, nimmst du dieses Geld und handelst an seiner Stelle. Du musst unter allen Umständen nach Andoas kommen.«

Eine Stunde später segnete José Jabot und Joaquin und sprach mit denen, die sich zu ihrer Verabschiedung am Ufer eingefunden hatten, ein gemeinsames Gebet. Sie winkten dem Kanu nach, bis es hinter der nächsten Flußbiegung verschwunden war. Während sie zu ihrem Schutzdach zurückkehrten, sah Isabel, daß José weinte. Er glaubt selbst nicht mehr an die Kraft seines Gebets, dachte sie traurig.

Später stellte sie bei der Durchsicht ihres Gepäcks fest, daß ein Kästchen fehlte, das Juwelen und Alamicos enthielt – kostbare Fächer, wie man sie zu festlichen Kleidern trug. Ihr Verdacht fiel sofort auf Jabot, dem es irgendwie gelungen sein mußte, die Kostbarkeiten an sich zu bringen. Doch sie beschloß, ihren Brüdern nichts davon zu sagen. Es hätte nichts gebessert, sondern deren Hoffnungslosigkeit nur noch vertieft. Sie aber wußte nun, daß sie nur noch auf Joaquin zählen konnte.

Fünfzehntes Kapitel

Isabel und Luis gingen fast jeden Morgen flußabwärts zur nächsten Biegung. Dort stiegen sie auf einen Felsen, von dem aus sie schon von weitem die Kanus aus Andoas sehen würden, wenn sie den Pastaza heraufkämen.

Luis angelte auch an dieser Stelle, nahm die erbeuteten Fische aus und zog sie durch Kiemen und Maul auf eine Schnur. Und jeden Tag, an dem sie vergebens auf ihre Rettung gewartet hatten, bekämpften sie ihre Enttäuschung mit einem tröstlichen Bad im Fluß.

Isabel fürchtete jedesmal die Rückkehr ins Lager, fürchtete das Aufflackern und Verlöschen der Hoffnung in den Augen der Kranken. Mehr aber noch fürchtete sie, das Fieber, das sich ein paar Tage nach ihrem Abschied von Jabot und Joaquin im Lager ausgebreitet hatte, könne auch Luis, Pierre und sie befallen.

Die dritte Woche begann. Wieder hatten sie vergebens nach Kanus Ausschau gehalten. Auf dem Rückweg zum Lager schärfte Isabel ihrem Neffen zum wiederholten Male ein, sich vom schlechten Atem seines Vaters fernzuhalten, durch den, wie sie glaubte, das Fieber übertragen werden könnte: »So lieb du ihn auch hast«, warnte sie, »laß ihn allein, bis er wieder gesund ist. Du darfst nicht krank werden. Ich brauche dich doch.«

Als sie ins Lager kamen, war Pierre dabei, das Schutzdach zu verbreitern, das die gelegentlichen, meist heftigen Regenfälle abhalten sollte. Er unterbrach seine Arbeit und nahm Luis die Fische ab. »Ich könnte heute wieder mal eine Bouillabaisse kochen«, bot er an. »Na ja, etwas Ähnliches«, schränkte er ein, denn es gab ja kaum etwas, womit er die Suppe nach Art der Franzosen hätte würzen können. In ausreichender Menge besaßen sie nur noch Mais, dann etwas Salz, Tee und Wein. Den Zucker hatten die Ameisen weggetragen.

Pierre half auch, die Kranken zu betreuen, obwohl er wie Isabel das Fieber fürchtete. Er fütterte Isabels Brüder, wusch sie und richtete ihnen die Lagerstatt. Isabel wiederum kümmerte sich in gleicher Weise um die erkrankten Zofen. Es war genau so, wie sie befürchtet hatte. Die Mädchen waren keine Hilfe, sondern eine Last.

José und Antonio hatten schon mehrere schwere Fieberschübe durchgemacht, und jedesmal, wenn die schreckliche Glut dann aus ihren Adern gewichen war, hatten sie sich schwächer gefühlt. »Ich habe überhaupt keine Kraft mehr«, klagte Antonio, als Isabel die Mädchen versorgt hatte und sich nach dem Essen einen Augenblick zu ihm setzte.

»Beruhige dich, du wirst schon wieder gesund, und es wird alles gut«, sagte sie und tupfte ihm den Schweiß vom Gesicht.

»Nichts wird gut!« krächzte er. »Wir sind alle verloren, und das weißt du.«

»Hab keine Angst«, sagte Isabel. »Die Kanus mit Joaquin werden bestimmt bald kommen. Du mußt jetzt einfach nur gesund werden.«

»Wie geht es Luis?« fragte Antonio ängstlich.

»Er ist gesund und munter und hat heute wieder die Fische geangelt, von denen du gegessen hast.«

»Gib ihm einen Kuß von mir und sag ihm, ich sei stolz auf ihn.« Eine Weile schwieg er erschöpft. Dann jammerte er unter Tränen: »Es ist so furchtbar, daß José und ich hier hilflos herumliegen und uns von dir, dem Franzosen und meinem Sohn ernähren, pflegen und schützen lassen müssen.«

»Beruhige dich«, tröstete ihn Isabel und streichelte ihm die Hand. »Bald wirst du wieder für uns sorgen können, wie du es bisher getan hast.«

Antonio schloß verzweifelt die Augen. »Wenn wir alle zusammen den Fluß hinabgefahren wären, hätten wir gewiß längst Andoas erreicht oder wären gar schon bei unserem Vater.«

»Was gewesen wäre, weiß Gott allein«, erwiderte Isabel lahm, denn sie glaubte selber nicht an ihre Worte, »vielleicht ist es gut, daß wir hier auf Joaquin warten.«

Sie drückte ihm die Hand und ging zu José, der ihr am meisten Sorgen machte. Sein Gesicht war eingefallen, und seine Augäpfel erschienen ihr gelb. Anders als bei Antonio hatte die Krankheit bei ihm ihren Höhepunkt noch nicht überschritten.

»Möge Gott dir vergeben, daß du uns in dieses Unglück gestürzt hast«, zischte er, als sie an sein Lager trat. »Aber ich fürchte, daß er dich in die Hölle schicken wird.«

José weiß nicht, daß ich schon in der Hölle bin, dachte Isabel. Schlimmer kann es kaum noch kommen.

»Möchtest du etwas Tee?« fragte sie, ohne auf seine Bösartigkeiten einzugehen.

»Nein, von dir will ich gar nichts. Schick mir den Diener«, verlangte er. Als sie aufstehen wollte, um Pierre zu holen, klammerte er sich an ihrem Arm fest und ächzte: »Machen wir uns nichts vor, Gott hat uns verlassen. Wir sind verloren, rettungslos verloren.«

»Das ist nicht wahr«, protestierte Isabel. »Ich bin sicher, daß Gott uns behütet. Ich werde heute abend den Rosenkranz beten und Gott bitten, daß er dich genesen läßt«, versprach sie. Sie wunderte sich, daß sie gegenüber ihrem Bruder, dem Gottesmann, ein solches Gottvertrauen an den Tag legen konnte, während er in Not und Gefahr zum Zweifler geworden war.

Doch in der folgenden Nacht, als ihre Brüder in der Glut eines neuen Fieberanfalls schrien und stöhnten, fühlte auch Isabel sich schutzlos wie nie zuvor. Sie fürchtete, die Jammerlaute könnten wilde Indios oder reißende Tiere anlocken. Bis weit nach Mitternacht lag sie wach, und jedes fremde Geräusch ließ sie zusammenzucken. Dann endlich wurden die Kranken ruhiger. Auch im Dschungel wurde es still, wenn man vom wehmütigen Lied der »Mutter des Mondes« absah, eines kleinen Vogels, der irgendwo über dem Schutzdach in den Zweigen saß. Der Vogelgesang beruhigte Isabel, und schließlich konnte sie einschlafen.

Am nächsten Tag ging es José endlich etwas besser. Als sie in seiner Nähe die auf Steinen trocknende Wäsche einsammelte, hörte sie ihn laut beten. Sie trat ein paar Schritte näher und lauschte.

»Heilige Mutter Gottes«, hörte sie seine klaren Worte, »bitte für uns Sünder jetzt in der Stunde unserer tiefsten Not.«

Als er sein Gebet beendet hatte, ging sie zu ihm.

»Wie lange sind wir schon hier?« fragte er überraschend freundlich.

»Schon über drei Wochen.«

»Und niemand ist zu unserer Rettung gekommen!«

»Nein, niemand.«

»Dann sollten wir jetzt jeden Tag miteinander den Rosenkranz beten. Wenn Gott will, werden wir auch gerettet.«

Isabel nickte und ging zuück an ihre Arbeit. Sie war froh, daß er sein Gottvertrauen wiedergewonnen hatte. Mit ihren eigenen Befürchtungen und Ängsten wollte sie ihn jetzt, da er auf dem Weg der Genesung war, nicht belasten. Aber nach all den Wochen des Ausharrens auf dieser Uferbank wuchs in ihr mehr und mehr die Überzeugung, daß Jabot und Joaquin Andoas nie erreicht hatten. Vielleicht waren die beiden gekentert und ertrunken, oder das Fieber hatte sie auch niedergeworfen wie ihre Brüder und die Mädchen.

Lange konnten sie nicht mehr bleiben. Ihre Vorräte reichten nur noch eine oder vielleicht zwei Wochen. Isabel dachte daher immer wieder über den Vorschlag Pierres nach, ein Floß zu zimmern und damit nach Andoas zu fahren. Pierre hatte schon vorsorglich ein paar Balsabäume gekennzeichnet, die man zum Bau verwenden konnte. Dieses Holz war außergewöhnlich leicht und schien ihm deshalb für ein Wasserfahrzeug besonders geeignet. Sobald ihre Brüder wieder bei Kräften waren, beschloß Isabel, würde sie mit ihnen über Pierres Idee sprechen.

Allerdings rechnete sie mit hartnäckigem Widerstand. Antonio und José hatten Joaquin und Jabot ohne Einwände das Kanu überlassen, weil sie sich nicht mehr aufs Wasser wagten. Woher sollten sie nun den Mut nehmen, sich einem gebrechlichen Floß anzuvertrauen?

Wie sich zeigen sollte, war Antonio verzagter als José. Als Isabel sich mit ihren Brüdern zusammensetzte, um ihre Lage zu besprechen, erklärte er ohne Umschweife, daß er nicht mehr an Rettung glaube. »Für Jabot«, sagte er sachlich, »sind wir tot. Für den sind wir bereits gestorben, als er hier vom Ufer abstieß. Und Joaquin hat sich gegen den Mann nicht durchsetzen können.«

»Wenn das so ist, sollten wir versuchen, nach Andoas zu marschieren«, schlug José vor. Antonio schüttelte den Kopf. »Das wäre vollkommen verrückt«, sagte er heftig. »Wir sind viel zu schwach dafür.«

»Und was haltet ihr davon, ein Floß zu bauen?« brachte Isabel nun Pierres Idee ins Gespräch.

Antonio machte eine wegwerfende Handbewegung. »Glaubst du, wir kämen mit einem solchen Ding sehr weit? Wir würden doch schon vor der nächsten Flußbiegung untergehen.«

Wieder überraschte José Isabel mit seiner Zuversicht: »Wenn wir beten, wird Gott uns sicher über alle Gefahren hinwegtragen.«

»Wir werden hier sterben«, beharrte Antonio.

»Das kann schon sein«, gab Isabel zurück. »Besonders wenn wir hier tatenlos herumsitzen.« Sie erkannte sogleich, daß ihre Zunge mit ihr durchgegangen war und legte im nächsten Augenblick ihren Arm um Antonio. Freundlich sagte sie: »Komm, lieber Bruder, laß uns einen Schluck Wein auf deine und Josés Genesung trinken. Morgen überdenken wir die Sache noch einmal neu.«

Der Wein weckte Antonios Lebensgeister. Er wollte endlich ein Bad im Fluß nehmen. »Ich stinke ja wie ein Ziegenbock«, sagte er und versuchte aufzustehen. Aber die Beine versagten ihm den Dienst. Isabel rief nach Pierre und Luis, und Antonio ließ sich von ihnen zum Fluß bringen. Als er dann zusammen mit seinem Sohn bis zum Hals in dem angenehm kühlen Wasser saß, kehrte seine Zuversicht zurück. Vielleicht sollten wir die Fahrt doch wagen, dachte er. Ich darf nicht aufgeben und meinen Sohn hier seinem Schicksal überlassen.

»Du bist wirklich ein ganzer Kerl geworden«, lobte er Luis. »Was hätten wir essen sollen, wenn du nicht ein so tüchtiger Angler wärst?«

Der Junge strahlte. Er hatte von seinem Vater bisher nur wenig Anerkennung erfahren. Jetzt aber gab er ihm das Gefühl, wichtig zu sein. »Wenn du wieder ganz gesund bist, Vater, solltest du mit mir zu meiner Angelstelle gehen. Wir müssen ganz viele Fische fangen, damit wir auf dem Floß etwas zu essen haben.«

Auch Luis glaubt also an Pierres Idee, dachte Antonio. Er selbst zweifelte nach wie vor, wollte seinen Sohn aber nicht entmutigen. Darum sagte er: »Deine Fische werden verfaulen, noch bevor wir losfahren. Wenn du wieder welche fängst, müssen wir sie räuchern und dann in große Blätter schnüren, damit sie nicht verderben.« Er staunte über sich selbst. Wann hatte er in seinem Leben schon mal Fische geräuchert? Nun, er würde auch das lernen. Auf Luis gestützt, watete er ans Ufer zurück, trocknete sich ab und legte sich auf sein Lager. Für diesen Tag hatte er sich wahrlich genug zugemutet.

Als Pierre am nächsten Tag mit dem Floßbau begann, protestierte Antonio nicht. Er beteiligte sich aber auch nicht daran, weil er noch immer keinen Entschluß gefaßt hatte. Dafür half er seinem Sohn, frisch gefangene Fische an langen Stöcken über ein qualmendes Feuer zu hängen.

Auch Eloise, Elvira und Rosa kamen wieder zu Kräften. Und als sie aufstehen konnten, sahen sie Pierre und José an einem Floß arbeiten. Voller Furcht, wieder aufs Wasser gehen zu müssen, ging Eloise zu Isabel.

»Ich möchte mit Ihnen sprechen«, sagte sie.

Isabel goß ihr Tee in einen Becher, und Eloise trank einen Schluck davon. Sie verzog das Gesicht. Der Tee war allzu bitter. »Es tut mir leid, daß ich nichts Besseres habe«, entschuldigte sich Isabel, »aber wir müssen die Blätter zweimal aufkochen. Die Vorräte werden knapp. Deshalb müssen wir uns auch so bald wie möglich nach Andoas durchschlagen. Unser Floß wird schon in den nächsten Tagen fertiggestellt sein.«

Die alte Zofe schüttelte traurig den Kopf und sagte: »Deshalb wollte ich mit Ihnen sprechen. Lassen Sie mich bitte hier zurück und in Frieden sterben. Ich bin doch nur eine Belastung für Sie alle.«

Isabel hatte Mitleid mit der unglücklichen alten Frau. Sie ahnte, welche Angst sie vor einer neuen Flußreise haben mußte. Ihr ging es ja schließlich nicht anders. Aber sie konnte und wollte nicht nachgeben. »Du bist bisher so tapfer gewesen«, sagte sie entschieden. »Komm erst einmal wieder zu Kräften. Dann werden wir weitersehen.« Eloise wußte, daß sie gegen Isabels Willensstärke nichts auszurichten vermochte. Dafür kannte sie ihre Herrin zu gut. Schweigend stand sie auf und kehrte zu den Mädchen zurück.

Der Floßbau machte Fortschritte. Pierre hatte acht Balsastämme behauen und mit den Seilen, die ihnen noch geblieben waren, sowie mit Luftwurzeln und Bast zusammengebunden. Am Vorderteil, in der Mitte und im Heck hatte er zur Stabilisierung Querbalken befestigt. Er mißtraute den Leinen und Luftwurzeln. Niemand konnte voraussagen, ob sie den Belastungen standhalten würden, und vielleicht lösten sie sich sogar auf, wenn sie längere Zeit dem Wasser ausgesetzt waren. Zum Glück konnte er einige Nägel gewinnen, indem er zwei Transportkisten zerlegte. Einen Teil davon benutzte er zum Bau von Halterungen für zwei Steuerruder, die er vorn und hinten anbrachte. Mit den Paddeln, die Jabot und Joaquin zurückgelassen hatten, vollendete er sein Werk.

Pierre war sichtlich stolz auf das roh zusammengefügte Wasserfahrzeug. Er betrachtete es als sein Werk. Doch José, der ihm geholfen hatte, beäugte es mißtrauisch. Es erschien ihm allzu wackelig. Auch Antonio teilte seine Ansicht, sagte aber nichts. Als das Floß dann ins seichte Wasser getragen wurde, war allen klar, daß die Flußreise unwiderruflich am nächsten Morgen beginnen würde.

Am Abend rief José die Gruppe vor dem Floß zusammen. »Laßt uns niederknien«, forderte er sie auf, »und Gottes Segen für eine glückliche Fahrt erflehen.« Isabel spürte die Beklommenheit hinter seinem betont zuversichtlichen Ton. Armer Bruder, dachte sie. Er will uns Gottvertrauen einflößen, obwohl er es selbst kaum mehr besitzt. Auch sie haderte an diesem Abend mit ihrem Schicksal. Warum, fragte sie sich bitter, hat Gott La Condamine, Maldonado, Jean und meinen Vater sicher durch die Wildnis geführt und ausgerechnet mir schwacher Frau nur Katastrophen geschickt?

Doch betete sie schließlich mit den anderen das »Ave Maria«, und ihre Stimme klang dabei so kräftig und klar, als hege sie nicht den geringsten Zweifel, daß Gott und die Jungfrau sie erhören würden.

In der folgenden Nacht fand außer Luis, der fest an Isabels Seite schlief, niemand im Lager Ruhe. José nahm insgeheim Abschied von seinem Plan, eines Tages zum Heiligen Vater nach Rom zu pilgern. Doch stimmte ihn der Gedanke, daß er bald Gott gegenüberstehen würde, fast heiter. Ich habe, dachte er, treu den Geboten der Kirche und meiner Bruderschaft gelebt und viele gute Werke getan. Meine größte Sünde war mein Haß gegen Isabel, die ich für die Aussichtslosigkeit unserer Lage verantwortlich gemacht habe. Aber jetzt liebe ich sie wieder und erbitte Gottes Gnade für sie wie für alle hier am Ufer. Er betete für sie und schlief danach ganz ruhig den Schlaf des Gerechten.

Antonio war klar, daß er am nächsten Morgen an einem der beiden Ruder des Floßes stehen würde, und er fürchtete, daß er als Steuermann versagen könnte. Obwohl er dringend Schlaf gebraucht hätte, um Kräfte zu sammeln, verbrachte er die halbe Nacht damit, sich all die Herausforderungen vorzustellen, denen er sich auf dem Fluß würde stellen müssen. Eine große Welle, rekapitulierte er seine Erfahrungen, entsteht dort, wo ein Hindernis aus dem Wasser ragt. Kleine Wellen springen meist über flachen, steinigen Grund. Wandartige Wellen entstehen, wenn die Strömung auf eine vertikale Barriere trifft, zum Beispiel einen querliegenden Baumstamm. Mit einer ganzen Serie gefährlicher Wellen ist zu rechnen, wenn eine schnelle Strömung auf tiefes Wasser trifft, das langsamer fließt. Die Indios, mit denen er bisher gefahren war, hatten stets voraussagen können, was alle diese Zeichen bedeuteten, und sich entsprechend vorbereitet. Aber sie hatten fast täglichen Umgang mit dem Fluß gehabt. Ich aber, dachte Antonio, bin ungeübt, und unser Gefährt ist im Gegensatz zu einem Kanu schwerfällig und schwach. Wir müssen das Floß an allen gefährlichen Stellen vorbei über Land tragen, nahm er sich vor. Eine bessere Lösung fiel ihm nicht ein. Aber dieser letzte Gedanke beruhigte ihn ein wenig. Schließlich war das Balsaholz ja sehr leicht.

Auch Pierre steuerte im Geiste schon das Floß. Er war zuversichtlicher als Antonio, hatte aber auch weniger Phantasie als dieser. Auf jeden Fall war er froh, hier wegzukommen.

Schlimm erging es den Zofen. Elvira und Rosa hielten einander weinend umklammert und schworen, sich am nächsten Morgen nicht von der Stelle zu rühren. Auch Eloise war voller Todesangst. Dennoch versuchte sie, ermutigend auf die Mädchen einzuwirken. »Was ist denn los mit euch?« fragte sie. »Wollt ihr euer Leben wegwerfen und hier in der Wildnis sterben? Ihr seid doch im Gegensatz zu mir noch so jung!«

»Schweig!« fauchte Rosa sie böse an. Und dumm, wie sie war, fügte sie hinzu: »Wir machen mit unserem Leben, was wir wollen.«

Eloise ließ sich nicht so schnell abweisen. »Sag du doch was, Elvira«, bat sie. »Hat Doña Isabel bisher nicht alles getan, um euch am Leben zu erhalten? Denkt doch nur daran, wie aufopfernd sie euch wieder gesund gepflegt hat!«

In Elviras Augen aber hatte die Herrin bisher alles getan, um sie in diese Todesfalle zu führen. Nur wagte sie nicht, das auch auszusprechen. Also biß sie sich auf die Lippen und blieb stumm.

Isabel hörte die Mädchen weinen und fragte sich verzweifelt: Soll ich sie zwingen, mit aufs Floß zu gehen, oder nicht? Wenn wir untergehen und sie ertrinken, werde ich mir ewig Vorwürfe machen. Wenn ich sie aber hier zurücklasse, muß ich mir vorwerfen, ich hätte meine Schutzbefohlenen im Stich gelassen. Es ist wie in Canelos eine Entscheidung über Leben und Tod, die von mir verlangt wird, und ich habe kaum die Kraft dazu. »Lieber Gott«, flüsterte sie, »was soll ich bloß tun?«

Bevor sie einnickte, gab sie sich die Antwort wieder einmal selbst: »Ich muß die Gruppe zusammenhalten. Koste es, was es wolle.«

Sechzehntes Kapitel

Gegen fünf Uhr früh wachte Isabel auf. Sie zündete ein Licht an und öffnete ihre Schmuckschatulle. Behutsam zog sie die dreifach gedrehte Perlenkette heraus, die mit goldenen Kügelchen und in Gold gefaßten kleinen Smaragden durchwirkt war. Dann nahm sie die drei Fuß lange Kette aus großen, rosafarbenen Barockperlen heraus, das Collier mit dem schweren, juwelenbesetzten Goldkreuz und schließlich ihr bestes Stück, eine Kette, die aus sechzig kunstvoll gefaßten Brillanten und einem in Tropfenform geschliffenen Smaragd von der Größe eines Taubeneis bestand. Trotz der meist komplizierten Schließen hatte sie keine Schwierigkeiten, die Ketten ohne Hilfe anzulegen. Dann streifte sie ihre Armspangen über die Handgelenke. Es waren so viele, daß sie auf beiden Unterarmen fast bis zu den Ellenbogen reichten.

Isabel besaß auch eine Kollektion herrlicher Broschen, Nadeln und Gemmen. Diese heftete sie dicht an dicht an ihren Überwurf. Ihre Pinetas für das Haar und der große Ohrenschmuck, die Peinetas, wanderten zusammen mit kostbaren Kämmen, den Tejas aus Gold und Schildpatt, den Fächern und den Uhren in einige Beutel, die sie an ihrem Gürtel befestigte. Auch von ihren Ringen konnte sie nur wenige an ihre Finger stecken. Die übrigen kamen zu den Goldmünzen in einen der Beutel. Ihre Goldrüstung war nun so schwer, daß sie Mühe hatte, auf die Beine zu kommen, und als sie zu ihren Brüdern ging, klirrte es bei jedem Schritt.

Antonio und José waren noch ziemlich verschlafen, als Isabel sie gegen sechs Uhr weckte. Aber ihr Anblick machte sie hellwach. »Bist du verrückt geworden?« entrüstete sich José, der Gold ohnehin am liebsten im Besitz der Kirche sah. Auch Antonio schüttelte nur den Kopf.

»Was soll denn das? Willst du gerüstet wie Jeanne d'Arc durch den Urwald spazieren?«

Isabel lachte verlegen. »Ich weiß, ich komme euch komisch vor. Aber an meinem Körper ist der Schmuck am sichersten. Nicht auszudenken, wenn das Floß kentern und der Schmuck ins Wasser fallen und versinken würde. Wovon sollen Jean und ich dann leben?«

»Du hast Sorgen«, brummte Antonio. »Ich würde einen ganzen Beutel Gold für einen Korb mit Brot, Fleisch und Käse hergeben. Dort, wo man all dein Gold und Geld schätzt, müssen wir erst einmal hinkommen.« Es lag ihm aber fern, seine Schwester zu kränken. Darum fügte er freundlich hinzu: »Aber ich bin froh über deine Zuversicht, daß wir aus dieser Wildnis herauskommen werden.«

»Wir werden es jedenfalls versuchen!« sagte Isabel und ging ans Feuer zu Pierre, der dabei war, ein bescheidenes Frühstück zuzubereiten.

Nach der Mahlzeit benötigten sie nur eine halbe Stunde, um das Floß zu beladen. Ein paar Kästen, die ihnen zu schwer erschienen, ließen sie am Ufer zurück. Sie hätten nun an Bord gehen können. Elvira und Rosa aber blieben wie angewurzelt am Ufer sitzen. Isabel herrschte sie an: »Was ist los? Warum geht ihr nicht aufs Floß?«

»Ich habe Angst«, heulte Rosa.

»Wir werden ertrinken«, schluchzte Elvira.

»Ich habe auch Angst. Aber wir können hier nicht einfach bleiben und auf Wunder hoffen. Gott wird uns nur erretten, wenn wir selbst etwas wagen.«

»Ich habe so furchtbare Magenschmerzen«, klagte Rosa.

Isabel glaubte ihr nicht und entgegnete zornig: »Eine bessere Ausrede fällt dir wohl nicht ein, wie?«

Sie ging zurück zu ihren Brüdern und Pierre, um mit ihnen zu beraten, was zu tun sei.

»Normalerweise«, meinte der Franzose, »hasse ich die Anwendung von Gewalt gegen Damen. Ich fürchte aber, wir müssen sie an Bord tragen, wenn wir sie nicht hier ihrem Schicksal überlassen wollen.«

Antonio nickte nur.

»Wohl ist mir bei dem Gedanken nicht«, sagte Isabel, »aber es muß sein. Faßt die Mädchen aber nicht zu hart an.«

Pierre trat zuerst auf Elvira zu und versuchte es mit Charme. »Schöne Dame, darf ich Sie an Bord geleiten? Sie reisen unter meinem persönlichen Schutz.«

Elvira reagierte nicht auf seine Worte. »Haben Sie doch Vertrauen«, bat der Franzose. »Sie werden sehr bald aus dieser Wildnis heraus sein.«

Elvira hob den Kopf und versuchte ein Lächeln. Aus ihren Augen aber sprach eine so abgrundtiefe Verzweiflung, daß Pierre das Lächeln auf den Lippen gefror. Er stand auf, um Antonio zu holen. Dieser war inzwischen zu Rosa gegangen. Gutes Zureden hielt er für Zeitverschwendung. »Entweder du kommst freiwillig mit«, herrschte er das Mädchen an, »oder wir tragen dich aufs Floß.«

»Die Floßfahrt bedeutet den sicheren Tod«, gab Rosa mit fester Stimme zurück. »Und wenn Sie mich dazu zwingen, sind Sie für meinen Tod verantwortlich.«

»Lassen wir dich und die anderen hier, sind wir erst recht für euren Tod verantwortlich!« knurrte Antonio wütend. »Los, Pierre«, forderte er den Franzosen auf, »pack sie an den Füßen!« Er selbst faßte Rosa unter die Achseln und hob sie auf. Sie wehrte sich nicht. Aber als die Männer die Zofe aufs Floß trugen, lief Elvira neben ihnen her und schlug mit beiden Fäusten auf sie ein.

»Lassen Sie Rosa sofort los!« schrie sie. Ihre Kräfte aber erlahmten rasch, und sie blieb schluchzend stehen.

Nun ging José zu ihr und sagte sanft: »Wir sind doch alle in Gottes Hand, Elvira. Er hat uns vom Fieber befreit, und Er wird uns auch einen Weg aus dieser Wildnis weisen. Doch wird es für dich die Hölle sein, wenn du hier allein zurückbleibst.« Nach einer Pause setzte er hinzu: »Und für uns übrigens auch, weil uns immer der Gedanke quälen wird, dich ohne Schutz im Urwald zurückgelassen zu haben. Gott liebt dich, und wir lieben dich auch. Hab Vertrauen, und komm mit mir.«

José nahm Elviras Hand und zog die nur noch schwach widerstrebende Zofe mit sich.

Die größte Sorge machte sich Isabel um Eloise, die zwar freiwillig und still aufs Floß gegangen war, dort aber vollkommen apathisch auf ihrem Platz saß. Sie hat sich schon aufgegeben, dachte sie. Sie will mir nur keinen Kummer machen.

Isabel war froh, daß Antonio und Pierre ein wenig Zuversicht ausstrahlten. Die beiden zogen das Floß jetzt ins tiefere Wasser und schwangen sich an Bord. Es gelang ihnen, das Fahrzeug in die Strömung zu dirigieren und es dort auf Kurs zu halten. Auf der Backbordseite tauchte es allerdings zu tief ein, so daß das Gepäck gleichmäßiger über die Fläche verteilt werden mußte. José und Luis übernahmen diese Aufgabe.

Der Rio Pastaza trug das Floß so sanft und ruhig, daß die Anspannung an Bord allmählich nachließ, auch bei Antonio, der sein Steuer nun mit Selbstvertrauen handhabte.

Sie kamen an der Stelle vorbei, an der Luis all die Tage so erfolgreich gefischt hatte, und befanden sich danach auf dem langen geraden Flußabschnitt, über den hinweg Isabel und er so oft nach den Booten aus Andoas Ausschau gehalten hatten. Der Junge verließ seinen sicheren Platz neben Isabel, um seinem Vater beim Steuern zuzuschauen.

»Geh lieber wieder zu Tante Isabel zurück«, sagte Antonio, als der Junge plötzlich neben ihm stand. »Ich möchte nicht, daß dir etwas passiert.«

»Ich würde aber gern bei dir bleiben«, bat Luis. »Hier ist es doch viel spannender, und ich kann von dir lernen, wie man ein Floß steuert.«

Antonio wollte ihm die Bitte nicht abschlagen. »Bueno«, sagte er, »meinetwegen bleib, solange das Wasser ruhig ist.«

Kleine Wellen überspülten manchmal den Rand des Floßes und die bloßen Füße des Jungen. Luis hatte seinen Spaß daran. Antonio war jedoch besorgt, daß er auf dem nassen Holz ausrutschen könnte, und als er in einiger Entfernung zwei Sandbänke ausmachte, zwischen denen die Strömung schneller werden würde, befahl er seinem Sohn in einem Ton, der keinen Widerspruch duldete: »Geh zurück zu Tante Isabel. Los, beeil dich!«

Luis gehorchte. Als er aber auf dem Weg zu seinem Sitzplatz war, schrammte das Floß an einem unter Wasser liegenden Hindernis entlang, das die Fahrt ganz plötzlich abbremste. Luis verlor das Gleichgewicht und stürzte in den Fluß.

»Oh Gott, laß ihn nicht ertrinken!« schrie Isabel in höchster Seelennot. Antonio ließ das Steuer los und sprang hinterher. Es gelang ihm auch, den Jungen zu packen und mit ihm ans Ufer zu schwimmen. In der Zwischenzeit aber lief das steuerlos gewordene Floß auf einen knapp aus dem Wasser ragenden umgestürzten Baum. Es wurde ein Stück aus den Fluten gehoben und blieb mit schwerer Schlagseite zwischen den mächtigen Wurzeln des toten Baumriesen hängen. Die Reisenden samt ihrem Gepäck fielen dabei in den Strom.

Isabel wurde von ihrer kiloschweren Goldlast augenblicklich unter Wasser gezogen. José wurde von seiner langen Kutte beim Schwimmen behindert, und er wäre ertrunken, hätte er nicht an einem Felsen Halt gefunden. Dort zog er geistesgegenwärtig seine Soutane aus, legte sie auf den Felsen und schwamm splitternackt ans Ufer. Auch die Mädchen hatten Glück im Unglück. Sie landeten unverletzt im Wasser. Rosa und Elvira gelangten ans rettende Ufer. Nur Eloise überließ sich einfach der Strömung. Sie wäre abgetrieben und ertrunken, hätte sich Pierre, der schon am Ufer stand, nicht wieder in den Fluß gestürzt und sie an Land gebracht.

Als er wieder festen Boden unter den Füßen hatte, rief er plötzlich: »Wo ist Madame Godin?« Auch Antonio, der sich verzweifelt um seinen bewußtlosen Sohn bemühte, bemerkte jetzt, daß Isabel fehlte.

Er schrie Rosa an, die teilnahmslos auf einem Stein saß: »Rosa, komm her und hilf. Kümmere dich um Luis, und gnade dir Gott, er ist nicht bei Bewußtsein, wenn ich zurückkomme.«

Daraufhin watete er noch einmal in den Pastaza. Pierre und José waren schon im Fluß, um nach Isabel Ausschau zu halten. Antonio holte sie rasch ein. »Wo wollt ihr hin?« fragte er, nach Atem ringend. »Wir müssen uns verteilen. Pierre, du suchst am besten beim Floß nach Isabel. José, du schwimmst zur nächsten Sandbank und suchst dort das Ufer ab. Ich werde ein Stück weiter den Fluß hinunterschwimmen. Vielleicht hat er sie dort unten irgendwo angespült.«

Pierre schwamm zu der Stelle, an der das Floß gescheitert war. Die Strömung hatte es inzwischen auseinandergerissen. Als er auf den halb versunkenen Baumriesen kletterte, entdeckte er Isabel zwischen dessen Wurzelsträngen. Sie war offenbar zu schwach gewesen, sich höher hinaufzuziehen und hing halb im Wasser, während die Strömung an ihr zog.

»Madame!« rief Pierre besorgt, »halten Sie noch einen Augenblick aus!«

Isabel aber reagierte nicht auf seinen Zuruf. Pierre kroch auf dem Stamm zu ihr hin und beugte sich hinab.

Mit den Fingerspitzen konnte er gerade ihr Haar berühren. Isabel aber spürte die Berührung und sah zu ihm hinauf. Sie wollte etwas sagen, aber die Stimme versagte ihr.

»Strengen Sie sich nicht unnötig an!« rief er. »Ich ziehe Sie da unten raus. Sie müssen mir nur Ihre Hand geben.«

Pierre streckte die Hand nach ihr aus. Als Isabel sie jedoch ergreifen wollte, verlor sie ihren Halt und rutschte tiefer ins Wasser, so daß es ihren Kopf überspülte.

Pierre erschrak zu Tode. Er kletterte blitzschnell zu ihr hinunter, umfaßte sie und zog sie mit einer gewaltigen Anstrengung auf den Baumstamm. Seine Kräfte reichten jedoch nicht aus, sie allein ans Ufer zu bringen. Dafür war sie mit all dem Gold am Körper zu schwer.

»Warten Sie, ich rufe Antonio und José!« japste er und arbeitete sich wieder den Stamm hinauf. Dann richtete er sich auf, winkte und rief: »Antonio, José, hierher!« Er hatte das Gefühl, als dauere es eine Ewigkeit, bis sie ihn bemerkten und schließlich bei ihm eintrafen. »Mein Gott, lebt sie?« fragte Antonio schwer atmend. Er hatte eine lange Strecke gegen die Strömung anschwimmen müssen.

»Ja«, nickte Pierre. »Aber ich weiß nicht, wieviel Wasser sie geschluckt hat.«

Selbst zu dritt brauchten sie ihre ganze Kraft und Geschicklichkeit, die goldbeschwerte Isabel über Wasser zu halten und ans Ufer zu bringen. Dort erbrach sie sich und lag eine ganze Weile regungslos da, während José ihren Kopf hielt. Als sie sich ein wenig besser fühlte, fragte sie nach Luis.

»Ich glaube, es geht ihm sehr schlecht«, sagte José düster. »Antonio kümmert sich um ihn.«

Obwohl Isabel sich sterbensschwach fühlte, schleppte sie sich, auf José gestützt, zu ihm.

Der Junge war bei Bewußtsein, aber sein Atem ging stockend. Die leiseste Bewegung bereitete ihm furchtbare Schmerzen. Antonio saß weinend bei ihm und hielt seine Hand.

»Ich glaube«, sagte er dann tonlos zu Isabel, »Luis hat sich beim Sturz vom Floß das Rückgrat gebrochen. Er kann sich nicht bewegen.«

In diesem Augenblick öffnete Luis die Augen und sah Isabel an. »Weißt du noch, was du mir versprochen hast, Tante?« flüsterte er.

»Was denn?« fragte Isabel und zwang sich zu einem Lächeln.

»Daß ich die großen bunten Papageien sehen werde.«

»Die siehst du gewiß noch. Du mußt nur bei mir bleiben«, sagte sie . Dabei wollte es ihr nicht recht gelingen, ihrer Stimme einen unbekümmerten Klang zu geben.

»Das würde ich ja gern. Aber ich kann nicht«, stammelte Luis kaum hörbar, denn das Sprechen strengte ihn sehr an.

Isabels Augen füllten sich mit Tränen.

»Warum weinst du denn, Tante?« flüsterte der Junge.

»Weil ich weiß, daß du starke Schmerzen hast, und das macht mir Kummer«, antwortete sie und streichelte seine Wange. »Du mußt bei mir bleiben, bis du die großen Papageien gesehen hast, und das kann noch eine Weile dauern.« Es fiel ihr unendlich schwer, sich einzugestehen, daß Luis im Sterben lag.

In diesem Augenblick überquerte ein Schwarm blaugelber Aras lärmend den Rio Pastaza.

»Da kommen sie, deine Papageien«, rief Antonio.

»Gott erfüllt ihm seinen letzten Wunsch«, sagte José leise.

Luis öffnete die Augen. »Wo sind die Papageien?« Antonio hob behutsam seinen Kopf etwas an, so daß Luis sie besser sehen konnte.

Die großen Aras waren eigentlich sehr scheu. Nun aber flogen sie, wie von magischen Kräften gelenkt, direkt über dem Kopf des Jungen vorbei. Dessen gequältes Gesicht glättete sich zu einem Lächeln und wurde dann ganz friedlich.

Antonio schloß ihm die Augen, und José sagte feierlich: »Luis de Grandmaison ist nur wenige Tage vor seinem zehnten Geburtstag gestorben. Wir trauern um ihn. Vater, nimm ihn gnädig zu dir.«

Siebzehntes Kapitel

Isabel und Antonio hatten den Glauben an den Sinn all ihrer Leiden und Strapazen verloren. Auch besaßen sie nun keinerlei Vorräte mehr, und von ihren Waffen war nur eine Machete geblieben, die Antonio am Gürtel trug. Dennoch marschierten sie am nächsten Morgen mit den anderen weiter, die auch kein Ziel vor Augen hatten, sondern nur fortwollten von dieser Stelle des Unglücks, wo sie Luis begraben hatten. Nach einer Weile änderte der Pastaza seine Richtung und holte, wie Pierre vermutete, zu einer großen Schleife aus. Pierre, der Antonios Führungsrolle übernommen hatte, sagte: »Wenn wir den Fluß verlassen und uns in den Wald schlagen, müßten wir, wenn seine Schleife U-förmig verläuft, nach einiger Zeit wieder auf den Fluß stoßen.«

Einige machten sich Sorgen, daß der Fluß nicht, wie Pierre annahm, solch einen Bogen beschrieb, sondern einfach nur seine Laufrichtung änderte. Dann würden sie ihn vielleicht nie wieder finden. Auch würden sie Joaquin verpassen, wenn er doch noch mit Booten und Mannschaften den Fluß heraufkam. Sie schwiegen aber, so daß Pierres Vorstellungen den Ausschlag gaben. Also arbeiteten sie sich durch das Uferdickicht in den Wald hinein. Der Urwald war für die Gruppe eine neue, furchteinflößende Erfahrung. Baumwipfel bildeten hier ein solch dichtes Blätterdach, daß nur vereinzelt Lichtstrahlen hindurchdrangen, die von großen Farnen und anderen breitblättrigen Pflanzen aufgefangen wurden, so daß am Waldesgrund, wo sich die Gruppe vorantastete, nur noch Dämmerlicht herrschte. Und anders als am Flußufer, wo meist eine leichte Brise die Hitze gemildert hatte, war die Luft hier bewegungslos und schwer vom Geruch der Fäulnis.

Daß es nicht so heiß war wie unter der prallen Sonne, war einer der wenigen Vorteile in dieser schweigsamen Dämmerwelt. Einmal aber wurde die Stille durch lautes Gebrüll unterbrochen, die die kleine Kolonne zu Tode erchreckte. Rosa warf sich schreiend auf den Boden und hielt sich die Ohren zu. Es war nur eine Horde Affen, die in den Bäumen lärmte. Pierre erklärte ihr, daß die Tiere harmlos seien, und bat sie, aufzustehen. Aber sie weigerte sich.

Niemand besaß mehr die Kraft, sie zum Weitergehen zu ermutigen, so daß man bei ihr blieb und hoffte, daß sie sich im Laufe der Zeit beruhigen würde. Pierre suchte die Umgebung nach Wasser ab, fand aber keines. Auch zu essen hatte die Gruppe nichts, da alle Vorräte im Fluß davongeschwommen waren. Als es dämmerte, entfachte Pierre ein kleines Feuer, und man überließ sich erschöpft, hungrig, durstig und hoffnungslos der rabenschwarzen Nacht.

Als er ein paar Stunden geschlafen hatte, wurde Pierre durch einen leisen Schmerz geweckt. Er spürte, daß ein Tier auf seinem großen Zeh saß, und griff danach. Kurz darauf erwachte auch Eloise und entdeckte, daß ein dunkles Etwas auf ihrer Brust hockte. Ihr Schreckensschrei ließ die anderen Schläfer hochfahren. Sie hörten ein gespenstisches Flattern und sprangen wild um sich schlagend auf. Sekunden später war der Spuk verschwunden. Eloise und Pierre entdeckten auf ihrer Haut winzige Bißmale, und auch Elvira fand eine winzige Wunde. Sie ahnten, daß diese von Vampiren stammten, von Fledermäusen, die nachts ausschwärmten, sich mit weich gepolsterten Pfoten lautlos auf Mensch und Tier niedersetzten, um nach einem Biß ihrer spitzen Zähne von deren Blut zu lecken. Der Aderlaß war harmlos, dennoch konnten die Bisse den Tod bedeuten, wenn sie das Blut vergifteten. Dagegen würde niemand in der Gruppe etwas tun können. So schleppten sie sich am nächsten Morgen weiter in der Hoffnung, es würde nicht schlimmer werden.

Nach einiger Zeit aber schwoll Pierres Zeh unförmig an. Pierre humpelte noch eine Weile, dann konnte er nicht mehr weiter. Sie legten eine Pause ein. Als sie nach einiger Zeit weitermarschieren wollten, bat Pierre: »Laßt mich hier. Ich halte euch nur auf.«

Antonio, der schon lange keine Abneigung mehr gegen den Franzosen empfand, wollte das nicht zulassen. Er dachte daran, die Wunde aufzuschneiden. Doch er sah die Hoffnungslosigkeit in den Augen des Weggefährten und ahnte, daß dieser bald sterben würde.

Auch Isabel, die nach Eloises und Elviras Wunden gesehen hatte, kam zu Pierre. »Wie geht es Ihnen?« fragte sie. Pierre schüttelte stumm den Kopf. »Nicht gut«, sagte er. »Lassen Sie mich einfach hier liegen. Ich werde sicher bald einschlafen.«

»Nein, das kommt überhaupt nicht in Frage«, entschied Isabel. »Wir werden bei Ihnen bleiben.«

Während sie bei den Kranken blieb, suchten Antonio und José nach Wasser. Als sie den Rio Pastaza verlassen hatten, hatten sie keine Sekunde daran gezweifelt, daß sie immer genügend Wasser finden würden. Alle Pflanzen um sie herum waren von einem frischen Grün, und die Feuchtigkeit war fast zu greifen. Aber auch an diesem zweiten Tag im Regenwald fanden die beiden Männer nicht den kleinsten Tropfen. Isabel kam auf die Idee, Lianen zu zerschneiden oder auszuquetschen. Doch Antonio hielt sie davon ab. Er hatte Angst, sie könnte sich vergiften. Auch von den verschiedenen Samen und Früchten des Dschungels trauten sie sich nicht zu essen. So verbrachten sie den Tag ohne Wasser und Nahrung.

Gut genährt war dagegen Josés kleiner Affe, den er in Canelos verwaist aufgefunden und bis hierher mitgenommen hatte. José hatte ihn bereits kurz nach der Abfahrt aus Canelos losgebunden, und das zahme Tier hatte seine Freiheit genutzt, sich Insekten zu fangen, war aber regelmäßig zu José zurückgekehrt. »Wir sollten den Affen schlachten«, schlug Antonio am Abend vor. »Er hat viel Fleisch auf den Knochen.«

»Das kommt überhaupt nicht in Frage!« rief José entsetzt. »Dazu mußt du erst mich umbringen.«

»Beruhige dich, José«, sagte Isabel. »Ich habe eine bessere Idee. Wir sollten das Äffchen morgen früh, wenn es richtig Hunger und Durst hat, mit einer langen Leine an deinen Gürtel binden und sehen, was es sammelt. Seine Nahrung müßte eigentlich auch uns bekömmlich sein. Vielleicht finden wir mit seiner Hilfe sogar Wasser.«

José streichelte das zutrauliche Tier und sagte: »Das ist eine gute Idee. Ich hoffe, es wird gelingen.«

Am nächsten Morgen nahm José den Affen, wie Isabel vorgeschlagen hatte, an die Leine und lief, von Antonio begleitet, ein Stück mit ihm. Die Brüder hofften, sie würden mit seiner Hilfe Wasser finden. Doch nichts geschah. Das Tier ermüdete schnell, und als José es dann frei laufen ließ, kletterte es einen Baum hinauf. Und oben, in den für Menschen unerreichbaren Blattzisternen, in Bromelienkelchen, in denen es genügend Nahrung gab, stillte es seinen Hunger und löschte seinen Durst.

Nach einiger Zeit kehrte das Totenkopfäffchen zufrieden auf Josés Schulter zurück. Doch voller Zorn versetzte Antonio ihm einen Stoß, so daß es herunterfiel. Der kleine Affe gab einen Wehlaut von sich, wich aber auch am Boden nicht von Josés Seite. Da griff Antonio sich den Affen und tötete ihn. José hatte das tatenlos mitangesehen. Irgendwie verstand er die hilflose Wut seines Bruders. Aber als dieser im Lager den Affen aufschlitzte, ihm das Fell abzog und alles, die Eingeweide, den Kopf, den Schwanz, die Beine, den Rumpf, unter die Hungernden verteilte, lehnte er seinen Anteil weinend ab.

Sie aßen das Fleisch hastig und so roh und blutig, wie es war. Eloise, Elvira und Pierre konnten es nicht im Magen behalten und übergaben sich. Sie wurden dadurch noch mehr geschwächt, als sie durch ihre Blutvergiftung ohnehin schon waren.

Pierre starb ganz plötzlich am Abend, bevor José ihm die Beichte abnehmen konnte. Die Grandmaisons legten seinen Leichnam in eine Mulde, bedeckten ihn mit Laub, und José sprach ein Gebet.

Am nächsten Morgen erwachte Eloise, von wilden Schmerzen gepeinigt. Sie tastete nach ihrer Wunde und spürte, daß sich unter ihren Fingerspitzen etwas bewegte. Sie sah hin und entdeckte ein Gewimmel weißer Maden auf ihrer Brust. Mit einem Aufschrei taumelte sie hoch. Isabel fuhr aus dem Schlaf und sah ihre alte Zofe gerade noch zwischen den Bäumen verschwinden.

»Eloise!« rief sie, »Eloise, komm zurück!« Aber die Kranke hörte nicht auf sie. Isabel weckte Antonio, der nur schwer aus seinem bleiernen Schlaf aufwachte. »Was ist denn los, Schwester?« fragte er unwirsch.

»Eloise ist dort drüben zwischen den Bäumen verschwunden. Bitte, hole sie zurück«, drängte Isabel ängstlich.

Antonio stand schwerfällig auf und ging ein paar Schritte in die Richtung, die Isabel ihm gewiesen hatte. Dann blieb er stehen und lauschte. Er hörte ein paar Äste knacken, einen Schrei und ein Krachen. Dann war es still. Er suchte das Gebiet ab, wo er die Geräusche gehört hatte, und rief Eloises Namen. Aber sie antwortete nicht.

»Ich glaube, sie hat sich irgendwo versteckt und zum Sterben niedergelegt«, sagte er resigniert zu Isabel, als er sich erschöpft und schweißüberströmt neben ihr niederließ. »Eine Spur von ihr war nirgendwo zu entdecken.«

Isabel war mit Antonios Auskunft nicht zufrieden.

»Ich muß mich überzeugen, daß ich wirklich nichts mehr für sie tun kann«, sagte sie und stand mühsam auf. Eloise war für Isabel wie eine zweite Mutter gewesen. Darum war sie ihr besonders ans Herz gewachsen. Im dämmrigen Licht suchte sie, gründlicher als Antonio, nach einer Spur im Laub und fand schließlich einen Sohlenabdruck, dann abgeknickte Zweige. An dieser Stelle kroch Isabel durch die Büsche und sah Eloise in einer Erdrinne liegen, das Gesicht in den Boden gedrückt.

»Eloise«, sagte sie leise, »warum machst du mir solche Sorgen? Du weißt doch, daß du hier nicht einfach liegenbleiben darfst.«

Isabel rutschte zu ihr hinunter und berührte sie. Aber die alte Frau bewegte sich nicht mehr. Sie war tot. Isabel schob ihre Hände unter Eloises Körper. Sie wollte sie umdrehen, um ihr Gesicht zu säubern und ihr die Augen zu schließen. Dabei spürte sie zwischen ihren Fingern plötzlich Feuchtigkeit im Laub. Sekundenlang setzte ihr der Herzschlag aus. Wasser! schoß es ihr durch den Kopf. Wasser! Zitternd griff sie tiefer in das Laub, warf mehrere Hände davon zur Seite, grub eine kleine Mulde und sah, wie sich die Stelle mit trübem, fast schwarzem Wasser füllte.

Isabel konnte nicht abwarten, bis sich der Schmutz gesetzt hatte. Gierig tauchte sie ihre Lippen in die Mulde und trank. Der erdige Geschmack des Wassers machte ihr nichts aus. Im Gegenteil, nie hatte ihr ein Trunk besser geschmeckt. Als sie sich satt getrunken hatte, kühlte sie sich noch ihr heißes Gesicht, was sie im selben Augenblick als große Verschwendung empfand.

Sie riß ein Stück Stoff aus dem zerfetzten Überwurf der toten Zofe und tauchte ihn so lange ins Wasser, bis er sich vollgesogen hatte. Dann strich sie der Toten über das verklebte Haar und schloß ihr die Augen. »Liebe Eloise«, flüsterte sie zärtlich und dankbar, »du hast mir und meinen Brüdern noch im Tode das Leben gerettet. Das werde ich dir nie vergessen.«

Achtzehntes Kapitel

José schlug das Kreuz in Richtung der Toten und sprach ein Gebet für ihr Seelenheil. Der Weg zu der Erdrinne war ihm zu beschwerlich, und Isabel und Antonio hatten Verständnis dafür. Die drei überlegten, wie sie einen größeren Vorrat von dem kostbaren Naß mit auf den Marsch nehmen könnten, aber es fiel ihnen nichts Vernünftiges ein. »Du schleppst doch diesen ganzen Vorrat an Gold und Juwelen mit dir«, resignierte Antonio schließlich wütend. »Geh und kauf uns ein paar Krüge dafür.« Im selben Augenblick, als er das sagte, aber schämte er sich schon. »Entschuldige, Isabel, aber unsere verdammte Hilflosigkeit macht mich ungerecht.«

»Das verstehe ich doch«, sagte Isabel beschwichtigend. »Wer konnte schon vermuten, daß wir so wenig Wasser in diesem Wald finden würden.«

Antonio und Isabel gingen zu Eloise und bedeckten den Leichnam dort, wo er lag, mit Zweigen und Laub. Dann tränkten sie jedes Stück Stoff, das sie bei sich hatten, mit dem kostbaren Naß aus der Erdrinne.

Isabel fühlte sich ermutigt. »Gott hat uns wieder einmal geholfen«, sagte sie, als sie zu José, Elvira und Rosa zurückgekehrt waren. »Kommt, laßt uns nun weitergehen. Wir werden bestimmt neues Wasser und auch etwas Nahrung finden.«

Sie marschierten eine Weile, doch Elvira verließen die Kräfte allzu schnell. Sie betteten sie auf den Boden, und Isabel gab ihr zu trinken, indem sie Wasser aus einem Stück Ponchowolle wrang und in ihren Mund träufelte. Als sie der Zofe anschließend die Stirn betupfte, spürte sie, wie heiß diese war. »Geht doch ohne mich weiter«, flüsterte das Mädchen schwach. »Ich werde nicht mehr lange leben.«

»Ich setze mich zu ihr und nehme ihr die Beichte ab«, sagte José und bat Isabel und Antonio, sich ein Stück zu entfernen.

Die beiden ließen sich in einigem Abstand nieder. Während Antonio die Augen schloß, starrte Isabel traurig in die Richtung, in der ihr Bruder sich um die sterbende Zofe bemühte. Sie sah, wie er über ihr das Kreuz schlug, ihr dann die Hände faltete und mit ihr betete. Nach einer ganzen Weile erhob er sich und kam zu ihnen.

»Sie ist ganz friedlich gestorben«, sagte er. »Vielleicht ist sie jetzt schon im Himmel.« Und dann fügte er einige Worte hinzu, die Isabel tief erschütterten. »Ich hoffe, ich überlebe Antonio und Rosa, so daß ich ihnen die Heilige Kommunion geben kann.«

»Und warum nicht mir?« fragte Isabel.

»Du schaffst es bis Andoas«, antwortete José fest, »aber wir anderen nicht.«

Sie schleppten sich weiter. Josés muskelschwache Beine jedoch verweigerten ihm schon nach kurzer Zeit den Dienst. Keuchend ließ er sich auf einem umgestürzten Baumstamm nieder. Isabel versuchte ihn aufzumuntern: »Vielleicht kommen wir schon morgen wieder an den Fluß.«

José schüttelte resigniert den Kopf. »Wer sagt dir eigentlich, daß wir nicht in die falsche Richtung laufen?«

Isabel schwieg betroffen. Antonio aber geriet in Zorn. »Ich habe nichts im Magen«, brüllte er José an. »Ich leide unter dieser lähmenden Luft. Ich kann kaum das Haumesser halten. Und du läßt mich jeden Tag auf diesen verdammten Urwald einschlagen, um mir nun zu sagen, daß wir vielleicht in die falsche Richtung gelaufen sind.«

Antonio hätte seinen Bruder am liebsten geohrfeigt, so wütend war er.

»Beruhige dich doch«, bat José. »Das ist doch nur eine Annahme von mir, die nicht zählt.«

Antonio fragte, immer noch aufgebracht: »Und warum kommst du damit erst heute?« Er wußte, daß Josés Überlegungen nicht unbedingt falsch waren. Auch Isabel und Rosa wußten das, und diese Erkenntnis lähmte sie alle.

Schweigend saßen sie da. Die beiden Brüder wehrten sich kaum mehr gegen die Vorstellung, daß sie hier, zwischen den stillen Urwaldriesen, am Ende ihres Weges angekommen sein könnten. Antonio hing ohnehin nicht mehr am Leben, nachdem er Luis verloren hatte. Aber er konnte und wollte seine Schwester dennoch nicht allein in dieser Wildnis zurücklassen.

In diesem Augenblick durchfuhr ihn der Gedanke, daß er Isabels Leiden schnell ein Ende machen könnte, wenn er sie tötete. Das wäre kein Mord, eher ein Akt der Barmherzigkeit. Während er das eigentlich Undenkbare dachte, richtete er sich ein wenig an dem Stamm auf, an dem er saß, um Isabel anzusehen. Sie blickte zu ihm herüber. Antonio wartete darauf, daß sie etwas sagen würde. Aber es waren nur ihre Augen, die zu ihm sprachen. Und darin entdeckte er noch immer einen Funken jener ungeheuren Willensstärke, die sie immer ausgezeichnet hatte. Sie wird uns überleben, dachte er und fühlte sich auf einmal ganz ruhig.

Isabel hörte, wie José mit schwacher Stimme das »Ave Maria« betete, hörte auch, wie er ihren, dann Antonios und Rosas Namen nannte. Als sein Beten in leises Weinen überging, fragte sie: »Was ist mit dir? Warum weinst du?«

»Ich weine, weil ich Gott so nahe bin«, antwortete er.

Auch Rosa hörte das. Sie glaubte, daß Pater José schon auf dem Weg ins Jenseits sei, und bat: »Geben Sie mir Ihre Hand und nehmen sie mich mit.« Als José nickte, kroch sie zu ihm, und José faltete seine Hände über Rosas Händen. Dann lagen beide still beieinander.

Isabel ahnte, daß ihre letzten drei Weggefährten an der Schwelle des Todes standen. Ein seltsamer Gedanke ging ihr durch den Kopf. All die Pein des Lebens nicht mehr durchmachen zu müssen, dachte sie, nichts mehr sehen, nichts mehr hören, nichts mehr fühlen zu müssen, vielleicht ist das schon das Paradies? Im nächsten Augenblick erstickte sie fast unter der Angst, daß ihre Gefährten sie verlassen könnten und sie allein im Urwald zurückbleiben würde. Bei diesem schrecklichen Gedanken stieg ihr das Blut in einer heißen Woge in den Kopf.

Auf einmal, in einer Flut weißen Lichts, verloren alle Schreckensbilder ihre Konturen. Isabel versank in eine Ohnmacht, die sie davor bewahrte, den Tod ihrer Gefährten mitansehen zu müssen, der eigentlich nur noch ein schmerzfreier, angstfreier Wechsel in eine andere Welt war.

Neunzehntes Kapitel

Einen Tag und eine Nacht lang lag Isabel ohnmächtig auf dem Waldboden. Als sie aus ihrer Ohnmacht erwachte und die Augen aufschlug, sah sie ein paar Schritte entfernt einen Rabengeier auf Josés Leichnam. Durch ein Loch in dessen Kutte zog das Tier Gedärm aus dem Bauch ihres Bruders. Ein anderer Geier hieb auf Rosas Kopf ein, während sich auf Antonios Körper mehrere Vögel um einen Freßplatz zankten. Über dem Ort hingen Wolken fetter Fliegen, deren metallisches Summen die Luft erfüllte. Süßlicher Verwesungsgestank würgte Isabel. Sie mußte sich übergeben und spuckte Magensaft und Galle aus. Erschöpft sank sie zurück. Schlafen, nur schlafen, dachte sie, und nicht wieder aufwachen.

Aber eine energische innere Stimme verlangte: Du mußt hier weg, und sie gehorchte. Sie kroch zu Antonios Leichnam. Du mußt seine Machete und seine Schuhe haben, befahl die Stimme. Antonios Schuhe haben die dicksten Sohlen, deine sind papierdünn und voller Löcher.

Die Geier hüpften träge von Antonios Leiche hinunter, als Isabel nach der Machete griff, die im Gürtel des toten Bruders steckte. Sie war von Blut und Hautfetzen besudelt, und Isabel wischte sie an Antonios Hose ab. Dann trieb sie damit einen Spalt zwischen die Sohle und das Oberleder von Antonios rechtem Schuh. Sie bewegte das breite Blatt hin und her, bis die morsche Naht nachgab und die Sohle sich samt Absatz vom Oberleder trennte. Nach einer Verschnaufpause rappelte sie sich auf, löste auch die Sohle vom linken Schuh und nahm von beiden Schuhen auch das Oberleder an sich. Sollte ich Wasser finden, werde ich kleine Stücke davon einweichen und essen, dachte sie.

Als sie auch mit dieser Arbeit fertig war, kroch sie so weit von den Leichen fort, daß deren Verwesungsgeruch sie nicht mehr erreichen konnte. Sie brachte mehrere Stunden damit zu, die Sohlen an ihre Schuhe zu heften. Das war unendlich mühevoll, denn Isabel war schwach, in solch handwerklichen Dingen ungeübt und hatte nichts als das Haumesser, ein kleines Messer, ein paar alte Schuhnägel und einige dünne Lederschnüre zur Verfügung. Schließlich schaffte sie es. Viel Vertrauen hatte sie nicht in ihre Schuhe. Aber wenn sie vorsichtig auftrat, mochten sie ein paar Tage lang halten.

Es war ganz seltsam. Als Isabel die Schuhe fertig hatte, fühlte sie plötzlich auch neue Energien in ihrem Körper. Merkwürdig, dachte sie. Ich habe keine Nahrung und kein Wasser, und doch kann und will ich weiter. Es ist wie ein Wunder.

Sie stand schwankend auf und begann zu gehen. Dabei vermied sie die entmutigende Sicht auf die unendliche Phalanx der Bäume, sondern hielt den Blick auf den Boden gesenkt wie ein Hund auf Fährtensuche. Das hatte auch den Vorteil, daß sie zusehen konnte, wie die Beine ihre Arbeit taten. Etwas Mechanisches lag darin. Aber es ging weiter, Schritt für Schritt, dem Fluß entgegen, wie sie hoffte.

Am Nachmittag fand sie ein Gelege mit Steißhuhneiern. Gut, daß ich allein bin, dachte sie und schämte sich nicht.

Nun reichen die vier Eier vier Tage und nicht nur einen. Vorsichtig brach sie die Schale eines der Eier auf und schlürfte den Inhalt. Dann beschloß sie, an der Stelle, wo sie das Nest gefunden hatte, auch zu übernachten. Den Rest des Tages nutzte sie, einen starken, geraden Ast, den sie in der Umgebung gefunden hatte, zu entzweigen und mit Lumpen zu einer Krücke abzupolstern, auf die sie sich stützen konnte.

In der Nacht kämpfte sie verzweifelt gegen die Angst, daß sie vielleicht doch die falsche Richtung eingeschlagen haben könnte. Dann beruhigte sie sich mit dem Gedanken, daß Gott sie nicht einfach so würde umherirren lassen, wenn er ihren Tod beschlossen hätte. Dieser Gedanke gab ihr die Kraft, sich am nächsten Morgen weiterzuschleppen.

Isabel ging wie in Trance, und ihr Kopf produzierte dabei schöne Gaukelbilder. Auch hörte sie die freundlichen, vertrauten Stimmen ihres Vaters, ihrer Brüder und Joaquins. Keine dieser Stimmen antwortete auf Fragen, keines der Bilder ließ sich halten. Nur die Stimme Joaquins blieb beharrlich in ihrem Kopf.

Sie glaubte zu hören, daß Joaquin nach ihr rief, immer wieder ihren Namen rief. Nach einer Weile, als Joaquins Rufe einfach nicht verstummen wollten, sagte sie sich: Nur nicht verrückt werden, sonst ist alles aus. Sie blieb stehen und hielt sich die Ohren zu. Als sie die Hände wieder fortnahm, blieb es still. Gott sei Dank, dachte sie. Mein Kopf ist wieder in Ordnung.

Aber es war nicht der Wahnsinn, der sie zu befallen drohte. Isabel war ihrer Rettung ganz nahe gewesen. Jenes Wunder, das ihr die Kraft zu einem neuen, verzweifelten Marsch gegeben hatte, hatte sie in Wahrheit von Joaquin weggeführt, der ihr letztes Lager mit den drei Toten, ihren Brüdern und Rosa, gefunden hatte.

Als Joaquin sie nirgendwo in der Umgebung der Totenstätte finden konnte und auch keine Antwort auf sein Rufen hörte, glaubte er, Isabel sei ebenfalls umgekommen, ihr Leichnam vielleicht von wilden Tieren verschleppt worden. Joaquin hatte in seinem Leben viel ertragen müssen, aber der Tod seiner geliebten Herrin brach ihm fast das Herz. Am schlimmsten für ihn war das Gefühl, daß er schuld an der furchtbaren Tragödie sein könnte. Warum, fragte er sich verzweifelt, habe ich nicht energischer verhandelt, schneller gepaddelt, kürzer gerastet? Und warum habe ich den verdammten Jabot nicht erschlagen?

Als sie auf den kleinen Kanuhafen von Andoas zugehalten hatten, hatte Jabot von ihm verlangt, »vernünftig« zu sein und von dem Plan einer Rückkehr zu seiner Herrin abzulassen. Sie und ihre Brüder seien längst tot. Nichts anderes werde er dem Pater in Andoas sagen. Joaquin solle nicht wagen, ihm zu widersprechen. Im übrigen zähle das Wort eines Schwarzen in der Mission ohnehin nicht.

Joaquin hatte also warten müssen, bis Jabot allein weitergereist war, bevor er den Pater in Andoas hatte überreden können, ihm ein großes Kanu und eine Mannschaft zur Verfügung zu stellen. Das Geld Isabels hatte schließlich dafür gesorgt, daß man ihn für glaubwürdig befand.

Joaquin wußte, daß seine Fahrt flußaufwärts ein Wettlauf mit dem Tode war, und trieb die Indios immer wieder zur Eile an. Aber die Paddler hatten ihren eigenen Rhythmus. Sie behaupteten sich zwar sehr gut gegen die schwierige Strömung, hielten aber strikt ihre Ruhestunden ein und gingen zwischendurch sogar auf die Jagd, wenn unvermutet eine Horde Wollaffen über ihnen in den Uferbäumen schaukelte. So dauerte es viel zu lange, bis sie endlich die Stelle mit dem Schutzdach erreichten, wo Joaquin die Grandmaisons zurückgelassen hatte.

Als er das Lager verwaist vorfand, suchte Joaquin mit Hilfe der Indios das Ufer ab und stieß nach kurzer Zeit ein Stück flußabwärts auf das Grab des kleinen Luis. Seine Verzweiflung und sein Kummer wuchsen. Aber noch hoffte er, daß Isabel und ihre Brüder am Leben wären. Er entdeckte die Stelle, wo die Gruppe das Pastaza-Ufer verlassen hatte und in den Urwald eingedrungen war. Schließlich fand er Pierres Leichnam, dann in einiger Entfernung die tote Elvira, und endlich die verstümmelten Körper von Rosa, Antonio und José.

Er hatte zwar kaum Hoffnung, daß Isabel am Leben sei, aber dennoch suchte er die Umgebung ab und rief immer wieder ihren Namen. Doch dann kamen die Indios zu ihm und verlangten, daß er mit ihnen zum Kanu zurückkehre. Sie fürchteten die Rachegeister der unbestatteten Toten. Joaquin bedeckte die Leichen mit Laub und Ästen, murmelte ein Gebet und folgte den Indios zum Fluß. Die Paddler warfen sich in die Kanus und arbeiteten wie wild, um den Abstand zu den Toten so schnell wie möglich zu vergrößern.

Joaquin fuhr später von Andoas nach Las Lagunas hinab zu der portugiesischen Galeote und brachte Don Pedro, der in Las Lagunas auf seine Kinder wartete, die bittere Nachricht von deren Tod.

Aber Isabel war am Leben. Sie war zwar schwach, aber fieberfrei, hungrig, aber nicht verhungert. Und endlich fiel an diesem Morgen auch ein kurzer, heftiger Regen, der ihren Durst stillte. Sie weichte das Leder, das sie mitgenommen hatte, ein, um es eßbar zu machen. Aber es schmeckte so scheußlich, daß sie es wegwarf.

Einige Zeit später stieß sie zum Glück auf eine Palme, deren Stamm und deren Früchte von einem Kranz dolchartiger Stacheln geschützt waren. Darunter fand Isabel jedoch eine Menge knallroter Früchte von der Größe kleiner Kartoffeln. Die meisten waren angefault, aber Isabel schnitt die faulen Stellen heraus und probierte das Fleisch. Es schmeckte nach mehligen Kartoffeln, nur etwas bitter. Isabel sammelte eine größere Menge und knotete sie in ein Tuch. Dieser Erfolg machte sie zuversichtlich. Vielleicht wirst du morgen, wenn die Sonne aufgegangen ist, den Fluß sehen, dachte sie und marschierte tapfer weiter.

Zwanzigstes Kapitel

Den beiden Jägern vom Volk der Shuaras, die sich eben noch am Ufer des Rio Pastaza auf das schmackhafte Fleisch eines erlegten Goldhasen gefreut hatten, verging mit einem Schlag der Appetit. Ein weißhaariges Wesen mit nackten, bleichen Beinen, vom Hals bis zur Hüfte mit Gold und glitzernden Steinen bedeckt, geisterte krächzend am Waldsaum entlang und versetzte sie in Furcht.

Das ist ein Iwantschi, dachte Yambik, der eine Menge Rachegeister zu fürchten hatte, denn er hatte gemordet. Er wollte nach seinem Wurfspeer greifen, gestand sich aber ein, daß das sinnlos war. Gegen einen Rachegeist kann man nichts ausrichten, höhnte eine Stimme in seinem Innern. Er sprang auf und hetzte zum Boot, das sein Freund Majaku schon in den Fluß zu schieben suchte. Nun flog es nur so ins Wasser und dann weg von diesem Ort des Schreckens.

Ein ganzes Stück waren sie bereits gepaddelt, da kamen Yambik die ersten Zweifel. Hatte er wirklich einen Iwantschi gesehen? Und wurden die weißen Priester nicht müde zu behaupten, es gäbe keine Rachegeister, sondern nur den Heiligen Geist und verschiedene Schutzheilige für die Wechselfälle des Lebens?

»Majaku!« sagte er, nachdem er lang genug überlegt hatte, »es gibt keine bösen Geister mehr, seit Jesus einem Besessenen die letzten bösen Geister austrieb und in eine Schweineherde fahren ließ.«

»Aber was haben wir dann gesehen?« fragte Majaku.

»Vielleicht einen richtigen Menschen, der unsere Hilfe braucht.«

»Meinst du?« zweifelte Majaku. »Aber dann wäre es ja eine Sünde, wenn wir ihn im Urwald allein ließen.«

»Richtig«, sagte Yambik. »Und Padre Romero würde uns lange in der Pflanzung schuften lassen, bevor er zuließe, daß Gott uns verzeiht.«

»Vielleicht!« vermutete Yambik. Aber so ganz überzeugt war er noch nicht. Er schlug vor, das geheimnisvolle Wesen zu beschleichen, egal ob Mensch oder Waldgeist.

»Auch Menschen können ja gefährlich sein, wie wir wissen. Darum müssen wir vorsichtig sein.«

Yambik war einverstanden. Sie wendeten das Kanu, paddelten eine Weile stromaufwärts und gingen dann weit unterhalb ihrer Feuerstelle an Land. Sie arbeiteten sich durch das Dickicht, bis ihnen der Duft ihres eigenen Bratens in die Nase stieg, und sahen erleichtert, daß sich der »Waldgeist« sehr hungrig, sehr menschlich, an ihrem Goldhasen gütlich tat.

Als Isabel dann die beiden Indios auf sich zukommen sah, mit katzenhaften Schritten und wurfbereiten Speeren, empfand sie kaum Angst. Allzu oft hatte sie in diesen Wochen schon mit dem Leben abgeschlossen, als daß ihr der Tod noch Furcht einflößen konnte, das letzte Mal an ebendiesem Tag, als sie sich ihrer Rettung schon ganz nahe geglaubt hatte und die beiden Indios dann mit dem Kanu geflohen waren. Sie hatte zwar von ihrem Wild gegessen, aber appetitlos, mechanisch wie jemand, der eine Henkersmahlzeit ißt. Jetzt kamen die beiden Männer also zurück, um sie zu töten. Sollten sie! Zu all den Schmerzen, die sie schon ertragen hatte müssen, würde nun noch ein letzter Schmerz kommen, und alles Leid würde dann ein Ende haben.

Aber es flogen keine Speere. Die beiden Indios setzten sich ein paar Fuß entfernt von ihr auf den Boden und blickten mit wachsamen Augen zu ihr herüber. Es schien Isabel, als seien sie eher auf der Hut vor ihr. Sie fühlte sich unsicher. Die beiden wirkten nicht gerade vertrauenerweckend – es waren schließlich die ersten Wilden, die sie sah. Sie hatten ihre Gesichter rot bemalt, und auf der Oberlippe trugen sie ein schwarzes Strahlenmuster, das an die Schnurrhaare von Katzen erinnerte. Bis auf die längsgestreiften Wolltücher, die sie um die Hüften trugen, waren sie nackt. Besonders barbarisch wirkten in Isabels Augen die daumendicken Bambusstäbe, die sie sich durch die aufgebohrten Ohrläppchen gesteckt hatten. Merkwürdig war nur, daß sie Kreuze aus Holz auf der nackten Brust trugen, aber was bedeuteten diese christlichen Symbole schon? Die beiden Männer konnten sie durch Tauschhandel erworben oder geraubt haben. Vielleicht, dachte Isabel gleichmütig, sind sie abtrünnige Christen aus Canelos und auf Mord und Totschlag aus.

Die Indios rührten sich nicht von der Stelle. Isabel sah verstohlen zu ihnen hinüber und entdeckte, daß einer der beiden lächelte.

Etwas von dem Goldhasen war noch übrig. Damit machte sie nun einen schüchternen Annäherungsversuch. Sie nahm zwei der tellergroßen Blätter, die schon von den Indios neben dem Feuer ausgelegt worden waren, und legte

Fleisch darauf. Dann holte sie die letzten Palmfrüchte, die sie noch besaß, aus ihrem zusammengeknoteten Tuch und legte sie dazu. Schließlich hob sie die beiden Portionen vom Boden auf und hielt sie den beiden Männern mit einer einladenden Geste entgegen.

Die Indios verstanden. Sie hoben und senkten ruckartig die haarlosen Augenbrauen zum Zeichen ihrer Zustimmung und kamen zu Isabel ans Feuer. Ihre Speere ließen sie zurück.

Isabel blieb dennoch fast das Herz stehen, als sie vor ihr standen. Diese kräftigen Kerle hätten sie mit der flachen Hand erschlagen können. Doch sie setzten sich und begannen ganz friedlich zu essen.

Als sie fertig waren, geschah etwas, das Isabel wiederum wie ein Wunder erschien. Einer der Indios, der sich Yambik nannte, zertrennte seinen langen Wickelrock in zwei Hälften und reichte ihr eine davon, damit sie ihre Blöße bedecken konnte. Erst jetzt wurde ihr bewußt, daß ihr Unterleib fast unbekleidet war. Der hilfsbereite Indio erschien ihr wie der heilige Martin, der seinen Mantel mit dem frierenden Bettler geteilt hatte. Bestimmt, dachte sie, kennt er diese Geschichte durch die Missionierung und hat nach ihrem Beispiel gehandelt.

Bald darauf betteten die beiden Männer Isabel behutsam in ihr Kanu. Einen Augenblick lang fürchtete sie, die Indios könnten sie berauben, sobald sie schliefe. Aber dann beruhigte sie sich mit dem Gedanken, daß die Männer sie dazu nicht erst im Kanu hätten mitnehmen müssen.

Yambik und Majaku fuhren ein paar Tage den Fluß hinab nach Andoas, wo sie Anfang Januar 1770 eintrafen. Die Mission wurde von Pater Julio geleitet, einem Kapuziner, und dieser erschien Isabel von Anfang an als das Gegenteil eines zur Nächstenliebe verpflichteten Christen.

Sie wollte den beiden Rettern ihren Dank abstatten, und da sie außer ihrem Schmuck nichts mehr besaß, nahm sie zwei Ketten von ihrem Hals und legte sie den Männern in die Hände. Pater Julio übersetzte zwar ihre Dankesworte, nahm den Indios die Geschenke aber wieder ab. Dann holte er ein paar Zoll rauhen Baumwolltuchs und zwei in Goldblech eingefaßte Marienbildchen aus dem Missionshaus und reichte Yambik und Majaku feierlich diese materiell fast wertlosen Dinge. Dabei lächelte er gewinnend und sagte zu Isabel: »Gold gehört in die Kirche. Unsere beiden Freunde verstehen das.«

Die beiden Indios küßten dem Priester die Hand, lächelten Isabel dankbar an und entfernten sich.

Isabel war zwar noch immer so schwach, daß sie sich kaum auf den Beinen halten konnte, aber wieder von ihrem alten Kampfgeist beseelt. Zornig funkelte sie den Padre an und sagte voller Verachtung: »Sie sind Ihrer Soutane nicht würdig. Im Namen der Kirche bestehlen Sie diese Männer, die alles mit mir geteilt haben.«

Den Pater beeindruckte ihr Vorwurf nicht. »Was wissen Sie schon, welche Dinge Menschen im Urwald brauchen?« gab er beherrscht zurück. »Die beiden Indios können mit Ihrem Gold gar nichts anfangen. Ich dagegen kann damit für viele Familien Hühner und Schweine kaufen, Macheten und Messer, Angelhaken, die ihnen das Fischen erleichtern, Schaufeln und Hacken, Escopetas, Gewehre, mit denen sie Feinde abschrecken können, und schließlich Nadeln, Spiegel, Kämme, Pfannen, Töpfe und Becher.«

Pater Julio war in Fahrt gekommen. Er ging, während er sprach, auf und ab und betonte jedes Wort seiner Aufzählung mit einem federnden Schritt. Schließlich überlegte er einen Augenblick zu lange, womit er Isabel noch beeindrucken könnte, und sie nutzte die kurze Unterbrechung seines Redeflusses, um ihm endlich die Fragen zu stellen, die sie bewegten.

»Ich habe durch Señor Jabot und meinen schwarzen Diener Joaquin bei Ihnen in der Mission um Kanus und Mannschaften bitten lassen und vergebens darauf gewartet. Was ist passiert?«

Padre Julios Stimme war voller Anteilnahme, aber seine Augen blickten kalt. »Sie müssen Entsetzliches durchgemacht haben, Señora. Es ist ein Wunder, daß Sie überlebt haben. Glauben Sie mir, Señor Jabot hat mir versichert, alle Mitglieder der Expedition seien tot. Wir hielten eine Totenmesse ab, und bevor Señor Jabot seine Reise fortsetzte, opferte er der Mission einen ansehnlichen Betrag. Meine Gebete für die Señora lagen ihm dabei besonders am Herzen. Denn Sie seien es gewesen, sagte er, die alle anderen ins Unglück geführt habe.«

Isabel war fassungslos über das Ausmaß an Heuchelei und Dreistigkeit, das ihr hier begegnete. Sie rang nach Atem, und Padre Julio machte sich insgeheim Vorwürfe, daß er die Schuldzuweisung des Franzosen so unbedacht erwähnt hatte, auch wenn er nicht viel übrig hatte für die aggressive, häßliche Frau, die hier vor ihm stand. Er fürchtete jedoch ihren Zorn, und darum versuchte er nun, die Wirkung seiner Worte besser abzuschätzen. »Jede Geschichte hat zwei Seiten«, fuhr er sanft fort. »Leider konnte ich Ihre Seite nicht hören. Ich habe Sie jedenfalls in meine Gebete eingeschlossen, um ja nichts zu versäumen. Soll ich Ihnen die Beichte abnehmen?«

»Es gibt nichts zu beichten!« sagte Isabel zornbebend.

Am liebsten hätte Padre Julio sie nun doch scharf zurechtgewiesen. Jeder Mensch mußte beichten. Auch er, der schließlich ein gottgefälliges Leben führte. Aber er war vorsichtig geworden. »Ich verstehe«, sagte er daher beschwichtigend. »Die Zeit ist noch nicht reif für Ihre Beichte.«

Als der Pater sah, daß Isabel energisch den Kopf schüttelte und erneut zu einer heftigen Erwiderung ansetzte, sagte er schnell: »Später, als Señor Jabot fort war, hatte ich plötzlich das Gefühl, ich müßte ganz sicher gehen, daß niemand von Ihrer Expedition mehr am Leben sei. Ich rüstete Boote aus und schickte Ihren Diener Joaquin, der sich noch in meiner Mission aufhielt, den Fluß hinauf. Er fand die Toten am Fluß und im Wald. Sie aber meldete er mir als verschollen. Da war ich mir sicher, daß ich nichts mehr tun könnte.«

Isabel hatte Pater Julio mit wachsender Betroffenheit zugehört. Also hat Joaquin doch einen Rettungsversuch unternommen, dachte sie. Und ich habe dem Padre unrecht getan. Aber sie war eine stolze Frau. Entschuldigen wollte sie sich zwar nicht bei ihm, aber sie bemühte sich um einen versöhnlichen Ton, als sie sagte: »Ich danke Ihnen, daß Sie Joaquin die Boote gegeben haben.« Und weil sie den Pater mit Recht für habgierig hielt, setzte sie hinzu: »Was bin ich Ihnen dafür schuldig?«

»Sie sind mir gar nichts schuldig«, gab sich Padre Julio großzügig. Er erwähnte dabei mit keinem Wort, daß er Joaquin für seine Dienste viel Geld abgenommen hatte.

»Wo ist Joaquin jetzt?« fragte Isabel.

»Er hat sich nach seiner Rückkehr nur noch kurz in Andoas aufgehalten. Er wollte, wie er mir sagte, zu Ihrem Vater nach Las Lagunas fahren. Ich fürchte, er wird ihm berichtet haben, daß auch Sie tot sind.«

»Mein Gott«, sagte Isabel tonlos, »wie soll mein armer Vater diesen Schicksalsschlag überstehen?«

»Wir sind alle in Gottes Hand«, sagte Padre Julio feierlich. »Und Gott, da bin ich sicher, steht Ihrem Vater in seinen schweren Stunden bei.«

Mit seiner weihevollen Antwort konnte der Priester Isabel nicht beruhigen, das spürte er, obschon er ziemlich unsensibel war. Während er noch überlegte, wie er ihr Trost spenden könnte, sagte Isabel: »Ich habe große Angst um meinen Vater. Ich muß sofort zu ihm reisen.«

Pater Julio protestierte. »Das kann ich nicht zulassen. Erst müssen Sie wieder zu Kräften kommen.«

Aber Isabel wollte jetzt keine Rücksicht auf ihren geschwächten Körper nehmen. »Ich darf keine Zeit verlieren«, sagte sie entschieden. »Bitte, besorgen Sie mir ein Boot und Paddler.«

Pater Julio versuchte noch ein paar Einwände, mußte aber einsehen, daß ihr Entschluß unabänderlich war.

»Also gut«, willigte er schließlich ein, »ich will sehen, was ich für Sie tun kann. Aber einen Tag müssen Sie mir Zeit lassen. Den«, setzte er unverfroren hinzu, »werden Sie auch zur Erholung brauchen. Schauen Sie in den Spiegel, und Sie werden mir glauben, daß Sie Ihrem Vater in diesem Zustand nicht unter die Augen treten können.«

Einundzwanzigstes Kapitel

Die Achuaras, deren Gebiet Isabel nach zwei Tagen auf dem Fluß erreichte, waren mit den Shuaras, die das Boot führten, seit langem verfeindet. »Aber wegen solcher Feindschaften«, hatte Pater Julio ihr beim Abschied zynisch erklärt, »müssen Sie sich keine besonderen Sorgen machen. Für eine weiße Frau sind nicht nur diese, sondern alle wilden Indios gefährlich. Sie sehen also, wie wichtig die Sache Christi ist. Erst wenn sie an der Urwaldfront gesiegt hat, kann man ungefährdet durch das Indianergebiet reisen. Ich habe Ihrem Freund Yambik ein paar Escopetas gegeben, damit er die Achuaras durch Blitz und Donner abschrecken kann.« Dann hatte Pater Julio das Boot und die Waffen mit Weihwasser besprengt und Isabel, Yambik sowie die zehn Paddler mit ihren Frauen und Kindern gesegnet.

Aber die geistlichen Bemühungen des Kapuziners fruchteten nicht. Schon bald entdeckten ein paar Achuaras, die eine Fischreuse ausbesserten, das vorbeigleitende Boot. Vom Kanu aus wurden sie nicht bemerkt, denn eine Wand aus Büschen verbarg den schmalen Zufluß, die Fischfalle und die Achuaras vor den Augen der Reisenden. Kurze Zeit später jedoch dröhnte plötzlich eine Baumtrommel über dem Steilufer des Pastaza, deren weitreichendes Dong-Dong flußabwärts von einem anderen Tundulli-Trommler aufgenommen und weiter übermittelt wurde, so daß jeder Krieger, der bei den Achuaras an Kopftrophäen und Raub interessiert war, sich am Fluß auf die Lauer legen konnte.

Die Shuaras im Kanu verstanden die Trommelsprache, und auch Isabel ahnte, was die Stunde geschlagen hatte. Alles war fast so, wie Joaquin es ihr einmal auf der Hazienda zur Warnung geschildert hatte. Fast augenblicklich begannen die Feindseligkeiten. Die Paddler hielten sich aber immer in der Flußmitte, so daß die Pfeile, die von Steilufern abgeschossen wurden, sie nicht erreichen konnten. Ein paar Speerwerfer, die weiter flußabwärts warteten, scheuchten die Shuaras mit Musketenfeuer von den Sandbänken. Mit kraftvollen Paddelschlägen ließen sie verfolgende Kanus hinter sich und durchbrachen sogar eine Sperre aus quer zum Flußbett liegenden Einbäumen. Sie paddelten schließlich ohne Ruhepause die ganze Nacht hindurch, und alle wiegten sich schon in Sicherheit. Am darauffolgenden Morgen aber war ihre wilde Flucht plötzlich zu Ende.

Als sie aus einer Biegung herauskamen, stürzte nur hundert Fuß vor ihnen ein riesiger Uambú-Baum rauschend in den sich dort verengenden Fluß. Eine schäumende Flutwelle ließ das Boot steigen, als wäre es ein erschreckter Gaul. Yambik und seine Paddler klammerten sich hilflos an den Bordwänden fest. Und bevor sie sich von ihrer Überraschung erholt und das Boot wieder unter Kontrolle hatten, griffen bereits die Äste der ausladenden Baumkrone nach ihm und hielten es fest.

Nanschiram, der alte Jéfe des Achuara-Dorfes über der Flußenge, hatte die erste Phase des Angriffs sicher geleitet. Jetzt gab er seinen Kriegern ein Zeichen. Den umgestürzten

Stamm als Brücke benutzend, kletterten diese blitzschnell vom Ufer aus in das Astwerk über dem Boot und ließen sich auf die Paddler fallen, von denen einige noch verzweifelt versuchten, eine Passage freizuhauen. Sie hatten gegen die Angreifer keine Chance und konnten froh sein, daß sie keinen von ihnen verletzten, sonst hätten die Achuaras gewiß alle Männer getötet.

Nach dem mühelosen Sieg beanspruchte Nanschiram die weiße Frau. Seinen Kriegern überließ er großzügig die Musketen, die Macheten und den Proviant im Boot, empfahl ihnen aber, den gefangenen Männern nicht den Kopf abzuhacken. Von den Tsantsas, den Kopftrophäen, solch harmloser und feiger Gegner wäre, wie er ihnen erklärte, kaum eine Stärkung des Kakarma, der magischen Seelenkraft, zu erwarten.

In Wahrheit wollte der alte Jéfe erst einmal herausfinden, mit wem er es zu tun hatte. In einer Welt der immerwährenden Fehden war Nanschiram nicht nur deswegen so alt geworden, weil er tapfer und listig im Kampf war, sondern auch, weil er seine Feinde sorgfältig auszuwählen pflegte. Er zog es vor, mit seinen Männern viele Tagesreisen von seinem Haus entfernte Dörfer zu belauern und den Gegner im Dschungelgarten oder in der Pica zu überraschen und zu töten, nicht im offenen Angriff. Es gehörte also zu seiner Art der Kriegskunst, unerkannt zu bleiben, um einen feindlichen Rachefeldzug zu vermeiden.

Aus diesem Grund griff der Alte auch niemals Shuara in nahegelegenen Dörfern an, es sei denn, seine oder die Träume von Verwandten verlangten den Tod eines dort wohnenden Hexers. Diese Weisheit des Nanschiram rettete Yambik und seinen Männern zunächst einmal das Leben, bewahrte die Frauen aber nicht davor, dem Vergnügen der Achuara-Krieger zu dienen.

Man hätte das Dorf, in das Isabel und die anderen Gefangenen geführt wurden, ein kleines Fort nennen können, hätten die Indios hier ihre Palisadenzäune um die gesamte Häusergruppe errichtet. Statt dessen aber war jedes einzelne Haus von einem solchen Zaun umgeben, so als hätten nicht alle gemeinsam, sondern immer nur eine einzelne Familie Angreifer zu fürchten – eine Vorsichtsmaßnahme, die wegen der vielen Blutrachefehden im Wald berechtigt war.

Isabel konnte nicht lange laufen, so daß sie von Yambik getragen werden mußte. Nanschiram sah das mit Mißfallen. Er hatte vor, mit der weißen Frau zu schlafen, ahnte aber schon, daß es wenig Freude machen würde. Sie war ja nicht nur zu schwach, um ordentlich mitzutun, sondern auch ein wahres Gerippe.

Nanschirams Haus stand auf einem Hügel. Yambik, der keine Mühe gehabt hatte, die leichte Isabel die steile Uferböschung hinauf bis dorthin zu tragen, mußte sie vor dem Eingang wieder auf die Füße stellen. Der schlaue Häuptling wollte nicht, daß ein potentieller Feind das Innere seines Hauses, insbesondere die Anordnung der Schlafstätten, studieren konnte. Er wußte, daß sich Feinde manchmal nachts einschlichen und die Schläfer töteten. Nanschiram winkte einen seiner Krieger heran: »Nimm den Shuara mit zu den anderen Gefangenen«, sagte er und schob Isabel dann durch den labyrinthhaft gewundenen Eingang in sein Haus.

Es dauerte eine ganze Weile, bis sich Isabels Augen an das Halbdunkel gewöhnt hatten und die Dinge Konturen annahmen. Das Haus war in eine Männer- und eine Frauenhälfte eingeteilt. Gleich hinter dem Eingang saßen mehrere alte Männer auf niedrigen Holzschemeln in Schildkrötengestalt. Sie warfen, wenn überhaupt, nur einen kurzen Blick auf die kleine hellhaarige Frau, ohne ihre gedämpfte Unterhaltung zu unterbrechen. Nur ein Halbwüchsiger, der auf einer Pritsche ruhte, fuhr erschreckt hoch. Als er jedoch sah, wie gleichmütig die anderen auf die fremdartige Gestalt reagierten, gab er sich ebenfalls gleichmütig und legte sich wieder zurück.

Nanschiram winkte aus der gegenüberliegenden Seite des großen Hauses eine alte Frau herbei und sprach mit ihr in einem weichen, freundlichen Tonfall. Daraufhin faßte die Frau Isabel etwas scheu beim Arm und führte sie zu einer Kochstelle. Dort drückte sie sie auf einen Schemel. Eine junge Frau, beinahe noch ein Kind, brachte ihr eine Tonschale mit einem weißlichen Getränk, nahm einen Schluck zur Probe und reichte Isabel den Trunk. Wie ein Mundschenk, der mich davon überzeugen soll, daß das Getränk nicht vergiftet ist, dachte Isabel, als sie die kühle, buttermilchsaure Chicha schlürfte, die sie ähnlich von den Hochland-Quechuas kannte. In den Anden bereitete man sie aus Mais zu, hier im Urwald aus Maniok. Einiges wußte Isabel. Daß die Frauen aber einen Teil des Breies durchkauten und in die Masse zurückspuckten, wußte sie nicht. Die Mundfermente der Frauen bewirkten eine leichte Gärung und Alkoholisierung des Getränks.

Nachdem Isabel die Schale zurückgereicht hatte, ließ die junge Achuara sie allein. Isabel stützte ihre Ellbogen auf die Knie, legte den Kopf in die Hände und schloß die Augen. Sie war zu Tode erschöpft, empfand aber wiederum keine Todesangst – nicht nach der Hölle, die sie hinter sich hatte.

Nanschiram dachte auch gar nicht daran, sie zu töten. Zunächst, so hatte er beschlossen, sollte die weiße Frau ausgiebig ruhen, und so befahl er seinen Frauen, ihr ein Bett anzuweisen. Isabel wurde zu einer der Bettstätten geführt, die über die Frauenseite verteilt waren. Sie bestand aus vier Pfosten, die in den nackten Boden eingerammt waren. Das eigentliche Bett, eine Lage aus gespaltenem Bambus, war in vier Fuß Höhe an den Pfosten verankert und vollständig von dichten Palisadenwänden umschlossen. Als Isabel zum Eingang hinaufgehen wollte, wurde sie von einem an der Treppe angebundenen Hund, den ihr Geruch störte, wild angekläfft. Eine Frau, die in der Nähe stand, gab dem Tier einen Tritt, so daß es jaulend unter das Bett kroch. Bevor Isabel auf dem spartanischen Lager einschlief, hatte sie noch Zeit, sich über die merkwürdige Sitte des Häuptlings zu wundern, seine Frauen durch an die Bettpfosten angebundene Hunde bewachen zu lassen.

Isabel konnte nicht wissen, daß Nanschirams Nachbarn die Tugend ihrer Frauen auf dieselbe Weise hüteten, und es hätte sie noch viel mehr empört, hätte man ihr erzählt, daß die Achuaras hier am Morgen ihre ältesten Frauen zuerst aus dem Haus schickten, um zu erkunden, ob ein Angriff zu befürchten war. Entdeckten sie einen Feind im Dschungelgarten, dann sollte ihr Geschrei die Familie im Haus warnen. Natürlich überlebten sie diesen gefährlichen Dienst im Ernstfall meist nicht und machten mit ihrem Opfergang Platz für eine Jüngere an der Seite ihres Mannes. Vor allem aber retteten sie das kostbare Leben der Krieger.

Nach etwa zwei Stunden weckte eine der Frauen Isabel und erlöste sie damit aus einem wirren, unerquicklichen Traum. Isabel schüttelte ihre Schlaftrunkenheit ab, und sogleich meldete ihr Körper Bedürfnisse an. Wie konnte sie sich der Achuara verständlich machen? Sie versuchte es mit Zeichensprache, zeigte auf die Gegend ihrer Blase und machte ein unmißverständliches Geräusch. »Psss«, echote die junge Frau und lachte herzhaft. Dann half sie Isabel das Treppchen hinunter und ging mit ihr hinaus. Im Garten riß die Frau ein paar große Blätter ab und reichte sie Isabel. Die Indios hier hatten keine Latrine, sondern gingen zum Rand ihrer Pflanzung und an einer bestimmten Stelle einfach hinter die Büsche. Dort ließ die Frau Isabel allein.

Auf dem Rückweg zum Haus konnte Isabel der Versuchung nicht widerstehen, sich eine riesige grüne Banane von einer der Stauden zu pflücken. Die Frau, die dicht hinter ihr ging, aber nahm sie ihr rasch aus der Hand und warf sie weg. Isabel wollte erst wütend protestieren, besann sich dann aber. Wahrscheinlich hatte die Frau recht, die Banane war ja noch unreif und darum unverdaulich.

Als sie nahe bei Nanschirams Haus waren, begannen darin plötzlich die Hunde wie rasend zu bellen und zu heulen. Die Frau bedeutete Isabel mit todernstem Gesicht, hinter ihr Deckung zwischen den Sträuchern zu suchen. Die Hunde beruhigten sich jedoch allmählich. Schließlich erhob sich die Frau aus ihrer Deckung und zog Isabel mit sich. Also bestand wohl keine Gefahr.

Als sie das Haus betraten, sah Isabel zu ihrer Überraschung und grenzenlosen Erleichterung einen hageren jungen Mann in der braunen Kutte eines Kapuziners bei Nanschiram und den anderen Männern am Feuer sitzen. Er mußte der Fremde sein, gegen dessen Anwesenheit die Hunde protestiert hatten.

Der Pater wollte aufstehen und zu ihr kommen, wurde jedoch durch einen schnarrenden Befehl Nanschirams auf seinen Schemel gebannt. Dennoch rief er Isabel mit sympathischer, heller Stimme zu: »Ich bin Padre Martín. Seien Sie zuversichtlich, Señora. Ich werde Sie von hier fortbringen.«

Isabel nickte nur, um den Zorn des Alten nicht weiter herauszufordern, und ließ sich auf einen Schemel nieder. Und während sie das Gericht aus gerösteten Bananen und Fisch aß, das man ihr gebracht hatte, beobachtete sie den Kapuziner, der nun lebhaft auf Nanschiram einredete. Bestimmt geht es um mich, dachte sie, und dabei sagte ihr ein gutes Gefühl, daß sie dem jungen Padre vertrauen konnte.

Nanschiram duldete den Priester nie lange in seinem Dorf. Man konnte keine richtigen Geschäfte mit ihm machen, und man bekam Ärger, wenn man Leute wie ihn gewähren ließ. Diese Braunkittel ließen sich ein Haus bauen, größer als alle anderen, pflanzten ein Kreuz davor auf und mischten sich fortan in alle Angelegenheiten des Dorfes ein. Sie behaupteten, dazu wären sie von den beiden mächtigen Geistern, die sie Jesus und Maria nannten, ausgeschickt worden. Überall, wo diese Braunkittel sich festsetzten, verloren die Zauberer und die Häuptlinge nach kurzer Zeit schon an Einfluß. Nanschiram wußte das von Leuten, die Andoas und Loreto besucht hatten.

Nanschiram hatte zunächst einen Versuch mit Pater Martín gewagt, weil er in seinem Dorf den Zauberer Unupi, der ihm viel zu schaffen machte, ein bißchen unter Druck setzen wollte. Er hatte sogar entfernt lebende Verwandte herbeigerufen, die dem Weißen zuhören sollten. Aber Unupi, das mußte Nanschiram zugeben, hatte sich gut gegen ihn geschlagen.

Unupi hatte den jungen Mann erst eine Weile von seinen Göttern Jesus und Maria reden lassen. Dessen Rede würde vielleicht auch etwas bewirkt haben, wäre sie nicht von dem Begleiter des Paters, einem lustlosen Alama, so temperamentlos und schlecht übersetzt worden. So hatte kaum einer der Achuara diese Geschichte vom gemarterten Gott verstanden. Dessen Weisheiten paßten auch nicht recht in den Urwald. Unupi hatte Nanschiram daher sogar aus der Seele gesprochen, als er eine der bedenklichsten Ideen des weißen Gottes angegriffen hatte.

»Wir haben«, hatte er gesagt, »von unseren Uwischins und Häuptlingen gelernt, Gutes mit Gutem und Böses mit Bösem zu vergelten. Jetzt sagt dieser Weiße hier, wir sollten auch das Böse mit Gutem vergelten. Ist das nicht lächerlich?«

Nanschiram erinnerte sich noch ziemlich genau an diese klugen Worte Unupis. Danach hatte der Zauberer über das Buch gesprochen, in dem all die Lehren des gemarterten Gottes aufgeschrieben standen. »Dieser Gott«, hatte Unupi gesagt, »hat den Weißen ein Buch gegeben, ein Buch, in dem steht, wie man handeln muß, um gut zu sein und zu bleiben. Also müssen die Weißen doch vorher nicht gut gewesen sein. Sonst hätte ihr Gott ihnen doch das Buch nicht geben müssen. Wir brauchen kein solches Buch, weil wir selbst wissen, was richtig und was falsch ist.«

Unupi kannte seine Achuaras, die hart arbeiten mußten, damit der Dschungelgarten sie ernährte. »Warum«, hatte er daher gefragt, »schicken die Spanier solche Männer wie diesen Braunkittel zu uns? Wären sie ihnen nützlich, schickten sie sie doch nicht zu uns in den Wald, sondern behielten sie bei sich. Wenn die Spanier sie aber nicht selbst brauchen können, was sollen sie uns dann nützen?«

Schließlich hatte er zu seinem letzten Schlag ausgeholt. »Ich war in Loreto, wo der Braunkittel dem Volk sagt, es solle größere Gärten anlegen und viel mehr Maniok pflanzen, als es selbst zu essen vermag. Warum tut er das? Weil er immer mehr fremde Indianer nach Loreto bringen will! Schon jetzt sind die Fremden dort in der Überzahl. So würde es eines Tages auch bei uns aussehen. Wir müßten all die Fremden aufnehmen, und wir müßten den Braunkittel füttern, damit er nicht verhungert. Den ganzen Tag spricht er mit dem gemarterten Gott. Aber davon wachsen kein Maniok und keine Banane.«

An dieser Stelle hatten die meisten seiner Zuhörer gelacht, besonders die Frauen, die hart im Garten arbeiten mußten. Unupi hätte also gar nicht mehr fragen müssen, aber er hatte es trotzdem getan: »Was meint ihr, brauchen wir einen solchen faulen Braunkittel bei uns?«

»Nein, nein!« hatten die Achuaras gerufen. »Er soll verschwinden. Wir brauchen ihn nicht!«

Pater Martín war froh gewesen, daß sie ihn nicht mit Knüppeln zu seinem Kanu getrieben hatten. Er hatte eine Niederlage erlitten, aber er gab nicht auf. Allmählich lernte er die Sprache der Achuaras, und bei seinen weiteren Besuchen war er klug genug, einige in Bananenblätter verschnürte Laibe des begehrten, aber fast unerreichbaren Salzes aus dem Gebiet der Shuaras als Geschenke mitzubringen und immer nur ein paar Tage zu bleiben. Es fanden sich dann doch ab und zu ein paar Neugierige in der Gästehütte ein, die sich für seine Geschichten interessierten. Auch Nanschiram gehörte manchmal zu ihnen.

Diesmal aber war ihm Pater Martín sehr ungelegen gekommen. Beinahe wäre er sogar Zeuge des Überfalls auf das Kanu der Shuaras gewesen, und jetzt hatte er ohne Erlaubnis mit Nanschirams Gefangener gesprochen. Einen Augenblick lang war der alte Häuptling versucht, den Braunkittel zu töten. Wenn ich ihn gehen lasse, dachte er, kann er die Shuaras gegen mich aufbringen und sogar die Spanier in Loreto und Las Lagunas. Aber, beruhigte er sich dann, was können sie schon gegen mich ausrichten? In meinem Gebiet bin ich ihnen überlegen.

Pater Martín, der Nanschirams Gedanken ahnte, versuchte erst gar nicht, dem Alten Vorhaltungen zu machen oder mit den Musketen der Spanier zu drohen. Vorsichtig, um Nanschirams Zorn nicht aufs neue zu entfachen, machte er ihm ein Angebot: »Die weiße Frau ist mir ein ganzes Kanu voll Salz wert. Laß sie mit mir fahren. Sie sieht krank und alt aus. Sie kann dir weder Kinder schenken, noch kann sie im Garten für dich arbeiten.«

»Und wieviel Salz sind dir die Shuaras wert, die ich mit ihr zusammen gefangen habe?«

Pater Martín wußte eigentlich nicht, wovon er auch nur eine Kanuladung Salz bezahlen sollte. Um Zeit zu gewinnen, fragte er: »Wie viele Männer hast du denn gefangen?«

»Zehn, und du wirst sie alle brauchen, wenn du das Boot bewegen willst, mit dem sie, die weiße Frau und ihre eigenen Frauen und Kinder gekommen sind.«

Die Sache wuchs dem armen Pater über den Kopf. »Laß mich«, bat er Nanschiram, »mit der Frau beraten, wie wir dir das Salz beschaffen können.«

Es war Nanschiram, der sich mit ein paar klugen alten Männern im Dorf beraten hatte, längst klargeworden, daß er die Shuara-Gefangenen freilassen mußte. Wenn sich jetzt auch noch so ein Dummkopf wie Pater Martín bereit fand, mit Salz für sie zu bezahlen, konnte ihm das nur recht sein. Auf diese Weise konnte er seinen Kriegern einen vorteilhaften Handel vorschlagen. Für jeden nichtsnutzigen Shuara eine riesige Portion Salz! Eine weitere Kanuladung, die er für sich allein beanspruchen könnte, war für die Weiße eine gute Bezahlung, zumal die Frau wirklich weder ansehnlich noch kräftig war. Als er zu diesem Ergebnis gekommen war, antwortete er dem Pater bedächtig: »Du kannst dich mit der Frau unterhalten. Wenn ich sie aber mit den Shuaras weiterreisen lasse, wirst du hierbleiben und mit deinem Leben dafür einstehen, daß das Salz geliefert wird.«

Pater Martín nickte. Wohl aber war ihm bei dem Gedanken nicht, daß er bei dem Handel von der Zuverlässigkeit der unbekannten Frau und dieser Shuaras abhing. Doch wollte er das Beste daraus machen und bei seinem Zwangsaufenthalt im Dorf nach Möglichkeiten die frohe Botschaft von der Erlösung der Menschheit durch den Herrn und Heiland Jesus Christus verkünden.

Der Häuptling rief einer seiner Frauen zu, sie sollte die weiße Frau zu Pater Martín in die Männerhälfte bringen. Dann verließ er das Haus. Als Isabel sich zu dem Missionar setzte und sein ermutigendes Lächeln sah, schöpfte sie wieder Hoffnung. »Ich will«, sagte der junge Kapuziner, »Ihnen gleich sagen, was ich erreicht habe. Der Jéfe wird Sie morgen freilassen, mit Ihnen auch die Shuaras, wenn Sie zwei Kanuladungen voll Salz aufbringen können. Ich muß hierbleiben und mich mit meinem Leben für den Handel verbürgen.«

»Das wollen Sie für mich tun?« fragte Isabel ungläubig.

»Ich glaube, das Risiko, daß ich meinen Kopf verlieren könnte, ist nicht so groß, wenn Sie nur rechtzeitig genügend Salz für Nanschirams Suppen liefern«, antwortete Pater Martín zuversichtlich und lachte etwas gequält.

Er hatte ein sehr junges Gesicht, blaue Augen und einen blonden, gut geschnittenen Kinnbart. Ein wenig erinnerte er Isabel an Jean, und der kurze Augenblick, in dem sie an ihn denken mußte, versetzte ihr einen Stich ins Herz. Der Pater sah, wie sie das Gesicht schmerzlich verzog und die Augen schloß. Besorgt fragte er: »Was ist? Haben Sie Schmerzen? Kann ich Ihnen helfen?«

Isabel aber hatte sich längst wieder gefaßt. »Danke«, sagte sie, »ich habe nur an einen Menschen denken müssen, an den Sie mich erinnern. Ich liebe ihn, aber ich weiß nicht, ob er je für mich tun würde, was Sie für mich tun wollen.«

Sie saßen eine ganze Weile beisammen und besprachen die Möglichkeiten für den Kauf und die Übergabe des Salzes, für die Isabel den zuverlässigen Yambik vorschlug, den sie Pater Martín vorstellen wollte. Danach unterhielten sie sich über andere Dinge. Und da Pater Martín ein sehr behutsamer und diskreter Fragesteller war, konnte Isabel endlich über ihre unglückliche Reise, über den Tod ihrer Brüder, ihres Neffen und ihrer anderen Gefährten reden.

Das Gespräch wurde schließlich durch Nanschiram unterbrochen, der aus den Häusern seiner Krieger zurückkehrte. »Meine Männer sind damit einverstanden, daß die Shuaras morgen freigelassen werden«, sagte er zu Pater Martín. »Sag mir nun, was du vorhast.«

»Gut«, antwortete der Pater. »Die weiße Frau wird in Las Lagunas mit ihrem Vater sprechen, der ein großer Jéfe ist. Er wird die Tauschwaren für die Shuaras am Rio Miasal besorgen, bei denen man das Salz kaufen kann. Dann werden Yambik, den deine Leute gefangenhalten, wie ich höre, und einige Männer damit flußaufwärts fahren und zwei Kanus voll gepreßten und in Blätter verpackten Salzes kaufen. Wenn du dafür sorgst, daß ihnen auf der Fahrt durch das Gebiet deines Volkes nichts geschieht, könnte das Salz hier sein, ehe der Mond voll ist.«

Der Achuara war mit der Auskunft zufrieden und beschloß, die Übereinkunft mit Chicha zu begießen. Zu dem Gelage waren einige Männer aus dem Dorf eingeladen, und der Pater mußte sich daran beteiligen. Er konnte sich jedoch, da die Schalen von Mund zu Mund wanderten, unauffällig zurückhalten. Auch die Frauen tranken. Dann tanzten sie aufreizende Tänze. Dabei nahmen sie keine Rücksicht auf Isabel, die sogar mit ihnen tanzen mußte. Sie wurde hin- und hergezogen und -geschoben, bis sie sich nicht mehr auf den Beinen halten konnte und auf die Knie sank. Endlich rief der um ihre Gesundheit und damit seinen Handel besorgte Nanschiram ihnen zu, sie sollten die weiße Frau in Ruhe lassen. Als Isabel endlich auf ihrer Schlafpritsche in dem Palisadengeviert lag, schlief sie trotz des Lärms der Zecher sofort ein.

Bis auf die Geräusche der Schläfer war das Haus still, als Isabel mitten in der Nacht aufwachte. Was hatte sie geweckt? Sie spürte eine leise Erschütterung, ein leises Ächzen ihrer

Bettstatt, und dann tauchte über der Eingangstreppe der nackte Nanschiram auf. Er betrat die Schlafpritsche und baute sich breitbeinig über ihr auf. Isabel sah die dunklen Säulen seiner muskulösen Beine hinauf, zwischen denen ein gewaltiger Hodensack hing. Noch nie in ihrem Leben hatte Isabel einen Mann erlebt, der sein Gemächt so schamlos zur Schau stellte. Sie fühlte sich in dieser Situation völlig hilflos. Schreien konnte sie nicht, den Mann abwehren konnte sie auch nicht. Sie wollte sich umdrehen, um wenigstens ihren Protest zu zeigen, aber Nanschiram setzte sich plötzlich rittlings auf sie und hielt ihre Hüften eisern mit den Schenkeln umklammert. Isabel schlug schwach nach ihm, traf dabei aber nur den Schmuck aus menschlichen Fingerknochen, der an seinem Hals baumelte. Nanschiram grunzte amüsiert, packte ihre Hände, umspannte dann ihre beiden Unterarme mit seiner linken Pranke und hielt sie fest.

Dann fing er an, Isabel mit seiner freien Hand zu erforschen. Er steckte einen Finger in ihr rechtes Ohr und zog anschließend ihre Lippen auseinander. Dann wanderte seine Hand über ihren Busen und über ihre Rippen zum Bauch hinab. Er hob ein wenig seinen Hintern, weil er auf ihrem Kleid saß, zerrte es hoch und fuhr mit seinen Fingern unter den Stoff und zwischen ihre Beine. Als er dort vorfand, was auch die Frauen seines Stammes an dieser Stelle aufwiesen, schnalzte er mehrmals mit der Zunge.

Isabel preßte die Beine zusammen, gab aber keinen Laut von sich. Ihr Stöhnen und Jammern hätte der grobe Kerl vielleicht noch als Ausdruck der Lust mißdeutet. Dafür betete sie wütend, Nanschiram möge der Schlag treffen, oder Gott möge sich etwas anderes einfallen lassen, um sie von diesem Monstrum zu befreien. Der Alte aber forschte unbehelligt weiter. Schließlich beugte er sein breites Gesicht mit den wulstigen Lippen zu Isabel herunter. Sie dachte voller Pein, er wolle sie küssen, aber er fuhr mit seiner fleischigen Nase nur schnüffelnd über ihr Gesicht, den Hals und den Körper. Dabei fummelte er ständig zwischen seinen Beinen herum, um sich zu erregen. Manchmal hielt er inne und prüfte nachdenklich den Geruch, den er aufgenommen hatte. Er schien ihm nicht zu gefallen. Plötzlich stieß Nanschiram einen ärgerlichen Laut aus, stand auf und verschwand.

Isabel brannte vor Scham. Der elende Alte hatte sie bitter gedemütigt. Erst hatte er sie befühlt und beschnüffelt, als wäre sie ein Tier oder eine Sklavin auf dem Markt, und dann hatte er sie liegenlassen, als wäre sie eine saure alte Jungfer. Sie hätte diesen gefühllosen Kerl umbringen können, wenn sie die Macht dazu besessen hätte. Sie konnte nicht sagen, was sie mehr aufwühlte, die Gewalttätigkeit oder die Ablehnung, die ihr widerfahren war. Sie hatte alles andere als Lust auf ein Abenteuer mit diesem Wilden verspürt, aber seine Abscheu beleidigte sie.

Später stellte sie fest, daß der Alte den Leinenbeutel mitgenommen hatte, in dem sie seit ihrer Abreise aus Andoas ihren Schmuck aufbewahrte. Sie sah ein, daß es sinnlos sein würde, ihn danach zu fragen. Als sie dann am Morgen von dem nichtsahnenden Pater herzlich begrüßt wurde, bewahrte sie ihre Fassung und grüßte lächelnd zurück. Warum sollte sie den Mann, der sich so über seinen Handel im Dienst der Menschlichkeit freute, unnötig belasten und ihm von dieser Nacht erzählen?

Zweiundzwanzigstes Kapitel

Der erste friedliche Ort seit Baños, dachte Isabel, als sie ein paar Tage später die sauberen Hütten von Loreto sah, einer Siedlung, die ohne Palisadenbefestigung auskam. Während ihr Kanu auf eine Lücke zwischen den Booten zuhielt, versammelten sich freundlich winkende Menschen am Ufer, in deren Mitte Isabel die hochgewachsene und beleibte Gestalt eines Priesters auffiel. Sie drehte sich erleichtert lächelnd zu Yambik um, der ihr aufmunternd zunickte.

Wo wäre ich wohl jetzt ohne den tapferen Yambik? dachte sie. Er hat mich vor dem Hungertod errettet, dann hierher geführt und ist nun auch noch bereit, seinen Peinigern, den Achuara, das Salz zu holen, das sie für meine Freilassung verlangen. Woher nimmt er diesen Opfermut?

Hätte sie Yambik gefragt, hätte er sich wohl gehütet, über seine Gründe zu reden, die ihm schwer genug auf der Seele lasteten. In diesem Moment jedoch, in dem er die weiße Frau in Sicherheit bringen durfte, fühlte er sich glücklich. Er hob Isabel von ihrem Sitz und an die breite Brust von Pater Romero, dem Leiter der Mission, der ans Boot gekommen war und sie nun durch das seichte Wasser trug.

»Willkommen in Loreto!« dröhnte seine Stimme in Isabels Ohr, als er sie am Ufer absetzte. Sein weiches, jedoch nicht weichliches Gesicht flößte Isabel Vertrauen ein, und dieses

Gefühl verstärkte sich noch, als er sie mit seinen großen braunen Augen anstrahlte.

Es waren nur etwa fünfzig Schritte vom Ufer bis zu dem Geviert aus sorgfältig gebauten, mit Torquilia-Blättern gedeckten Hütten, die ihre Giebelseiten dem etwa zwanzig Fuß hohen Kreuz in der Mitte der sauberen Plaza zuwandten. Das Haupthaus stand dem Ufer am nächsten. Isabel mußte dennoch die Zähne zusammenbeißen, um auf eigenen Füßen dort hinzugelangen. Sie wollte nicht getragen werden.

»Wir hatten die Hoffnung schon aufgegeben, Sie bei uns zu sehen«, sagte Pater Romero an ihrer Seite. »Ihr Diener Joaquin hat uns vom tragischen Scheitern Ihrer Expedition berichtet. Aber nun sind Sie da. Welch eine wunderbare Fügung Gottes!«

Isabel nickte nur. Sprechen konnte sie nicht.

Viele Frauen und Mädchen kamen aus der am Wegrand stehenden Menge zu ihr, griffen nach ihren Händen und streichelten sie sanft, bis Pater Romero sie ermahnte: »Nun ist es genug. Seht ihr nicht, daß die Señora müde ist?«

Der Pater geleitete Isabel zu ihrem Quartier. Sie bezog eine Hütte ganz für sich allein, ein Gästehaus, wie Pater Romero es stolz nannte. Sogar ein Mädchen stand ihr als Hilfe zur Verfügung. Da bald Mittagszeit war, konnte sie sich jedoch nur kurz ausruhen, obwohl sie in diesem Augenblick eher Ruhe gebraucht hätte als ein gutes Essen.

»Es gibt als Vorspeise Ceviche de pescado, einen Salat von rohem Fisch, der in Limonensaft gegart ist«, sagte Pater Romero stolz, als Isabel eine Stunde später im Küchenhaus an dem langen Tisch Platz nahm. »Ich habe allerdings auf scharfe Gewürze verzichtet, um Ihren Magen zu schonen.«

Er reichte ihr die Schüssel, und als Isabel einen Löffel davon nahm, zitterte ihr die Hand. Es war noch nicht lange her, da hatte sie versucht, Leder zu essen. Der frische, leicht säuerliche Fischduft stieg ihr in die Nase, und das Wasser lief ihr im Mund zusammen. Sie mußte an sich halten, um den ersten Bissen nicht gierig hinunterzuschlingen, sondern ruhig zum Munde zu führen, mit der Zunge aufzunehmen, sanft gegen den Gaumen zu drücken und dann andächtig den köstlichen Saft zu genießen.

Die braunen Augen des Paters ruhten mit unverhohlenem Vergnügen auf Isabels verklärtem Gesicht. Sie fühlte sich wohl wie seit langem nicht mehr, und sie mochte ihren Gastgeber. Daß Padre Romero für einen Mann der Pioniergrenze ziemlich beleibt war, fand sie geradezu sympathisch. Er war offenbar ein Genießer, und das durfte man nach ihrer Meinung im Weingarten des Herrn auch ruhig sein. Im Hochland hatte sie, ihren Bruder José eingeschlossen, nur wenige lebensfrohe Kirchenmänner gekannt. Hastig, ja blindwütig hatten asketische Eiferer dort Hunderttausende von Indios unter das Kreuz der Kirche gebracht, das diese jedoch nicht freudig verehrten, sondern gleichmütig oder gar stupide ertrugen wie Ochsen das Joch. Isabel kannte in der Umgebung Riobambas nur wenige aufrechte, selbstbewußte Christen unter den Quechuas.

Hier, bei Padre Romero, aber schien vieles anders zu sein. Isabel sah fröhlich lärmende Kinder. Nun gut, dachte sie, Kinder lärmen überall fröhlich, sogar im Hochland. Doch auch die erwachsenen Indios bewegten sich vollkommen ungezwungen. Hochland-Indios begegneten den Weißen oft geduckt wie Köter in Erwartung eines Steinwurfs. In der

Nähe Pater Romeros aber wirkte niemand devot. Überraschend war für Isabel auch, daß die Männer ihr Haar nach wie vor lang trugen, sich mit Federn und Farben schmückten und wie Frauen bis auf die knielangen Baströcke nackt gingen. Äußerlichkeiten, dachte Isabel staunend, gehören doch sonst zu den ersten Dingen, die die Missionare ändern.

Der Hauptgang bestand aus gedünstetem Welsfilet in süßsaurer Sauce. Dazu gab es geröstete Bananen und Orangenscheiben als Beilage. Es war ein schlichtes Gericht, aber sehr gut zubereitet und für Isabel ein überwältigender Genuß. Was Pater Romero aber dann zum Abschluß auf den Tisch brachte, trieb ihr die Tränen des Glücks und des Kummers in die Augen. Es war eine Flasche Portwein.

»Ihr Herr Vater«, sagte der Priester feierlich, »hat mir diese Köstlichkeit in Obhut gegeben, und zwar für den Tag, an dem Sie und Ihre Brüder Loreto erreichen würden.« Im nächsten Augenblick ärgerte sich Romero über sich selbst, weil er Isabels tote Brüder unbedachterweise erwähnt hatte, und fügte hastig hinzu: »Ich trinke auf Sie, die tapferste Frau im ganzen Vizekönigreich Peru!«

»Gracias«, bedankte sich Isabel und hob ihren Becher: »Und ich möchte auf ein Wiedersehen mit meinem Vater trinken.«

Sie wunderte sich im selben Augenblick, daß sie Jean nicht mit in ihren Trinkspruch eingeschlossen hatte. Aber so war es nun einmal. Sie sehnte sich zur Zeit nur nach ihrem Vater, nach seinem Trost und seiner Liebe.

Der Gedanke an ihn bewegte sie so sehr, daß sie mit den Tränen rang. Aber der süße schwere Portwein besänftigte den Sturm ihrer Gefühle.

Pater Romero wartete, bis sie ihre Fassung wiedererlangt hatte, ehe er ihr einen Vorschlag machte, den er angesichts ihrer körperlichen und seelischen Verfassung für geboten hielt.

»Der Weg nach Las Lagunas«, begann er, »ist weit und lebensgefährlich. Könnten Sie sich vorstellen, daß Sie bei mir in der Mission bleiben und wir Ihren Vater durch einen Boten bitten, nach Loreto zu kommen? Sie könnten dann beide mit mir und meiner erfahrenen Mannschaft zurück nach Canelos gehen, wo ich die zerstörte Mission wieder aufbauen werde, sobald mein Nachfolger, Pater Martín, hier von mir eingearbeitet worden ist. Von Canelos aus könnten Sie dann nach Riobamba zurückkehren.«

Isabel aber antwortete mit einer Entschiedenheit, die keinen Zweifel duldete: »Padre, ich danke Ihnen für Ihren großzügigen Vorschlag. Aber Gott hat mich erhalten, als ich allein inmitten von Gefahren war. Wenn ich jetzt nicht meine ursprünglichen Absichten verfolgen wollte, so würde ich gegen Seinen Plan handeln.«

In Gedanken fügte sie hinzu, ein Plan, der meine Brüder und meine Weggefährten das Leben gekostet hat.

Padre Romero lächelte resigniert. »Ich dachte mir schon, daß Sie für meinen Vorschlag nichts übrig haben.«

Eine Weile schwiegen beide. Dann kam Isabel auf ihr eigenes Anliegen zu sprechen. »Ich kenne Pater Martín«, sagte sie. »Ich habe ihm sehr viel zu verdanken, denn er hat mich aus den Händen des Achuara-Häuptlings Nanschiram befreit und sitzt nun so lange in dessen Haus als Geisel, bis mein Freund Yambik ihn mit zwei Kanuladungen voll Salz auslöst, die der Preis für mich und meine Begleiter sind.«

Pater Romero hatte mit wachsender Unruhe zugehört. »Warum erzählen Sie mir das erst jetzt?« rief er und sprang auf. »Was soll ich tun? Wie kann ich helfen?«

»Können Sie mir die Tauschartikel verkaufen, die Yambik für den Salzhandel von Miasal benötigt? Sie müßten mir die Summe dafür jedoch leihen, denn meinen Schmuck hat Nanschiram gestohlen.«

Pater Romero setzte sich wieder und nahm ihre Hand: »Beruhigen Sie sich«, sagte er. »Wir haben große Vorräte an Salz hier, so daß wir uns Umwege ersparen können. Und über die Bezahlung machen Sie sich keine Sorgen.«

»Das ist sehr großzügig von Ihnen«, sagte Isabel. »Aber ich werde für das Salz bezahlen.«

»Gut«, sagte er, »aber jetzt wollen wir sehen, daß Pater Martín ganz schnell freikommt.« Bei diesen Worten sah er Isabel voller Wärme an. Er war hingerissen von dieser Frau. Da hat man, dachte er, nun sein ganzes Leben lang geübt, den körperlichen Reizen der Frauen zu widerstehen, und auf einmal steht man als alter Esel einer Verführung gegenüber, die ganz einfach von einem noblen Charakter ausgeht. Leider hat Gott diese Isabel nicht für mich bestimmt.

»Pater«, unterbrach sie seine Gedanken, »haben Sie bitte Verständnis, wenn ich mich zurückziehe. Aber ich bin sehr erschöpft.«

Pater Romero nickte und stand auf, um sie zum Gästehaus zu begleiten. Er kam sich wie ein Heuchler vor, als er Isabel am Eingang angenehme Ruhe wünschte. Sie wird kaum Ruhe finden, dachte er, wenn sie auf dem Tisch die Überraschung sieht, die ich dort inzwischen habe arrangieren lassen. Er wünschte sich nun, er hätte ihr mehr Zeit gelassen oder sie besser darauf vorbereitet. Aber nun war es zu spät, und so machte er sich schnell davon.

Isabel erkannte die Schmuckschatulle auf dem Tisch sofort als jene, die Jabot ihr im Lager am Pastaza gestohlen hatte. Ihr wurde schwindlig, und sie mußte sich setzen. Wie, fragte sie sich, ist Pater Romero an die Schatulle gekommen? Warum hat er sie mir, ohne ein Wort zu sagen, auf den Tisch gestellt? Was, um Himmels willen, wird hier gespielt? Impulsiv, wie sie war, wollte sie zuerst das Mädchen, das sich im Nebenraum beschäftigte, nach ihm schicken, besann sich dann aber eines Besseren. Sie würde den Pater schließlich schon beim Abendessen wiedersehen. Dann würde er ihr einiges zu erklären haben. Mit diesem Gedanken beruhigte sie sich ein wenig und legte sich hin.

Isabel wurde von lauten Kommandos geweckt, die auf der Plaza erschollen. Ihnen folgte ein donnerndes »Viva el rey!« und danach der Appell: »Haz el bien y no veas a quien!« (Tu Gutes und frage nicht, für wen.) In dieser Hinsicht sind die Kapuziner wirklich klüger als die Jesuiten, dachte Isabel. Die Jesuiten wollten mit ihren Missionen einen Staat im Staate gründen und wurden dafür vertrieben. Die Kapuziner aber sichern sich mit Lippenbekenntnissen ihren Platz in Spanisch-Amerika.

Die Zeremonie auf der Plaza bot ihnen beim Abendessen Gesprächsstoff, so daß sie das eigentliche Thema, nämlich das rätselhafte Wiederauftauchen der Schmuckschatulle, eine Weile vor sich herschoben. Isabel versuchte Romero mit der Frage zu necken, ob der fromme Spruch »Tu Gutes«, so überzeugend er im Chor klinge, von den Indios überhaupt verstanden werde.

»Wir müssen«, antwortete Padre Romero nachsichtig, »den Menschen jeden Tag vorleben, was wir als Christen darunter verstehen. Auch wenn es uns manchmal schwerfällt. Ein Beispiel für diese unsere Auffassung ist meine Haltung gegenüber dem Bootsführer Yambik, mit dem Sie gekommen sind. Yambik war in Canelos Rädelsführer bei der Ermordung der dortigen Padres. Als dort die Pockenepidemie ihren Höhepunkt erreichte, genügte ihm nicht, daß man die Padres tötete. Er verlangte, daß man sie kreuzigte.«

Isabel war fassungslos. »Yambik soll das gewesen sein, der hilfsbereite, liebenswürdige Yambik? Oder meinen Sie einen anderen Yambik?«

»Nein, Ihren Bootsführer!« bekräftigte Padre Romero und fuhr fort: »Einige Zeit nach den Morden kam Yambik mit einigen halbverhungerten Männern, Frauen und Kindern nach Loreto. Er hatte versucht, bei seinen wilden Brüdern, den Shuara, Fuß zu fassen und Hütten zu bauen, wurde jedoch nicht gelitten und gab auf. Auch anderswo wollte man ihn und seine Gefolgsleute nicht aufnehmen. So kam er schließlich hierher und bat um Aufnahme in der Mission. Natürlich verschwieg er die Mordtaten in Canelos.«

»Wäre es möglich, daß er meine Brüder und mich auch ermordet hätte, wenn er noch dort gewesen wäre?«

»Das ist sogar wahrscheinlich«, nickte Padre Romero. »Hier nun machte er sich vom ersten Tag an nützlich. Ich staunte über seine sichere Hand im Umgang mit modernen Feldbaugeräten und Werkzeugen. Nur beim religiösen Unterricht und in den Gottesdiensten vermißte ich ihn. Das konnte ich nicht hinnehmen. Ich verlangte, daß er und seine Angehörigen sofort daran teilnähmen.

Zuerst erschien eine von Yambiks Töchtern beim Unterricht, und dabei machte eine meiner Hilfslehrerinnen eine merkwürdige Entdeckung. Sie sah, wie das Mädchen die Lippen bewegte, als die Schülerinnen eines der Kirchenlieder in spanischer Sprache aufsagten. Stutzig geworden, beobachtete sie das Mädchen bei der nächsten Gelegenheit genauer, bis sie ganz sicher war, daß es das Lied kannte. Dann stellte sie die Kleine zur Rede. Yambiks Tochter log, sie hätte einzelne Worte des Liedes aufgeschnappt und mitgesungen, mehr nicht. Die Lehrerin glaubte ihr natürlich nicht und erzählte mir, was sie festgestellt hatte. Erst überlegte ich, ob ich das Mädchen durch Drohungen zwingen sollte, die Wahrheit zu sagen. Doch der Gedanke gefiel mir nicht. Nur zu oft verformen wir Priester die uns anvertrauten Seelen durch ungerechtfertigte Drohungen und Strafen.«

Das war wieder eine der Überzeugungen, die Isabel an Pater Romero so sympathisch fand. »Yambik aber«, fuhr der Padre nach einer kurzen Pause ruhig fort, »konnte einigen Druck vertragen. Ich wollte endlich herausfinden, aus welchen Gründen er mit seinen Angehörigen, die doch offenbar Christen waren, bei mir gelandet war. Ich ahnte freilich nichts Schlimmes, sondern dachte mir, daß sie vielleicht Schwierigkeiten mit meinem Kollegen in Andoas gehabt hätten, aus dessen Gehege schon zuvor immer wieder einige verstörte Schafe bei mir Zuflucht gesucht hatten. Eines Tages, als Yambik von der Jagd zurückkehrte und mir einen großen Truthahn brachte, überraschte ich ihn mit der Frage, ob er mir nichts zu beichten habe.

Yambik sah mich traurig an, blieb aber stumm. Ich sagte ihm auf den Kopf zu, daß er und seine Angehörigen getauft seien und als Christen in einer anderen Mission gelebt hätten. Yambik ließ mich wieder ohne Antwort. Ich mußte ihn gehen lassen, sagte ihm aber, daß Gott ihm seine Sünden sicher vergeben würde, wenn er sie beichtete. Damals wußte ich nicht, wie ungeheuerlich seine Taten waren.

Dann kam der Tag, an dem meine ständigen Aufforderungen zur Beichte bei ihm Wirkung zeigten. Er suchte mich auf und sagte: »Pater, ich habe gesündigt.« Dann nahm ich ihm die Beichte ab und erfuhr auf diese Weise von der Auslöschung der Mission Canelos durch die Pocken und die Bluttaten, die Yambik auf sein Gewissen geladen hatte. Ich war bis auf den Grund meiner Seele erschüttert. Niemals zuvor war es mir so schwer gefallen, einem Menschen zu sagen: ›Gehe hin in Frieden. Deine Sünden sind dir vergeben.‹«

»Was denn«, sagte Isabel fassungslos, »Sie haben ihm keine Buße auferlegt?«

»Welche?« gab Padre Romero zurück. »Reichte der Arm des Vizekönigs bis hierher in die Wildnis, würde Yambik als Mörder hängen. Aber wir haben hier zum Glück Ruhe vor dem Vizekönig. Yambik weiß, daß er in Loreto ein gottgefälliges Leben führen muß, also ein Leben, das mir gefällt.«

»Es scheint Ihnen wirklich gelungen zu sein, ein Ungeheuer in einen Samariter zu verwandeln«, lächelte Isabel. »Wie kam es dann aber, daß ich Yambik im Federschmuck und in roter Bemalung oberhalb von Andoas angetroffen habe? Er sah aus wie ein Wilder.«

»Yambik hat«, erklärte Padre Romero, »seinen Freund und Schwager Majaku, der seinerzeit noch bei den wilden Shuara lebte, abgeholt. Dabei wollte er wohl unter den Wilden nicht als Christ auffallen und hat sich ihrer Aufmachung angepaßt. Außerdem habe ich nichts gegen Federn und Farben. Loreto«, fuhr Padre Romero mutig fort, »scheint mir ein Platz zu sein, der schwierige Fälle anzieht. Mein schwierigster Fall aber war nicht Yambik, sondern Dr. Jabot. Als er vor einiger Zeit hier ankam, log er mir vor, er habe Sie und die Ihren tot am Pastaza zurückgelassen und als einziger überlebt.«

Bei Erwähnung Jabots krampfte sich Isabels Herz zusammen. Sie wurde blaß, und ihre Miene verdüsterte sich. Ihr Anblick nahm Padre Romero den Schwung, fortzufahren. Aber während er nach Worten rang, kam sie ihm unfreiwillig zur Hilfe. »Padre«, sagte sie, »ich danke Ihnen für den Schmuck. Jetzt weiß ich wenigstens, wie er auf meinen Tisch gekommen ist. Sie sollen natürlich einen Teil davon zum Ausbau Ihrer Mission erhalten.«

»Danke«, sagte er schnell. »Aber ich möchte etwas anderes von Ihnen.«

»Und was sollte das sein?« fragte sie.

»Ich bitte Sie, Dr. Jabot zu verzeihen, und sollten Sie wirklich nach Las Lagunas fahren, ihn mit auf die Reise zu nehmen. Er ist noch immer hier in Loreto.«

Isabel fuhr auf, so schnell ihr das in ihrem geschwächten Zustand gelang, stützte sich auf die Tischplatte und fauchte Romero an: »Ich wünschte, Jabot wäre tot und begraben. Wäre sein Grab hier in Loreto, würde ich gewiß darauf spucken.«

Der Pater bekreuzigte sich bestürzt, und auch Isabel war über ihren Haßausbruch erschrocken. »Entschuldigen Sie, Pater«, sagte sie und setzte sich wieder. »Aber Sie müssen meinen Zorn verstehen. Der Mann hat, um seine Haut zu retten, den Tod meiner Brüder, meines Neffen, meiner Zofen und seines eigenen Dieners in Kauf genommen. Und da verlangen Sie, daß ich ihm verzeihe.«

»Ich habe Yambik auch verziehen!« sagte Pater Romero fest.

»Ja, aber da besteht ein Unterschied. Sie haben ihm als Priester verziehen, und es waren nicht Ihre Brüder, die durch seine Mitschuld umgekommen sind.«

»Doch«, widersprach Pater Romero. »Die Missionare in Canelos waren meine Brüder. Wir waren aufs engste miteinander verbunden. Ich bitte Sie um Christi willen«, wiederholte er mit Nachdruck, »verzeihen Sie Dr. Jabot. Ich habe ihm die Beichte abgenommen und in vielen seelsorgerischen Gesprächen den wahren Christen und Wohltäter in ihm geweckt. Er hat sich geändert wie Yambik, den Sie so schätzen gelernt haben.«

»Was würde es Jabot schon helfen, wenn ich Ihnen sagte, daß ich ihm verzeihe?«

Pater Romero sah ihr fest in die goldfarbenen Augen: »Daß Sie ihm vergeben, ist sein sehnlichster Wunsch und auch der meine. Er opfert sich für unsere Kranken auf ohne Rücksicht auf die eigene Gesundheit. Ich darf sagen, daß wir Freunde geworden sind.«

Isabel traute ihren Ohren nicht. »Er ist Ihr Freund geworden?« Sie schüttelte den Kopf und sagte kalt: »Er hat Sie eingewickelt, Padre, genau wie mich vor einigen Monaten in Riobamba. Gute Nacht!«

Padre Romero hatte sich eine erste Niederlage eingehandelt. Aber er nahm sich nun erst recht vor, die »Mauer der

Verbitterung in Isabels Seele zu durchbrechen«, wie er sagte. Dabei setzte er auf die Zeit.

Und Zeit hatte man genug in Loreto. Padre Romero weigerte sich, Isabel weiterreisen zu lassen, ehe er nicht für ihr Unternehmen gründlichste Vorsorge getroffen hatte. »Was würde Ihr Vater von mir denken, wenn ich es zuließe, daß Sie ihm abgemagert und krank unter die Augen treten? Außerdem«, sagte er, »halte ich es für besser, daß Sie die Zeit abwarten, die meine Briefe an Ihren Vater und den Gouverneur der Provinz Omagua benötigen. Ich habe den Gouverneur darum gebeten, Ihnen Kanus mit Proviant und einer Eskorte zu schicken.«

Isabel blieb nichts anderes übrig, als sich seinen Argumenten zu beugen. »Gut«, sagte sie, »ich will vier bis sechs Wochen hierbleiben und mich erholen. Dann aber muß ich weiterreisen.«

Ein paar Tage später kam es zu einer unfreiwilligen Begegnung zwischen Isabel und dem ihr so verhaßten Jabot. Pater Romero hatte Jabot zwar gebeten, sich von Isabel fernzuhalten. Aber wie sollte das möglich sein in einem Missionsdorf mit nur fünfzig Hütten? Einige Male sahen sie sich von fern und rechtzeitig genug, um sich aus dem Weg zu gehen. An diesem Abend jedoch trat Isabel in dem Augenblick aus dem Haus, als der Doktor, der von einem Bad im Fluß zurückkehrte, daran vorbeiging.

»Welch eine Überraschung!« sagte Jabot und suchte sich zu fassen.

»Eine unangenehme Überraschung!« gab Isabel unversöhnlich zurück. »Padre Romero hat mich vor feindlichen Indios gewarnt und Jaguaren, die manchmal nachts um die

Häuser schlichen. Die größte Gefahr aber hat er vergessen. Nämlich Sie!«

»Padre Romero weiß sehr gut, daß ich keine Gefahr bin«, antwortete Jabot schnell. »Ich bin ihm im Gegenteil eine große Hilfe. Meinen Sie nicht, daß der Mensch sich ändern kann?«

Isabel ging nicht auf die Frage ein. »Gehen Sie Ihrer Wege, Monsieur«, sagte sie mit eisiger Stimme. »Es ist mir unmöglich, jemals zu vergessen, daß ich Ihnen all mein Unglück und all meine Verluste verdanke.«

Mit diesen Worten ließ sie ihn stehen und ging am Arm ihres Mädchens zum Fluß hinunter. Dort nahm sie ein Bad und setzte sich, in ein Tuch gehüllt, noch eine Weile auf einen Baumstamm am Ufer. Sie sah zu den großen Kanus hinüber, die Padre Romero für den Salztransport herrichten ließ. Morgen würde Yambik damit flußaufwärts fahren, um Padre Martín auszulösen. Voller Dankbarkeit dachte sie an den jungen Priester. Sie hätte sich gewünscht, ihn noch einmal wiederzusehen. Doch Padre Romero wußte nicht, ob Martín plante, sofort nach Loreto zurückzukehren.

Ein leiser Luftzug, der über die trägen Fluten des Pastaza strich, der zu ihrem Schicksalsfluß geworden war, kühlte ihr die heiße Stirn und besänftigte ihre von der Begegnung mit Jabot noch aufgewühlte Seele. Isabel glaubte im Gegensatz zu Padre Romero nicht daran, daß Jabot sich geändert habe. Er war durch und durch verlogen. Aber je länger sie darüber nachdachte, desto mehr wurde ihr klar, daß sie dem grundgütigen Padre die Bitte, den Franzosen mitzunehmen, nicht abschlagen konnte. Verzeihen aber würde sie dem Mann niemals. Das stand für sie fest.

Auf dem ansteigenden Rückweg zum Dorf schritt Isabel ohne die Hilfe des Mädchens etwas kräftiger aus und war erstaunt, daß sie sich dabei weniger anstrengte als erwartet.

Aus den vier Wochen, die Isabel für ihren Aufenthalt in Loreto geplant hatte, wurden zwei Monate. Als zu diesem Zeitpunkt noch immer kein Kanu aus Las Lagunas eingetroffen war, nicht einmal eine Nachricht, wurde sie unruhig. Sie ging zu Padre Romero und bat ihn, das Reisekanu herrichten zu lassen, mit dem sie in Loreto angekommen war. Yambik und Majaku, die inzwischen mit Grüßen von Padre Martín erfolgreich von ihrer Fahrt zu den Achuara zurückgekehrt waren, sollten es führen. Padre Romero sah ein, daß er Isabel nun nicht länger halten konnte. Sie war einigermaßen gekräftigt, und der Hinweis auf neue Gefahren hätte bei dieser Frau nichts bewirkt.

Das Thema Jabot hatte Romero in all diesen Wochen überhaupt nicht mehr erwähnt. Als aber der Tag des Abschieds näherrückte, beschloß Isabel von sich aus, mit ihm darüber zu sprechen.

»Ich werde Jabot mitnehmen«, eröffnete sie ihm eines Morgens nach der Frühmesse.

Padre Romero sah sie überrascht an. »Wie ist es zu diesem Sinneswandel gekommen?«

»Ich schulde Ihnen Dank!« sagte Isabel schlicht. »Deshalb kann ich Ihre Bitte nicht ablehnen.«

»Was soll ich nun tun?« lächelte Padre Romero. »Gleich wieder in die Kirche gehen und ein Dankgebet sprechen oder uns erst einmal mit einem Frühstück stärken, das zur Feier des Tages etwas üppiger ausfallen könnte? Leisten Sie mir Gesellschaft?«

»Ich habe Hunger«, sagte Isabel lachend. »Außerdem müssen wir nach dem Essen noch ein paar Fragen klären.«

»Gewiß doch«, nickte der Pater voller Zuversicht. Er wiegte sich in der Hoffnung, daß es kaum noch größere Probleme geben würde. Um so weniger war er auf Isabels harte Fragen gefaßt.

»Wie«, begann Isabel, »läßt sich verhindern, daß Jabot mich erneut in Schwierigkeiten bringt?«

»Jabot hat sich gewandelt. Das müssen Sie mir glauben!« antwortete Romero beschwörend.

»Seien Sie mir nicht böse, Padre«, schüttelte Isabel den Kopf. »Aber das kann ich nicht glauben. Ich mache mir große Sorgen um meine Sicherheit.«

Padre Romero war einen Augenblick ratlos. Er hatte gehofft, Isabels Mißtrauen sei überwunden. Schließlich sagte er: »Die Situation hat sich doch gegenüber früher gründlich geändert. Jabot muß alles daransetzen, daß Sie unversehrt nach Las Lagunas gelangen. Ohne Ihre Fürbitte würde Ihr Vater ihn doch niemals an Bord der Galeote, sondern in Ketten legen lassen. Und ein Zurück nach Loreto käme nach einem neuerlichen Verrat erst recht nicht mehr in Frage.«

Isabel glaubte ohnehin nicht, daß ihr Vater Jabot jemals an Bord des Schiffes würde gehen lassen. Doch das sagte sie Padre Romero nicht. »Ich denke«, meinte sie, »daß ich mich nach meinen bisherigen Erfahrungen auf Yambik verlassen kann. Er soll nicht nur das Boot führen, sondern mich auch vor Jabot schützen. Sagen Sie ihm, daß er einzig und allein von mir Anweisungen entgegennehmen darf. Machen Sie ihn außerdem persönlich für meinen Schutz verantwortlich. Er darf mir, bis wir am Ziel sind, nicht von der Seite weichen und muß darüber wachen, daß Jabot mir nicht zu nahe kommt.«

»Ich werde ihn darauf einschwören!« versprach Padre Romero mit fester Stimme.

»Gut«, sagte Isabel ironisch, »so sind wir uns also einig, daß der Mörder den Dieb überwachen wird und ich in bester Gesellschaft reise.«

Dreiundzwanzigstes Kapitel

Als Padre Romero Isabel wenige Tage später durch das Wasser zum überdachten Heck des Bongos, des Reisekanus, trug, war er ihrem Gesicht ganz nah. In dem Augenblick, in dem er sie dann ins Boot hob, mußte er das starke Verlangen unterdrücken, sie zu küssen, wie er solch unpriesterliche Gefühle sein ganzes Leben lang unterdrückt hatte. Als Isabel jedoch im Kanu stand, beugte sie sich plötzlich zu ihm hinunter und hauchte ihm einen Kuß auf die Stirn. Dann kletterte sie rasch auf ihre Sitzbank unter dem Flechtdach. Wie so manches Mal war sie auch in diesem Augenblick mutiger gewesen als ihr männliches Gegenüber.

Die geschickte Regie des Paters sorgte dafür, daß Jabot, den Isabel noch immer von Herzen verabscheute, erst am Ufer auftauchte, als Yambik und seine Männer bereits das Kanu vom Sand schoben. Er warf sein Gepäck hinein, schwang sich an Bord und setzte sich mit dem Rücken zu ihr weit nach vorn. Die Paddler nahmen schließlich ihre Plätze zwischen den beiden ein. Sie lenkten das Kanu in die Strömung, die es zügig um die nächste Biegung des Flusses trug, so daß Padre Romero und die Menge am Ufer Isabels Blicken schnell entschwanden. Sie wollte keine Traurigkeit aufkommen lassen, so sehr sic diesen wunderbaren Padre mochte, sondern sich nun ganz auf die Menschen konzentrieren, für die sie schon so viele schmerzliche, endgültige Abschiede hatte hinnehmen müssen, auf ihren Vater und Jean.

Zu Isabels Erleichterung hielt Jabot auch während der nächsten Tage Distanz. Padre Romero scheint ihm ein paar passende Worte gesagt zu haben, dachte sie dankbar. Und Jabot hätte wohl auch während der ganzen Reise Abstand gewahrt, wäre ihrem Boot nicht bei der winzigen Siedlung San Antonio ein Kanu entgegengekommen, im dem zu Isabels allergrößter Überraschung und Freude ihr schwarzer Diener Joaquin saß.

Auch der Franzose entdeckte den Schwarzen. Voller Panik verließ er seine Bank und kletterte zu ihr ins Heck. »Madame«, sagte er mit zitternder Stimme, »Joaquin wird voller Zorn auf mich sein, und er hat auch gute Gründe dafür. Aber bitte befehlen Sie ihm, sich zu mäßigen. Sie werden doch nicht zulassen, daß er seine Hand gegen einen Weißen erhebt.«

Isabel hatte nur Verachtung für ihn übrig. »Monsieur Jabot«, wies sie ihn zurecht, »was Sie mit Joaquin auszumachen haben, ist nicht meine Sache. Es ist schon seltsam, daß sie ausgerechnet die Frau um Schutz bitten, die Sie so schmählich im Stich gelassen haben.«

Jabot blieb nichts anderes übrig als auf seinen Platz zurückzukehren. Wenig später waren die beiden Boote nur noch ein paar Längen voneinander entfernt, und als sie parallel zueinander auf das Gleitufer des Flusses zusteuerten, erkannte Joaquin den verhaßten Franzosen. Der warf ihm ängstliche Blicke zu, und Joaquin drohte ihm finster mit der Faust. Zu Jabots großer Erleichterung aber lenkte Isabel Joaquins Aufmerksamkeit auf sich. »Joaquin«, rief sie mit jenem Hauch von Ironie in der Stimme, der für sie so typisch war, »was ist an Monsieur Jabot so wichtig für dich, daß du mich einfach übersiehst?«

Die beiden Boote liefen gleichzeitig auf den Sand. Joaquin sprang aus seinem Kanu und stand schon im nächsten Augenblick vor ihr. Er sah die Narben und die noch immer vorhandenen Spuren der Auszehrung in ihrem Gesicht sowie unter ihrem Strohhut die weißen Haarsträhnen. Tränen des Mitgefühls und des Kummers traten ihm in die Augen. Aber Isabel umarmte ihn fest, was sie nie zuvor in ihrem Leben getan hatte. »Es wird alles gut werden«, sagte sie eindringlich, »daran mußt du glauben, Joaquin, hörst du?«

Isabel schob ihn an beiden Armen ein Stück von sich weg und sah ihm in die Augen. Joaquin nickte. Dann sagte er mit belegter Stimme: »Ich werde meine Sachen aus dem anderen Kanu holen und zu Ihnen ins Boot kommen. Dann kann ich Ihnen zur Hand gehen, wenn Sie mich brauchen.«

Als sie nach kurzer Rast wieder aufbrachen, nahm Joaquin seinen Platz unmittelbar vor Isabel ein. Aber er bedauerte diese unmittelbare Nähe zu ihr bald, denn Isabel begann sofort, ihm all die Fragen zu stellen, die er befürchtet hatte.

Ihre erste Frage galt der Gesundheit ihres Vaters. Joaquin fürchtete, daß die ehrliche Beantwortung dieser Frage ihrer Seele Schaden zufügen könnte, aber er mußte, wie er es gewöhnt war, bei der Wahrheit bleiben.

»Don Pedro«, begann er, »wollte sterben, als er bei meiner Ankunft in Las Lagunas erfuhr, daß Sie, Ihre Brüder und der kleine Luis tot seien. Er hatte gerade noch die Kraft, Monsieur Godin die schlimme Nachricht in einem Brief zu übermitteln. Dann schloß er sich in seiner Kabine auf der ›Victoria‹ ein. Er aß nichts mehr und wurde schwer krank. Kapitän Mario de Rebello, der seine Mission als beendet ansah, wollte nach Belém zurückkehren. Dann aber kam eines Tages aus Loreto die Nachricht, Sie seien doch am Leben. Kapitän Rebello, der ein guter Mensch ist, verschob seinen Aufbruch. Mit der Aussicht, Sie wiederzusehen, kehrte auch Don Pedros Lebenswille zurück. Er organisierte eine Mannschaft, Proviant und ein großes Kanu und schickte mich damit flußaufwärts. Seit meiner Abreise vor ein paar Tagen dürfte er die Stunden bis zu Ihrem Wiedersehen zählen.«

»Dann sollten wir uns beeilen, zu ihm zu kommen«, sagte Isabel lächelnd. Aber sie konnte Joaquin nicht täuschen. Er wußte, wie sehr sie sich um ihren Vater sorgte.

»Hast du auf dem Schiff etwas über meinen Mann erfahren können?«

Diese Frage hatte Joaquin besonders gefürchtet. Wenn die Geschichten stimmten, die man ihm an Bord der »Victoria« erzählt hatte, dann war dieser Godin entweder ein Feigling oder ein Verrückter oder beides. Auf jeden Fall hatte ihn nicht nur irgendeine Krankheit von der Amazonas-Reise abgehalten, wie er vorgab. Doch Joaquin wollte seiner Herrin jetzt und hier nichts von den Dingen berichten, die Godins Sendbote, Monsieur Tristan d'Oversal, auf dem Schiff hatte durchsickern lassen. »Ich denke«, begann er vorsichtig, »Ihr Herr Vater weiß besser, wie es um Ihren Gatten bestellt ist. Er hat sich an Bord lange mit dessen Boten unterhalten. Mit mir«, betonte er – und das entsprach durchaus der Wahrheit – »reden diese Herren nicht über solche Angelegenheiten.«

»Aber hat mein Vater dir denn keine Nachricht mitgegeben, die mich erfreuen oder wenigstens beruhigen könnte?«

»Nein«, antwortete Joaquin und fügte hinzu: »Ich weiß nur, daß Ihr Herr Vater einen Brief nach Guayana geschickt hat, in dem er die Nachricht von Ihrem Tode widerruft.«

»Na gut«, mußte sich Isabel zufriedengeben. »Bis wir Las Lagunas erreichen, dauert es nur noch ein paar Tage. Dann erfahre ich hoffentlich mehr.«

Eine Weile unterhielten sie sich noch über Don Pedro, Kapitän Rebello, die »Victoria« und Las Lagunas, dann mußte Joaquin erzählen, was er selbst seit seiner Abreise mit Jabot vom Lager am oberen Pastaza erlebt hatte. Isabel erfuhr alle Einzelheiten von Jabots Verrat und der unrühmlichen Rolle, die Pater Julio in Andoas dabei gespielt hatte. Während Joaquin erzählte, erstickte seine Stimme beinahe vor Haß auf den Franzosen, der jetzt nur wenige Schritte von ihm entfernt saß. Isabel versuchte ihn zu beschwichtigen. »Ich kann deine Empörung verstehen«, sagte sie. »Auch ich war voller Haß, als ich Jabot in Loreto wiedersah.«

»Und wie kommt er dann in Ihr Boot?«

»Jabot hat das nicht mir, sondern Padre Romero, dem Leiter der dortigen Mission, zu verdanken. Der Pater hat mich gelehrt, daß wir uns nur selbst verletzen, wenn wir andere mit unserem Haß verfolgen, mögen sie sich auch noch sehr an uns versündigt haben. Das muß dir als Antwort genügen.«

Joaquin nickte stumm, als sei er mit dem Bescheid zufrieden. In Wahrheit aber wollte er Rache nehmen für alles, was dieser Mann seiner Herrin, ihren Leidensgefährten und auch ihm selbst angetan hatte.

Eines Abends erhob er sich leise von seinem Lager, das er neben Isabel aufgeschlagen hatte. Diese war noch wach und ahnte, was er vorhatte. Sie stand auf, um ihm zu folgen. Aber die Dunkelheit hatte Joaquin schon verschluckt.

Der Franzose hatte sich ganz nahe dem Ufer gelagert, wie Isabel wußte. Darum schlug sie diese Richtung ein. Mit ausgestreckten Händen tastete sie sich durch die Finsternis, bis sie ein schwach glimmendes Feuer sah. Der Fluß reflektierte ein wenig von dem spärlichen Licht der Mondsichel und hellte einen schmalen Uferstreifen auf. Als Isabel, nun schneller ausschreitend, diesen erreichte, sah sie Joaquin ein paar Schritte vor dem Feuer stehen, an dem der Franzose lag.

Jabot hatte sich zwischen einige Männer der Paddelmannschaft gebettet, so daß er durch deren Leiber geschützt war. Joaquin konnte nur an ihn herankommen, wenn er es schaffte, über sie hinwegzusteigen, ohne sie zu wecken.

Als er sich dazu anschickte, trat Isabel rasch und absichtlich geräuschvoll auf ihn zu. »Joaquin!« sagte sie mit leiser Stimme. »Was hast du vor?«

Joaquin schob rasch das Messer, mit dem er Jabot hatte erdolchen wollen, in den Gürtel und flüsterte schuldbewußt: »Herrin, warum schlafen Sie nicht?«

Isabel ließ keinen Zweifel aufkommen, daß sie ihn durchschaute: »Weil ich leider auf dich aufpassen muß.«

»Jabot hat den Tod verdient«, protestierte Joaquin. »Soll er denn einfach so davonkommen?«

»Ich will nicht, daß du wegen dieses Mannes in der Garrotte endest. Außerdem«, fügte sie hinzu, »würde man mich verdächtigen, ich hätte dich zum Mord angestiftet.«

Mit diesen Worten wandte sie sich ab und ließ ihn einfach stehen, so als wüßte sie, daß er sich richtig entscheiden würde. Es gab auch nichts mehr zu reden, jedenfalls nichts, was diesen verdammten Jabot betraf. Der Kerl, dachte sie, als sie sich wieder hinlegte, muß zwar aus meinem Leben verschwinden, nicht aber durch einen Mord. Kurze Zeit später hörte sie Joaquin kommen und schlief beruhigt ein.

Joaquin nahm zwar von seinem Mordplan Abschied. Es gelang ihm aber doch, dem Franzosen einen Denkzettel zu verpassen. Am folgenden Abend schlich er sich von hinten an diesen heran, als er zwischen den Büschen sein Geschäft verrichtete. Als Jabot wieder aufstehen wollte, packte er ihn beim Schopf und drückte sein Gesicht in den Kot. Als Jabot schon halb erstickt war, riß er ihn hoch und zischte: »Sei froh, daß du nur ein Haufen Scheiße bist, nicht wert, daß man deinetwegen vor Gericht kommt. Sonst hätte ich dich umgebracht.«

Danach stieß er ihn von sich und schlenderte, ohne einen weiteren Blick an ihn zu verschwenden, zurück zum Lager.

Als er dort Isabels besorgtes Gesicht sah, grinste er sie an und hielt sich die Nase zu. Sie wußte die Geste sofort zu deuten, hatte sie doch gesehen, wie Jabot krachend aus dem Unterholz hervorgebrochen war und sich bis zum Hals in den Fluß gestürzt hatte. Isabel konnte sich denken, was er sich dort abwusch, und lachte zum ersten Mal seit langer Zeit herzhaft.

Ein paar Tage später trafen die beiden Boote zur Zeit der größten Mittagshitze in Las Lagunas ein. Die meisten Bewohner der Mission hatten sich zur Siesta in ihre Hängematten zurückgezogen. So kam es, daß Isabel, die Frau, auf die der ganze Ort endlos lange gewartet hatte, zunächst fast unbemerkt an Bord der »Victoria« ging, wo sie von Kapitän Mario de Rebello herzlich begrüßt wurde. Die Kunde von ihrer Ankunft aber sprach sich in Windeseile herum, und die Menschen strömten in Scharen zum Ufer gegenüber dem Ankerplatz der »Victoria«. Alle wollten die Frau, die der Wildnis entronnen war, mit eigenen Augen sehen und als Heldin feiern.

Isabel zeigte sich an der Reling und winkte der Menge zu, während Joaquin unter Deck ging, um ihren Vater zu holen.

Die plötzliche Nachricht von Isabels Ankunft aber war zuviel für Don Pedro. Er erlitt einen Schwächeanfall, und Joaquin mußte Isabel zu seiner Kabine führen, wo sich Vater und Tochter weinend umarmten.

Als sie ihre Fassung wiedergewonnen hatten, sagte Don Pedro: »Es tut mir leid, daß ich nicht aufstehen konnte, um dich an Deck zu begrüßen, aber die Nachricht von deiner Ankunft nach einer so unendlich langen Trennung war ein bißchen viel für mein altes Herz. Aber mach dir keine Sorgen um mich. Ich werde mich ganz schnell wieder erholen.«

Isabel nickte, aber sie vermochte seine Zuversicht nicht ganz zu teilen. Sein eisgrauer, mächtiger Bart konnte die bleiche Farbe seiner schlaffen Haut nicht verbergen, und seine unruhigen, tief in den Höhlen liegenden Augen sprachen von vielen in Verzweiflung durchwachten Stunden. Isabel küßte ihn auf die Stirn und sagte: »Mute dir nicht zuviel zu. Ich bin jetzt hier, und nichts wird uns je wieder trennen.«

Aber Don Pedro hielt es nicht lange in seiner Kajüte. Schon am Abend, als der Missionar von Las Lagunas die Glocken läuten ließ, ging er mit ihr zu einem Dankgottesdienst an Land. Kapitän Mario de Rebello begleitete die beiden und stützte ihn. Auf dem Weg zu der kleinen Kirche standen die Dorfbewohner Spalier und ließen Isabel hochleben. Mädchen fegten den Weg vor ihren Füßen wie vor einer Königin und streuten Blüten. In einem wahren Freudentaumel befand sich auch die Mannschaft der »Victoria«. Ihre Begeisterung wurde allerdings nicht nur durch die Anwesenheit dieser tapferen kleinen Frau entflammt, sondern auch durch die Gewißheit, daß man nun bald von diesem Ort schier endloser Langeweile erlöst sein würde.

Erfreut über die Aussicht auf ein baldiges Auslaufen des Schiffes aber war auch Padre Vincent. Die Mannschaft der »Victoria« hatte sich im Laufe der Zeit zu einer Plage entwickelt. Wiederholt hatten sich einzelne Marinheiros an Frauen und Mädchen vergriffen. Andere waren bei homosexuellen Handlungen überrascht worden. Jagd und Fischfang waren in der Nähe von Las Lagunas schon unergiebig geworden, und der Bedarf der Besatzung an Früchten und Gemüsen überbeanspruchte die Fruchtbarkeit der Dschungelgärten.

In seiner Dankespredigt erwähnte Padre Vincent, der ein weiser alter Mann war, zwar die Übergriffe und Irritationen mit keinem Wort, vermied aber auch jede positive Erwähnung der Portugiesen. Wer also feinere Ohren hatte als die Marinheiros, der konnte aus dem, was ungesagt blieb, die Erleichterung des Missionars darüber ablesen, daß die »Victoria« in absehbarer Zeit die Anker lichten würde.

Isabel wußte von all diesen Problemen nichts. Sie war nur erstaunt darüber, daß der Pater ihre Errettung so wortreich als ein Zeichen für Gottes wunderbare Wege feierte, aber mit keinem Wort auf die Opfer einging, die ihre Irrfahrt gefordert hatte. Dennoch bedankte sie sich bei ihm für die Predigt mit einer großzügigen Spende.

Die »Victoria« hatte in den Jahren, in denen sie in Las Lagunas vor Anker lag, eine erstaunliche Metamorphose von einer seetüchtigen Galeote zu einem gemütlichen Hausboot vollzogen. Das Unterwasserschiff war von Muscheln überkrustet, in der Takelage schaukelten Tillandsien, und Spanisches Moos wallte in langen Bärten von Wanten und Stagen. Ein Teil der Reling war von Affen und sprachkundigen Papageien besetzt, die sich an ihre langen Fußfesseln gewöhnt hatten. Das Schanzkleid des Achterdecks zierten Blumenkästen, und dazwischen stolzierte ein Trompetero umher, ein großer Vogel, den die frei herumlaufenden Perlhühner an Bord eingemeindet hatten und der mit blechernen Signalrufen protestierte, wenn ein Fremder diesen zu nahe kam.

Es wird mindestens einen Monat dauern, bis das Schiff seeklar ist, dachte Isabel, als sie das Chaos an Bord überblickte. Aber sie irrte sich. Mario de Rebello war trotz des Schlendrians, den er in der langen Ruhezeit geduldet hatte, ein tüchtiger Kapitän, und er mußte seine Männer nicht einmal zur Arbeit antreiben. Alle waren darauf versessen, so schnell wie möglich von Las Lagunas fortzukommen. Schon nach eineinhalb Wochen konnte die »Victoria« Anker lichten.

Am Vortag der Abreise lud Don Pedro Yambik an Bord ein, nachdem er von seiner Tochter erfahren hatte, was sie ihm alles verdankte. Er gab ihm ein Essen und beschenkte ihn fürstlich, mißbilligte aber, daß Isabel den Indio zum Abschied umarmte und dabei auch noch Tränen vergoß.

»Wie immer bist du viel zu impulsiv!« meinte er kopfschüttelnd.

Obwohl Isabel eine der besten Kabinen auf der sechzig Fuß großen »Victoria« bezog, war es darin dennoch kaum auszuhalten. Der winzige Raum war feucht und heiß und wies nur ein kleines Fenster auf, das wegen der Moskitos und anderen Plagegeister die meiste Zeit geschlossen bleiben mußte. Immer wenn das Schiff unter dem Druck der Segel nach steuerbord überholte, preßte der Fluß unmittelbar neben Isabels Koje kleine Rinnsale durch die schlecht abgedichteten, Stoß an Stoß gezimmerten Planken der Bordwand, und dieses Wasser sammelte sich in der Bilge zu einer glucksenden, dunklen Lagune, die jeden Morgen ausgepumpt wurde. Die Holzwände des Schiffes dämpften weder die Geräusche an Bord noch das Plätschern der Wellen, sondern wirkten wie ein Resonanzkörper, so daß Isabel den Aufenthalt unter Deck als unheimlich empfand. Sie blieb daher meistens so lange an Deck, bis sie todmüde war. Sonst hätte sie kaum Schlaf gefunden.

In der ersten Woche, in der die »Victoria« noch vor Las Lagunas lag, reichten die Tagesstunden für die Gespräche zwischen Vater und Tochter ohnehin kaum aus. Oft zogen sich die beiden unter eine gegen die sengende Sonne aufgespannte Plane auf das Achterdeck zurück. Wenn sie dorthin gingen, zog sich auch der gesellige und neugierige Kapitän taktvoll zurück, denn er ahnte, wieviel Schmerz und Trauer sie dort miteinander teilten. In ihren Gesprächen aber blieben viele der furchtbaren Erlebnisse und Erfahrungen Isabels unerwähnt. Um ihren Vater zu schonen, verschwieg sie ihm unter anderem, daß seine Kolonne die Pocken in Canelos eingeschleppt und damit vielen Menschen den Tod gebracht hatte. Don Pedro wiederum verschwieg Isabel einen großen Teil seiner Unterredungen mit Tristan d'Oversal, der zum Glück nicht mehr an Bord, sondern inzwischen mit einem eigenen kleinen Schiff abgereist war, das er in Las Lagunas gekauft hatte, um an den Amazonas-Ufern damit Handel zu treiben. Don Pedro erzählte nur, daß Jean durch eine langwierige Krankheit daran gehindert worden sei, ihr nach Las Lagunas entgegenzureisen. Das war zumindest nicht ganz falsch, auch wenn es als Begründung kaum ausreichte. Die ganze Wahrheit, so hatte Don Pedro beschlossen, sollte Isabel selbst herausfinden – in ein paar Monaten, wenn sie in Guayana war und ihre Gesundheit sich stabilisiert hatte! Frauen wie Isabel glaubten ohnedies nur, was sie selbst in Erfahrung brachten.

Die Kunde von Jabots finsterer Rolle aber ließ sich nicht geheimhalten. Dafür sorgte schon Joaquin, der Mario de Rebello darüber in Kenntnis setzte. Und als der Franzose dann bei dem Kapitän um eine Passage nach Belém nachsuchte, beschied ihn dieser, daß er für dessen Sicherheit nicht garantieren könne. An Bord gäbe es eine Anzahl Messer, in die ein Verräter gar zu leicht laufen könne. Er empfahl Jabot, in Las Lagunas auf ein Pamacari, ein Boot von Flußhändlern, zu warten. Diese böten manchmal Platz für einen Passagier. »Billiger«, fügte er sarkastisch hinzu, »können Sie kaum reisen, wenn es Ihnen gelingt, nicht bestohlen oder ermordet zu werden.«

Als Isabel von der Entscheidung des Kapitäns erfuhr, war sie sichtlich froh, auch im Interesse ihres Vaters, der den Anblick dieses Mannes kaum ertragen hätte. Dennoch bedauerte sie Jabot, als sie ihn an jenem Morgen, an dem die Galeote die Anker lichtete, mit einem Papagei auf der Schulter abseits der Menge am Ufer stehen sah. Don Pedro aber war ohne Mitleid. »Der Papagei«, sagte er bitter, »wird wohl in

Las Lagunas sein einziger Gesprächspartner bleiben. Das Tier weiß ja im Gegensatz zu den Menschen nicht, was für ein Scheusal der Mann ist.«

Nur einige der Tiere, mit denen sich die Mannschaft in den Jahren vor Las Lagunas umgeben hatte, hatten an Bord bleiben dürfen. Darunter war auch der Trompetenvogel. Isabel freundete sich mit Paolo, wie er genannt wurde, nach und nach an. Er begrüßte sie schließlich jeden Morgen mit einem Fanfarenstoß und folgte ihr wie ein Hund fast überall hin. Ging Isabel dann unter Deck, stelzte er enttäuscht zurück zu seinen Hühnern, deren selbsternannter Wächter er war.

Mario de Rebello suchte Isabels Interesse für den phantastischen Amazonas zu wecken. Schon am ersten Reisetag reichte er ihr eine Ausgabe des Tagebuches des Gaspar de Carvajal, der 1541/42 mit Francisco de Orellana bei der ersten Durchquerung des Kontinents auf dem großen Strom dabeigewesen war. »Meine Galeote«, erzählte Rebello, »trägt zur Erinnerung an eines der beiden Schiffe Orellanas den Namen ›Victoria‹. Das war ein Schiff mit Segeln aus geflochtenen Bastmatten. Den Bootsrumpf ließ Orellana mit den Hufnägeln geschlachteter Pferde zusammennageln und mit Kleiderresten kalfatern. »Ein findiger Mann, dieser Konquistador!« meinte Rebello, als er ihr das Buch übergab. Der Kapitän vergaß bei seiner Empfehlung freilich zu erwähnen, daß der Bau der Boote und die sogenannte Entdeckungsfahrt eigentlich Verzweiflungstaten gewesen waren.

Das Tagebuch des Vikars von Lima war aber nicht unbedingt eine geeignete Lektüre für eine Frau, die gerade erst dem Rio Pastaza und dem Dschungel entkommen war.

Siebenundfünfzig Konquistadoren, las Isabel später, als sie allein war, sollten auf jenen beiden Schiffen den Fluß hinunterfahren und ein Indio-Dorf suchen, in dem sie Lebensmittel rauben konnten. Dann sollten sie zurückkehren zum Lager des Generals Gonzalo Pizarro, der mit seinen hundert Mann am Rio Napo wartete. Die Konquistadoren waren dem Hungertod nahe. Nur sie waren übriggeblieben von jener stolzen Expedition aus dreihundertfünfzig spanischen Soldaten, viertausend indianischen Lastenträgern, tausend Bluthunden und viertausend Schweinen als lebendem Proviant, die ein paar Monate zuvor von Quito aus zur Eroberung des sagenhaften Goldlands Eldorado aufgebrochen war.

Als gebildete Frau kannte Isabel natürlich die Geschichte Pizarros, zumindest in groben Umrissen. Sie überblätterte daher eine Anzahl Seiten und las dann mehr zufällig an jener Stelle weiter, an der Francisco de Orellana seine Entscheidung begründete, nicht zu Pizarro zurückzukehren. »Zu Wasser«, sagte er, »ist eine solche Rückkehr unmöglich, und zu Lande würde sie wohl mit unser aller Tod enden. Außerdem muß ich an den Vorteil der spanischen Krone denken. Der beste Dienst, den wir ihr erweisen können, ist, die Länder am großen Strom zu erkunden und in Besitz zu nehmen. Es scheint mir wichtiger zu sein, der spanischen Krone unermeßliche Schätze zuzuführen, als eine Rückkehr zu wagen, deren Ausgang ungewiß ist.«

Fassungslos schüttelte Isabel den Kopf. Er war ein Schuft, dieser Francisco de Orellana, dachte sie, genauso wie Jabot einer ist. Goldgier und Ruhmsucht waren die Motive, die ihn wirklich dazu getrieben hatten, seine Kameraden um

Gonzalo Pizarro im Stich zu lassen. Loyalität und Menschlichkeit waren dabei geopfert worden.

Sie ließ das Buch fallen und schloß die Augen. Quälende Bilder der Erinnerung stiegen in ihr auf. Um ihnen zu entgehen, stand sie schließlich auf und wanderte ruhelos auf dem Achterdeck umher. Dann lehnte sie sich an die Reling und blickte über den Strom zum weit entfernten Waldufer. Ich muß endlich lernen, dachte sie, mit meinen Erinnerungen zu leben.

Nach einiger Zeit ging sie zurück zu ihrem Platz unter dem Sonnensegel und nahm das Buch wieder zur Hand. Ich werde weiterlesen, dachte sie entschlossen. Ich will die Reise auf dem Amazonas bewußt erleben, auch wenn Orellana und Carvajal, denen ich die Informationen über den Strom verdanke, mir nicht gefallen.

Mit wachsender Freude erlebte Don Pedro, daß seine Tochter im Begriff war, wieder zu jener für alle Eindrücke offenen, wißbegierigen Isabel zu werden, die er so liebte. Oft verbrachte er mit ihr Stunden an Deck und betrachtete die wechselnden Szenarien der Flußlandschaft. »Der Rio Pastaza ist ein Bach im Vergleich zum Rio Marañon, auf dem wir nun reisen«, meinte Isabel, die die Erinnerung an den bösen Fluß nun nicht mehr verdrängte.

Marañon bedeutete etwa »Meer wie kein anderes«. Auch jetzt, im Monat Juni, wälzte der Strom noch immer gewaltige Fluten in die Dschungelniederung, obwohl die Regenzeit vorbei war. Doch passierte die »Victoria« eine Siedlung von Floßhäusern, die schon trockengefallen waren. »Als wir damals stromaufwärts nach Las Lagunas fuhren, war es Dezember und der Ort dort eine schwimmende Siedlung, in deren Gassen Boote verkehrten, wie das auch in Venedig der Fall sein soll, das ich allerdings nur vom Hörensagen kenne«, erzählte Kapitän Rebello, der sich zu Isabel und Don Pedro auf das Achterdeck gesellt hatte, während sie an dem merkwürdigen Dorf vorbeiglitten.

»Bestimmt ist der Marañon der mächtigste Strom der Erde«, sagte Don Pedro überzeugt.

Mario de Rebello lächelte nachsichtig. »Dieses Prädikat verdient er erst, wenn er als Amazonas durch meine Heimat fließt, durch Brasilien. Der Amazonas ist dreimal, ach, was sage ich, an manchen Stellen vielleicht sogar fünfmal breiter als der Rio Marañon.«

Isabel erbat sich Papier, Federkiele, Tinte und Sand. »Ich werde alles festhalten, was Sie sagen«, erklärte sie begeistert und fügte hinzu: »Hoffentlich übertreiben Sie nicht.«

Rebello lachte gutmütig. »Nicht ich übertreibe, es ist der Amazonas. Er wird bald so breit sein, daß man Tage benötigt, um von einem Ufer zum anderen zu gelangen. Im Strombett werden wir schwimmenden Insel von der Ausdehnung größerer Städte begegnen und in der Mündung einer Insel von der Größe Portugals.«

»Und in diesem Flußmeer finden Sie sich zurecht?«

»Aber gewiß doch!« antwortete Mario de Rebello und verabschiedete sich mit dem befriedigenden Gefühl, Madame Godin beeindruckt zu haben. Er würde sie sicher nach Belém bringen, denn er war ein erfahrener Kapitän. Das konnte er sehr wohl von sich behaupten. Er stammte väterlicherseits aus einer Familie, deren Männer Portugal meist als Seeoffiziere gedient hatten. Er beherrschte die Navigation mit dem Astrolabium, dem Kompaß, dem Seefahrtenbuch und Tabellarien, obwohl auf diesem Fluß noch ganz andere Qualitäten gefragt waren.

Nach der Einmündung des Rio Ucayali in den Marañon wichen dessen Ufer weiter zurück. Die »Victoria« hielt sich nun nahe dem Nordufer, das hoch wie eine Mauer aufragte. »Wir gleiten«, notierte Isabel, »unter einer abschüssigen Uferseite dahin, wo Pflanzen keinen Halt finden können. Hier haben weißbäuchige Schwalben eine große Kolonie gebildet und für ihre Nester viele Tausend Löcher in die gelbe Lehmwand gebohrt. Mit ihnen in friedlicher Nachbarschaft siedeln Fischjäger auf ähnliche Weise. Streit zwischen diesen Vögeln gibt es wohl deswegen nicht, weil Schwalben keine Fische und Fischjäger keine Mücken fressen.«

»Unser Freund La Condamine hätte seine helle Freude an dir«, meinte Don Pedro, der seiner Tochter beim emsigen Schreiben zusah.

»Meinst du?« lächelte Isabel. »Jedenfalls macht es Spaß, sich ein wenig als Entdeckerin zu fühlen.«

»Das kann ich glauben«, nickte Don Pedro. »Vielleicht fange ich an, dir Konkurrenz zu machen.«

»Nur zu, Vater«, ermunterte ihn Isabel. »Am besten beginnst du mit den Fischen im Amazonas!«

»Willst du mich verspotten?«

»Nein, überhaupt nicht«, sagte Isabel ganz sachlich. »Wir bitten die Fischer, die mit dem Kanu vorausfahren und die ›Victoria‹ versorgen, dir den Beifang an kleineren Fischen zu bringen. Diese Tiere kannst du beschreiben, messen und zeichnen. Außerdem könntest du notieren, was du von den Männern über die Lebensweise dieser Fische erfährst.«

»Beschlossen«, sagte Don Pedro, der zwar kein großes Zutrauen zu seinen Qualitäten als Naturforscher hatte, aber mit Hilfe solcher Pflichten die quälende Langeweile bekämpfen wollte, die ihn zu Zeiten auf dieser Flußfahrt befiel. »Laß uns eine gemeinsame Mappe schaffen, in der die verschiedenen Erscheinungen im Fluß und an seinen Ufern behandelt werden. Er stellte ein Bein vor das andere und deklamierte den großspurigen Titel: »›Nuevo descubimiento del gran Rio de las Amazonas‹, was sagst du dazu?«

»Ein verlockender Gedanke, Vater«, antwortete Isabel ehrlich und schlug in die dargebotene Hand ein. Die neue Aufgabe hielt sie von nun an in Atem. Vor allem mit seinen Fischen hatte Don Pedro Glück. Die Fischer brachten ihm so viele, daß er sich auf besondere Formen beschränken mußte.

Eines Tages, als sie schon früh am Nachmittag in einer seichten Lagune ankerten, wurden Isabel und Don Pedro eingeladen, sich eine außergewöhnliche Fischfangmethode anzusehen. Einer der Fischer, ein Mann mit Namen Cristobal, behauptete, Indios hätten sie einst dem Tapir abgeschaut, der Blätter einer bestimmten Pflanze zerkaut und den Brei ins Wasser gespuckt habe. Wenig später seien kleine und große Fische taumelnd an die Wasseroberfläche gekommen und verendet. Vermutlich seien sie erstickt. Die Indios hätten auf diese Entdeckung hin versucht herauszufinden, von welchen Sträuchern die Tapire die Blätter rupften. Sie hätten deren Wirkung selbst ausprobiert und schließlich die Methode übernommen.

Obwohl Isabel und Don Pedro diese Geschichte skeptisch beurteilten, wurden sie doch schnell von der Wirkung der Blätter überzeugt, die nach Cristobals Worten vom Barbasco-loco-Strauch stammten. Sie sahen vom Achterdeck aus zu, wie die Fischer sich im Kreis aufstellten und wiederholt weitmaschige Flechtkörbe mit den zerstampften Blättern und Wurzeln der Pflanze ins Wasser tauchten. Eine milchweiße Wolke breitete sich aus, in der schon nach kurzer Zeit eine Anzahl toter Fische schwamm. Isabel ließ sich Blätter und Wurzelteile des Barbasco-loco-Strauches bringen und zeichnete sie ab. Sie fand die Pflanze so nützlich, daß sie ein paar Blätter davon zwischen Bogen von Papier preßte.

»Hätten wir diese Pflanze gekannt«, erklärte sie, »hätten wir auf unserer Reise nicht so oft hungern müssen.«

»Bitte, sprich jetzt nicht davon«, unterbrach Don Pedro sie unwillig.

»Doch, Vater. Wir hätten von den Indios lernen sollen«, beharrte Isabel. »Antonio, José, Luis und die Mädchen wären wohl noch am Leben, hätten wir uns nicht auf die Waldmenschen verlassen, sondern erst einmal von ihnen gelernt. Gott hat uns nicht im Stich gelassen. Wir sind es, die versagt haben. Wir hätten von den Indios lernen sollen, uns im Wald zu orientieren, von seinen Früchten zu leben, Kanus zu handhaben und so weiter, anstatt den ganzen unnützen Ballast aus der zivilisierten Welt mit in die Wildnis zu schleppen. Gott hält diese ganze großartige Natur zu unserer Verfügung. Wenn wir aber nicht wissen, wie wir von der Natur leben können, helfen auch keine Gebete.«

»Du verlangst einfach zu viel von dir«, gab Don Pedro zurück. »Der Urwald ist nicht unsere Welt. Dort muß man sich auf die Eingeborenen verlassen. Sogar Gonzalo Pizarro, der Haudegen, ist mit seiner Truppe eisenharter Konquistadoren im Urwald gescheitert.«

Im stillen aber gab Don Pedro seiner Tochter recht.

Vierundzwanzigstes Kapitel

Nach sechzig Tagen friedvoller Fahrt erreichte die »Victoria« den Rio Negro. Kapitän Rebello steuerte die Galeote in den gewaltigen Mündungstrichter des Flusses und dann einige Leguas stromauf zur Siedlung Vila de Barro do Rio Negro, die sich aus einem portugiesischen Fort entwickelt hatte und als der Ort galt, an dem die Konquistadoren das legendäre, unermeßlich reiche Manoa vermutet hatten.

Der Rio Negro mit seinen Fluten so dunkel wie Kaffee war noch immer scheinbar uferlos, obwohl die Hochwasserzeit eigentlich zu Ende ging. Die Nähe zur Siedlung kündigte sich durch die flinken Batalães an, im Heck überdachte, schlanke Einbäume, deren Besitzer das große besegelte Ruderschiff angelockt hatte. Sie schossen zwischen den im Wasser wurzelnden Stämmen des Igapó-Waldes hervor und begleiteten die »Victoria« in immer größerer Zahl. Die Waldbauern, die Sertaeiros, boten Wassermelonen, Maniok, Ananas, Bananen, Chirimoyas und andere Früchte feil. Rebello aber wollte niemanden an Bord lassen.

»Kommt nach Vila de Barro«, riefen seine Marinheiros den Bauern zu.

»Wo haben diese Leute denn ihre Pflanzungen?« fragte Don Pedro den Kapitän mit der Neugier des Fachmanns, der selbst jahrzehntelang gesät und geerntet hatte.

»In der Várzea« erklärte Rebello. »Das ist äußerst fruchtbares Überschwemmungsland, das ungefähr sechs Monate im Jahr, also bei Niedrigwasser, bebaut werden kann.«

Vila de Barro war in den Augen Isabels eine Enttäuschung. Nichts in dieser Ansammlung von Elendshütten deutete auf vergangenen Glanz hin. Dieser existierte offenbar nur in der Phantasie der nach dem Dorado suchenden Abenteurer und den Lügengeschichten der Indio-Häuptlinge, die die ungemütlichen weißen Besucher so schnell wie möglich wieder loswerden wollten und hierhergeschickt hatten.

Kapitän Mario de Rebello und jene Marinheiros, die nicht zur Wache eingeteilt waren, stürzten sich in das Gewühl am Ufer des Flußhafens. »Sie werden in den Armen hübscher Mestizenweiber landen, für ein paar Münzen Liebesfreuden erleben und danach kleine Geschenke für ihre Frauen daheim einkaufen«, stellte Don Pedro sachlich fest, der neben Isabel vom Achterdeck aus auf das Treiben hinabblickte.

Isabel nickte mit einem kleinen Lächeln. Dabei durchfuhr sie ein leiser Schmerz. Sie mußte an Jean denken, der sicher in all den Jahren in Guayana nichts anderes getan hatte als diese Männer dort unten. Merkwürdig, dachte sie, daß ich gerade in einem solchen Zusammenhang an ihn denken muß.

Obwohl die »Victoria« am nächsten Morgen schon früh ablegte, wurde sie wieder von einer Flottille Batalães verfolgt, die ihr Kielwasser gleich Pelikanen und Möwen bevölkerten. Einige Boote blieben sogar bis zur Einmündung des Rio Negro in den Solimôes, wie der Amazonas in diesem Abschnitt hieß, bei der Galeote, ehe sie zurückfielen und in den geheimnisvollen Kanälen des Wasserwaldes verschwanden.

So recht bemerkte Isabel gar nicht, wo der Rio Negro endete, denn sie fuhren noch Stunden auf seinen schwarzen Fluten, die sich mit dem weißgelben Wasser des Solimôes nicht mischen wollten. Etwa in der Mitte des gewaltigen Fahrwassers verlief sogar eine scharfe Trennlinie zwischen den beiden Flußgiganten. Als Isabel dann später noch einmal auf die Wasserfläche sah, stellte sie fest, daß der Solimôes den Sieg davongetragen hatte. Er nahm hier mit dem Gewirr seiner Seitenarme, seiner Paranás, eine Breite von etwa vierzig Leguas ein. Isabel notierte diese Angabe, die sie Mario de Rebello verdankte, in ihre Amazonas-Mappe. »Machen Sie aber lieber ein Fragezeichen dahinter«, riet Rebello. »Vielleicht ist die Zahl ja übertrieben.« Denkbar aber schien sie Isabel durchaus, denn nicht einmal mit dem Fernrohr konnte sie vom Achterdeck aus eines der beiden Ufer ausmachen.

»Geben Sie sich keine Mühe«, sagte Rebello. »Auch wenn Sie Land sehen, kann das eine schwimmende Insel oder Wiese sein. Und selbst wenn Sie dahinter ein paar Palmen oder Baumwipfel entdecken, markieren diese nicht die Grenze des Stromes. Hinter solchen Erhebungen liegen weitere Seitenarme und Seen, neuer Galeriewald, neue Wasserflächen und neuer Wasserwald, ehe dann fester Boden, Tierra firme, kommt.«

»Woher wissen Sie das alles?« fragte Isabel überrascht.

Für einen Seemann und Soldaten besaß er erstaunliche Naturkenntnisse.

»Ich habe einfach verschiedene Leute in Vila de Barro befragt«, sagte Rebello leichthin.

»Und wozu brauchen Sie das alles?«

»Für Sie natürlich!« lachte er.

Isabel sah ihn an und entdeckte Wärme und Zuneigung in seinem Blick. Also habe ich wohl doch noch etwas von einem weiblichen Wesen an mir, dachte sie hoffnungsvoll.

»Wie soll ich Ihnen bloß danken, Kapitän?« fragte sie und erwiderte freundlich seinen Blick. Sie mochte den Portugiesen, obwohl er äußerlich nichts mit Jean gemeinsam hatte. Er war untersetzt und dunkelhäutig, und sein breites Gesicht war von einem ziemlich struppigen schwarzen Backenbart eingerahmt. Jean hatte stets einen eleganten und galanten Eindruck gemacht. Mario de Rebellos Manieren dagegen waren nicht die geschliffensten, sein Charme war eher robust zu nennen. Äußerlich konnte er sich nicht mit ihrem Mann messen. Dafür aber bewies er Eigenschaften, die sie an Jean stets vermißt hatte. Er zeigte Geduld, Beständigkeit und Autorität, und er war ihr gegenüber stets fürsorglich gewesen, vom ersten Reisetag an.

Isabel glaubte nicht, daß sie für Rebello jemals ähnliche Leidenschaft würde empfinden können wie für Jean, aber sie liebte seine beruhigende Nähe. Und bei dieser Art leiser Zuneigung wäre es von ihrer Seite aus wohl auch geblieben, wären nicht bald nach ihrer Abfahrt von Vila de Barro kurz nacheinander zwei Ereignisse eingetreten, die ihr Leben veränderten.

Eines Morgens trat Rebello auf sie zu und holte einen durchsichtigen, dunkelgrünen Stein aus seinem Ärmel, der in Gold gefaßt war und an einem dünnen, rohledernen Riemen hing.

»Ich wollte Ihnen diesen Stein schon seit längerer Zeit zeigen«, sagte er, »und zwar, bevor wir in das Gebiet kommen, in dem früher die sagenhaften Amazonen gelebt haben sollen. Dies hier ist ein sogenannter Amazonenstein, der den Kriegerinnen einst gehört haben soll.«

Rebello ließ den Stein im Sonnenlicht funkeln, dann legte er ihn in ihre Hand. »Behalten Sie ihn«, sagte er. »Ich habe ihn in Manaus für Ihre naturwissenschaftliche Sammlung erworben.«

»Aber das geht doch nicht«, protestierte Isabel.

»Doch, doch«, drängte Rebello. »Er ist schließlich nicht besonders wertvoll und vor allem von wissenschaftlichem Interesse für Sie!«

Isabel betrachtete den Stein eingehend. Er war schön wie die Smaragde, die sie besessen hatte. Aber er wirkte im Gegensatz zu diesen Edelsteinen auch noch irgendwie geheimnisvoll.

»Ich hoffe«, begann sie, »Sie werden mir einiges über den Stein erzählen können.«

»Aber ja«, entgegnete Mario de Rebello. »Jetzt gleich?«

»Warum nicht?« meinte Isabel. Aber in diesem Augenblick betrat ihr Vater das Achterdeck. Isabel schloß schnell ihre Hand um den Amazonenstein, und der Kapitän bemerkte es wohl. Er sagte aber nichts. Das kleine Geschenk soll wohl ein Geheimnis zwischen uns bleiben, dachte er.

»Brauchst du Carvajals Tagebuch noch?« fragte Don Pedro seine Tochter. »Ich würde gern ein wenig darin lesen und erfahren, was uns auf dem Amazonas noch alles erwartet.«

»Mach dich auf die schönen wilden Amazonen gefaßt!« lachte sie. »Möchtest du, daß ich das Buch aus meiner Kabine holen lasse?« Schon wollte sie Joaquin herbeiwinken, der in der Nähe stand, doch Don Pedro winkte ab. »Nein, es reicht, wenn du es zum Abendessen mitbringst. Ich habe noch ein paar Eindrücke vom heutigen Tage zu notieren, die ich nicht vergessen darf.«

»Also dann bis zum Abendessen«, empfahl sich Rebello und fügte hinzu: »Bei Carvajal erfahren Sie übrigens eine Menge über die Amazonen, deren einstigem Gebiet wir uns bald nähern.«

Bis zum Abend hatte Isabel die Textstellen gefunden und gelesen, in denen der Priester Carvajal sich mit den Amazonen befaßte, und nach dem Essen las sie daraus vor.

»Die Amazonen werden von der Kazikin Conori angeführt und haben weit und breit alle Waldstämme unterworfen. Viele Frauen, welche der Männerherrschaft überdrüssig sind, schließen sich ihnen an.«

»Was«, unterbrach Don Pedro, »versteht dieser Priester denn schon von Frauen? Ich hatte nie das Gefühl, daß Frauen sich von Männern beherrschen lassen. Na, vielleicht ist das bei den Indios anders.«

Rebello grinste, sagte aber kein Wort, und Isabel sah ihren Vater strafend an. Dann las sie weiter:

»Sie sind die besten Bogenschützen in diesem Teil des Stromes. Wollte ein Mann ihre Dörfer betreten, er würde auf der Stelle umgebracht. Nur einem Stamm ist es gestattet, sie einmal im Jahr aufzusuchen und an einem ihrer Feste teilzunehmen.«

»Was mag das wohl für ein Fest gewesen sein?« fragte Rebello scheinheilig.

»Ein Liebesfest, natürlich!« lachte Isabel. »Was denn sonst? Aber das Fest wäre Ihnen nicht zugänglich gewesen, Herr Kapitän. Carvajal berichtet hier, daß nur Männer vom Volk der Guaraia von den Amazonen eingeladen wurden.«

»Vielleicht haben wir Glück und bekommen die geheimnisvollen Schönen zu Gesicht«, sagte Don Pedro hoffnungsvoll.

Rebello schüttelte den Kopf. »Seit Orellana und Carvajal im Jahre 1542 ist das keinem Amazonas-Fahrer mehr gelungen, auch mir nicht, als ich vor einigen Jahren stromaufwärts fuhr.«

»Seien Sie froh«, sagte Isabel. »Aus Carvajals Tagebuch wissen wir doch, wie es den Konquistadoren bei ihrem Treffen mit den Amazonen ergangen ist. Über zwanzig von Orellanas Männern wurden schwer verwundet, er selbst wurde von einem Pfeil in den Hals getroffen und überlebte nur mit knapper Not.«

»Schade, daß es ausgerechnet ein Priester war, der die Geschichte von den Amazonen erzählt«, klagte Don Pedro.

»Wieso denn das?« wunderte sich Isabel über seine Frage.

»Nun ja, der Mann verliert schließlich kein Wort über das Aussehen der Damen. Waren sie nun schwarzhaarig und dunkelhäutig? Waren sie schlank und groß, oder hatten sie die gedrungenen, taillenlosen Körper, wie sie für die Weiber am Amazonas so typisch sind?«

»Na, du willst es aber ganz genau wissen«, lachte Isabel.

»Mein Interesse ist rein wissenschaftlich«, erklärte Don Pedro hoheitsvoll. »Dein Vorbild La Condamine hätte solche Fragen auch gestellt.«

Kapitän Rebello hatte Mühe, ein Grinsen zu unterdrücken. »Deine natürlich rein wissenschaftliche Neugier kann ich befriedigen«, lächelte Isabel. »Bei Carvajal werden die Amazonen unter anderem als ›Mannweiber‹, Coniapuyaras, bezeichnet. Sie waren hochgewachsen, hellhäutig und mit Ausnahme von Fellen, die sie um die Hüften trugen, nackt.«

»Siehst du«, sagte Don Pedro triumphierend, »der Priester hat doch genau hingeschaut. Schreibt er denn eigentlich auch, wo ihre Stadt stand?«

»Carvajal ist in dieser Hinsicht leider nicht präzise«, schaltete sich Rebello ein. »Ich nehme an, die Konquistadoren hatten den Rio Madeira schon passiert. Denn Carvajal schildert, daß sie mit einer Baumschwemme zu kämpfen hatten, wie sie für die Einmündung des Stromes typisch ist. Danach erreichten sie, glaube ich, ein Dorf der Tupinami, deren Häuptling sie um den Preis eines Spiegels dazu brachten, sie zu den Amazonen zu führen.«

»Ich glaube, ich habe die Stelle gefunden, an der Carvajal den Zusammenstoß mit den Amazonen schildert«, sagte Isabel. »Hier heißt es: ›Wir haben gesehen, wie diese Frauen vor all den Indianern als weibliche Hauptleute fochten. Sie kämpften so unerschrocken, daß die männlichen Indianer nicht wagten, uns den Rücken zu kehren, und wenn es doch einer tat, dann erschlugen die Amazonen ihn vor unseren Augen mit Keulen.‹«

Isabel sah ihren Vater an: »Na, bist du immer noch gespannt auf die Amazonen? Mir wären sie zu unfreundlich.«

»Doch, ja«, bekräftigte Don Pedro. »Ich würde gern besser verstehen, mit welchen Eigenschaften sie Orellana so beeindruckt haben, daß er den großen Strom nach ihnen benannt hat.«

»Dann sollten wir die Augen offenhalten, sobald wir in etwa einem Monat Santarém erreichen«, schlug Mario de Rebello vor. »Ich schließe aus Carvajals spärlichen Angaben, daß ihr mit Palisaden umfriedetes Dorf in der Nähe dieser Siedlung lag. Das heutige Santarém liegt am Rio Trombetas, einem Fluß, der im Gegensatz zum Amazonas kristallklar ist wie viele andere Flüsse an seinem Unterlauf. Nur dort gibt es die landschaftstypischen immergrünen Eichen und die Korkbäume, die Carvajal bei den Dörfern der Amazonen gesehen haben will. Wir können also in Santarém von Bord gehen und nach den Amazonen fragen. Ich zweifle allerdings daran, daß wir eine brauchbare Auskunft erhalten werden.«

»Es ist schon merkwürdig, daß sie vollkommen verschwunden sein sollen«, überlegte Don Pedro. »Vielleicht haben sie sich nach den schlechten Erfahrungen mit den Spaniern nur tiefer in den Urwald zurückgezogen?«

Rebello nickte. »Das wäre eine Möglichkeit. Eine andere wäre, daß sie in jenem Stamm aufgegangen sind, aus dem sie ihre Liebhaber und die Väter ihrer Töchter auswählten.«

Noch eine Weile saßen sie nachdenklich beisammen und tranken von dem Wein, den ihnen der Gouverneur der Provinz Omagua nach Las Lagunas geschickt hatte. Es war eine friedliche, mondhelle Nacht, erfüllt vom schläfrigen Grunzen der Alligatoren und den zahllosen Stimmen der Wildnis, die über das Wasser zum Ankerplatz der »Victoria« drangen. Durch das geöffnete Fenster fächelte eine leise Brise in die Kajüte, die die Kerzen flackern ließ und die Hitze milderte.

»Ich werde Joaquin bitten, mir das Moskitonetz auf dem Achterdeck aufzuspannen«, sagte Isabel, die auf einmal müde wurde.

»Ich würde mich dir gern anschließen und auch dort oben schlafen«, sagte Don Pedro. »Auf dem Deck atmet man freier als in der stickigen Kabine.«

»Das meine ich auch«, bekräftigte Rebello und verabschiedete sich von seinen beiden Passagieren.

Später lag Isabel noch eine Weile wach und lauschte den ruhigen Atemzügen ihres Vaters. Sie fühlte den kühlen, glatten Amazonenstein in ihrer Hand, das Geschenk von Mario de Rebello. Noch vor wenigen Tagen hatte sie geglaubt, daß Leidenschaft und Begehren aus ihrem Leben gewichen seien, daß sie erkaltet sei in vielen Tausend einsamen Tagen. Aber nun, bei dem Gedanken an ihn, erschauerte sie auf einmal. Es ist nur ein Zeichen dafür, daß ich wieder gesund werde, dachte sie. Mehr nicht.

Fünfundzwanzigstes Kapitel

Es gab keine Amazonen mehr am Rio Trombetas, jedoch einen Guaraia, der noch an ihren Liebesfeiern teilgenommen haben wollte. Die Begegnung mit ihm verdankten Isabel und Mario de Rebello einem Schiffbrüchigen, den der Kapitän in der Nähe von Santarém an Bord nahm.

Dieser Mann hatte sich von seinem durch Treibholz leckgeschlagenen Boot auf eine schwimmende Insel gerettet, ein auf dem Strom treibendes Stück Dschungel, das die reißenden Fluten irgendwo im Stromgebiet vom Festland abgetrennt hatten und das nun auf der Reise zu einem unbestimmten Ziel war. Der Schiffbrüchige war arm und konnte für Passage und Verpflegung auf der »Victoria« nicht bezahlen. Dennoch ließ ihm Rebello eine Schlafstelle vor dem Mast zuweisen. Dort hätte er sich gewiß nicht weiter um ihn gekümmert, wäre er ihm nicht noch einmal über den Weg gelaufen und hätte Rebello dabei nicht zufällig einen ganz ähnlichen Stein am Hals des Mannes entdeckt, wie er ihn Isabel geschenkt hatte.

»Wie heißt du?« fragte er den Caboclo freundlich.

»João«, antwortete der Mann demütig.

»João«, wiederholte Rebello, »der Name eines portugiesischen Königs.«

Der Mann lächelte geschmeichelt.

»Ich sehe, du hast da einen Amazonenstein am Hals. Kannst du mir sagen, wie du an ihn gekommen bist?«

»Er gehörte einem alten Häuptling vom Volk der Guaraia«, antwortete der Mann bereitwillig.

»Die Guaraia sind doch ausgestorben wie die Amazonen auch. Richtig?«

»Nein, es gibt noch einige wenige.«

»Amazonen auch?«

»Das weiß ich nicht. Aber ein Guaraia lebt bei Santarém. Er ist schon ziemlich alt. Auch er hat einen solchen Stein wie ich.«

»Du wirst mich zu ihm führen, sobald wir in Santarém sind«, befahl Rebello. Dann entließ er den Mann mit einem freundlichen Nicken.

Er nahm sich vor, entweder João oder diesem Indio den Amazonenstein abzuhandeln. Isabel und er würden dann ein schönes gemeinsames Andenken an die lange Reise besitzen.

Rebello suchte Isabels Nähe, so oft es möglich war, und nach seinem Gespräch mit João hatte er einen besonders guten Grund, eine Unterhaltung mit ihr zu beginnen. Er ging auf das Achterdeck, wo Isabel in ihre Aufzeichnungen versunken war.

»Ich habe Neuigkeiten für Sie«, begann er munter.

Isabel hob den Kopf und lächelte ihn freundlich an. »Nur zu, erzählen Sie. Mit meiner Arbeit komme ich im Augenblick doch nicht weiter.«

»Es gibt Anhaltspunkte dafür, daß die Amazonen wirklich in der Nähe von Santarém lebten. Immerhin soll dort ein Guaraia-Indio leben, der im Besitz eines Amazonensteines ist, ähnlich dem Ihren.«

»Wie interessant«, anwortete Isabel und legte den Federkiel zur Seite. »Und wer behauptet das?«

»Der Schiffbrüchige, den wir kürzlich an Bord nahmen. Er hat sich sogar angeboten, uns, wenn Sie wollen, zu dem Guaraia zu führen.«

»Natürlich will ich«, antwortete sie lebhaft. »Ich freue mich sogar darauf.«

Als dann einige Zeit später Santarém an der Mündung des Rio Trombetas auftauchte, ließ Isabel den Schiffbrüchigen zu sich bitten, um ihm einige Fragen zu stellen.

»Weißt du«, begann sie ohne Umschweife, »ob die Amazonen in der Umgebung von Santarém irgendwelche Spuren hinterlassen haben, zum Beispiel Reste ihrer Stadt?«

»Die Amazonen nicht«, antwortete João, »aber ihre Nachbarn, die Guaraia. Ich glaube sogar, daß Santarém vor Ankunft der Missionare das Hauptdorf der Guaraia war.«

»Woraus schließt du das?« fragte Isabel.

»Bis vor kurzem gab es dort nicht nur einige verfallene Häuser dieser Indios, sondern auch Spuren der einstigen kreisförmigen Anlage des alten Dorfes. Ich habe mir von Cunurís, dem alten Guaraia, zu dem ich den Kapitän führen werde, erzählen lassen, daß früher eine Trennlinie durch dieses Runddorf ging. Sie teilte die Gemeinschaft in zwei Hälften. Die Bewohner gehörten entweder einem nördlichen Klan, den sogenannten ›Besitzern der Gesänge‹, oder dem südlichen Klan, den ›Besitzern der magischen Pfeile‹, an und in ihrem jeweiligen Halbkreis wiederum dem roten Klan im östlichen Teil und dem schwarzen im westlichen Teil. Die Guaraia glaubten an ein göttliches Brüderpaar, das in Beziehung zu Sonne und Mond stand und die Seelen der Verstorbenen in zwei voneinander geschiedenen Totenländern empfing. Gemeinsam aber unterhielten die Guaraia das traditionelle Männerhaus in der Mitte des Dorfes – dort, wo jetzt die Kirche zur Heiligen Dreifaltigkeit steht.«

»Langsam, langsam«, unterbrach ihn Isabel, die Mühe hatte, der schnellen und genauen Schilderung des Indios zu folgen. »Ich muß mir deine Geschichte erst einmal notieren. Ich hoffe, du hast später noch einmal Zeit für mich. Ich werde dich wieder rufen lassen.«

»Für Sie habe ich immer Zeit«, sagte João ehrerbietig, »aber Cunurís weiß darüber wesentlich mehr als ich.«

Als die »Victoria« bald darauf bei Santarém vor Anker ging, fieberte Isabel dem Landgang entgegen. Mario de Rebello wollte jedoch zunächst allein von Bord gehen und die Lage erkunden. Er befahl der Mannschaft, auf dem Schiff zu bleiben, und bat Isabel, auf seine Rückkehr zu warten.

»Ich bin nicht sicher, ob wir hier freundlich empfangen werden«, sagte er und ließ sich, begleitet von João, in einem Beiboot an Land rudern.

Sie wurden jedoch gut aufgenommen. Als João, der lange fort gewesen war, in der am Ufer versammelten Menge nach dem alten Guaraia Cunurís fragte, erhielt er sogleich die Auskunft, der Alte habe sich ein Stück weiter flußaufwärts niedergelassen. Eine Greisin drängte sich an Rebello und João heran, blinzelte die beiden mit einem schiefen Grinsen an und krächzte mit Verschwörermiene: »Padre Sebastião will diesen Cunurís nicht im Dorf haben, und wissen Sie auch, warum? Weil er die Weiber ganz verrückt macht. Bei jeder Gelegenheit erzählt er von den Orgien der Amazonen, an denen er teilgenommen haben will. ›Schweinische Phantasien‹ nennt Padre Sebastião sein Gerede. Na, mich«, lachte die Alte, »läßt das kalt.«

Mario de Rebello glaubte ihr aufs Wort und entgegnete trocken: »Dann wird es dir sicher auch nichts ausmachen, uns zu Cunurís zu führen.«

Er legte ihr eine Münze in die Hand, und die Frau nickte erfreut. Sie wollte sich gleich auf den Weg machen, doch Rebello hielt sie zurück: »Warte«, befahl er, »ich will noch jemanden mitnehmen.«

Er ließ sich zur »Victoria« zurückrudern, um Isabel abzuholen. Auch Joaquin schloß sich ihnen an, während es Don Pedro, der unter einer Unpäßlichkeit litt, vorzog, an Bord zu bleiben. Seiner Mannschaft erlaubte Rebello, ins Dorf zu gehen. »Ihr könnt mit den Bewohnern Handel treiben«, befahl er, »aber laßt die Weiber in Ruhe. Die sind alle tugendhafte Christinnen.«

João hatte nicht zuviel versprochen. Cunurís war den Besuch wert. Unter den vielen neugierigen Caboclos, die mit ihm auf die kleine Lichtung vor seinem Haus strömten, fiel er schon durch seine Erscheinung auf. Er überragte selbst die größten Männer noch um Haupteslänge. Auch ging er nicht, wie sie, in zerlumpten Kleidern einher, sondern war bis auf eine Hüftschnur, unter die er seinen Penis geklemmt hatte, vollkommen nackt. Haut und Haar hatte er sich zum Schutz gegen die Waldgeister mit feuerroter Urucú-Farbe eingerieben. Isabel und Rebello sahen sofort den grünen Amazonenstein auf seiner Brust, und ihre Spannung auf das Gespräch mit dem Indio wuchs.

Cunurís war ein »Indio aldeado«, ein »angesiedelter« Indio, doch schien er seine angestammte Lebensweise weiterzuführen. Das galt schon für das traditionell gebaute, große Haus, in das er sie einlud, nachdem ihm João auf Tupí erklärt hatte, daß sich die weißen Besucher von ihm Auskunft über die Amazonen erhofften. Isabel bewunderte die stolze Haltung, in der ihnen der alte Mann zum Eingang des bienenkorbförmigen Hauses voranschritt. Jeder Zoll ein Häuptling, dachte Isabel. Dabei hat er nur seinen Körper, keine Orden, keine kostbaren Kleider. Nacktheit beeinträchtigt seine Würde in keiner Weise. Wie sähe Kapitän Rebello wohl aus, wenn er nicht Brokatweste, Dreispitz und Degen trüge, sondern barfuß und mit unbedeckter Blöße durch die Landschaft stolzierte? Bei dieser Vorstellung mußte sie sich zusammennehmen, um nicht laut aufzulachen. Der Kapitän ist der Kapitän, dachte sie dann, und der Häuptling ist der Häuptling. Jeder ist richtig an seinem Platz. Basta.«

Am Eingang wandte Cunurís sich um, und mit einer großartigen Geste, als ginge es zur Audienz bei einem König, hieß er die vier Besucher eintreten. Einige dreiste Bewohner von Santarém, die ebenfalls ins Haus drängten, wies er zurück, befahl jedoch seinen Frauen, diejenigen, die nicht zur Siedlung zurückgegangen waren, mit Maniok und Fisch zu bewirten. Cunurís war Zeit seines Lebens ein gastfreier Mann gewesen.

Sie setzten sich um eines der Glimmfeuer, deren schwaches Licht gerade ausreichte, die unmittelbare Umgebung zu erkennen. Isabel konnte nur ein paar Flechttaschen und Körbe an einem Tragbalken hinter Cunurís ausmachen. Zu gern hätte sie den ganzen Haushalt des Guaraia inspiziert. Aber das kam nicht in Frage.

Von einer Kochstelle löste sich auf Cunurís' Zuruf eine junge Frau, die in einem Tragband ein Baby trug. Sie kam nach einer kurzen Unterredung mit ihm noch einmal wieder und schüttete aus einer Bambusröhre einen Haufen dicker, lebender Larven in eine Schale. Rebello war angewidert. Als er jedoch sah, daß Isabel herzhaft zulangte, steckte er sich eine davon zögernd in den Mund. Dabei machte er ein Gesicht, als würde er zur Garrotte geführt. Isabel nickte ihm aufmunternd zu, und er schluckte die Larve unzerkaut herunter. »Nur aus Höflichkeit«, sagte er würgend. Er sah Joãos unterdrücktes Grinsen und fuhr ihn an: »Mach dich nützlich und übersetze. Frage den Alten, ob er sich von seinem Amulett trennen würde.« Dabei löste er eine Lederscheide von seinem Gürtel, in der ein hübsch verzierter Dolch steckte: »Diese Waffe«, sagte er, »wäre mein Angebot dafür.«

Als João die Frage übersetzt hatte, griff Cunurís nach dem Amulett an seinem Hals und drehte es unschlüssig zwischen den Fingern. Dabei blickte er begehrlich auf das Messer. Rebello reichte es ihm hinüber. Der Indio, nur an Waffen aus Stein, Holz oder Knochen gewöhnt, drückte mit dem Daumen etwas zu kräftig auf die Schneide. Er spürte kaum den Schmerz, aber im nächsten Augenblick quoll Blut aus der Schnittstelle. Cunurís verzog keine Miene, steckte aber wie ein Kind den Daumen in den Mund und saugte an der kleinen Wunde, bis das Blut versiegte.

Genau so lange brauchte er auch, um über das Angebot nachzudenken. Die magische Wirkung des Amazonensteins, überlegte er, weckt nur Wünsche, die meine Weiber mir nicht erfüllen. Und wären sie so bereitwillig wie die Amazonen, besäße ich nicht mehr die nötige Lendenkraft.

Cunurís war ein praktischer Mann. Das Messer, sagte er sich schließlich, kannst du besser gebrauchen als den Stein. Er streifte den Lederriemen mit dem Amulett über den Kopf und reichte es Kapitän Rebello. Dabei lächelte er hintersinnig und fragte ihn durch den Mund Joãos:

»Warum interessierst du dich dafür? Hat man dir erzählt, daß der Amazonenstein Lust zur Liebe macht?«

Der Kapitän errötete und schüttelte mißbilligend den Kopf. »Lust zur Liebe? Was redest du für Unsinn?« Es war ihm unangenehm, daß der Alte in Gegenwart einer Dame solche Reden führte.

Cunurís war durch die harsche Reaktion Mario de Rebellos keineswegs beleidigt. Unbekümmert sagte er: »Ich habe den Stein von einem Frauenkrieger erhalten. Weißt du überhaupt, wer diese Frauenkrieger waren?«

»Du wirst es mir erzählen«, antwortete Rebello nun wieder freundlich. Jetzt endlich nahm das Gespräch jene Wendung, die Isabel sich gewünscht hatte. Gespannt beugte sie sich vor. Der rotbemalte, im Widerschein des unter dem Schürholz aufglühenden Feuers wie ein Dämon wirkende Cunurís und die Atmosphäre in dem dämmrigen Raum mit den schattenhaften Gestalten im Hintergrund, ihrem Flüstern und Rascheln, nahmen sie vollkommen gefangen.

»Die Dörfer der Frauenkrieger«, begann der Alte seine Geschichte, »waren den unseren benachbart, solange mein Vater und mein Großvater zurückdenken konnten. Wir Guaraia waren selbst tapfere Krieger, und viele unserer Männer empfanden es als Schmach, daß unser Volk unter ihrem Schutz stand. Dabei schenkten die Amazonen, wie ihr Weißen sie nennt, uns doch nur ihre Freundschaft und waren mit ihren unübertrefflichen Bogenschützinnen zur Stelle, wenn wir von mächtigen Feinden angegriffen wurden. Ich weiß nicht, wie es zu dieser Freundschaft zwischen den Frauenkriegern und den Guaraia kam. Andere Stämme jedenfalls wurden von den mächtigen Amazonen unterdrückt oder gar vertrieben. Wir nicht! Vielleicht war das so, weil sie unsere Männer zu ihren Liebhabern ausgewählt hatten und deren Stolz nicht brechen wollten. Sie waren ja auch die Väter der Kinder aus diesen Verbindungen, besonders der Töchter, die wiederum Frauenkrieger werden sollten.

Ich bin sehr traurig darüber, daß das Frauenvolk vom Rio Trombetas fortzog. Es war die Zeit, in der immer mehr Weiße den Fluß befuhren. Die Kazikin der Amazonen wollte jede Berührung mit ihnen vermeiden. Sie wußte, welch zerstörerische Wirkung von ihnen ausgeht. Auch die meisten unserer Häuptlinge glaubten, daß uns die Weißen nur Unglück bringen würden. Unser Stamm spaltete sich, und die Besitzer der Pfeile zogen sich mit den Amazonen tief in den Wald zurück. Sie mußten der Königin schwören, niemals mehr in ihr altes Dorf am Rio Trombetas zurückzukehren. Mein Vater aber und einige weitere Sippen blieben hier. Sie wurden später Christen und vermischten sich mit den weißen Siedlern, die hier ankamen und den Ort Santarém nannten. Außer mir gibt es nun am Rio Trombetas keine Guaraia mehr.«

»Du sprichst nicht die Wahrheit«, unterbrach Rebello ihn rauh. »Sorgen wir weißen Christen nicht dafür, daß ihr nun friedlich als Waldbauern leben könnt ohne Angst, daß eure Feinde euch die Köpfe abschlagen, die Haut bei lebendigem Leibe abziehen und eure Herzen braten?«

»Wir waren«, erwiderte Cunurís stolz, »einst unbesiegbar, wir und die Amazonen. Der weiße Missionar, der Paje, dort in Santarém, aber konnte uns nicht schützen. Er hat uns durch seine Reden schwach gemacht. Unsere jungen Männer haben verlernt, sich wie Krieger zu verhalten. Unsere Feinde, die ihnen an den Waldpfaden auflauerten, töteten sie mit einer Leichtigkeit, als wären sie Goldhasen. Dann kamen weiße Sklavenjäger den Amazonas herauf, Christen, die unsere letzten jungen Männer einfingen und verschleppten.«

Mario de Rebello schwieg. Er wußte, daß der Gouverneur von Pará nicht einmal die Indio-Dörfer in seinem unmittelbaren Machtbereich vor den Sklavenjägern schützen konnte. Die Jesuiten, die man aus Brasilien vertrieben hatte, waren schon auf dem richtigen Weg gewesen, als sie die Indios militärisch organisiert hatten. Aber, so dachte Rebello, es ist müßig, mit Cunurís über dieses Thema zu diskutieren.

Isabel unternahm einen Versuch, das festgefahrene Gespräch wieder in Gang zu bringen. Vor allem wollte sie endlich mehr über die Amazonen erfahren. »Kannst du mir erzählen«, fragte sie daher, »wie die Frauenkrieger in ihren Städten gewohnt haben?«

»Ihre Städte«, antwortete Cunurís bereitwillig, »waren von hohen Palisaden umschlossen. Aber wie es dahinter aussah, weiß ich nicht. Nicht einmal wir Guaraia durften ihre Häuser betreten.«

Richtig, das hatte ich vergessen, dachte Isabel und fragte schnell: »Wo seid ihr dann zusammengekommen, wenn ihr mit ihnen ihr großes Fest gefeiert habt?«

Cunurís' Miene hellte sich auf. Die Frage zum Liebesfest gefiel ihm, zumal da sie von einer Frau gestellt worden war.

»Immer, wenn ein neues Jahr begann«, erzählte er, »sandten sie liebreizende Mädchen vor unser Dorf, die unsere jungen Männer mit lauten Rufen einluden, zu einem bestimmten Versammlungsort im Wald zu kommen. Dort wartete die Königin, die schön war wie eine Orchidee, und suchte persönlich die stattlichsten Männer unter uns für das Fest aus. Sie fragte auch nach unseren Taten, denn nur die tapfersten Krieger sollten mit ihren Frauen und Mädchen der Liebe pflegen. An die fünfzig waren es aus unserem Dorf. Ich gehörte natürlich dazu.«

»Natürlich«, warf Rebello ironisch ein.

Isabel sah ihn strafend an: »Unterbrechen Sie Cunurís nicht!« sagte sie streng.

»Schon gut«, brummte Rebello, obwohl er befürchtete, daß der Indio mit Details aufwarten würde, die er, der Kapitän, den Ohren einer tugendhaften Dame von Stand nicht zumuten wollte.

Cunurís fuhr fort: »Diejenigen Männer, die vor ihren Augen nicht bestehen konnten, schickte die Kazikin mit Geschenken zurück. Auf diese Weise vermied sie, daß die Verschmähten allzusehr gekränkt wurden. Wir Auserwählten aber wurden mit verbundenen Augen zu den Mädchen geführt, denn der Platz unseres Treffens war geheim. Ich, der ich das Fest schon einmal erlebt hatte, bemerkte früher als die Neulinge, daß wir uns dem Festplatz näherten. Denn der Wind trug mir einen vertrauten Duft zu, einen Duft, betörend wie die Liebe und bitter wie der Tod. Er wurde mit jedem Schritt stärker, bis er uns alle einhüllte.«

»Waren es denn die Mädchen, von denen dieser Duft ausging?« fragte Isabel.

»Die auch«, nickte Cunurís. »Vor allem aber waren es diese Dinge hier!« Er holte aus einem Lederbeutel drei goldfarbene Gegenstände, die auf den ersten Blick wie große Topase aussahen, und reichte Isabel und Rebello je einen der vermeintlichen Steine, damit sie diese betrachten konnten.

»Heilige Muttergottes, was ist denn das?« staunte Isabel, als sie ein großes Insekt erkannte, das in das goldgelbe Harz des Aroeira-Baumes eingeschlossen war.

»Das Gold der Amazonen, das die Spanier so verzweifelt suchten«, scherzte Rebello.

Der winzige Sarg mit dem prächtigen, metallisch schimmernden Insekt darin war durchsichtig wie Glas, so daß Isabel die Merkmale des Tieres gut erkennen konnte.

»Schauen Sie sich die Vorderbeine der Biene an«, erklärte der Guaraia. »Diese haben am Ende breit gefächerte Pinsel, mit denen das Tier winzige Duftperlen, die wie Schweißperlen auf der Oberfläche von Orchideenblüten glänzen, sorgsam abbürstet. Sobald die Härchen gesättigt sind, erhebt sich die Biene zu einem kurzen Schwirrflug und streicht die Flüssigkeit in zwei Rinnen an den mittleren Beinen, und von dort fließt sie in zwei bauchige Täschchen an den Hinterbeinen.«

»Wie hast du denn das alles so genau beobachten können?« fragte Isabel.

»Ich habe mir solche Bienen gefangen und sie genau untersucht«, antwortete Cunurís.

»Kann man sie denn so leicht fangen?«

»Ich glaube, wenn sie auf einer Blüte sitzen, macht sie der Duft so berauscht, daß sie Gefahren gar nicht wahrnehmen. Ich konnte sie einfach mit den Fingern abnehmen.«

»Und auf welche Weise haben deine prächtigen Bienen das Liebesfest der Amazonen bereichert?« fragte Rebello ungeduldig. »Haben die Frauen sie vielleicht getötet und ausgequetscht?«

»Nein, es war viel schöner!« schüttelte Cunurís den Kopf. »Wir kamen schließlich auf eine Lichtung, die von einem Kreis großer, offener Hütten gesäumt war. Dort wimmelte es von diesen Duftbienen. Sie schossen wie fliegende Edelsteine hin und her, und immer neue fanden sich ein. Wir durften uns unter die Laubdächer setzen und das Schauspiel auf der Lichtung beobachten, denn es war ein Teil des Festes. Hübsche Mädchen brachten uns köstliches Fleisch, Früchte und Getränke. Sie wuschen uns, bemalten uns und flochten uns das Haar.

Inzwischen hatten die Bienen ihre Dufttäschchen über Blüten und Blättern geleert, und die Duftwolke, die ich anfangs als so wunderbar verlockend empfunden hatte, erschwerte mir allmählich das Atmen. Aber jeder Atemzug versetzte mich auch mehr und mehr in einen rauschhaften Zustand, und die anderen Männer natürlich ebenso. Ich sah, wie sie auf ihren Matten lagen und nach Luft rangen. Und dann konnte ich beobachten, was dieser intensive Duft noch bewirkte. Er lockte aus allen Himmelsrichtungen Bienenweibchen an, die erst vereinzelt, dann in Schwärmen ankamen. Das Brummen ihrer Flügel wirkte geradezu bedrohlich. Sie flogen über die Büsche und Blumen am Rande der Lichtung und suchten sich unter den Männchen einen Partner.«

»Einen passenden Partner?« fragte Isabel. »Wer sagte dir überhaupt, daß es nicht die Weibchen waren, die den Duft verbreiteten?«

»Das weiß man eben!« sagte Cunurís knapp. »Jedenfalls herrschte reges Treiben auf der Lichtung. Oft stürzten sich mehrere Weibchen auf ein Männchen, und die Tiere verklumpten sich zu einer schillernden Kugel. Viele Pärchen flogen auch unter unser Dach und fielen uns auf die Köpfe.«

»Hattet ihr denn nicht Angst, gestochen zu werden?« fragte Isabel verwundert.

»Zu Anfang ja«, antwortete Cunurís. »Aber diese Bienen haben keinen Stachel. Im Gegensatz zu den echten Bienen aber haben sie eine Zunge, die so lang ist, daß sie sie beim Fliegen zwischen die Beine legen müssen. Damit können sie in die tiefsten Kelche eintauchen und Nektar trinken. Und wer weiß«, fügte er anzüglich grinsend hinzu, »was sie sonst noch alles damit anstellen.«

Rebello verstand die Anspielung und zuckte leicht zusammen, als João sie zögernd übersetzt hatte. Am liebsten hätte er den dreisten Alten zurechtgewiesen. Aber das konnte er nicht, ohne preiszugeben, woran er selbst bei diesen Worten gedacht hatte. Er warf einen verstohlenen Blick auf Isabel, die ein undurchdringliches Gesicht machte und unschuldig sagte: »Ich muß mir das mit der langen Zunge später unbedingt aufschreiben und auch die anderen Angaben von Cunurís. Sie helfen mir doch, Herr Kapitän, für den Fall, daß ich etwas vergessen sollte?«

Rebello nickte verwirrt und sagte: »Gern, Madame Godin.« Und um seine Verlegenheit zu überspielen, sagte er forsch zu Cunurís: »Ich nehme an, die jungen Amazonen haben sich nun verhalten wie die wilden Bienen?«

»Nein, das taten sie nicht«, sagte Cunurís versonnen. »Als mit dem raschen Einbruch der Dämmerung der gewaltige

Bienenschwarm zur Ruhe kam und auch der Duft in einem kühlen Lufthauch verflog, entzündeten die Frauen Feuer, in denen sie aromatische Harze verbrannten. Die Mädchen, die uns am Nachmittag Gesellschaft geleistet hatten, verließen uns nun, und wir blieben allein unter den Laubdächern.

Nachdem es vollständig dunkel geworden war, hörten wir hinter den Bäumen ein geheimnisvolles Rascheln, und ein paar Augenblicke später füllte sich der Platz vor uns mit jungen Frauen und Mädchen. Sie hatten ihre schlanken Körper mit gold- und rosafarbenen, smaragdgrünen und blaugoldenen Federn beklebt, die im Schein der Feuer aufleuchteten. Trommelklang setzte ein. Die Amazonen faßten einander um die Hüften, bildeten mehrere Ketten und tanzten in einem aufreizenden Rundtanz um die Feuer. Einige der jungen Männer wollten sich unter die Tänzerinnen mischen oder sich gar auf sie werfen, wie das in unseren Dörfern bei ähnlichen Anlässen üblich war. Aber die Erfahrenen unter uns, die schon mehrere solcher Feste erlebt hatten, hielten sie zurück. Sie wären schwer bestraft und vom weiteren Fest ausgeschlossen worden, denn die strenge Kazikin duldete keine Störung des althergebrachten Rituals.

Bald waren die Feuer niedergebrannt, und der Tanz war beendet. Wir sahen und hörten eine Weile nichts außer den Geräuschen des Urwaldes. Das machte den Neulingen unter uns Angst, aber ich sagte ihnen, daß die Amazonen über uns wachen würden und daß sogar die Waldgeister Furcht vor ihnen hätten. Das beruhigte sie.

Nach einiger Zeit hörte ich leises Flüstern und erregtes Atmen um mich herum. Ich hielt vor Spannung die Luft an und starrte in die Finsternis. Ich sah aber nur ein paar schattenhafte Gestalten, mehr nicht. Das kannte ich schon. Keiner von uns sollte wissen, welches der Mädchen sich zu ihm legte. Auch die Mädchen sollten den Mann nicht erkennen, zu dem sie sich gesellten. Das war auch eine der strengen Regeln dieses Festes. Auf einmal verspürte ich einen Lufthauch und eine leise Bewegung unmittelbar neben mir. Eine Frau ließ sich neben mir nieder und flüsterte beruhigende Worte in mein Ohr. Weiche Hände glitten schmeichelnd über meine Brust, meine Hüften, meine Beine, mein ...«

»Na, na«, unterbrach Kapitän Rebello. Aber João überhörte die Mahnung, und Cunurís fuhr mit der Schilderung seines Erlebnisses fort.

»Es war ein ganz wunderbares Gefühl, die zarten, vom Körper der Frau durchwärmten Daunenfedern auf der Haut zu spüren, als sie sich auf mich legte. Die Amazone war wie ein großes, schönes Tier mit einem seidigen Fell. Nur am Hinterteil und an den Innenseiten der Schenkel war ihre Haut nackt und glatt. Das erkannte ich, als ich nach einiger Zeit wagte, sie zu streicheln.«

Rebello, dem Cunurís' Geschichte zwar Vergnügen bereitete, der Isabel aber weitere Details ersparen wollte, warf wieder ein mahnendes »Na, na!« ein. Cunurís nahm das jedoch als Zustimmung und fuhr zu Isabels geheimer Freude mit seiner Erzählung fort.

»Obwohl diese Nacht mit einer Amazone schon die zweite in meinem Leben war, mir also der Lauf der Dinge hätte bekannt sein müssen, fühlte ich mich am Morgen traurig und leer. Da waren zwar immer neue Wellen der Wonne gewesen, gesteigert durch das lustvolle Stöhnen der anderen Paare unter dem Laubdach, aber nun blieb mir nichts als die

Erinnerung an süße Empfindungen, die mir die Hände, der Mund und der Schoß des Mädchens bereitet hatten.«

»Jetzt ist es aber genug, Cunurís!« Die Hand des Kapitäns fuhr wie ein Beil herab, um dem Alten das Wort abzuschneiden.

»Die weiße Dame«, sagte João diplomatisch zu Cunurís, »hätte gern noch viel mehr gehört, aber sie muß zurück zum Großkanu.« Der Hausherr lächelte verständnisvoll, ahnte aber, daß João log, zumal der weiße Mann unhöflich laut geworden war.

Auch Isabel fand, daß Rebellos Ton unangemessen war. Was weiß denn der arme Cunurís von den Sitten der Weißen und deren Prüderie in der Gesellschaft von Damen? dachte sie. Seine Leute finden die Geschichte sicher wunderbar aufregend, und unsere Männer ebenso, wenn ich nicht dabei wäre. Schade, daß ich nun nie erfahren werde, was Cunurís und seine Freunde in dieser Nacht noch alles erlebt haben und wie das Fest weiterging. Zu Rebello aber sagte sie freundlich: »Vielen Dank, daß Sie der ausschweifenden Geschichte des Indios ein Ende gemacht haben.« Und im betont sachlichen Tonfall der Wissenschaftlerin setzte sie hinzu: »Immerhin wurde mir klar, daß die Amazonenkönigin bei dieser Art des anonymen Liebesakts Regie führte. Sie wollte mit Hilfe von Dunkelheit vermeiden, daß die Beteiligten sich ineinander verliebten. Denn das hätte auf die Dauer das Ende des Amazonenstaates bedeutet.«

Rebello nickte respektvoll. »Vielleicht«, sagte er dann nachdenklich, »ist der Königin tatsächlich irgendwann die Kontrolle über die Gefühle der Menschen entglitten, und der Amazonenstaat hat sich aufgelöst.«

»Alle Achtung, Herr Kapitän«, sagte Isabel scherzhaft. »Sie wären ein guter Gelehrter geworden. Sie besitzen das Feuer der Phantasie und die Gabe der Logik.«

Rebello, der Isabel auf den ersten Blick verehrt hatte, erkannte in diesem Augenblick, daß er Isabel liebte. Wäre sie nicht mit Godin verheiratet, dachte er, würde ich alles daransetzen, sie für mich zu gewinnen. Cunurís schien seine Gedanken zu erraten. Mit einer Bestimmtheit, die jeden Zweifel ausschloß, sagte er beim Abschied: »In Ihrem Leben, Kapitän, wird bald eine große Veränderung eintreten und auch im Leben der Señora.«

Rebello war irritiert. »Wie meinst du das?« fragte er den Alten.

Dieser zeigte auf den Amazonenstein, den sich Rebello um den Hals gehängt hatte, und antwortete: »Der Stein führt die Menschen in Liebe zusammen.«

»Torheit«, brummte Rebello. Er hatte es plötzlich eilig, auf das Schiff zu kommen, um den Alten an weiteren Prophezeiungen zu hindern. Bevor sie gingen aber reichte Isabel Cunurís die Hand und sagte: »Wer weiß, vielleicht werden sich deine Worte erfüllen.«

Im selben Moment fragte sie sich, woher sie ihre Zuversicht nahm. Gerade in jüngster Zeit hatte sie sich immer wieder ängstlich im Spiegel betrachtet, das von weißen Strähnen durchzogene Haar, die Narben im Gesicht, den ausgezehrten Hals gesehen und traurig festgestellt, daß sie eine reizlose Frau geworden war, die leidenschaftliche Umarmungen nicht mehr erhoffen durfte. Und dennoch war ihr im Beisein Rebellos unwillkürlich diese Bemerkung über die Lippen gekommen. Sie konnte sich selbst nicht verstehen.

Später, als sie Cunurís, João, den Ort Santarém und die Mündung des Rio Trombetas längst hinter sich gelassen hatten, als das Schiff die Flußenge von Obidos passiert hatte, als das Mündungsdelta des Amazonas und mithin das Ende der Reise näherrückten, verwirrte Isabel die Entdeckung, daß ihr Herz pochte, sobald Mario de Rebello in ihrer Nähe auftauchte. Und immer kamen ihr dabei die rätselhaften Abschiedsworte des alten Cunurís in den Sinn, der Amazonenstein werde ihr Leben verändern.

So wie der Kapitän trug Isabel das Amulett seit einiger Zeit tagtäglich als Schmuck um den Hals. Und eines Abends, als sie sich allein auf dem Achterdeck wußte, nahm sie es in die Hand und versenkte sich in den Anblick des taubeneigroßen Steins. Er war dunkelgrün wie ein Waldsee, auf den die Schatten der Bäume fielen, und schien trotz seiner Klarheit unergründlich. Er ist schön, dachte sie, zwar nicht geschliffen wie unsere Edelsteine, aber doch harmonisch in seiner Form. Vielleicht hat der Indio nicht übertrieben, als er ihm magische Wirkung zuschrieb.

Isabel legte sich das Amulett wieder um den Hals. Sie blickte hinüber zu einer entfernten Insel, deren Waldkante in der schnell herabsinkenden Dämmerung zu einer schwarzen Silhouette wurde, und dachte nach.

Als märchengläubiges Mädchen hatte sie von magischen Kristallen gelesen, die in Bildern zu den Menschen sprachen. Aber das, sagte sie sich, waren ja doch Geschichten europäischen Ursprungs, Sagen von Zigeunern, Hexen und Feen gewesen. Die magische Welt der Indios ist eine ganz andere. Brujos, wie mein Cumbayo in den Anden, lenken mit ihren Amuletten auf dem Altar die Gedanken und Wege der Menschen über große Entfernungen hinweg. Sie schicken mit ihren magischen Pfeilen Krankheiten und Leiden, aber auch Liebe und Tod. Vielleicht ist es mit den Amazonensteinen im Urwald ähnlich. Sie verbreiten unter denen, die sie tragen, eine Aura der Liebe, der sie sich nicht entziehen können.

Isabel ahnte, warum sie sich zu Mario de Rebello hingezogen fühlte. Doch was, fragte sie sich ängstlich, hat Liebeszauber mit Liebe zu tun? Er mag gut gewesen sein für die Amazonen und ihre Paarungsrituale. Verläßlich aber ist er nicht. Denn er garantiert weder Echtheit noch Dauer der Gefühle. Plötzlich fühlte sie in sich den Drang, sich dieser Wirkung des Amuletts zu entziehen. »In den Fluß der Amazonen mit dir, wo du hingehörst«, sagte sie halblaut und griff entschlossen nach dem Stein. Aber als sie Schritte hinter sich hörte, hielt sie inne. »Joaquin?« fragte sie, ohne sich umzudrehen. »Bist du es?«

»Nein«, gab eine vertraute Stimme zurück. »Ich hoffe, ich störe Sie nicht.«

Ohne ihre Antwort abzuwarten, trat Rebello an die Reling. »Eine schöne Nacht«, sagte er leise, »aber auch eine gefährliche Nacht.«

»Warum gefährlich?« fragte Isabel erstaunt.

»Wir haben in ein paar Tagen Vollmond und dann Neumond.«

»Und weiter?«

»Es ist die Zeit, in der die Pororoca durch das Delta tobt.«

»Pororoca? Was heißt das?« fragte Isabel.

»Das Wort stammt aus irgendeiner Indianersprache und bedeutet ›Großes Brüllen‹ oder vielleicht auch ›Donnerndes Wasser‹. Stellen Sie sich eine bis zu zwölf Fuß hohe, durch die Anziehungskraft des Mondes ausgelöste Flutwelle vor, die vom Meer kommt, gegen den Strom aufläuft und alles unterpflügt, was ihr in die Quere kommt. Sie macht mir wirklich Sorgen, denn sie kann mein Schiff in den Wald werfen, als wäre es eine hohle Kokosnuß.« Rebello lauschte in die Nacht, als rechne er jeden Augenblick mit einem fernen Grollen, das die Katastrophe ankündigt.

Isabel sah ihn prüfend von der Seite an. »Sie meinen das doch nicht ernst, Herr Kapitän?«

»Doch«, sagte Rebello. »Aber ich hoffe«, fügte er beschwichtigend hinzu, »daß wir die Amazonas-Mündung bald passiert haben. Auf See kann uns die Pororoca weniger anhaben.«

»Sie werden mich gewiß sicher ans Ziel bringen, Mario«, sagte Isabel vertrauensvoll, und Rebello freute sich über dieses aller Etikette spottende Zeichen der Vertrautheit. Eine schwarze Wolke schob sich in diesem Augenblick über die mächtige Mondscheibe, und eine kühle Brise ließ Isabel zusammenschauern. Rebello legte ihr wortlos seinen Mantel um die Schultern und sagte: »Wollen wir unter Deck gehen?«

»Ja«, nickte sie. »Wollen Sie mich begleiten?«

Er half ihr den steilen Niedergang hinunter, und unter der flackernden Öllampe, die das Deck spärlich beleuchtete, bot Isabel ihm die Wange.

»Gute Nacht!« sagte sie.

»Gute Nacht!« antwortete Rebello, nahm wie selbstverständlich ihren Kopf in beide Hände und küßte sie weich und innig auf den Mund.

Isabel ließ es geschehen. Sie hatte seinen Kuß schon ersehnt, als er an Deck über die Gefahr der Pororoca doziert hatte. Ein paar Minuten später, als sie allein in ihrer Kabine war, versuchte sie ihre Gedanken zu ordnen. Mario, dachte sie nachdenklich, küßt nicht wie Jean mich früher geküßt hat, der immer gleich auf ein Abenteuer für die Sinne ausgewesen ist, sondern er küßt voller Zärtlichkeit. So küßt kein Mann, der nur vom Zauber eines Amazonensteins befangen ist wie ein Indio beim Liebesfest der Amazonen. Die Verheißung, die in dieser Entdeckung lag, nahm ihr fast den Atem. Und sie machte ihr Angst. Was sollte, was konnte sie damit anfangen?

Sechsundzwanzigstes Kapitel

Rebellos Hoffnung, den »Donnernden Wassern« zu entkommen, erfüllte sich nicht. In der folgenden Nacht schon rollten sie heran. Isabel war eben eingeschlafen, als sie durch ein heftiges Klopfen an der Kajütentür geweckt wurde. »An Deck! Schnell!« hörte sie Marios drängende Stimme. »Öffne die Tür. Es geht um Leben und Tod.«

Isabel fand nur mühsam aus dem Bett. Im Dunkeln zog sie ihr Kleid über, einen einfachen Kittel, und schob den Riegel zurück. Trotz ihrer Schlaftrunkenheit erkannte sie die Besorgnis in Marios Augen. »Rasch an Deck!« stieß er hervor. Er ließ ihr nicht die Zeit, in ihre Schuhe zu schlüpfen, sondern zog sie zum Niedergang. Als sie schon auf der dritten oder vierten Stufe war, spürte sie, wie sich seine Hände an ihr Gesäß legten und sie mit solchem Schwung emporschoben, daß sie beinahe auf die Planken gestürzt wäre.

»Wo sind mein Vater und Joaquin?« rief sie.

»Seien Sie unbesorgt«, sagte Rebello atemlos, »ich habe sie auch an Deck holen lassen.«

»Ich will zu ihnen«, verlangte Isabel und wollte nach ihnen suchen. Rebello aber hielt sie eisern fest. »Du bleibst hier auf dem Achterdeck!« befahl er, und Isabel mußte gehorchen.

Ohne von ihrer Seite zu weichen, befahl Mario de Rebello einigen Matrosen, die Ankertrosse noch weiter auslaufen zu lassen, damit die »Victoria« Raum hatte, die Flutwelle abzureiten. Schließlich machte ein ohrenbetäubendes Rauschen, das schnell näher kam, jede Verständigung unmöglich. Rebello preßte Isabel mit seinem Körper gegen das Schanzkleid und packte den Handlauf hinter ihr mit beiden Händen. »Los«, forderte er sie auf, »leg deine Arme um mich, und halte dich an mir fest.«

Man könnte uns für ein Liebespaar halten, dachte sie, als sie gehorsam die Arme um ihn schlang. Aber kaum jemand schaute zu ihnen hin. Alles starrte wie gebannt auf die schäumende, phosphoreszierende Flutwelle, die sich den Strom heraufwälzte und die ganze Breite seines Bettes ausfüllte. Man hörte das Krachen der Bäume und das ängstliche Geschrei aufgescheuchter Vögel. In diesen Augenblicken suchte an Bord selbst manch hartgesottener Sünder seinen Frieden mit Gott zu machen.

Isabels Blick war starr flußaufwärts gerichtet, so daß sie die Woge nicht sah, die auf die »Victoria« zurollte. Marios Stoßgebete aber sagten ihr genug. Sie preßte sich noch fester an ihn und betete mit ihm.

Die Woge war jetzt nur noch etwa sechshundert Fuß vom Schiff entfernt, eine haushohe Wasserwand, die noch immer zu wachsen schien. Sie ist höher als das Achterdeck, dachte Rebello besorgt. Wenn ich den falschen Ankerplatz gewählt habe, schlägt sie an Deck alles kurz und klein. Doch als die Flutwelle schon ganz nahe war, legte sie sich wie durch ein Wunder und lief unter dem Schiff hindurch. Ein feuchter Luftschwall hüllte die »Victoria« ein. Das Schiff hob sich und zerrte wild an den Ankertrossen, während abgerissene Äste an den Bug schlugen. Weiter aber geschah nichts.

Eine Zeitlang war es totenstill an Bord. Dann brach ein unbeschreiblicher Jubel los. Rebello hatte richtig gehandelt. Er hatte am Vorabend mitten im Strom Anker werfen lassen, an der tiefsten Stelle, die er hatte finden können. Dort würde, wie er Flores, seinem Ersten Offizier, und seinen Marinheiros erklärt hatte, die Woge zum größten Teil unter dem Schiff wegtauchen. »Nur flaches Wasser kann uns gefährlich werden. Dort würde uns die Woge hochheben und mit sich reißen. Hier aber sind wir sicher«, hatte er betont zuversichtlich erklärt. Aber da er zuvor noch keine Pororoca abgeritten hatte und dies alles Theorie war, hatte er sich kaum weniger gesorgt als seine Mannschaft.

Nun aber erkannten die Männer, daß sie ihrem Kapitän die Wahl des richtigen Ankerplatzes und damit ihr Leben verdankten. »Viva el Capitan! Viva Don Mario!« jubelten sie voller Dankbarkeit und winkten zum Achterdeck hinauf, wo Rebello Isabel noch immer in den Armen hielt.

Don Pedro und Joaquin, die inmitten der jubelnden Mannschaft standen, sahen die Szene ebenfalls. Isabel löste sich zwar in diesem Augenblick aus Marios Armen, aber Don Pedro ahnte, daß sie nicht nur Schutz bei ihm gesucht hatte. Ihm waren die vielen kleinen Zeichen der Zuneigung, die Isabel und der Kapitän in den letzten Wochen ausgetauscht hatten, nicht entgangen, und er hatte sich darüber gefreut. Aber er machte sich auch Gedanken über den Preis, den seine Tochter für ihre Gefühle eines Tages würde zahlen müssen. Am Ende der Reise wartete ihr Ehemann. Was war, wenn sie Rebello wirklich liebte? Würde sich ihr Schicksal wiederholen? Eine winzige Zeit des Glücks gefolgt von langen, freudlosen Jahren der Einsamkeit?

Gern hätte Don Pedro gewußt, was Joaquin beim Anblick des Paares dort oben empfand. Aber der Mann war schließlich sein Sklave gewesen. Mit ihm konnte er seine Sorgen nicht teilen, so sehr er ihn inzwischen auch schätzte. Und Joaquin, der ähnliche Befürchtungen hegte wie Don Pedro, vermochte die Schranken des Standes und der Rasse erst recht nicht zu überwinden.

So blickten die beiden gedankenverloren zu Isabel und Rebello hinauf, bis sich die beiden von der Reling zurückzogen.

Weder Don Pedro noch Joaquin wagten es, die Konsequenzen zu erwägen, die sich aus dieser Situation ergeben konnten, nämlich eine Trennung von Jean Godin. Nur Isabel hatte den Mut, das Undenkbare zu denken. Der Gedanke an eine Trennung von Jean kam ihr erstmals am Morgen des Abschieds von Mario. Er kam, nachdem sie ihre letzte Nacht an Bord der »Victoria« mit ihm verbracht hatte. Rebello hatte sie zu ihrer Kabine geführt und war einfach bei ihr geblieben. Sie hatten sanfte Zärtlichkeiten ausgetauscht und sich dabei in der Dunkelheit ein wenig an die Liebesfeste der Amazonen erinnert gefühlt.

Als Mario dann in die Kajüte gegangen war, stürzten tausend Gedanken auf Isabel ein. Da war sie ihrem Mann nun ein halbes Leben lang treu gewesen, und jetzt, so kurz vor dem Wiedersehen mit Jean, hatte sie die Nacht mit einem anderen Mann verbracht. Isabel spürte Angst, Angst vor der Trennung von Mario, Angst vor dem Wiedersehen mit Jean. Hin- und hergerissen von ihren Gedanken und Gefühlen durchwachte sie den Rest der Nacht. Als der Morgen graute, schlief sie erschöpft ein und wachte erst auf, als es schon heller Tag war. Das durchdringende Schreien der Möwen im

Kielwasser der »Victoria« verriet ihr, daß das Meer nahe war. Die Galeote machte nur geringe Fahrt, und plötzlich hörte Isabel die Ankertrosse rumpeln.

Sie kleidete sich rasch an und ging an Deck. Auf der Leeseite des Schiffes hing bereits das große Beiboot in den Taljen, mit dem Mario de Rebello nach Belém segeln wollte. Wie lange, dachte sie besorgt, muß Mario in dieser Nußschale wohl aushalten, bis er zu Hause ist?

Don Pedro trat zu ihr an die Reling. »Es ist ein tüchtiges kleines Boot«, sagte er tröstend, als hätte er ihre Gedanken erraten, und fügte hinzu, »Rebellos Reise damit wird vielleicht eine Woche dauern, kaum länger. Er muß das Delta überqueren, denn Belém liegt auf der anderen Seite.« Anschließend wandte er sich an einen der Marinheiros, der in der Nähe stand, und fragte. »Wo ist eigentlich der Kapitän?«

»Er ist mit dem Ersten Offizier noch in seiner Kajüte«, antwortete der Mann bereitwillig. »Vermutlich wird er ihm die Schiffspapiere übergeben und was sonst bei einem Kommandowechsel nötig ist.« Und mit einem angedeuteten Lächeln, das nur Isabel galt, fügte er hinzu: »Ich glaube aber, der Kapitän wird sofort an Deck kommen.«

Hier scheint schon jeder über uns Bescheid zu wissen, ärgerte sich diese, nickte dem Mann aber freundlich zu.

Kurze Zeit später kam Mario de Rebello mit seinem Ersten Offizier an Deck. Er war reisefertig, denn er trug bereits die Uniform eines Offiziers seiner portugiesischen Majestät, dazu eine reich geschmückte lederne Umhängetasche, in der Isabel seine persönlichen Dinge vermutete. Er wird vielleicht nicht einmal ein paar Abschiedsworte unter vier Augen mit mir wechseln können, dachte sie traurig, als sie sah, daß die ganze Mannschaft vor der Reling angetreten war, wo das Fallreep schon hinabgelassen wurde. Don Pedro sah seine Tochter bekümmert an, denn er ahnte, was sie in diesem Moment fühlte.

Die Stimme Rebellos riß beide aus ihren Gedanken. »Männer«, rief Rebello, »ich übergebe die ›Victoria‹ an Leutnant João Flores, der das Schiff bis nach Fort Oyapok in Guayana und dann zurück nach Belém führen wird, wo ich euch hoffentlich schon in einem Monat gesund wiedersehen werde. Von jedem einzelnen erwarte ich, daß er seine Pflicht unter dem neuen Kommando nicht weniger gewissenhaft erfüllt wie unter meinem Befehl. Bringt Señora Isabel wohlbehalten zu ihrem Reiseziel. Vergeßt niemals, daß sie als Gast Seiner Majestät des Königs an Bord ist. Gottes Segen für euch und die ›Victoria‹!«

Mario de Rebello, der entsprechend seiner Order von hier aus auf den Posten des Stellvertretenden Kommandeurs der Festung Belém zurückkehren mußte, verabschiedete sich von dem neben ihm stehenden Flores mit einer kurzen Umarmung. Er schüttelte die Hände der Nächststehenden und winkte den Marinheiros zu. Schließlich umarmte er auch Don Pedro und klopfte Joaquin kräftig auf die Schulter. Zuletzt trat er zu Isabel, deren Herz so heftig schlug, daß sie Angst hatte, er könne es bemerken. Für einen kurzen Augenblick, in dem er ihre Hand küßte, war ihr sein Gesicht ganz nah. »Vaya con dios!« sagte er leise. »Ich hoffe, wir sehen uns in diesem Leben wieder.«

Das kleine Boot mit Mario de Rebello setzte ein Luggersegel und glitt langsam davon, während Isabel mit vielen anderen an Bord an der Reling stand und ihm nachsah.

»Er wird mir fehlen«, unterbrach Don Pedro das Schweigen. Isabel antwortete nicht, weil ihr Vater nicht merken sollte, daß sie mit den Tränen kämpfte. Plötzlich stand Joaquin neben ihr und lehnte sich über die Reling. Dabei kam er ihr so nahe, daß sich ihre Schultern berührten. Ohne Isabel anzusehen, raunte er ihr zu: »Ich habe einen Brief für Sie.« Diskret schob er ihr einen Umschlag zu, der so klein gefaltet war, daß er in ihren Handteller paßte, und flüsterte: »Er ist von Kapitän Rebello.«

Als sich ihre Hände berührten, hielt Isabel seine Fingerspitzen einen Augenblick fest und drückte sie dankbar. Während Joaquin sich mit einer Verbeugung zurückzog, lächelte er ein wenig rätselhaft und setzte hinzu: »Sollte dieser Brief eine Antwort verlangen, bringe ich sie nach Belém. Ich habe mich ans Reisen gewöhnt.«

Isabel blickte ihn fragend an, sagte aber nichts. Geduldig sah sie an der Seite ihres Vaters, der von alldem nichts bemerkt hatte, noch eine Weile zu, wie die Mannschaft den Anker lichtete und Segel setzte. Dann entschuldigte sie sich und ging in ihre Kabine. Dort las sie Rebellos Liebesbrief.

»Teure Isabel«, stand dort in etwas ungelenker Handschrift, »die Zeit, die ich mit Dir auf der ›Victoria‹ verbringen durfte, war ein großer Gewinn, und gern hätte ich diese noch bis zum Ziel Deiner Reise verlängert. Aber der Gouverneur von Pará erwartet meine unverzügliche Rückkehr auf meinen Posten in der Garnison von Belém. Außerdem erscheint es angesichts gewisser Geschehnisse zwischen uns nicht ratsam, daß ich bei Deinem Treffen mit Señor Godin zugegen bin. Sollte aber das Resultat dieses Treffens nicht zu Deiner Zufriedenheit ausfallen, so zögere bitte nicht, Dich an mich zu wenden. Es wäre mir eine Ehre, mein Haus mit Dir, Deinem Vater und Joaquin zu teilen. Betrachte mein Angebot bitte nicht als Aufdringlichkeit. Es erfolgt nach reiflicher Prüfung meiner Gefühle.

Dein Bote findet mich in der Garnison von Belém. Solltest Du es wünschen, werde ich jede erdenkliche Anstrengung unternehmen, Euch aus Oyapok abzuholen. Erhalte ich jedoch keine Nachricht, so weiß ich, daß sich dieser Brief erübrigt hat.

Immer zu Deinen Diensten. Dein Dir sehr ergebener Mario de Rebello.«

Isabel ließ den Brief sinken. So hölzern wie dieser portugiesische Offizier schrieb kein anderer Mann, den sie kannte. Das Wort Liebe kam in keiner Zeile vor – und dennoch, das wußte sie, war es ein Liebesbrief!

Bis nach Oyapok, wo sich Jean Godin aufhielt, waren es nur noch etwa hundertfünfzig Leguas. Der Ort lag an der Mündung des gleichnamigen Flusses, der die östliche Grenze Französisch-Guayanas mit Brasilien bildete. Bei günstigem Wind hätte die »Victoria« ihr Ziel also in weniger als eine Woche erreichen können. Doch kam es anders. Flores konnte das Schiff nicht von den gefährlichen Strömungen fernhalten, die beim Einfließen der Wassermassen des Amazonas ins offene Meer entstanden. Schon ein paar Stunden, nachdem Rebello das Schiff verlassen hatte, zerschlug ein schwerer Brecher das Ruder der »Victoria«, und bald darauf verlor sie auch noch einen Anker.

Flores suchte Zuflucht in der Bucht von Mayacare, in deren Schutz er das Ruder reparieren lassen wollte. Es sei aber unverantwortlich, eröffnete er Don Pedro und Isabel, die Weiterfahrt in diesen schwierigen Gewässern mit nur einem Anker zu wagen. Er schlage daher vor, Señor Godin über die Havarie zu informieren. Er solle ein Schiff schicken, das sie beide sicher nach Oyapok bringen könne.

Noch am selben Tag wurde das zweite Beiboot der »Victoria« klar gemacht und mit einer tüchtigen Mannschaft auf die Reise geschickt.

An Bord des Bootes war auch Joaquin, der Jean Godin von der Ankunft seiner Frau in Mayacare unterrichten sollte. Isabel hatte sich nicht dazu entschließen können, Jean einen persönlichen Brief zu schreiben. Sie hatte gefürchtet, nicht die rechten Worte zu finden. Zu sehr war sie aufgewühlt durch ihre Gefühle für Mario, die seit dem Abschied von ihm nur noch intensiver geworden waren. Am liebsten hätte sie die Wiederbegegnung mit Jean hinausgeschoben, bis sie mehr Klarheit über ihre eigenen Wünsche gewonnen haben würde. Darum war sie auch froh über die durch die Havarie der »Victoria« entstandene Verzögerung.

Drei Wochen dauerte das Warten. Dann, am sonnigen Nachmittag des 18. Juli 1770, glitt mit gemächlichem Ruderschlag eine Galeote in die spiegelglatte Bucht von Mayacare. Im Topp flatterte das Lilienbanner Frankreichs. Es war ein schöner und friedvoller Anblick, der sich den Marinheiros an Bord der »Victoria« bot, und außer Don Pedro ahnte niemand die Qual, die er für Isabel bedeutete.

Flores ließ Salut schießen, als die Galeote unweit der »Victoria« beidrehte und vor Anker ging. »Ist es nicht ein wahres Wunder?« sagte er pathetisch, als er sich zu Isabel und Don Pedro gesellte, »nach zwanzig Jahren der Trennung werden Sie, verehrte Doña Isabel, nun bald mit Ihrem Herrn Gemahl vereint sein!« In Gedanken fügte er hinzu: Und ich kann endlich nach Hause fahren. Anstelle seiner Tochter nickte Don Pedro und sagte lahm: »Ja, es ist wohl wirklich ein Wunder.«

Isabel blickte stumm zu dem anderen Schiff hinüber, und Don Pedro sah besorgt, daß ihr Gesicht starr und blaß war. »Lies den Namen des Schiffes«, sagte sie tonlos.

Don Pedro starrte auf den Namenszug, der in schwungvollen weißen Lettern am Spiegel der Galeote prangte, und in diesem Augenblick fiel der Name des Schiffes auch mehreren Männern an Bord auf. »Mein Gott«, schrie einer von ihnen, »die Galeote heißt ›Isabel‹.«

»Bravo!« rief ein anderer daraufhin. »Das ist wahre Liebe!«

»Tatsächlich, Ihr Name!« stellte Flores fest. »Was sagen Sie dazu, Madame?« Dabei winkte er dem hochgewachsenen Mann zu, der stolz im Bug des Beibootes stand, das von der französischen Galeote ablegte. Isabel kämpfte mit den Tränen, und Don Pedro antwortete ohne Begeisterung: »Das hätte ich nicht erwartet.« Dann stieß er seine Tochter leicht mit dem Ellbogen an und sagte leise: »Ich weiß, unsere Gefühle spielen uns manchmal seltsame Streiche. Aber nun nimm dich zusammen, und mache ein freundliches Gesicht.«

Don Pedro verstand seine Tochter sehr gut. Aber er wollte nicht, daß sie ihrem Mann kühl und abweisend begegnete und der Mannschaft damit ein peinliches Schauspiel bot. Auseinandersetzen konnte sie sich später noch mit ihm. Jetzt mußte vermieden werden, daß sich die Portugiesen die Frage stellten, warum sie das Opfer und die Strapazen einer endlosen Amazonas-Expedition auf sich genommen hatte, wenn nicht für eine unsterbliche Liebe.

Isabel war ihrem Vater dankbar, daß er sie ermahnt hatte. Du mußt das Unvermeidbare ertragen, dachte sie. Schlimmer, als die vergangenen Katastrophen waren, kann es nicht werden. Sie hätte sich allerdings nicht träumen lassen, daß sie ein Wiedersehen mit Jean eines Tages mit Schicksalsschlägen vergleichen würde. Und in dem Moment, in dem sie sich dieser Ironie bewußt wurde, gewann sie auch ihre Fassung wieder. Als Jean nur noch wenige Bootslängen von der »Victoria« entfernt war, brachte sie es sogar fertig, ein Spitzentuch aus dem Ärmel zu ziehen und ihm zuzuwinken. Don Pedro nickte ihr anerkennend zu.

Das Boot legte an, und Jean Godin kletterte mit solchem Schwung das Fallreep hinauf, als wäre er in seinen Dreißigern. Er sah aus, als könne er kaum erwarten, Isabel in seine Arme zu schließen. Als er an Deck stand, verlor Isabel dann doch ihre Gelassenheit. Ihre Schläfen pochten, und sie tastete Halt suchend nach der Hand ihres Vaters. »Gemach«, flüsterte Don Pedro ironisch. »Du darfst jetzt nicht die Fassung verlieren, mein Mädchen. So aufregend wie einst sieht er doch wirklich nicht mehr aus.«

Don Pedros hämische Bemerkung war zwar unangebracht, aber wahr. Godin wirkte verlebt und über die Zahl seiner Jahre hinaus gealtert. Der Glanz seiner blauen Augen war verblaßt, dicke Tränensäcke und die schlaffe, gepuderte Haut kündeten von den Ausschweifungen vergangener Jahre. Sein Anblick löste in Isabel eine Lawine widerstreitender Empfindungen aus, Erinnerungen an ihr allzu kurzes Glück mit ihm, an ihre Tochter Carmen, der er nie ein Vater gewesen war, an den Tod ihrer Brüder, ihres geliebten Neffen und ihrer Zofen. Neben dem Schmerz darüber empfand sie in diesem Augenblick aber auch Hoffnung, all diese Opfer könnten nicht ganz umsonst gewesen sein und sie würden doch wieder einen Weg zueinander finden. Tief in ihr glomm noch ein Funken jenes alten Gefühls, das sie einst als blutjunges Mädchen schier um den Verstand gebracht hatte. Nur zu gern hätte sie diesem Gefühl nachgegeben, aber es gelang nicht. Allzuviel war inzwischen geschehen, zu viele Fragen brannten ihr auf der Seele.

Isabel löste ihre Hand aus der ihres Vaters. Sie straffte sich und sah Jean nun direkt in die Augen.

Godin hielt ihrem Blick stand und wirkte beinahe trotzig. Er ahnte, was in ihrem Kopf vorging. Schließlich hatte er die Begegnung mit ihr in den Tagen seit seiner Abreise von Oyapok immer wieder durchgespielt, hatte sich alle möglichen Fragen gestellt und diese auch beantwortet. Nein, er konnte keine wirkliche Schuld bei sich entdecken – nicht an der langen Trennung und nicht daran, daß er sie ohne seinen persönlichen Schutz hatte reisen lassen. Die Umstände waren schuld daran, wie sie bald einsehen würde.

Godin hatte sich auch ausgemalt, wie er seinen erprobten Charme einsetzen würde, um die Wand der Entfremdung zwischen ihnen zu überwinden. Damit hatte er Isabel schon früher beeindruckt und nach ihr noch manche Frau in Guayana. Jetzt mußte er sich noch einmal bewähren. Mit einem etwas schiefen, aber siegessicheren Lächeln unter dem grauen Bärtchen trat er die wenigen Schritte auf sie zu und zog sie in seine Arme. Isabel ließ es geschehen und auch, daß er ihr Gesicht mit Küssen bedeckte.

Jeans Temperamentsausbruch war ganz nach den Herzen der Portugiesen.

»Laßt sie hochleben!« rief einer der Marinheiros.

»Das Paar soll hochleben!« stimmte ein anderer ein.

»Viva Doña Isabel! Viva Don Juan!« brüllten die Männer. Auch von Godins Schiff schallten Hochrufe herüber. Und im Handumdrehen wurden Isabel und Jean von den Marinheiros auf die Schultern genommen und im Triumph auf dem Deck herumgetragen.

Dieser ersten Begegnung folgte nun eine Zeit, während der die beiden kaum mehr als ein paar belanglose Worte miteinander wechseln konnten. Zuerst gab Godin ein Essen für Flores in der Kajüte der »Isabel«. Danach veranstaltete Don Pedro eine Abschiedsfiesta für die Mannschaft der »Victoria«, an der auch die Franzosen teilnahmen, die Wein und Rum aus Guayana mitgebracht hatten. Schließlich war es für Isabel und Don Pedro zu spät, auf Jeans Schiff umzuziehen. So verbrachte Isabel eine letzte Nacht auf der »Victoria«.

Sie war darüber nur froh. Eine Galgenfrist, dachte sie mit grimmigem Humor. Sie hätte sich in dieser Nacht nicht einfach zu Jean legen können, und sie wußte nicht, ob sie das in absehbarer Zeit überhaupt über sich bringen würde. Seine Begrüßungsküsse hatten sie jedenfalls kaltgelassen, zumal er durch Heftigkeit Leidenschaft vorgetäuscht hatte. Was hatte er sich eigentlich dabei gedacht? So abgestumpft war sie doch nicht, daß sie das nicht bemerkt hätte.

Isabel war sehr müde. Dennoch konnte sie nicht einschlafen. Erst mußte sie die Eindrücke dieses Tages verarbeiten. Schließlich war es der Tag gewesen, den sie ersehnt und gefürchtet hatte. Sie hatte ihn glücklich überstanden, gewiß. Sie war sogar mit gestärktem Selbstbewußtsein daraus hervorgegangen. Jean hatte sie nach einiger Zeit eigentlich nur noch amüsiert mit seinem Rollenspiel, bei dem er als temperamentvoller Liebhaber aufgetreten war, als weltläufiger und großzügiger Gastgeber der Portugiesen, als Mann der Wissenschaft. Sie glaubte, daß er keine dieser Rollen auf die Dauer durchhalten würde – mit Ausnahme der Rolle des Trinkers! Er hatte den ganzen Tag Wein getrunken wie ein Verdurstender, so daß er schließlich von einigen seiner Leute halb bewußtlos zu seinem Schiff gebracht werden mußte.

Der jahrelange übermäßige Alkoholgenuß hatte auch seinen Tribut gefordert. In Jeans früher so anziehendem Gesicht traten die Augen nun krötenhaft hervor. Ihre tiefblaue Iris, die Isabel so geliebt hatte, war trüb geworden, als läge eine Nickhaut darüber wie bei einem schlafenden Vogel. Auch sein ehemals so ebenmäßiger schöner Körper zeigte Spuren ungesunder Lebensweise. Schlank geblieben waren nur Schultern und Brust. Und zu dieser deformierten Figur wollten die langen Beine, die schon immer etwas dünn gewesen waren, nun erst recht nicht mehr passen.

Heilige Muttergottes, wie gnadenlos bin ich geworden, dachte Isabel. Sie mußte sich eingestehen, daß ihre abschätzige Betrachtung auch eine wenig souveräne Reaktion auf seine taxierenden Blicke war. Aber, dachte sie dann, soll ich mich durch seine Blicke beleidigen lassen? Er scheint nicht einmal zu ahnen, wie ich für ihn gelitten habe. Aber er wird es noch erfahren! Und ich will wissen, warum er zwanzig Jahre gebraucht hat, um sich auf mich zu besinnen, warum er nicht nach Riobamba kam, um mich abzuholen, und warum er einen Stellvertreter nach Las Lagunas schickte, wohin er bequem mit Mario hätte reisen können. Und sollten seine Antworten mich nicht zufriedenstellen, wird es keine gemeinsame Zukunft geben. Mit diesem zornigen Entschluß schlief sie endlich ein.

Es dauerte dann doch einige Tage bis zum »Tribunal«, wie Don Pedro, den sie in ihre Absichten eingeweiht hatte, die bevorstehende Auseinandersetzung mit Jean nannte. Denn am nächsten Tag war Jean noch so benommen, daß er überhaupt nicht ansprechbar war. Dann, nach dem Abschied von der »Victoria«, mußte sich die kleine Galeote durch ein von widrigen Winden und Strömungen aufgewühltes Meer kämpfen und wurde dabei so durchgeschüttelt, daß Isabel seekrank wurde und in ihrer Koje bleiben mußte, bis das Schiff die Mündung des Rio Oyapok erreichte. »Laß uns abwarten«, riet Don Pedro seiner Tochter dort, »bis wir auf der Hazienda angekommen sind.«

Er sagte ihr freilich nicht, daß sein Urteil bereits feststand. In seinen Augen war Jean der windige Großsprecher geblieben, als den er ihn in Riobamba betrachtet hatte. Joaquin hatte mit einer schier unglaublichen Geschichte zu dieser Einschätzung beigetragen. Er war mit einem schwarzen Seemann auf dem Schiff ins Gespräch gekommen und hatte dabei erfahren, daß die Galeote gar nicht Godin gehörte, sondern für diese Reise nur gechartert worden war.

»Und wieso«, hatte Joaquin den alten Steuermann gefragt, »trägt das Schiff dann den Namen ›Isabel‹?«

»Das«, hatte der Schwarze schmunzelnd erklärt, »war nicht mehr als ein Auftrag an einen Zimmermann, der diesen Namen auf ein Brett gemalt und über den eigentlichen Namen des Schiffes an den Spiegel genagelt hat.«

Don Pedro beschloß, dieses Wissen einstweilen für sich zu behalten, und verpflichtete auch Joaquin zum Stillschweigen.

Er selbst aber wollte die Wahrheit wissen, und als der wachsame Joaquin ihm berichtete, daß das Namensschild in der Nacht vor dem Einlaufen in den schäbigen Flußhafen Oyapok wieder entfernt worden war, stellte er seinen Schwiegersohn zur Rede.

Jean freilich war wie einst um eine Antwort nicht verlegen. Diese aber verschlug Don Pedro doch die Sprache. »Mit Isabels Namen auf dem Schiff«, erklärte er, »wollte ich meine Frau schon von fern begrüßen. So wie man ein Willkommensschild und Girlanden über die Tür des Hauses hängt, wenn eine Braut einzieht. Ich dachte, das sei ein blendender Einfall!«

»In der Tat blendend!« gab Don Pedro bissig zurück und ließ Godin stehen, ohne ihn eines weiteren Blickes zu würdigen.

Über dem Eingang zu Jeans Haus jedoch vermißte Don Pedro Willkommensschild und Girlanden. Er hätte eine solche Geste auch als Hohn empfunden angesichts der abweisenden Blicke einer dicken Mulattin, die Jean als seine Haushälterin und Köchin vorstellte. Diese hatte sich auf der Treppe der Holzveranda aufgebaut und es nicht einmal für nötig gehalten, zum Empfang ihres Herrn, seiner Frau und seines Schwiegervaters ihre schmutzige Schürze abzulegen.

»Besteht dein ganzes Personal nur aus dieser Schlampe?« fragte Don Pedro seinen Schwiegersohn barsch und übersah den ironisch angedeuteten Knicks der Frau.

»Nein«, antwortete Jean etwas verlegen, »meine Leute sind auf der Plantage. Im Haus arbeitet zu dieser Zeit nur noch Jasmin, Elenas Tochter. Wo, zum Teufel, steckt deine Tochter eigentlich?« fuhr er die Haushälterin an.

»Sie hat das Schiff einlaufen sehen und ist nach oben gegangen, um die Zimmer für die Herrschaften herzurichten«, antwortete die Frau und fügte hinzu: »So schnell haben wir ja auch nicht mit Ihrer Rückkehr gerechnet.«

»Nun gut«, sagte Jean. »Zeig Joaquin, dem Diener von Madame Isabel, die Zimmer, in die er das Gepäck schaffen soll, wenn er vom Hafen kommt.«

Isabel merkte ihm an, daß er sich mit Elena nicht anlegen wollte. Und in dem Zimmer, in das er sie führte, glaubte sie auch den Grund dafür zu entdecken. Dieser Grund war ungefähr so groß wie sie, hatte eine samtige, hellbraune Haut, war auf eine derbe Art hübsch und sehr jung, nur ein paar Jahre älter als sie zu jener Zeit, da Jean nach Riobamba gekommen war. Er schläft mit ihr! dachte sie instinktiv.

Jasmin hatte das Bett bezogen und strich gerade die Decke glatt. Sie gab sich kaum Mühe, ihre Abneigung gegen Isabel zu verbergen. Zwar sagte sie artig: »Willkommen, Madame Godin«, aber dabei wich sie Isabels freundlichem Blick aus und erwiderte deren Lächeln nur mechanisch. Sekunden später huschte sie mit gesenktem Kopf hinaus.

»Sie ist ein bißchen scheu«, erklärte Jean verlegen. »Aber das wird sich geben.« Er trat auf Isabel zu, umarmte sie und versuchte, sie auf den Mund zu küssen. Sie jedoch wandte den Kopf zur Seite. »Na gut«, sagte er unsicher, »ich werde jetzt gehen und auf der Plantage kurz nach dem Rechten sehen.« Wie zu sich selbst fügte er entschuldigend hinzu: »Von Oyapok darf man nicht lange fortbleiben, sonst geht alles drunter und drüber.«

Der verführerische Duft des jungen Mädchens verwehte auch nicht, als Isabel allein im Zimmer zurückblieb. Er schien an allen Gegenständen zu haften, die sie berührt, und an dem Schrank, in dem ihre Wäsche gelegen hatte. Sie hat in diesem Raum mit ihm geschlafen, dachte Isabel, und jetzt bin ich in ihr Revier eingedrungen.

Sie war nicht einmal eifersüchtig auf Jasmin und auch nicht wütend auf Jean. Viele weiße Pflanzer hatten eine Geliebte oder schliefen bei Gelegenheit mit einer farbigen Dienerin. Deren Fleisch war ja so wohlfeil! Das hatte auch für Isabels Vater gegolten. Ihre Mutter war ihm natürlich auf die Schliche gekommen, hatte ihn aber deswegen nicht weniger geliebt. Und Jean, dachte sie, ist erst recht nicht der Mann, der zwanzig Jahre ohne Geliebte leben würde. Darauf zu hoffen, wäre wirklich naiv gewesen. Dennoch war Isabel an diesem Nachmittag so traurig, daß sic hätte weinen können. Sie zog die Vorhänge zu und legte sich aufs Bett. Vielleicht, dachte sie, ist es der Gedanke, daß ich wohl endgültig von Jean Abschied nehmen werde, der mich so bedrückt – jetzt, da wir nach zwanzig Jahren der Trennung wieder zusammenleben könnten. Und Jean? Hat er nicht innerlich längst Abschied von mir genommen? Vielleicht schon vor zwanzig Jahren? Aber weshalb hat er mir dann diese Reise zugemutet?

Sie hätte die Antwort auf ihre Fragen vielleicht erst viel später gefunden, wäre ihr Vater nicht gewesen. Nicht erst seit dem Schwindel mit dem Schiffsnamen mißtraute Don Pedro Jeans Motiven gründlich. Er hatte den Verdacht, daß der Franzose sich nur ihres Vermögens wegen auf Isabel besonnen hatte. Natürlich würde dieser das kaum zugeben, aber die Indizien sprachen dafür. Ich werde ihn ins Verhör nehmen, dachte Don Pedro grimmig. Es wäre doch gelacht, wenn ich ihn nicht überführen könnte.

Schon bei der Ankunft hatten gewisse Beobachtungen seinen durch Gespräche mit d'Oversal und Rebello geweckten Argwohn vertieft. Da war zunächst einmal dieses Oyapok. Ein elendes Nest! dachte er verächtlich. Was hat ein Mann wie Jean hier verloren? Die Bezeichnung »Hafen« für diese Ansammlung verwahrloster, lehmverschmierter Bambushütten konnte nur als grobe Übertreibung angesehen werden. Auf den Rundhölzern im Uferschlamm lagen gerade mal ein paar Einbäume. Das einzige größere Schiff, die Galeote, die im Fluß vor Anker lag, gehörte nicht hierher, sondern war in Cayenne beheimatet. Also konnte man hier weder ein erfolgreicher Haziendado noch Händler sein. Dafür fehlten einfach die Voraussetzungen.

Auf dem Weg zu Jeans Haus waren Don Pedro dann die vielen faulenzenden Frauen und Männer aufgefallen, Tagediebe, die lieber im Gestank erstickten als etwa die zahlreichen Rinnen zu reinigen, die sich von ihren Behausungen zum Fluß hinabzogen, um Abfälle, Exkremente und Kadaver abzuleiten. Außerdem war im weiten Umkreis keine Kirche zu sehen. Eine solche gehörte aber normalerweise zu den ersten Gebäuden, die anständige Siedler und Christenmenschen errichteten.

Nachdem Don Pedro sich erfrischt und umgekleidet hatte, hielt es ihn nicht länger in seinem schäbigen Zimmer. Er wollte erst auf der Veranda einen Tee trinken und dann einen kleinen Rundgang durchs Haus unternehmen. Jean würde sicher noch einige Zeit in seinen Geschäften unterwegs sein, so daß er sich würde frei bewegen können.

Zuerst folgte er dem kräftigen Geruch bratenden Fleisches zu einem Anbau, der von drei Meter hohen Pfählen gestützt wurde. Dort vermutete er die Küche. Als er nähertrat, sah er, wie die dicke Elena gerade ein breites Brett zur Seite schob und sich, ohne die Röcke groß zu lüften, in den Schlamm unter dem Haus entleerte, was ihm die plätschernden Geräusche verrieten. Als sie ihn entdeckte, erhob sie sich gemächlich und ohne Verlegenheit, ordnete ihre Röcke und fragte nach seinen Wünschen.

»Bring mir einen Tee und Zwieback auf die Veranda«, sagte er und setzte hinzu: »Obwohl mir der Appetit eigentlich vergangen ist.«

Die Mulattin überhörte die Bemerkung. »In einer halben Stunde kann ich den Braten vom Feuer nehmen, Monsieur«, entgegnete sie kühl, »dann bringe ich Ihnen den Tee.«

»Und du hast niemanden, der ihn gleich zubereiten kann?«

»Nein«, antwortete sie und unterdrückte gelangweilt ein Gähnen.

Don Pedro schüttelte resigniert den Kopf und schlenderte zum Haus zurück. Doch nun konnte er seinen Erkundungsgang wenigstens gleich beginnen. Dabei stellte er fest, daß die meisten der ehemals stattlichen Räume durch rohe Holzwände in winzige Verschläge aufgeteilt waren, die man spartanisch mit Schlafpritschen, Tischen, Schränken und Stühlen möbliert hatte. In einigen gab es nicht einmal einen Schrank, sondern nur ein offenes Regal. Don Pedro vermutete, daß Jean mit seinen Farmarbeitern und dem übrigen Gesinde unter einem Dach schlief, was für einen Pflanzer europäischer Herkunft äußerst unüblich war. Aber er hat wohl kein Geld oder ist zu träge, den Arbeitern ein Quartier zu bauen, dachte er.

Den Salon, der auch als Eßzimmer diente, fand Don Pedro abgeschlossen. Offenbar, dachte er ironisch, enthält er so viele Kostbarkeiten an Möbeln, Geschirr und Tafelsilber, daß Jean fürchtet, er könnte bestohlen werden.

Als er die Veranda betrat, stand der Tee wider Erwarten doch schon auf dem Tisch. Elena hatte es vorgezogen, ihn gleich zu bedienen. Heißer Zorn auf sie und auf Jean, der ihm und seiner Tochter ein solches Haus und eine solche Haushälterin zumutete, stieg in Don Pedro auf. Er ließ sich stöhnend auf einen Stuhl sinken, nippte lustlos an dem lauwarmen, bitteren Gebräu und starrte auf die schwarzen Schweine und nackthalsigen Enten, die den Schlamm vor dem Haus nach Nahrung durchforschten.

Als er wieder einen klaren Gedanken fassen konnte, überlegte er, wie er Jean noch am selben Abend zur Rede stellen könnte – natürlich in Gegenwart Isabels. Unter vier Augen mag sie mit ihm über Liebe und Treue reden, dachte er. Das ist nicht meine Sache. Ich möchte wissen, welches Vermögen er besitzt, um seiner Frau, meiner Tochter, das versprochene sorgenfreie Leben in Frankreich zu ermöglichen. Zu ihrem Schutz bin ich mitgekommen, und, bei Gott, ich werde meine Aufgabe erfüllen! Nachdem er sich zurechtgelegt hatte, was er Jean alles sagen wollte, ging Don Pedro zurück in sein Zimmer und warf sich auf das ächzende Bett, um sich auszuruhen. Dieser Tag und seine Enttäuschungen hatten ihn schwer erschöpft.

Als er ein paar Stunden später aufstand und ans Fenster trat, senkte sich die Nacht auf Oyapok. Sie fällt so schnell wie ein Blatt, dachte er. Die Tagundnachtgleiche hat dieser traurige Ort mit meinem Riobamba und meiner schönen Hazienda gemeinsam. Mehr leider nicht. Er war hungrig und tastete sich aus seinem Zimmer die dunkle Treppe hinunter zum Salon, durch dessen offenstehende Tür spärliches Licht auf den Flur fiel. Als er eintrat, fand er den Tisch bereits gedeckt. Es war jedoch niemand im Raum. Da der Kerzenschein nur einen Teil des Zimmers ausleuchtete, nahm Don Pedro einen Kandelaber vom Tisch, um sich umzusehen. Was er vorfand, gefiel ihm ebenso wenig wie das ganze Haus. Die Einrichtung bestand nur aus einer Reihe grober, mit braunen Rinderfellen bespannter Stühle und den üblichen kleinen Beistelltischchen, dazu einer Rokoko-Anrichte, die schon bessere Tage gesehen hatte, und einem silbernen Tafelaufsatz. An den mit roten Seidentapeten bespannten Wänden hingen ein paar wie geräuchert wirkende Ölbilder, die vom Licht der goldfarbenen Leuchter kaum erreicht wurden.

Als Don Pedro eines der Bilder im Licht des Kandelabers studieren wollte, hörte er Schritte auf dem Flur. Rasch stellte er den Kandelaber zurück und nahm auf einem Stuhl im dunklen Teil des Raumes Platz. Im nächsten Augenblick kam Jean herein, gefolgt von Elena.

»Hast du den Rotwein von Monsieur Jarreau bekommen?« fragte er über die Schulter.

»Ja«, antwortete die Mulattin, »aber er läßt dir sagen, daß dies das letzte Fäßchen ist, wenn du nicht morgen kommst und bezahlst.«

»Der kann warten«, sagte Jean verächtlich. »Ich bin hier doch sowieso der einzige, der seinen schlechten Wein kauft.«

Don Pedro grinste, aber was er hörte, gefiel ihm keineswegs. Ach, sieh an, dachte er, Jean und die Mulattin stehen auf sehr vertrautem Fuße, und ein säumiger Zahler ist mein Schwiegersohn auch noch.

Als Elena dann einige der mitgebrachten frischen Kerzen anzündete und in Don Pedros Nähe in einen leeren Wandleuchter steckte, entdeckte sie ihn und fuhr zusammen.

»Zur Hölle, Monsieur«, sagte sie rauh, »Sie haben mich erschreckt.«

Er aber tat, als sehe er sie gar nicht, und sagte zu Jean gewandt: »Bon soir, Jean. Wann können wir essen? Ich bin sehr hungrig.« Dabei weidete er sich an dessen Verlegenheit.

»Es kann aufgetragen werden, sobald Isabel erscheint. Ich habe sie wecken lassen. Ein Glas Wein vorweg? Viel Auswahl habe ich leider nicht. Es ist lange her, seit guter Wein per Schiff aus Frankreich kam.«

Don Pedro schüttelte den Kopf. »Mit dem Wein hat es Zeit bis zum Essen. Aber vielleicht hast du eine Zigarre? Ich weiß gar nicht mehr, wie Zigarren schmecken.«

»Elena«, befahl Jean, »gehe zu Jarreau und hole Zigarren!« Elena warf ihm einen aufsässigen Blick zu.

Er duckt sich ja förmlich unter ihrem Blick, stellte Don Pedro angewidert fest. Dann sagte er doppelsinnig: »Wir wollen Elena mit den Zigarren nicht überfordern. Sie hat genug mit dem Essen zu tun.«

»Wie du willst«, sagte Jean, der offenbar darüber erleichtert war, einer Machtprobe mit seiner resoluten Haushälterin entgangen zu sein.

Jean wollte sich gerade zu ihm setzen, als Isabel in Begleitung Joaquins eintrat.

»Warum hast du nicht nach mir gerufen?« fragte Jean vorwurfsvoll. »Ich hätte dich gern zur Tafel begleitet.«

»Ich bin es seit vielen Jahren gewohnt, nur noch nach Joaquin zu rufen«, antwortete Isabel kühl, und einer plötzlichen Eingebung folgend, verlangte sie nach einem Gedeck für Joaquin. »Du hast doch noch nicht gegessen?« fragte sie ihn. Als er verneinte, sagte sie bestimmt: »Dann ißt du mit uns.«

Joaquin fühlte, wie ihm schwindlig wurde. Mein Gott, dachte er hilflos, ich soll mit meiner Herrin an einem Tisch sitzen, als wäre ich ihresgleichen. Welch ein überwältigender Beweis ihrer Wertschätzung! Als er wieder einen klaren Gedanken fassen konnte, wurde ihm allerdings bewußt, daß Isabels Entscheidung von den anderen im Salon als Provokation empfunden werden mußte, und er fragte tonlos: »Meinen Sie, daß das gut ist?«

Die Frage gefiel Isabel gar nicht. »Es ist gut!« sagte sie laut und blickte herausfordernd zu Jean und ihrem Vater hinüber, die ihre Einladung an Joaquin sichtlich mißbilligten, aber kein Wort sagten. Nur die Mulattin pfiff frech durch die Zähne. Sie hatte inzwischen alle Wandleuchter angezündet und war auf dem Weg zur Tür. Dort blieb sie stehen und drehte sich zu Jean um, von dem sie in dieser Angelegenheit ein Machtwort erwartete. Diese Isabel muß im Urwald alle Maßstäbe verloren haben, dachte sie. Das ist ja auch kein Wunder, wenn man Umgang mit Wilden gehabt hat. Monsieur Godin kann das Ansinnen seiner Frau nur ablehnen. Jean aber fuhr sie barsch an: »Du hast gehört, was Madame Godin gesagt hat. Jetzt mach schon. Hol ein Gedeck.«

Beleidigt vor sich hin murmelnd rauschte Elena hinaus.

Der Schweinebraten, den sie und ihre Tochter kurze Zeit später auftrugen, war mild und süß, das Fleisch schmackhaft.

Dennoch wurde Don Pedro dabei das Bild der vor dem Haus im Kot wühlenden Schweine nicht los. Der Spanier in ihm hielt Schweinefleisch für unrein, und er mußte sich erst auf seine französischen Ahnen besinnen, die Mangeurs du lard, um den Braten mit Appetit genießen zu können. Isabel wären solche Bedenken nach den Hungerwochen am Rio Pastaza ohnehin lächerlich vorgekommen. Jean und Joaquin dagegen aßen eher lustlos, der eine, weil er verstimmt war, der andere, weil er seine Schüchternheit nicht abzulegen vermochte.

So wollte auch keine rechte Unterhaltung in Gang kommen. Als die Runde jedoch beim Dessert angekommen war, das aus Orangen und Chirimoya-Früchten bestand, brach Don Pedro das Schweigen. »Vielen Dank, Jean«, sagte er freundlich, »das Essen war wirklich gut. Du würdest das Maß der Güte allerdings vollmachen, wenn du Elena nun doch um ein paar Zigarren schicken würdest. Dann könnten wir rauchen und offen miteinander reden – so wie damals, als du in meinem Arbeitszimmer um Isabels Hand angehalten hast. Der Geschmack einer guten Zigarre inspiriert mich zu den richtigen Überlegungen.«

Jean zuckte leicht zusammen. Was hatte die Anspielung zu bedeuten? Er machte aber ein gleichmütiges Gesicht und sagte: »Gern lasse ich dir Zigarren holen. Elena kann uns außerdem einen kräftigen Kaffee brühen, und damit machen wir es uns drüben auf den Sesseln bequem.«

»Das klingt gut«, nickte Don Pedro und lächelte strahlend, um Jean nicht noch mehr zu alarmieren. Dann wandte er sich Isabel zu. »Wie steht es?« fragte er. »Willst du uns Gesellschaft leisten?«

»Natürlich«, antwortete sie, »Jean und ich sind ja überhaupt noch nicht dazu gekommen, uns in Ruhe zu unterhalten.«

Joaquin nutzte die Gelegenheit zu verschwinden. »Es ist dunkel da draußen«, meinte er. »Ich werde Elena begleiten.« Im nächsten Augenblick huschte er hinaus.

Nachdem Elena den Kaffee und die Zigarren gebracht hatte, waren die drei unter sich. Eine Weile hing jeder seinen Gedanken nach. Die beiden Männer pafften Zigarren, und Isabel nippte an ihrem Kaffee. Eine friedliche Familienszene im trauten Kerzenschein, dachte sie – jedenfalls für einen ahnungslosen Betrachter. Dabei war die Atmosphäre äußerst gespannt. Isabel ahnte, daß ihr Vater reinen Tisch machen wollte, und auch ihr selbst schnürte das Unbehagen vor den vielen unangenehmen Fragen, die sie Jean zu stellen gedachte, den Hals zu. Aber wie beginnen? dachte sie.

Dem impulsiven Don Pedro überlegte sie allzu lange, und er meinte, ihr zu Hilfe kommen zu müssen. »Ich denke, dein lieber Mann hat noch gar nicht nach dem Schicksal eurer Kinder gefragt, die er doch sicherlich sehr vermißt hat. Habe ich recht, Jean?«

»Natürlich habe ich nach ihnen gefragt«, antwortete Godin entrüstet. »Joaquin hat mir berichtet, daß sie leider tot sind, alle vier. Sie sind lange vor eurer Abreise aus Riobamba gestorben. Weißt du, meine Liebe«, wandte er sich Isabel zu und legte dabei einen tröstenden Klang in seine Stimme, »so sehr ich bedaure, daß wir die Früchte unseres Bundes verloren haben, so sehr beglückwünsche ich uns zu deren frühem Tod, da dieser sie vor dem furchtbaren Schicksal bewahrte, das ihre Onkel und ihren Cousin in den Wäldern von Canelos ereilte. Den Anblick deiner leidenden Kinder hättest du wohl kaum überlebt.«

Lauter falsche Töne! dachten Isabel und Don Pedro gleichzeitig. Aber Isabel bekämpfte erfolgreich ihre Empörung und fragte ruhig: »Also hast du von Joaquin meine ganze Geschichte erfahren?«

»Nein«, antwortete Jean. »Soviel Zeit hatten wir nicht. Aber außer Joaquin gab es noch eine andere Quelle, einen gewissen Dr. Jabot, der sich gegenüber dem Gouverneur in Cayenne seiner Abenteuer im Urwald rühmte und zu deiner Begleitung gehörte.«

Isabel ahnte nichts Gutes. »Hast du selbst mit dem Mann gesprochen?« fragte sie.

»Das hätte ich gern. Er hielt sich jedoch nur wenige Tage in Cayenne auf und ging dann an Bord eines Schiffes, das nach Frankreich segelte.«

Also ist der Schuft noch vor uns der Wildnis entronnen, dachte Don Pedro und fragte ungeduldig: »Was hat der Mann erzählt?«

Jean wiederholte, was er vom Gouverneur über Jabots Schilderungen seiner Reise mit Isabel erfahren hatte, über dessen »heroischen, aber gescheiterten Versuch«, Isabel und ihre Expedition zu retten, und schließlich über Jabots schweren Vorwurf, Isabel und ihr Vater hätten ihn in Las Lagunas schmählich im Stich gelassen.

»Ich schenkte Dr. Jabots Behauptungen über das Geschehen in Las Lagunas natürlich keinen Glauben«, versicherte Jean schließlich. »Aber ihr könnt euch sicherlich denken, wie peinlich mir die Unterredung mit dem Gouverneur war, zu dessen engsten Beratern ich mich zählen darf.«

»Peinlich?« brauste Don Pedro auf. Verachtungsvoll blies er Jean eine Qualmwolke ins Gesicht, so wie vor Jahren in seinem Arbeitszimmer. Dann brüllte er ihn an: »Peinlich müßte dir sein, uns die unappetitliche Geschichte dieses Scheusals Jabot, das soviel Unglück über Isabel gebracht hat, überhaupt aufzutischen.«

Don Pedro holte tief Luft und sagte dann gefährlich leise: »Weißt du, was ich denke? Ich denke, daß dich die größte Schuld am Leid Isabels trifft. Daß Jabot sie im Stich ließ, ist schlimm genug. Aber er war schließlich nicht ihr Ehemann, nicht mit ihr verheiratet. Du aber hast hier herumgesessen, in diesem verwahrlosten Nest, diesem schäbigen Haus, und dich den Teufel darum gekümmert, wie sie von Riobamba nach Oyapok kommt.«

»Vater, mäßige dich!« unterbrach Isabel schneidend. Sie war ebenso erbittert wie Don Pedro, aber sie versuchte sich zu beherrschen. »Glaubst du nicht auch«, fuhr sie mit erzwungener Ruhe fort, »daß Jean uns ganz schwerwiegende Gründe nennen wird, die ihn an einer Reise zu uns hinderten? Nicht wahr, Jean, so ist es doch?«

»Natürlich werde ich Gründe nennen«, antwortete Jean überheblich, »ganz gewichtige, staatspolitische Gründe!«

Noch nie hatte ein Mann ihn so tödlich beleidigt, wie Don Pedro dies soeben getan hatte. Jean sah ihn verdrossen an. Du bist es eigentlich gar nicht wert, daß ich mir die Mühe mache, dir meine Pläne zu erläutern, dachte er. Aber ich werde es um Isabels willen tun.

»Ihr wißt ja«, begann er, »daß mein Land mich ausgesandt hat, am Äquator wissenschaftlich zu arbeiten. Der Erfolg dieser Mission, glaubte ich, gäbe mir auch das Gewicht, meiner Regierung noch ein anderes, weitaus bedeutenderes Projekt vorzutragen.«

»Das Gewicht, deiner Regierung ein weitaus bedeutenderes Projekt vorzutragen?« wiederholte Don Pedro, der ungefähr wußte, welche wissenschaftliche Bedeutung einem Meßkettenträger zukam, ebenso ironisch wie ungläubig.

»Jawohl«, bekräftigte Jean und fuhr, jede Silbe betonend, fort, »das Projekt zur Okkupation des Amazonas-Gebietes durch Frankreich!«

Don Pedro stöhnte auf. »Wie kamst du denn darauf?«

Jean glaubte, Don Pedro sei tief beeindruckt, und erklärte: »Die Idee dazu kam mir, als ich vor zwanzig Jahren den Amazonas hinabfuhr. Ich stellte nämlich fest, daß die Portugiesen unfähig sind, die großen Schätze am Strom zu nutzen, so unberührt lagen seine Ufer vor mir! Ich fertigte eine Karte des Gebietes mit den drei schwachen Befestigungen Vila de Barro, Belém und Macapá an. Dann entwickelte ich einen Plan, wie eine von Guayana aus operierende Flotte diese würde einnehmen und den Fluß kontrollieren können.«

»Entschuldige«, warf Isabel unwirsch ein, »aber was hat deine Amazonas-Strategie mit mir zu tun? Du wolltest uns doch Gründe nennen, warum du nicht nach Riobamba kommen konntest.«

»Gemach!« wies Jean sie selbstbewußt zurecht. »Du wirst es schon noch erfahren. Darf ich nun weitersprechen?«

Isabel schwieg und sah ihren Vater beklommen an. Jean war auf dem besten Weg, das Quentchen Hoffnung zu zerstören, das sie noch für die Rettung ihrer Ehe mit ihm hegte.

»Also gut«, fuhr Jean fort, »als ich im Jahre 1749, vier Monate nach meiner Abreise von der Hazienda, in Guayana eintraf, verfolgte ich meinen Plan weiter. Ich entschloß mich, meine Erbschaftsangelegenheiten später zu regeln, und blieb in Oyapok, um hier zur Verfügung zu stehen, wenn Frankreich und die französische Flotte mich brauchten. Ich kaufte ein Stück Land und begann, es zu bearbeiten, denn ich mußte ja von etwas leben.

Im Laufe der Zeit nun schrieb ich verschiedene Briefe, und zwar an La Condamine, an La Cerda, den Minister Portugals für die Beziehungen zu Frankreich, und an den französischen Marineminister, Monsieur Rouille. In den Briefen an La Condamine erwähnte ich natürlich nichts von meinen Plänen, sondern suchte um einen Paß für mich nach. Ich hatte ja die Absicht, den Strom wieder hinaufzufahren, um dich, Isabel, abzuholen. La Condamine bat ich, meine Verdienste gegenüber Monsieur Rouille hervorzuheben. Ich dachte mir, ein Empfehlungsschreiben von diesem nach Lissabon könne dazu beitragen, leichter an einen Paß zu kommen. Die Portugiesen machen bei Paßangelegenheiten für Fremde meist große Schwierigkeiten.«

Godin holte tief Atem. »Leider«, fuhr er dann fort, »hörte ich nichts von La Condamine, nichts von La Cerda und nichts von Rouille. Inzwischen aber hatte ich meine Pläne zur Okkupation des Amazonas-Gebietes fertig und sandte sie an unseren Außenminister, den Duc de Choiseul.«

»Waren diese Pläne denn mit dem Gouverneur von Guayana abgesprochen?« fragte Don Pedro.

»Nein«, antwortete Godin.

»Du Wahnsinniger!« rief Don Pedro erschrocken aus. »Was für eine Leichtfertigkeit! Und hat Minister Choisseul deine Pläne erhalten?«

»Das weiß ich eben nicht. Jedenfalls wurde der Empfang der Schriftstücke nie bestätigt.«

»Wie hast du sie denn befördern lassen?« wollte Isabel nun wissen.

»Durch einen nach Europa zurückkehrenden Missionar.«

»Dilettant!« fuhr Don Pedro ihn an. »Ein Schreiben solch brisanten Inhalts darf doch nur auf dem sichersten Wege, also mit der Post des Gouverneurs, nach Frankreich gehen!«

»Das hatte ich leider nicht bedacht«, räumte Jean kleinlaut ein. »Ich mußte jedenfalls nun befürchten, der Missionar habe das Siegel erbrochen und den Brief nach der Lektüre den Portugiesen zugespielt.«

»Und die Portugiesen haben dir dann zum Dank für deinen Verrat das Schiff unter dem Kommando von Kapitän Rebello geschickt«, höhnte Don Pedro.

»Ich wußte nicht, aus welchen Gründen sie es taten. Auf jeden Fall kam im November 1765 ein Schiff nach Guayana unter dem Kommando von Kapitän Rebello, der Pässe für Isabel, alle ihre Begleiter und mich an Bord hatte, die auf Order des portugiesischen Ministers La Cerda im Namen des Königs ausgestellt worden waren. Das Schiff brachte nicht nur die Pässe, sondern sollte mit mir auch den Amazonas hinauf nach Las Lagunas fahren. So sagte der Kapitän. Ich konnte kaum glauben, daß die Portugiesen mir einen solchen Dienst erweisen wollten.«

»Und warum bist du nicht an Bord der Galeote gegangen? Warum hast du uns diesen Monsieur d'Oversal geschickt? Liebst du deine Frau denn so wenig?« fragte Don Pedro.

Er blickte in diesem Augenblick zu Isabel hinüber, die mit gesenktem Kopf in ihrem Sessel saß und wie gelähmt wirkte. Sie tat ihm unendlich leid. Aber er mußte das Verhör, wie er es nannte, fortführen. Denn nur so konnte sie die unselige Mischung aus Geltungsdrang und Feigheit erkennen, die Jeans Charakter ausmachte und Ursache für all das Leid war, das über ihre Familie gekommen war.

»Gott ist mein Zeuge, ich liebe Isabel!« beteuerte Jean. »Aber ich konnte es nicht wagen, selbst an Bord des Schiffes zu gehen. Ich war fest davon überzeugt, die Galeote sollte mich zur Festung Belém bringen, wo mir die Portugiesen den Prozeß gemacht, mich in den Kerker geworfen und vielleicht sogar gehenkt hätten. Bedenkt doch, das Schiff kam erst lange, nachdem ich meine Pläne abgeschickt hatte, so daß die Portugiesen also möglicherweise Kenntnis davon hatten. Das mußte ich unter diesen Umständen einfach annehmen. So schützte ich eine Krankheit vor und schickte meinen Freund Tristan auf die Reise.«

»Kapitän Mario de Rebello«, sagte Don Pedro ruhig, »kam mit den reinsten Absichten nach Guayana, wie jedermann weiß. Er hätte mit deiner Person allerdings, ohne es zu ahnen, einen Verräter an seiner Krone an Bord genommen. Du zogst es jedoch aus Furcht vor den Portugiesen vor, zum Verräter an deiner Frau und deiner Familie zu werden. Welche Opfer du ihr zugemutet hast, wirst du nie ermessen können. Isabel, willst du denn gar nichts sagen?« drängte Don Pedro.

Isabel starrte ihren Vater abwesend an. Nach einer Weile flüsterte sie kaum vernehmbar: »Es gibt nichts mehr zu sagen.«

Dann wanderte ihr Blick zu Jean und durch ihn hindurch, als wäre er ein Nichts. Don Pedro glaubte zu wissen, auf welches Ziel ihr Blick, ihr innerer Blick, gerichtet war: auf Kapitän Mario de Rebello, der in Belém auf sie wartete. In diesem Augenblick wußte er, daß Isabels Reise noch nicht zu Ende war.

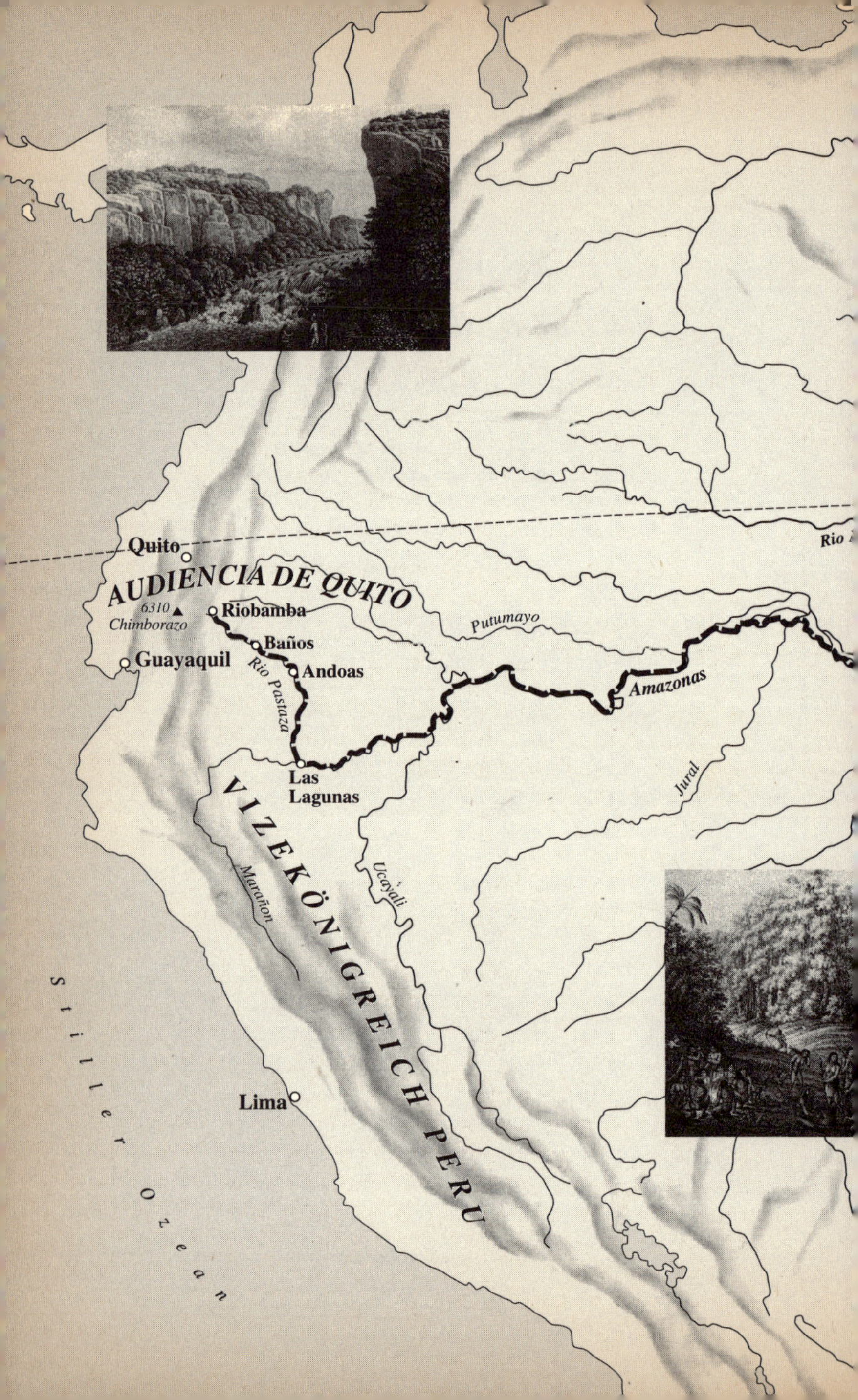

Quito
AUDIENCIA DE QUITO
6310
Chimborazo
Riobamba
Baños
Guayaquil
Rio Pastaza
Andoas
Putumayo
Amazonas
Rio
Las Lagunas
Jural
Ucayali
Marañon
VIZEKÖNIGREICH PERU
Lima
Stiller Ozean